Auentod

MAXIM LEO

Auentod

Der zweite Fall für Kommissar Voss

Kiepenheuer & Witsch

MIX
Papier aus verantwortungsvollen Quellen
FSC® C083411
www.fsc.org

Verlag Kiepenheuer & Witsch, FSC®-N001512

1. Auflage 2015

Umschlaggestaltung: Rudolf Linn, Köln
Umschlagmotiv: © Andrew MacDonald – Fotolia.com
Autorenfoto: © Sven Görlich
Gesetzt aus der Legacy
Satz: Felder KölnBerlin
Druck und Bindearbeiten: CPI books GmbH, Leck
ISBN 978-3-462-04829-2

SONNTAG

Ein stechender Schmerz fährt Daniel Voss in die Seite, er bleibt keuchend stehen, Schweiß fließt ihm in die Augen. Er stützt sich mit den Händen auf den Knien ab, sieht seine dünnen, blassen Beine und die neonfarbenen Joggingschuhe mit den roten Blitzen an den Seiten, die ihm wie ein absurdes Versprechen erscheinen. Was für eine dämliche Idee, dieser Morgenlauf, denkt Voss. Normalerweise würde er um diese Zeit friedlich schlafen. Was macht er hier eigentlich? Die Schuhe hat ihm Maja vor ein paar Wochen zum Geburtstag geschenkt. Sie meinte, es wäre nicht schlecht für einen Mann in seinem Alter, ein wenig Sport zu treiben. Aha, sie beginnt mich zu verändern, dachte Voss. Die Joggingschuhe standen dann in seinem Schrank, wo sie jetzt wohl immer noch stehen würden, wenn Maja sie nicht einfach eingepackt hätte.

Es ist ihre erste gemeinsame Reise. Wobei Voss lieber von einem Ausflug spricht, das klingt weniger bedeutend, findet er. Eine Schulfreundin aus Polen hat Maja zu ihrer Hochzeit eingeladen. »Ich kann da nicht alleine hinfahren«, sagte Maja. »Nur alte Jungfern gehen alleine zu einer Hochzeit.« Es war ein seltsames Gefühl, als sie gestern in Sternekorp ins Auto stiegen und losfuhren. Wie ein richtiges Paar.

Offiziell ist es nämlich so, dass Maja, eine gelernte Krankenschwester aus Polen, die Pflegerin seiner Mutter ist. Sie wohnen beide seit mehr als einem Jahr im elterlichen Haus, Maja in einer Stube unter dem Dach, Voss in seinem alten Kinderzimmer. In mancher Nacht kommt Maja zu ihm, in mancher Nacht geht er zu ihr. Aber sobald der Tag anbricht und die Mutter ihre Befehle durch das Haus ruft, ist er wieder der Sohn und sie die Pflegerin. Seit ein paar Monaten geht das jetzt so, und wenn Voss ehrlich ist, dann findet er diese Situation erst mal gar nicht schlecht: Er hat eine Beziehung, ohne eine Beziehung zu haben. Er wohnt mit einer Frau zusammen, ohne mit ihr zusammenzuwohnen. Er mag diese Frau, sehr sogar, und sie ist so rücksichtsvoll, ihn nicht unter Druck zu setzen. Es ist alles erstaunlich ungeklärt - und erstaunlich schön.

Bevor die Sache mit Maja begann, wollte er so schnell wie möglich fort aus dem Haus der Eltern in Sternekorp. Es sollte eine Übergangslösung sein, nur für den Anfang, als er gerade in Bad Freienwalde bei der Mordkommission begonnen hatte. Doch dann kam ihm ein Fall dazwischen und dann noch einer und schon bald wollte er gar nicht mehr weg. Bei den meisten Paaren gilt der Schritt des Zusammenwohnens als ultimatives Bekenntnis der Liebe. Bei ihnen ist es umgekehrt, da besteht das Bekenntnis darin, auch außerhalb des Hauses zusammen zu sein. Deshalb fand Voss diesen Ausflug nach Polen anfangs zwar ganz schön, aber eben auch gefährlich. Schon die Art, wie ihm seine Mutter beim Abschied verschwörerisch zuzwinkerte, machte ihm klar, wie bedroht ihr charmantes Doppelleben war. Die Mutter behauptete auf einmal sogar, gar keine tägliche Pflege mehr zu benötigen. »Lasst euch Zeit, Kinder, ich komm' schon klar«, rief sie ihnen hinterher.

Sein Puls wird ruhiger, er setzt sich am Rande des Feldwegs ins Gras, die Morgensonne wärmt angenehm. Voss blickt sich um, auf der Weide vor ihm stehen Kühe, die entspannt vor sich hin fressen. Er hört sie schmatzen und mit den Kiefern mahlen, eine Kuh hält beim Fressen die Augen geschlossen und sieht dabei genießerisch aus. In nicht allzu großer Ferne ist der Bauernhof zu sehen, auf dem sie letzte Nacht die Hochzeit gefeiert haben. Voss ist höchstens einen Kilometer gelaufen und schon völlig fertig, was allerdings auch daran liegt, dass er ein Atemproblem hat. Er weiß nicht, ob man beim Joggen durch die Nase oder durch den Mund einatmet, das war schon früher im Sportunterricht so. Wenn er Herrn Höstermann, den Sportlehrer, fragte, wie er denn nun einatmen solle, dann rief dieser: »Durch den Arsch, Voss!« Na ja, deshalb hat er jetzt dieses blöde Seitenstechen.

Und einen Brummschädel! Keine Ahnung, wie viel sie gestern Abend getrunken haben. Voss war das erste Mal auf einer polnischen Hochzeit, er wusste nicht, dass in den großen Wasserflaschen, die auf den Tischen in der Scheune standen, selbst gebrannter Wodka war. Sie haben den Wodka getrunken, Speck gegessen und getanzt. Noch bevor das Festessen losging, wirbelte die komplette Hochzeitsgesellschaft über den gestampften Lehmboden. Auch Voss tanzte ausgelassen. Maja nannte ihn »meinen deutschen Derwisch«, weil er schon bald ziemlich einen in der Krone hatte und seine Beine in die Luft warf, wie er das mal in einem russischen Märchenfilm gesehen hatte.

Voss steht auf, läuft gemächlich den Feldweg Richtung Bauernhof zurück, der Himmel ist blau und klar, von den Wiesen steigt feuchte Wärme auf, es wird ein heißer Tag, das kann man jetzt schon spüren. Wenn er nicht wüsste, dass er hier in Polen ist, würde er es wohl nicht merken. Alles sieht aus wie in Sternekorp. Die geschwungenen Felder und Wiesen, die Höfe aus rotem Backstein, die Storchennester auf den Telegrafenmasten, die verschilften Seen, die Feldsteinhaufen in den Senken. Etwa zwanzig Kilometer sind sie hier von der Oder entfernt, ähnlich weit wie Sternekorp vom anderen Oderufer wegliegt. Aber trotz der Nähe der Orte und der Ähnlichkeit der Landschaft kommt sich Voss gerade sehr weit weg vor. Angenehm weit weg, fast wie in einem anderen Leben. Vielleicht werden sie nachher baden gehen. Und die nächsten Tage hat er sich ebenfalls freigenommen. Er ist froh, dass er diesen Ausflug gewagt hat, er ist froh, gleich bei Maja zu sein, die wahrscheinlich noch im Bett liegt, weil sie zwar anderen das morgendliche Joggen empfiehlt, aber selbst gerne länger schläft.

Auf dem gepflasterten Hof hinter der Scheune ist noch alles ruhig, zwei verkaterte Hochzeitsgäste sitzen in der Sonne, trinken Kaffee. Voss nickt ihnen zu, läuft an dem alten Ziehbrunnen vorbei zum Gästehaus hinüber, das mal ein Stall gewesen sein muss. Eine Außentreppe führt an runden Luken entlang, durch die wahrscheinlich früher das Futter in den Stall geworfen wurde und die jetzt verglast sind und wie Bullaugen aussehen. Durch eines der Bullaugen kann Voss in Majas Zimmer schauen. Sie haben zwei nebeneinanderliegende Zimmer genommen, Maja hat das so organisiert, vielleicht um ihn nicht zu überfordern. Oder um selbst den Fragen der anderen zu entgehen. Geschlafen haben sie bei Maja, die schon aufgestanden zu sein scheint, das Bett ist leer. Voss geht in sein Zimmer, duscht, zieht ein weißes T-Shirt und eine Jeans an. Er hat auch eine kurze Hose mitgenommen, aber er mag seine dürren, weißen Beine nicht zeigen, vor allem nicht hier, wo alle mindestens zehn Jahre jünger sind als er. Das ist der Nachteil, wenn man mit einer jüngeren Frau zusammen ist, denkt er. Mit Maja allein spürt er den Unterschied gar nicht so sehr, aber wenn andere dabei sind, fühlt er sich wie ein Opa. Er betrachtet sich in dem kleinen Spiegel im Bad, sieht die roten Flecken auf seiner Stirn, die wulstigen Augenlider, die von tiefen Falten umrandet sind. Je länger man ein Körperteil betrachtet, desto schlimmer sieht es aus, denkt Voss.

Maja antwortet nicht, als er an ihre Tür klopft. Vielleicht ist sie schon zum Frühstück gegangen. Er steigt die Außentreppe hinunter, er hört einen Motor aufheulen, er hört Schreie. Eine junge Frau kommt in den Hof gerannt, Voss kennt sie von gestern Abend, sie ist eine der beiden Trauzeugen, die um Mitternacht ein Lied für das Brautpaar gesungen haben. Die Frau ruft etwas, sie sieht zu Voss hoch, fuchtelt mit den Armen. Dann scheint ihr einzufallen, dass er ja gar kein Polnisch spricht. »Männer ... Maja ... weg«, schreit sie. Er spürt, wie sein Magen sich vor Schreck zusammenkrampft, er nimmt die letzten Treppenstufen mit einem einzigen Sprung, rennt durch die Hofdurchfahrt zum Parkplatz. Dort ist nichts zu sehen, nichts zu hören. Die Frau ist ihm gefolgt, sie zeigt in Richtung der schmalen Asphaltpiste, die vom Parkplatz zum Dorf führt. »Männer, Auto!«, ruft sie. Voss tastet die Hosentaschen nach seinem Autoschlüssel ab, ihm fällt ein, dass er die Hose gewechselt hat, er rennt in sein Zimmer, findet den Schlüssel, rennt zum Parkplatz zurück. Er startet den Wagen, die Frau springt auf den Beifahrersitz, sie fahren los. Nach ein paar Minuten kommen sie an eine Kreuzung. Wenn Voss sich richtig erinnert, geht es links zum Dorf und rechts zur Landstraße. Er fährt rechts, sieht nach einer Weile in der Ferne die Alleebäume in einer langen Reihe stehen. Er erkennt einen Lastwagen, der nach Osten fährt, ansonsten ist die Landstraße leer. »Weiß Auto«, sagt die Frau. Voss fährt bis zur Landstraße vor, die Frau redet ununterbrochen, aber er versteht kaum etwas. Nur so viel, dass offenbar zwei Männer Maja in ein weißes Auto gezogen haben und weggefahren sind.

Als sie an der Landstraße ankommen, fährt ein grüner Traktor vorüber, sonst ist nichts zu sehen. Voss weiß, dass es sinnlos ist, weiterzufahren. Er fährt trotzdem weiter, mit hoher Geschwindigkeit Richtung Osten, die Straße glänzt in der Sonne, irgendwann hält Voss am Straßenrand an. »Wir müssen die Polizei verständigen«, sagt er, sein Hals ist trocken, seine Hände zittern.

Im Polizeipräsidium von Chojna, der nächstgelegenen kleinen Stadt an der Landstraße, die nach Osten führt, öffnet ein schmächtiger, verschlafener Mann in zerknitterter Uniform die Tür. Der Beamte ist offensichtlich nicht begeistert davon, an diesem frühen Sonntagvormittag gestört zu werden. Voss versteht nichts von dem, was die junge Frau an seiner Seite und der Polizist miteinander reden, aber es ist klar, dass der Mann seine Ruhe haben will. »Morgen wiederkommen«, sagt die Frau. Voss hält dem Beamten seinen Polizeiausweis vor die Nase. Der blinzelt, ist auf einmal wach. Voss und die Frau, deren Name Eva ist, warten in einem Dienstzimmer, in dem ein Aquarium steht, das von trägen, rotbäuchigen Fischen bewohnt wird. Voss versucht, möglichst viele Informationen von Eva zu bekommen, er versteht nicht alles, was sie sagt. Nur so viel, dass Eva auf dem Weg zu ihrem Auto war, als sie Maja sah, die am Parkplatz stand, im Gespräch mit zwei Männern. Der eine Mann saß am Steuer eines weißen Kastenwagens, der andere stand neben dem Auto. Als sie Eva sahen, zog der eine Mann die Schiebetür des Kastenwagens auf, stieß Maja hinein, sie wehrte sich mit Händen und Füßen, aber der Mann war stärker. Der Wagen startete und verschwand. Eva konnte weder das Autokennzeichen erkennen, noch hat sie die Gesichter der Männer genau genug gesehen. Sie hörte Majas Schreie, das Aufheulen des Motors, das war es. Voss kann sich keinen Reim auf das Ganze machen. Kannte Maja die Männer? Er hat mehrmals versucht, sie anzurufen. Ihr Handy ist ausgeschaltet.

Nach einer gefühlten Ewigkeit betritt Hauptkommissarin Agnieszka Zajak das Polizeipräsidium von Chojna. Sie ist Mitte vierzig, hat dunkle, kurze Haare, trägt eine Motorradlederjacke und schwere Biker-Boots mit kupferfarbenen Metallschnallen. Sie streift Voss mit einem flüchtigen Blick, holt eine verknotete Plastiktüte aus der Tasche und streut ein helles Pulver in das Aquarium. Die rotbäuchigen Fische lassen sich nicht aus der Ruhe bringen, ziehen weiter gelangweilt ihre Bahnen und schnappen von Zeit zu Zeit wie zufällig nach einem Futterkrümel. Die Hauptkommissarin setzt sich hinter ihren Schreibtisch, sieht Voss mit braunen, reservierten Augen an und sagt:

»Na dann erzählen Sie mal.«

Voss erzählt, was er weiß, er spricht langsam und deutlich.

»Sie können ganz normal reden, Herr Kollege, mein Vater ist Deutscher, ich beherrsche die Sprache.«

Voss ist überrascht, sie spricht wirklich fast ohne Akzent. Danach befragt sie Eva, die Augenzeugin, die ziemlich lange redet. Voss denkt, dass sie ihm vielleicht etwas verschwiegen hat.

»Weiß sie noch mehr, als ich gesagt habe?«, fragt er.

»Lassen Sie mich die Fragen stellen, Herr Kollege, sonst vergeuden wir unnötig Zeit. Wann sind Sie an dem Bauernhof angekommen, auf dem die Hochzeit stattfand?«

Voss muss kurz schlucken, entscheidet sich dann aber dafür, einfach nur die Fragen zu beantworten, auch wenn das für ihn ungewohnt ist.

»Gestern Nachmittag, gegen fünfzehn Uhr.«

»Wo sind Sie langgefahren?«

»Bei Hohenwutzen über die Grenze, dann die Landstraße bis Cedynia.«

»Ihre Freundin ...«

»Sie ist nicht wirklich meine Freundin.«

Voss sagt diesen Satz mit einer Entschiedenheit, die ihn selbst überrascht. Die Kommissarin scheint das zu bemerken.

»Ach so, was ist sie dann?«

»Das ist ein bisschen kompliziert. Sie ist Krankenschwester und pflegt meine Mutter, wir wohnen in der Nähe von Bad Freienwalde.«

»Was ist denn daran kompliziert?« Die Kommissarin blickt ihn herausfordernd an.

Voss wendet den Blick ab, er überlegt, was er sagen soll.

»Es ist so, dass Maja und ich uns etwas besser kennen, als wenn wir jetzt nur sozusagen im selben Haus wohnen würden.«

Ein ungeduldiger Zug legt sich um den Mund der Kommissarin. »Herr Kollege, je deutlicher Sie mit mir reden, desto besser kann ich begreifen, desto schneller kommen wir voran.«

»Ich weiß«, sagt Voss. Er spürt, wie ihm das Blut in den Kopf steigt. »Es ist nur so, dass es gar nicht so einfach ist.«

»Aha«, sagt die Kommissarin, ein winziges Lächeln huscht über ihr Gesicht. »Fuhr Ihre ... Bekannte des Öfteren nach Polen, besuchte sie vielleicht ihre Familie?«

»Nein. Maja ist jetzt schon über ein Jahr bei uns in Sternekorp, und sie war nicht ein einziges Mal weg.«

»Wo wohnt ihre Familie?«

»Ich glaube in Poznan. Das hat sie jedenfalls mal erwähnt.«

»Okay, dann schauen wir im Melderegister nach, ihren vollständigen Namen kennen Sie ja wohl?«

Voss atmet tief ein, dunkle Schleier tanzen in seinem Kopf. Er hat Majas Namen nur ein einziges Mal gelesen, auf dem Arbeitsvertrag, den sie unterschrieben hat. Der Familienname war lang und kompliziert. Wenn er sich richtig erinnert, war auch ihr Vorname lang und kompliziert. Sie hatte gesagt, sie werde von allen Maja genannt. Seitdem hat er nie wieder über ihren Namen nachgedacht. Die Kommissarin sieht ihm seine Verwirrung offenbar an.

»Nur damit ich das richtig verstehe, Herr Kollege«, sagt sie. »Bei Ihnen wohnt seit über einem Jahr eine Frau, die sich um Ihre Mutter kümmert und um die Sie sich offensichtlich auch ein wenig kümmern. Und Sie wissen nicht, woher sie kommt, und kennen ebenso wenig ihre familiären Verhältnisse? Sie kennen noch nicht mal ihren Namen?«

Voss nickt. »Ich weiß, das klingt alles etwas seltsam, aber wir sind, glaube ich, in dieser Zeit wie eine kleine Familie geworden. Es war so normal, so selbstverständlich. Wir wussten, wer wir sind.« Er spricht, ohne nachzudenken, die Worte purzeln aus ihm heraus. Er unterbricht sich, um nicht noch mehr Dinge preiszugeben, die nur Maja und ihn etwas angehen. Es stimmt, er hat ziemlich wenig über Maja und sich nachgedacht, aber nicht aus Desinteresse, nein, das war es ganz sicher nicht. Es ist wohl eher so, dass er sich zum ersten Mal wirklich auf eine Frau eingelassen hat. Sie haben sich treiben lassen, ohne ständig alles infrage zu stellen. Das ist für ihn, den großen Grübler, viel erstaunlicher, als wenn er sich ihren komplizierten Nachnamen gemerkt hätte.

Die Kommissarin schüttelt den Kopf. »Ich weiß ja nicht, in was für einer Familie Sie aufgewachsen sind, aber in meiner Familie wissen wir schon so ein paar grundsätzliche Sachen voneinander.« Sie steht auf, läuft im Büro auf und ab, versucht offensichtlich, ihren Ärger loszuwerden. Sie betrachtet die rotbäuchigen Fische, die stoisch ihre Kreise ziehen, das scheint sie etwas zu beruhigen, sie dreht sich wieder zu Voss um. »Gut, lassen wir das und fangen ganz von vorne an: Wann sind Sie in Deutschland losgefahren?«

»Gegen elf Uhr.«

»Normalerweise braucht man von Bad Freienwalde bis nach Cedynia nicht mehr als eine Stunde. Sie sind erst um fünfzehn Uhr angekommen, was haben Sie die ganze Zeit gemacht?«

Tja, was haben sie gemacht? Voss überlegt, sieht erneut das Bild vor sich, als sie in Sternekorp ins Auto stiegen. Es lag etwas in Majas Blick, eine Mischung aus Freude und Beklommenheit. Es war klar, dass dieser Ausflug wichtig für sie war, dass sie ihm etwas von sich zeigen wollte. Wobei, wenn Voss ehrlich ist, dann war ihm das gestern bei der Abreise noch nicht so klar. Maja hatte einen Picknickkorb vorbereitet. Neben ihren polnischen Wunderbuletten gab es geschnittene Paprikaschoten, Tomaten, gekochte Eier, Weißbrot, eine halbe Flasche Rotwein, kalten Schweinebraten, eingelegte Gewürzgurken und Kartoffelsalat. Sie hatte auch zwei weiße Porzellanteller, Servietten, Besteck und Gläser dabei. Er fragte, was der Aufwand solle, ob die Hochzeit in Sibirien stattfinde. Aber sie sagte, ein gutes Picknick sei das Wichtigste bei einem Ausflug. Egal, wie lange man unterwegs sei.

Sie nahmen die Straße, die sich hinter Bad Freienwalde in die Höhe windet, um hernach in langen Serpentinen ins Odertal abzufallen. In Hohenwutzen fuhren sie über die grüne Stahlbrücke nach Polen. »Jetzt bist du bei mir zu Hause«, sagte Maja. Voss sah die breite, mächtige Oder, die unter der Brücke gemächlich einen Bogen zog. Das kräftige Gras der Oderauen säumte den Fluss und gab ihm etwas Verspieltes. Das Wasser hatte die Uferkanten ausgespült, es gab kleine Strände und Inseln, auf denen Störche standen. Dieser Fluss wirkte so frei und ungebändigt, ganz anders als die meisten großen Wasserstraßen, die begradigt und ernst ihren Zweck erfüllen.

Auf der polnischen Oderseite sah er eine Fabrikruine, um die herum sich Verkaufshallen und kleine Stände angesiedelt hatten. »Alles billig«, stand auf einem großen Schild. Maja wollte gar nicht anhalten, aber Voss war neugierig auf den Polenmarkt, von dem er in Sternekorp schon gehört hatte. Sie parkten neben einer Tankstelle, in der das Benzin zwanzig Cent weniger kostete als in Deutschland. Voss sah blondierte Verkäuferinnen, die lauthals rosafarbene Gummistiefel oder Tigerblusen mit Strassmustern anpriesen. Er sah dicke Brandenburger mit hochnäsigen Gesichtern die Ware inspizieren und die längsten Bratwürste der Welt vertilgen. Schlagermusik dröhnte aus Lautsprechern, und Männer mit Kunstlederjacken boten raubkopierte Filme in deutscher Sprache an. Voss verstand jetzt, warum Maja hier gar nicht erst hatte anhalten wollen, dieser Ort war deprimierend. Vor allem die eigenen Leute waren ihm peinlich, wie sie hier herumstolzierten, die anderen von oben herab behandelten, es genossen, mal selbst die Reichen zu sein. Voss kaufte ein Kilo Tomaten bei einer alten Bäuerin, die etwas entfernt an der Straße stand, er gab ihr fünf Euro Trinkgeld. Maja sagte: »Na ja, nun hast du es gesehen.«

Sie stiegen ins Auto und fuhren davon, aber dem Polenmarkt entkamen sie so schnell nicht. Bis ins nächste Dorf reichten die Stände und Hütten, dort wurden sie abgelöst von Läden und Supermärkten. »Hier gibt es alles, was den Deutschen wichtig ist«, sagte Maja. Voss sah Metallzäune, Autoreifen, Hundefutter, Gartenzwerge, Autoschonbezüge. Sie kamen an Dutzenden Friseurgeschäften und Kaminholzlieferanten vorbei, am Ende des Dorfes standen beidseits der Straße Häuser mit roten Leuchtgirlanden, die sich »Villa Rossa« oder »Villa Amor« nannten. Dann kam gar nichts mehr, keine Stände und keine Deutschen, das Grenzland war zu Ende und das richtige Polen begann.

Voss hört ein Hüsteln, das ihn aus seinen Gedanken reißt. »Herr Kollege, ich würde gerne möglichst zügig das Protokoll aufnehmen, ich denke, das müsste auch in Ihrem Sinne sein«, sagt die Kommissarin.

»Natürlich, entschuldigen Sie bitte«, sagt Voss. »Wir haben uns Zeit gelassen, sind ein bisschen rumgefahren, haben öfter angehalten, ich war noch nie in dieser Gegend hier.«

»Ist Ihnen irgendetwas aufgefallen? Ist Ihnen vielleicht jemand gefolgt? Haben Sie etwas Ungewöhnliches beobachtet?«

Voss hat Mühe, sich zu konzentrieren, er spürt eine seltsame Lethargie, das passiert ihm manchmal, wenn ihn etwas aufwühlt oder verletzt. Seine Gedanken schweifen dann ab, schleichen sich davon. Gerade muss er daran denken, wie oft er selbst schon anderen solche Fragen gestellt hat, meist ohne große Hoffnung, dass sich ein Zeuge wirklich an etwas Ungewöhnliches erinnert. Die meisten Menschen, das ist seine Erfahrung, bekommen recht wenig von dem mit, was um sie herum passiert. Sie leben in ihren Gedanken, in ihren Gewohnheiten, sie hören das, was sie immer hören, und sehen auch nur das, was sie immer sehen. Er hat vor Jahren einen Mann vernommen, der seit mehr als fünfzig Jahren verheiratet war und dessen Frau eines Abends an einem Herzschlag neben ihm auf dem Sofa starb. Der Mann konnte sich nicht daran erinnern, wann seine Frau an diesem Abend zum letzten Mal gesprochen hatte. Ob sie überhaupt gesprochen hatte, ob sie irgendwann rausgegangen war. Mit den Smartphones ist alles noch schlimmer geworden, weil jetzt auch die jungen Leute nichts mehr sehen, sie starren nur auf ihre Bildschirme. Erst neulich hat Voss einen Artikel darüber gelesen, in der Zeitschrift »Kriminalistik« stand, dass wegen der neuen Telefone die Zahl der brauchbaren Augenzeugen deutlich gesunken sei.

»Herr Kollege Voss, geht es Ihnen nicht gut?« Die Kommissarin sieht ihn halb verärgert, halb besorgt an.

»Doch, alles in Ordnung, was soll mit mir sein? Also mir ist nichts aufgefallen, ich kann mich nicht erinnern, jemanden Verdächtiges gesehen zu haben. Wir haben gepicknickt, an der Oder, wir haben Steine zum anderen Ufer geworfen, nach Deutschland, aber die Steine flogen nicht weit genug ...« Voss stockt, er blickt um sich. »Ist diese junge Frau nicht mehr da? Eva heißt sie, glaube ich?«

Die Kommissarin steht von ihrem Schreibtisch auf und kommt auf ihn zu. »Ich glaube, Sie stehen unter Schock, Herr Voss, Sie sind ganz blass ... Eva wird Sie ins Hotel begleiten, dort sollten Sie sich ein wenig ausruhen. Ich werde hier alles in die Wege leiten.« Sie gibt ihm eine Karte mit ihrer Handynummer.

Als der Motor ausgeht, wacht Voss auf. Der Wagen steht auf dem Parkplatz vor dem Bauernhof. Voss blinzelt, am Steuer sitzt Eva, die ihn aufmerksam betrachtet. »Wird gut alles«, sagt sie. Er reißt die Tür auf, atmet die warme Luft ein. Es ist wirklich ein heißer Tag geworden, durch die Hofeinfahrt hallen Stimmen, er hört Kinder schreien und Frauen lachen. Die Hochzeitsfeier geht einfach weiter, als wäre nichts passiert.

Voss läuft über den Hof, steigt am Gästehaus die Außentreppe hoch. Er spürt die Blicke der Hochzeitsgäste, die Gespräche im Hof werden leiser, gehen in aufgeregtes Murmeln über. Er dreht sich kurz zum Geländer, macht eine Armbewegung, die besagen soll, dass alles okay ist, und eilt zu Majas Tür. Es ist, als wäre es ewig her, dass er hier verschwitzt mit seinen neuen Joggingschuhen stand.

Die Tür ist nicht abgeschlossen, er weiß, dass er eigentlich auf die polnischen Kollegen warten müsste, bevor er das Zimmer durchsucht, aber er will nicht warten. Er lässt die Tür ins Schloss fallen und horcht in die Stille. Die beiden Bettdecken liegen zerwühlt auf der Matratze, Voss hat links geschlafen, Maja rechts. Auf dem Nachttisch steht ein halb ausgetrunkenes Glas Wasser, außerdem liegt dort ihre silberne Schlafmaske. Voss versucht sich daran zu erinnern, wie das Zimmer aussah, als er es leise verließ, um seinen bescheuerten Morgenlauf zu machen. Auf den ersten Blick hat sich nichts verändert. Majas ockerfarbene Reisetasche liegt auf der Erde, in der Tasche findet er ein Paar Jeans, Unterwäsche, Büstenhalter, Socken, zwei T-Shirts, einen leichten und einen dicken Pullover und den neuen Badeanzug, den sie sich vor der Abfahrt in Bad Freienwalde gekauft hat. Der Badeanzug ist hellblau und hat dunkelblaue Streifen. In einer Innentasche findet Voss ein Foto von sich. Das Bild hat Maja im Garten in Sternekorp aufgenommen, kurz nachdem sie zum ersten Mal Tomatensetzlinge ins Gewächshaus umgepflanzt hatten. Er sieht verschwitzt aus, versucht zu lächeln, was nur halbwegs gelingt und seinen schmalen Mund ein wenig schief erscheinen lässt. Seine Augen blicken ruhig und konzentriert. Er stellt sich zum hundertsten Mal die Frage, was diese Frau an ihm findet.

In ihrer Handtasche, die auf dem Tisch am Fenster liegt, sind ihr Portemonnaie, zwei Lippenstifte, ein Päckchen Taschentücher, zwei einzeln verpackte Kondome und eine halbe Tafel Milka-Schokolade. Ihr Telefon ist nicht da. Im Portemonnaie steckt ihr polnischer Personalausweis, sie heißt mit vollem Namen Marianka Wisniewska. Geboren wurde sie am 21. März 1985 in Lukowice. Der Ausweis wurde in Cedynia ausgestellt. Voss überlegt, der Name sagt ihm etwas. Ja, richtig, das ist die erste Kleinstadt, durch die sie hinter der Grenze gefahren sind. Stammt Maja also hier aus der Gegend? Er hat sie irgendwann gefragt, wo sie herkomme, aber sie hat ausweichend geantwortet. »Außerdem, wenn du mich heute fragst, Daniel, dann würde ich sagen, ich komme aus Sternekorp«, hat sie dann noch gesagt und ihn mit ihren schmalen, grünen Augen prüfend angeschaut.

Er schickt eine SMS mit Majas Ausweisdaten an die Kommissarin, dann durchsucht er weiter das Portemonnaie. In einem kleinen Fach hinter Majas EC-Karte steckt das Schwarz-Weiß-Passbild eines älteren Mannes. Ist das ihr Vater? Er hat ein schmales Gesicht und kleine, harte Augen, die verächtlich oder womöglich auch nur unsicher in die Kamera blicken. Voss kann keinerlei Ähnlichkeiten zwischen Maja und diesem Mann entdecken. Oder das ist ihr zweiter Liebhaber, denkt er, weil sie nun mal auf ältere Männer steht.

Voss geht ins Bad, macht das Licht an, inspiziert die gläserne Duschkabine. An der transparenten Gummidichtung, die an der Unterkante der Glastür sitzt, sind Wassertropfen zu sehen. Sie hat also geduscht, bevor sie hinausging. Ein Frotteehandtuch, das neben der Tür auf der Erde liegt, ist feucht, und auch ihre Zahnbürste sieht frisch benutzt aus. Majas Schminkzeug hingegen findet er nicht, ihm fällt ein, dass sie sich gestern Abend bei ihm im Zimmer geschminkt hat, weil das Licht an ihrem Badspiegel nicht funktionierte. Seltsamerweise funktioniert das Licht jetzt. Voss überlegt, wie wahrscheinlich es ist, dass Maja ungeschminkt das Zimmer verlässt, um zum Beispiel zum Frühstück zu gehen. Sehr unwahrscheinlich, zumal wenn sie beim Frühstück von so vielen Leuten umgeben ist. In Sternekorp schminkt sie sich sogar, bevor sie in den Garten geht. Das heißt, normalerweise hätte sie nach dem Duschen versucht, in sein Zimmer zu kommen, um ihre Schminksachen zu holen, was sie offensichtlich nicht getan hat. Bei solchen Gedanken merkt Voss, dass sie sich noch nicht besonders gut kennen.

Immerhin wäre es auch möglich, dass Maja schon aufgestanden war und geduscht hatte, als er noch den Feldweg hinuntergetrabt ist. Dann wäre sie nicht im Bad gewesen, als er zurückkam, sondern irgendwo draußen, ungeschminkt, weil sein

Zimmer abgeschlossen war. Vielleicht ist sie zum Telefonieren rausgegangen? Er erinnert sich, dass sie gestern Abend versucht hat, von ihrem Zimmer aus eine Freundin anzurufen, aber kein Netz bekam. Als Voss das Licht am Badspiegel wieder ausmachen will, springt der Schalter aus der Plastikfassung. Er versucht, den Schalter wieder hineinzudrücken, aber es gelingt nicht, stattdessen löst sich der Badspiegel von dem Holzrahmen, an dem er befestigt ist. Voss tastet in den Hohlraum, um nach der Schraube zu suchen, die sich offenbar gelöst hat. Seine Finger stoßen an etwas Schweres, das in ein Tuch eingewickelt zu sein scheint. Er holt das Bündel hinter dem Spiegel hervor, schlägt das Tuch auf und hält eine SIG Sauer P 228 in der Hand. Er kennt diese Waffe gut, es ist die Standard-Dienstpistole für alle Polizeivollzugsbeamten des Landes Brandenburg. Die Waffe ist geladen und gesichert, ein zweites Magazin liegt dabei.

Es klopft an der Tür, Voss wickelt schnell die Waffe zurück in das Tuch, legt sie in den Hohlraum und schiebt den Spiegel wieder auf den Holzrahmen. Er öffnet die Tür, vor ihm steht Natalja, die Braut. Er hätte sie beinahe nicht erkannt, weil sie anders als gestern keine verlängerten Wimpern, weniger Make-up und keinen weißen Schleier trägt. Neben Natalja steht ein älterer Mann, der sich als ihr Onkel Wadi vorstellt.

»Ich spreche Deutsch, deshalb hat Natalja mich mitgebracht«, sagt Onkel Wadi in einem weichen, leicht klagenden Ton, den Voss so ähnlich schon von Maja kennt. »Wir wollten wissen, was passiert ist.«

»Das würde ich auch gerne wissen«, sagt Voss. Er erzählt den beiden von den spärlichen Erkenntnissen, die er bislang hat. »Es wäre eine große Hilfe, wenn Sie unter den Hochzeitsgästen herumfragen könnten, wem etwas aufgefallen ist und wer Maja womöglich an diesem Morgen gesehen hat. Wahrscheinlich wird später noch die Polizei kommen und Befragungen anstellen.«

Onkel Wadi übersetzt Natalja, was Voss gesagt hat. Sie antwortet und Onkel Wadi übersetzt zurück: »Wir haben natürlich alle gefragt, eine Frau hat ein weißes Auto vom Fenster aus gesehen, aber leider keine Verkehrsnummer ...«

»Kein Nummernschild«, sagt Voss.

»Ja, genau. Sonst hat keiner Maja seit gestern Abend gesehen, aber es kennt sie auch fast niemand, weil sie ja schon so lange weg ist.«

»Sie hat hier in der Gegend gewohnt und ist dann weggezogen?«

»Sie hat eine Arbeit gefunden, irgendwo weit weg, und ist immer nur selten hergekommen. Dann, vor mehr als einem Jahr, war sie ganz verschwunden, wir wussten gar nicht, wohin. Vor zwei Monaten hat Natalja bei Facebook eine Nachricht von ihr gefunden. So konnte Natalja sie zur Hochzeit einladen.«

»Natalja«, sagt Voss, »kannst du mir ein bisschen was über Maja erzählen? Woher sie kommt, wo ihr zusammen zur Schule gegangen seid, wer ihre Eltern sind, was sie sonst noch für Familie hat?«

Onkel Wadi übersetzt, und Natalja schaut Voss staunend an. »Du willst Maja heiraten, aber du kennst sie nicht besonders gut.«

Jetzt ist Voss verblüfft. »Heiraten? Wer spricht denn von Heiraten?«

Es dauert eine Weile, bis Onkel Wadi den ganzen Schwall übersetzen kann, der nun aus Natalja herausbricht. Es sieht so aus, als habe Maja ihrer alten Schulfreundin über Wochen via Facebook ein detailliertes Bild ihrer Beziehung mit Voss gezeichnet. Nur dass dieses Bild die Realität auf groteske Weise verkehrt. Natalja zufolge hat Maja davon erzählt, dass sie zusammen mit ihrem Liebsten ein romantisches Feldsteinhaus in einem Dorf bezogen habe, in das sie später auch die Schwiegermutter geholt hätten, die krank sei und intensiver Hilfe bedürfe. Weil Voss ein Familienmensch sei und beruflich äußerst eingespannt, habe er Maja, seine Verlobte, gebeten, sich um die Schwiegermutter zu kümmern, zumindest so lange, bis das erste Kind da sei. Bis dahin sollte natürlich auch geheiratet werden, weil Maja ungern schwanger vor den Altar treten würde. Die beiden Freundinnen hatten sich sogar schon über ein passendes Kleid, den Tischschmuck und das Design der Hochzeitseinladungen ausgetauscht. Deshalb, sagt Natalja, hätte sich Maja so auf ihre Hochzeit gefreut, sie habe sehen wollen, was sie davon für ihr eigenes Fest übernehmen könne. Und sicherlich, fügt Natalja noch an, sei es auch für Voss interessant zu sehen, wie polnische Frauen heiraten, damit er nicht ähnliche Fehler mache wie bei der Verlobung, wo er ja ein Paar gelbe Gummistiefel aus Naturkautschuk für ein angemessenes Geschenk gehalten habe.

Voss versucht, nicht allzu verdattert zu wirken und einigermaßen Haltung zu bewahren. Er will nicht, dass Maja als Lügnerin vor ihrer Freundin dasteht, dann nimmt er es schon lieber in Kauf, selbst der Depp zu sein. Er fragt sich nur, wie es kommt, dass Maja solche Geschichten erzählt? Sind das ihre Träume, die sie ihm nicht anvertrauen wollte? Oder schämt sie sich, als Altenpflegerin in einem brandenburgischen Dorf zu arbeiten und eine mehr oder weniger versteckte Beziehung mit einem vierzehn Jahre älteren Polizisten zu führen, der in einem Kinderzimmer wohnt? Außerdem muss er die ganze Zeit an die Waffe denken, die hinter dem Badspiegel liegt, es fällt ihm nicht leicht, sich überhaupt auf das Gespräch zu konzentrieren.

»Es stimmt, wir hatten wenig Zeit, uns kennenzulernen«, sagt Voss schließlich. »Zwischen meinem Beruf und meiner kranken Mutter ist das alles nicht so einfach. Aber jetzt würde ich gerne ein paar Sachen über Maja erfahren, weil ich sie ja wiederfinden muss.« Natalja und Onkel Wadi sehen ihn mitleidig an, Voss hat auf einmal einen Kloß im Hals. Diese ganze Geschichte macht ihn fertig. Und schließlich ist er ja auch ein Depp, wenn er Maja erst kennenlernt, nachdem sie verschwunden ist.

Voss setzt sich aufs Bett, Natalja und Onkel Wadi nehmen auf den beiden Stühlen Platz, die am Fenster stehen. Und Natalja beginnt zu erzählen, von ihrer einst besten Freundin Maja, die wie sie selbst in dem Dorf Lukowice, zehn Kilometer entfernt von hier, wohnte. Wobei der schmeichelhafte Titel der besten Freundin die reinste Wahrheit war und zugleich eine kleine Lüge, was allein daran lag, dass im ganzen Dorf nur zehn Häuser standen und sie die beiden einzigen Mädchen ihres Alters waren. Natalja sagt, sie hätten sich wenig gestritten, und wenn es doch Streit gab, waren sie schon bald wieder versöhnt. Sie konnten es sich einfach nicht leisten, einander nicht zu mögen. Selbst die Leute im Dorf nahmen sie irgendwann nur noch zusammen wahr, sie hießen »die Mädels«. Als sie fünf waren, hüteten sie die Gänse, mit sieben halfen sie beim Heumachen und beim Ernten, mit zwölf fuhren sie auf den Markt und verkauften Gemüse. Sie gingen in Cedynia zur Schule, wo natürlich auch andere Kinder waren, aber sobald die Schule vorbei war, mussten sie schnell nach Hause, weil dort die richtige Arbeit auf sie wartete. Zur Erntezeit wurden sie erst gar nicht zur Schule geschickt, sodass sie, bis sie sechzehn wurden, mehr oder weniger aufeinander angewiesen waren.

»Das war nicht schlecht, Sie dürfen das nicht falsch verstehen, wir waren gerne zusammen, aber es war eben so, wie es war«, sagt Natalja, und Onkel Wadi, der immer besser in seine Rolle findet, übersetzt.

Voss nickt, fragt nach Majas Eltern. Natalja erzählt von Majas Mutter, die Krankenschwester gewesen sei und sowohl den Menschen als auch den Tieren in Lukowice und in den anderen Dörfern geholfen habe. Eigentlich arbeitete sie im Krankenhaus in Chojna, aber wie fast alle Leute in der Gegend schuftete sie auch nach Feierabend weiter. Majas Vater war Hufschmied, ein lustiger Mann mit schwarzen Locken, der leider etwas viel trank. Als Maja sechzehn war, starb ihre Mutter, wahrscheinlich an einer Blutvergiftung, die ihre Kollegen im Krankenhaus übersehen hatten. Nach dem Tod seiner Frau war der Vater nicht mehr so lustig und trank noch mehr. Maja musste sich um den Haushalt und auch um ihren zwei Jahre jüngeren Bruder Marek kümmern. Zu dieser Zeit durfte Natalja manchmal am Wochenende in die Disco nach Cedynia, Maja aber musste zu Hause bleiben, weil ihr Vater Angst hatte, ihr könnte etwas passieren. Natalja lernte ihren ersten Freund kennen und begann eine Ausbildung als Verkäuferin in einem Einkaufszentrum in Gryfino. Maja wollte eigentlich Krankenschwester werden, wie ihre Mutter, aber die Fachhochschule war zu weit weg, der Vater sagte, er brauche sie zu Hause. Also blieb sie im Dorf und machte eine Lehre bei einem Rinderzüchter, dessen Betrieb nicht weit entfernt war.

»Da haben wir uns verloren«, übersetzt Onkel Wadi, und Natalja nickt dazu.

»Das heißt, sie ist gar keine Krankenschwester geworden?«, fragt Voss.

»Es ging nicht, manchmal ist Leben stärker als Mensch.«

Das ist, findet Voss, einer der weisesten Sätze, die er seit Langem gehört hat, auch wenn er die Weisheit gerade nicht so recht genießen kann, weil er sich fragt, was er wohl noch so alles über diese Frau erfahren wird, die er zumindest ein wenig zu kennen glaubte. Er fragt sich auch, woher die Männer, die Maja in das Auto zerrten, überhaupt wussten, dass sie hier ist.

»Natalja, wer von den Hochzeitsgästen kannte Maja noch von früher?«

Sie überlegt, scheint im Geist die Leute durchzugehen, schüttelt immer wieder den Kopf. »Eigentlich nur Oleg, der war bei uns auf der Schule«, übersetzt Onkel Wadi.

»Ist dieser Oleg noch da?«

»Er ist gestern Abend ziemlich früh nach Hause gefahren, er sagte, er hätte sich den Magen verdorben. Aber vorhin kam er wieder, er sitzt wahrscheinlich gerade im Hof.«

Voss' Handy klingelt, er geht ein wenig zur Seite und nimmt den Anruf an, es ist Neumann, sein Assistent aus Bad Freienwalde.

»Hallo Chef, tut mir leid, dass ich Sie störe, ich weiß ja, dass Sie im Urlaub sind und dass man da nicht ...«

»Was gibt's, Neumann?«

»Wir haben einen Toten, Georg Kramer, 42 Jahre alt, aus Bad Freienwalde, er wurde unter dem Baugerüst der Villa gefunden, die er für sich und seine Familie sanieren lässt.«

»Irgendwelche Anzeichen für Fremdeinwirkung?«

»Nein, bisher nicht, wir gehen von einem Unfall aus.«

»Was macht der Mann beruflich?«

»Informatiker, arbeitet bei Avanta in einem Rechenzentrum in Strausberg. Ich meine, ich glaube auch nicht ... ich wollte Sie nur informieren, Sie wissen ja, das ist im Alarmprotokoll so vorgesehen, vor allem in der neuen Fassung vom ...«

»Neumann, wenn Sie weiter nichts haben, würde ich diesen Vorfall als an mich gemeldet betrachten und Ihnen einen schönen Sonntag wünschen.«

»Selbstverständlich, Chef ...«

Als Voss zusammen mit den beiden das Zimmer verlässt und über die Außentreppe in den Hof hinabsteigt, deutet Natalja auf einen durchtrainierten Mann mit kurzen, blonden Haaren, der gerade am Büfett steht und einen Teller mit Wurstsalat und hartgekochten Eiern volllädt. »Das ist Oleg.« Der hat einen ganz schönen Appetit für jemanden, der gerade noch einen verdorbenen Magen hatte, denkt Voss. Er greift sich auch einen Teller, stellt sich neben den Mann, tut sich etwas Weißbrot und Konfitüre auf. Voss zeigt auf Olegs Magen, fragt »wieder gut?«. Der Mann sieht Voss irritiert an, zum Glück ist Onkel Wadi in der Nähe, der übersetzt und ein flüssiges Gespräch ermöglicht. Oleg wirkt so, als erinnerte er sich erst jetzt an seine nächtlichen Bauchbeschwerden, er sagt, es sei wieder alles in Ordnung.

»Sie kennen Maja, habe ich gehört?«

Onkel Wadi übersetzt die Frage und Oleg antwortet, er habe Maja schon lange nicht gesehen und kaum wiedererkannt. Er wirkt nervös, seine Augen huschen hin und her.

»Habt ihr miteinander gesprochen?«

»Nein, sie war ja den ganzen Abend mit Ihnen beschäftigt.«

»Haben Sie davon gehört, was heute Morgen passiert ist?«

Oleg kratzt sich am Unterarm, sein Halsansatz rötet sich.

»Ich kam erst hierher, als schon alles vorbei war«, übersetzt Onkel Wadi.

»Woher kennen Sie die Männer, die Maja mitgenommen haben?«

»Ich habe die beiden noch nie gesehen!«

»Wie wollen Sie das wissen, wenn Sie doch erst hierherkamen, als alles vorbei war?«

Der Mann wirkt verdattert. »Das wollte ich doch sagen, dass ich sie nicht gesehen habe, weil ich ja nicht da war.«

»Und woher wissen Sie, dass es zwei Männer waren?«

»Keine Ahnung!«

Voss sieht Oleg in die Augen, der weicht seinem Blick aus.

»Was haben Sie getan, als Sie von hier weggegangen sind?«

»Ich bin nach Hause gefahren und ins Bett gegangen.«

»Kann das jemand bezeugen?«

»Ich wohne bei meiner Mutter, aber die hat schon geschlafen.«

»Sie lügen nicht besonders gut, Oleg, erzählen Sie jetzt sofort, was wirklich passiert ist, ansonsten lasse ich Sie von den polnischen Kollegen aufs Revier vorladen.«

Oleg ruft etwas, er wird immer lauter, es klingt nach einer Beschimpfung, aber Onkel Wadi übersetzt nicht. »Es ist nicht nett, was dieser Mann gerade von sich gibt«, sagt Onkel Wadi schließlich, »er meint, Sie hätten hier gar nichts zu sagen, weil Sie ein deutscher Polizist sind und kein polnischer.«

»Da hat er recht«, sagt Voss, »aber Sie können ihm versichern, dass ich mich trotzdem um ihn kümmern werde, falls ich herausbekomme, dass er etwas mit der Sache zu tun hat.«

Die Straße nach Lukowice führt durch geschwungene Roggenfelder, vorbei an ausgedehnten Pferdekoppeln und Kuhweiden. In einer Senke liegt umgeben von Schlehenbüschen ein kleiner See, in dem Kinder planschen. Vielleicht wollte Maja hierher mit ihm zum Baden fahren, denkt Voss. Die Hitze flimmert über dem Asphalt, der warme Fahrtwind rauscht in den Ohren und überlagert Onkel Wadis unablässigen Redefluss. Der schmale Alte, der Zigaretten ohne Filter raucht und trotz der Hitze ein dunkles Wolljackett und eine karierte Schiebermütze trägt, hat darauf bestanden, ihn als Übersetzer zu begleiten, weil Voss ja sonst mit niemandem reden könne. Vor allem aber ist Onkel Wadi offensichtlich erfreut, selbst reden zu können, auf Deutsch zumal, das minütlich besser wird.

»Ich habe selten die Möglichkeit, zu sprechen, es ist alles noch da, aber die Wörter sind wie verlorene Steine von einem alten Haus, das lange leer stand. Es war auch verboten, Deutsch zu sprechen.«

Am liebsten hätte Voss jetzt seine Ruhe, seine Gedanken kreisen weiter um die Waffe, die er noch schnell in seiner Reisetasche versteckt hat, bevor er mit Onkel Wadi losgefahren ist. Hat Maja die SIG Sauer aus dem Präsidium gestohlen? Seine eigene Waffe ist es jedenfalls nicht, so viel ist sicher. Letzte Woche erst hatte er ein Schießtraining, dabei fiel ihm auf, dass die untere Schraube am Pistolengriff locker war, außerdem hat seine Waffe einen Kratzer am Lauf.

»Hören Sie mir überhaupt zu?«, fragt Onkel Wadi.

»Natürlich, Entschuldigung, warum war es denn verboten, Deutsch zu sprechen?«, fragt Voss und beschließt, sich von Onkel Wadi ein wenig von seinen unruhigen Gedanken ablenken zu lassen.

»Ach, ihr jungen Leute, wisst gar nichts mehr«, lacht der Alte. »Früher nannten wir die Gegend hier die Neumark. Es war immer deutsches Land, aber dann kamen nach dem Krieg die Russen, und alle Deutschen mussten weg. Die Neumark sollte nicht nur polnisch werden, sie sollte schon immer polnisch gewesen sein. Sie haben alles zerstört, Denkmäler, Bücher, Kirchen, Friedhöfe, es durften keine Spuren bleiben vom Leben davor.«

»Und wie haben Sie die Sprache gelernt?«

»Mit der Muttermilch, wie man sagt. Meine Eltern und ich waren versteckt und durften später bleiben, wenn wir bereit seien, Polen zu werden. Aber mein Vater war Lehrer und hat mir heimlich Unterricht gegeben. Bis ich acht Jahre alt war, haben wir zu Hause nur Deutsch gesprochen.«

Es ist wirklich erstaunlich, denkt Voss, wie wenig er über die hiesige Geschichte weiß. Polen lag immer so nahe und war doch so weit weg. Nur ein einziges Mal war er dort, das muss in der vierten Klasse gewesen sein, er war gerade Thälmann-Pionier geworden, als seine Schule in Sternekorp eine Partnerschaft mit einer polnischen Schule begann. Er weiß nicht mehr, wohin sie damals gefahren sind, er kann sich nur noch daran erinnern, dass sein Vater sehr aufgeregt war und ihn eigentlich gar nicht fahren lassen wollte. Niemand in Sternekorp fuhr damals nach Polen. Es war so, als hätte die Oder gar kein zweites Ufer, als wäre die Welt am Wasser zu Ende. Erst viel später erfuhr Voss, dass sein Vater als Kind auf der anderen Oderseite gelebt hatte und seitdem nie wieder dorthin zurückgekehrt war. Voss weiß nicht, wo genau die Familie des Vaters herkam, ob es Verwandte gibt, die den Krieg überlebt haben. Diese ganze Geschichte war immer wie ein dunkler, trauriger Fleck, etwas, das möglichst schnell vergessen werden musste. Im Grunde, denkt Voss, ist er daran gewöhnt, die Menschen nicht zu kennen, die ihm nahestehen.

»Wie viele Leute gibt es hier heute noch, die sich an die alte Zeit erinnern?«

Onkel Wadi zieht die Schultern hoch. »Nur alte Menschen wie ich. Aber es ist auch ein Glück, dass junge Leute die alten Geschichten vergessen, war nur traurig, mehr nicht.«

Sie nähern sich Lukowice, Voss sieht den eckigen, weißen Kirchturm mit dem roten Schindeldach, der sich stolz in den blauen Himmel reckt. Die Straße, die zum Dorf führt, ist auf beiden Seiten von Birken gesäumt, die im warmen Wind schwanken. Birken, findet Voss, haben immer etwas Schwermütiges, obwohl sie mit ihrer hellen Borke so licht daherkommen. Als Voss noch klein war, hat der Pfarrer von Sternekorp in einer Weihnachtsmesse erzählt, dass auf Gräbern, die nicht gepflegt werden, Birkentriebe wachsen. Es ging wohl darum, die Sternekorper zu einer besseren Grabpflege zu ermuntern. Voss aber hat sich vorgestellt, wie die Birken mit ihren feinen Wurzeln das Blut der Toten aufsaugen und deshalb so gut auf Friedhöfen gedeihen. Es kann sein, dass ihm dieses Missverständnis die Birken für immer verleidet hat.

Sein Handy vibriert in der Hosentasche, das Display zeigt die Nummer von zu Hause. Voss nimmt an. »Hallo Mutter.«

»Daniel, du wolltest mich heute anrufen!«

»Aber heute ist doch noch nicht vorbei, ich hätte dich ...«

»Papperlapapp, du hast es vergessen, aber ist nicht schlimm, nun sag' mir doch nur schnell, wie es euch geht.«

»Ist alles in Ordnung, wir fahren gerade durch einen Kiefernwald zum Baden.«

»Du sollst doch nicht beim Fahren telefonieren!«

»Maja fährt, ist alles gut, Mutter.« Onkel Wadi grinst.

»Na dann erzähl', hattet ihr eine schöne Feier?«

»Wir haben getanzt und getrunken, es war sehr lustig«, sagt Voss. Er spürt, wie eine bittere, kalte Welle in ihm aufsteigt. »Und wie kommst du klar, Mutter, kümmert sich Frau Schlegel ordentlich um dich?«

»Ja, es ist alles viel einfacher, als ich dachte, ihr müsst euch keine Sorgen machen, ich komme klar. Wisst ihr denn schon, wann ihr wiederkommt?«

»Im Moment ist alles noch ein bisschen offen, Maja will mir ein paar Orte zeigen, an denen sie aufgewachsen ist.«

»Hast du denn schon ihre Familie kennengelernt?«

»Ihren Vater ... netter Mann.«

»Na dann grüße Maja von mir, ich bin froh, Daniel, dass du so ein nettes Mädchen kennengelernt hast.«

»Ja, Mutter, ich muss jetzt ...«

»Und vergiss' nicht, mir ein Lammfell mitzubringen, das kriegst du in Polen ganz billig, und es wärmt die Füße, wenn man es unter das Laken legt.«

»Gut, Mutter, ich mach jetzt Schluss ...« Voss legt auf.

Onkel Wadi grinst immer noch. »Es gibt doch niemanden, den ein Mann in seinem Leben öfter anlügt als seine Mutter, oder?« Voss schweigt, sie fahren ins Dorf hinein, die Asphaltstraße geht in Kopfsteinpflaster über. Onkel Wadi sagt, er kenne Lukowice, die Leute hier seien eine Art für sich. Voss fragt nicht nach, was damit gemeint ist, er parkt das Auto neben einem überwucherten Fußballplatz, dann gehen sie den Dorfanger hinunter. Manchen Häusern, an denen sie vorbeikommen, ist nicht anzusehen, ob sie bewohnt sind oder leer stehen. Brennnesseln wachsen an den Fassaden, Fensterläden hängen schief in den Angeln, Dachziegel werden nur noch vom Moos zusammengehalten. »Wie verlorene Steine«, das hat Onkel Wadi vorhin gesagt, als er über seine Deutschkenntnisse sprach, aber es beschreibt auch ganz gut dieses Dorf, aus dem das Leben irgendwann entwichen sein muss, denkt Voss. Menschen sind nicht zu sehen, weder auf der Straße noch in den verwilderten Gärten oder hinter den morschen Zäunen. Es wirkt so, als wäre hier vor Jahren ein Alarm ausgerufen worden und die Leute hätten vergessen, nach Hause zurückzukehren.

Hinter einem schmiedeeisernen Tor bellt ein Schäferhund; als er wieder verstummt, ist nur noch das metallische Quietschen eines Wetterhahns zu hören, der auf dem First des Hauses wacht, in dem einmal der Dorfladen gewesen sein muss. Die ganze Zeit hat Voss das Gefühl, beobachtet zu werden, er dreht sich mehrmals um, aber weit und breit ist niemand zu sehen.

»Sie sitzen drin und sehen uns zu«, sagt Onkel Wadi, der stehen geblieben ist und geduldig einen seiner übel stinkenden Zigarettenstumpen neu anzufachen versucht. »Ich habe gesagt, dass es seltsame Leute sind.«

»Sind Sie sicher, dass hier überhaupt noch jemand wohnt?«, fragt Voss.

»Ganz sicher, aber wenn Fremde da sind, gehen sie nicht raus. Sie sind alt, sie fürchten sich.«

»Wovor?«

»Vor allem.«

»Aber Sie, Onkel Wadi, sind auch nicht mehr der Jüngste, und Sie scheinen keine Angst zu haben.«

»Meine Neugier war immer größer als meine Furcht, außerdem bin ich mit einem deutschen Kommissar unterwegs, was soll mir passieren?«

Voss sieht sich um, er versucht sich vorzustellen, wie es hier war, als Maja noch im Dorf lebte, aber er hat große Mühe, diesen leblosen Ort mit der lebhaften Maja in Verbindung zu bringen. In welchem Haus sie wohl gewohnt hat? Als sie vor mehr als einem Jahr nach Sternekorp kam, hat er sich gefragt, ob einer jungen Frau wie ihr so ein Dorf überhaupt zuzumuten sei, ob sie nicht mehr Unterhaltung und Ablenkung brauche. Aber verglichen mit diesem Nest hier ist Sternekorp ja so eine Art Weltstadt. Plötzlich kommen Geräusche aus der Richtung, in der sie das Auto geparkt haben. Es hört sich so an, als schieße jemand mit einem Ball gegen eine Wand. Voss geht den Geräuschen nach und kommt an einen Platz, der mannshoch von Büschen und Gräsern überwuchert ist. Vor einer Garagentür ist eine Betonfläche, auf der ein Junge mit einem roten Plastikball spielt. Er schießt an die Garagentür, lässt den Ball einmal auftippen und schießt erneut. Voss geht auf den Jungen zu, der vielleicht zehn Jahre alt ist. Der sieht ihn mit großen Augen an, scheint aber keine Angst zu haben. Voss winkt ihm zu, fragt, ob er den Papa von Maja kenne. In dem Moment taucht Onkel Wadi auf. Er ruft etwas, mit barscher Stimme, der Junge antwortet und zeigt auf das erste Haus, das am Dorfanger steht.

Es ist ein altes, krummes Fachwerkhaus, das mit den Jahren Beulen und Risse bekommen hat und trotzdem nicht hässlich geworden ist. Der Regen hat die Lehmfächer ausgespült und die Holzbalken angefressen, der Wind hat die verwitterte Giebelwand nach innen gedrückt, die Fenster und Türen haben sich verschoben. Aber das Haus steht weiter trotzig da und wirkt so, als wollte es sich noch lange nicht ergeben. Voss klopft an die Tür, wartet, aber nichts passiert. Es gibt keine Klingel, Voss versucht, durch ein schmales Fenster in das Haus zu schauen, er beugt sich vor – und schreckt zurück. Hinter dem Fenster steht ein Mann und betrachtet ihn mit müden Augen. Als Voss sich vom ersten Schreck erholt hat, zeigt er auf die Tür. Aber der Mann bewegt sich nicht, stiert weiter gelangweilt nach draußen.

Voss überlegt, er zieht sein Portemonnaie aus der Hosentasche, holt ein Foto hervor und hält es an die Fensterscheibe. Die Augen des Mannes kommen in Bewegung, er wirkt überrascht, löst sich vom Fenster. Kurz darauf rumpelt ein schwerer Schlüssel in der Haustür, und der Mann tritt ins Freie. Er ist von imposanter, stolzer Gestalt, trägt dunkelblaue Arbeitskleidung und bleibt stumm vor Voss stehen.

»Guten Tag, mein Name ist Daniel Voss, sind Sie der Vater von Maja?«

Onkel Wadi übersetzt, der Mann verzieht das Gesicht und blickt ins Leere, als er mit erstaunlich hoher Stimme Antwort gibt. Onkel Wadi übersetzt zurück: »Was wollen Sie von mir?«

»Maja ist verschwunden, sie wurde heute Morgen offensichtlich von zwei Männern entführt.«

»Maja ist schon lange verschwunden. Schon so lange, dass ich mich kaum erinnern kann an sie.«

»Wir machen uns große Sorgen.«

Zum ersten Mal sieht ihm der Mann direkt in die Augen. »Was haben Sie mit ihr zu tun?«

Voss zögert, er denkt daran, wie absurd es ist, Majas Vater auf diese Weise kennenzulernen. Am liebsten würde er diesem stolzen Hufschmied sagen, was für eine wunderbare Tochter er hat, wie klug, aufmerksam und mutig sie ist. Wie sie ihm, Voss, das Leben rettete, als er beinahe in einem Schlammloch versunken wäre. Er könnte dem Vater erzählen, dass er noch nie so viel mit einer Frau geredet und gelacht hat. Dass er sich von ihr verstanden, ernst genommen und erstaunlich selten überfordert fühlt. Er könnte ihm allerdings auch erzählen, dass er sich jetzt gerade komplett überfordert fühlt, weil seine Tochter lügt wie gedruckt und aus irgendwelchen Gründen eine Waffe besitzt.

»Sie arbeitet im Hause meiner Eltern in der Nähe von Bad Freienwalde, in Deutschland, sie pflegt meine kranke Mutter«, sagt Voss schließlich.

Der Mann schüttelt entsetzt den Kopf, als er Onkel Wadi zuhört. »Mein lieber Gott, dass es so weit kommen musste, statt ihrer Familie eine Stütze zu sein, ist sie bei fremden Leuten.«

»Wussten Sie gar nichts davon?«

»Ich weiß nichts, sie ist eine verheiratete Frau, das ist nicht mehr meine Sache. Ihr Mann muss wissen, was sie tut.«

»Sie ist verheiratet?« Voss spürt eine tiefe Enttäuschung, ja Hilflosigkeit in sich aufsteigen. Er kann nicht weitersprechen. Der Vater schaut ihn wütend an.

»Das war das Verderben, dieser Mann hat geflüstert, sie kann machen, was sie will.«

Auf einmal fühlt Voss sich mit dem Vater auf seltsame Weise verbunden. »Wer ist dieser Mann?«

»Er hat mit ihr zusammen gearbeitet in der Rinderproduktion in Orzechow, er heißt Mirco.«

»Kennen Sie seinen Familiennamen?«

Der Vater schüttelt den Kopf.

»Maja hat also eine Ausbildung bei einem Rinderzüchter gemacht?«

»Ja, aber das hat sie nicht interessiert, sie war sich zu fein für die Arbeit, ist nach ein paar Jahren rausgeflogen, hier im Haus wollte sie auch nicht sein, wollte das Glück finden.« Onkel Wadi übersetzt so geschickt, dass Voss das Gefühl hat, er würde selbst schon Polnisch sprechen.

»Was meinen Sie damit?«

»Ich weiß nicht, sie hatte immer einen dicken Kopf, sie ist in die Stadt gegangen, wir haben nicht mehr darüber gesprochen.«

»Und ihr Bruder?«

Der Mann zuckt unmerklich zusammen, Traurigkeit ist nun in seinem Gesicht zu lesen, wo bis dahin nur Trotz und Gleichgültigkeit waren. »Marek ist auch nicht mehr da, hat schon immer alles seiner Schwester nachgemacht.«

Voss will gerade weiterfragen, als auf der Dorfstraße ein Auto mit hoher Geschwindigkeit über das Kopfsteinpflaster donnert und hinter ihm zum Stehen kommt. Es ist die polnische Kommissarin. Sie springt aus dem Auto, stürmt auf ihn zu und ruft:

»Sie sind hier nicht in Deutschland, Herr Kollege, das sind meine Ermittlungen, und wenn Sie weiter auf eigene Faust arbeiten, dann sorge ich dafür, dass Sie Ärger kriegen, hier und bei Ihnen zu Hause!«

Voss versucht die Kommissarin zu beruhigen, er rudert beschwichtigend mit den Armen, senkt betreten den Kopf. Eine ähnliche Geste hat er vor Jahren am Sternekorper Weier bei Graureiher-Männchen beobachtet, die auf agressive Weibchen getroffen waren und mit ihrer demonstrativen Unterwerfung einen Konflikt abwenden konnten. Die Kommissarin scheint allerdings nicht viel mit den Graureiher-Weibchen gemein zu haben. »Schon im Landhotel haben Sie das Zimmer ohne mich untersucht, Sie haben fremde Leute hineingelassen und damit eine ordentliche Spurenauswertung unmöglich gemacht! Was würden Sie tun, wenn jemand Ihnen so ins Handwerk pfuschte?«

Er weiß, dass die Kommissarin recht hat, selbst wenn es gute Gründe dafür geben mag, dass er nicht gewartet hat. »Es war mir unangenehm, dass ich Ihnen nicht sofort die exakten Personalien von Maja geben konnte, deshalb habe ich ihren Ausweis gesucht, ich wollte auf keinen Fall Ihre Ermittlungen stören, sondern nur helfen«, sagt Voss in weiterhin betont demütiger Körperhaltung, und es sieht so aus, als verfehle der Graureiher-Trick diesmal nicht seine Wirkung. Die Kommissarin räuspert sich, lässt die hochgezogenen Schultern langsam sinken, ihre Atmung wird ruhiger.

»Gut, die Regeln sind jetzt klar«, sagt sie. »Ich nehme an, das ist der Vater der Vermissten?«

Voss will antworten, aber die Kommissarin hat sich bereits Majas Vater zugewendet, sie schüttelt ihm die Hand, wechselt ein paar Worte mit ihm, und beide schicken sich an, ins Haus zu gehen. Voss will hinterher, wird allerdings von einem strengen Blick gestoppt. Die schwere Haustür fällt ins Schloss, und Voss steht mit Onkel Wadi alleine da.

»Macht mir Sorgen, die Frau«, sagt Onkel Wadi. Voss nickt, er überlegt, was er jetzt machen soll. Er kann doch nicht einfach darauf warten, was die Ermittlungen der Frau Kommissarin ergeben werden. Klar, es ist ihr Fall, aber es geht um Maja.

»Wir haben bei uns ein Sprichwort für Leute wie die Kommissarin«, sagt Onkel Wadi. »Junge Hunde beißen, um nicht gebissen zu werden.« Als Voss nicht sofort reagiert, setzt er hinzu: »Sie ist nicht böse, sie hat nur Angst, verstehen Sie?«

»Ja, ich verstehe«, sagt Voss. Dieses Sprichwort könnte von seinem Vater sein, der nie viel gesprochen hat, aber der, wenn er etwas sagte, gerne solche Lebensweisheiten von sich gab, am liebsten in gereimter Form. Einmal floh Voss vor zwei Jungen die Dorfstraße entlang, er rannte nach Hause, fiel dabei hin, schlug sich das Knie auf. Als er schließlich blutend und weinend vor seinem Vater stand, sagte der nachdenklich:

»Die große, unnötige Hast
zwingt dich nun zur langen Rast.«

Onkel Wadi muss deutlich jünger sein, als sein Vater jetzt wäre, außerdem redet er in einer Stunde mehr, als sein Vater in seinem ganzen Leben gesprochen hat. Trotzdem erinnert Onkel Wadi Voss an seinen alten Herrn, er verströmt eine ähnliche Schwere, eine Wehmut, die schwer zu greifen ist.

Die Kommissarin kommt aus dem Haus. Sie eilt auf ihr Auto zu, und Voss fragt sich, ob sie eigentlich immer so schnell läuft, wahrscheinlich spart das viel Zeit, andererseits entgehen einem vielleicht auch etliche Dinge, wenn man immer so umherhetzt. Die Befragung hat offenbar nicht besonders viel ergeben, sonst wäre sie nicht schon wieder draußen. Ihr Telefon klingelt, Voss hört ihre Stimme, die auf einmal ganz anders klingt. Das ist ihm auch schon bei Maja aufgefallen, wie sehr die Sprache die Erscheinung eines Menschen verändert. Maja wirkt weicher, intensiver und irgendwie befreiter, wenn sie Polnisch spricht, sie scheint dann noch mehr sie selbst zu sein. Ihre ganze Körpersprache verändert sich, ihre Haltung, ihr Blick, alles wirkt direkter, selbstverständlicher.

Die Kommissarin kommt auf Voss zu, in einem fast schlendernden Gang, was ein Zeichen dafür sein könnte, dass sie noch überlegt, was sie ihm sagen soll. Ihre Blicke begegnen sich, sie schlägt die Augen nieder.

»Das Auto wurde gefunden, ein weißer Ford Transit, in einem See nicht weit von hier.« Sie macht eine Pause, überlegt, entscheidet sich schließlich. »Wenn Sie wollen, können Sie mitkommen, aber stören Sie nicht die Ermittlungen, wir haben auch so genug zu tun.«

Voss bleibt stumm. War er eben noch sauer auf Maja, weil sie ihm so viel verheimlicht hat, ist er nun von größter Sorge erfüllt. Er betrachtet die Kommissarin, er mag diese Frau, sie macht ihren Job, so wie man ihn machen muss, wahrscheinlich ist sie eine richtig gute Polizistin. Voss nimmt sich vor, sie nicht zu enttäuschen, sie müssen kooperieren, sonst kommen sie nicht voran.

»Danke, Frau Kollegin«, sagt er und will noch etwas hinzufügen, aber sie ist bereits auf dem Weg zu ihrem Wagen.

Auf der Fahrt erzählt Onkel Wadi erneut vom Leben der deutschstämmigen Bevölkerung in Polen, aber Voss hört nicht hin, seine Gedanken kreisen jetzt nur noch um Maja. Wenn das Auto so schnell gefunden wurde, dann ist das kein gutes Zeichen. Es bedeutet, dass alle halbwegs harmlosen Erklärungen ausscheiden. Immerhin hätte es sein können, dass zum Beispiel ein ehemaliger Liebhaber von Majas Besuch in der Heimat erfahren hat und die Entführung ein etwas übertriebener Akt der Eifersucht gewesen wäre, der sich nach einer längeren Aussprache erledigt hätte. Es hätte auch ein dummer Scherz sein können, irgendein Hochzeitsspiel, bei dem zur Abwechslung nicht die Braut, sondern ein Gast entführt wird. Alle möglichen Erklärungen dieser Art sind Voss seit dem Morgen durch den Kopf gegangen, er hat nicht wirklich daran geglaubt, es war eher ein Versuch, sich selbst ein wenig Hoffnung zu machen. Aber wenn ein Tatfahrzeug im Wasser versenkt wird, ist es kein Spiel mehr, kein Scherz, kein Zufall. Es bedeutet, dass ein zweites Fahrzeug bereitstand, dass es womöglich ein sorgsam ausgewähltes Versteck gibt, in dem Maja jetzt festgehalten wird. Es bedeutet, dass da jemand einen Plan hat.

Der See liegt am Rande eines Dorfes, umringt von einem Waldgürtel. Eine schmale Asphaltpiste führt von der Landstraße die Böschung hinunter, zieht sich durch eine morastige Senke, in der weit ausladende Trauerweiden stehen, und endet schließlich nur etwa hundert Meter vom See entfernt. Ein Teil des Daches des weißen Kastenwagens ragt aus dem schlammigen Wasser. Am Ufer liegen zwei breite Holzbohlen, die wie eine Rampe ins Wasser ragen. Die Entführer haben offensichtlich das Auto am Ufer abgestellt, sind ausgestiegen und haben den Kastenwagen über die Bohlen in den See gerollt. Nur mit der Wassertiefe müssen sie sich verschätzt haben. Plötzlich hat Voss eine schreckliche Idee: Und wenn es gar keine Entführung war? Wenn sie Maja in dem Auto gelassen haben? Er versucht, die Angst, die sich wie ein kalter Strom in ihm ausbreitet, niederzukämpfen. Sein Gehirn lässt sich leider nicht beruhigen, es geht in Sekundenschnelle alle Möglichkeiten durch.

Die Kommissarin erklärt, dass gleich ein Kranwagen kommen wird, der das Auto aus dem Schlamm zieht.

»Meinen Sie, dass möglicherweise in dem Auto ...« Voss kann den Satz nicht zu Ende sprechen.

Die Kommissarin betrachtet ihn mit ernsten, warmen Augen. »Ich habe auch daran gedacht, aber für eine Tötung ist das doch alles viel zu kompliziert. Und auch zu unsicher …«

Ihre Worte tun Voss gut, weil sie nicht von Mitleid, sondern von Logik getragen sind. Es stimmt, warum sollte jemand Maja auf so umständliche Weise töten? Die Kommissarin legt ihm die Hand auf die Schulter, was ihn erstaunlicherweise nicht zusammenzucken lässt.

»Vielleicht ist es besser, wenn Sie ins Dorf gehen, dort gibt es einen kleinen Laden, in dem man einen Kaffee trinken kann. Ich sage Ihnen Bescheid, sobald wir das Auto bergen.«

»Nein, ich bleibe lieber hier. Aber vielen Dank, dass Sie sich um mich kümmern, nachdem ich Sie vorhin so wütend gemacht habe.«

Die Kommissarin winkt ab. »Vergessen wir das, ich muss zu meinen Leuten.«

Eine halbe Stunde später kommt der Kranwagen. Ein Polizeitaucher steigt in das schwarze Wasser, er muss ein Stahlseil mit zwei Karabinerhaken an der Hinterachse des Wagens festmachen. Es dauert eine Weile, bis das Seil hängt, der Dieselmotor des Kranwagens heult auf, das Seil wird von einer Winde eingezogen, langsam gleitet das Auto aus dem schlammigen See. Zunächst ist nichts zu erkennen, weil der Wagen mit Wasser vollgelaufen ist. Der Polizeitaucher öffnet die Beifahrertür, ein großer Schwall brauner, stinkender Brühe ergießt sich auf die Wiese. Jetzt öffnet der Taucher auch die hintere Schiebetür, und das Wasser entweicht. Die Sitze kommen zum Vorschein. Voss wagt einen kurzen Blick in den Innenraum, er ist leer.

Die Kriminaltechniker beginnen mit der Arbeit, Voss hält sich im Hintergrund, große Erleichterung umfängt ihn, lässt ihn sogar ein wenig euphorisch werden, obwohl er ja weiß, dass

Maja immer noch verschwunden ist. Er muss sich jetzt ein bisschen bewegen, klettert die Böschung hoch, geht einen Wassergraben entlang, der vom See wegführt. Onkel Wadi, der sich die ganze Zeit still im Hintergrund gehalten hat, folgt ihm. Der Graben führt über eine Weide zum Dorf. Voss geht immer weiter, bis er an ein Wehr kommt, eine Stahlplatte, die in einer Betonführung steckt und mit einer Kette hochgezogen oder hinabgelassen werden kann, je nachdem ob der Durchfluss vom Wasser her verstärkt oder verringert werden soll. Das Wehr ist geschlossen, Voss folgt weiter dem Wassergraben, der an einem Schweinestall vorbeiführt, einen leichten Bogen macht und Richtung Dorf führt. Voss sieht eine offene Stalltür, geht hinein, ein junger Mann mit hüfthohen Gummistiefeln ist gerade damit beschäftigt, frisches Stroh in die Schweinekoben zu streuen. Voss wartet, bis Onkel Wadi bei ihm ist, dann ruft er nach dem Gummistiefel-Mann, der erstaunt hochschaut und zu ihnen herüberkommt.

»Ist das Wasser im Graben heute gesunken?«

»Ich weiß nicht, ich habe noch nicht nachgesehen.« Der Mann geht mit ihnen zum Graben. »Ja, ist wenig Wasser, ich muss nach dem Wehr sehen, manchmal ist es verklemmt.«

»Wie schnell steigt das Wasser in dem See da hinten, wenn das Wehr ganz geschlossen ist?«

»Nach einem Tag stehen die Weiden ganz im Wasser.«

»Das heißt, es gibt einen unterirdischen Zulauf?«

Onkel Wadi versteht nicht und kann deshalb auch nicht übersetzen. Voss versucht es erneut: »Fließt Wasser aus der Erde in den Tümpel?«

»Ja, es gibt eine Quelle in der Erde, aus der gutes Wasser fließt.«

»Wie ist das Wehr normalerweise eingestellt?«

»Jetzt, bei dem heißen Wetter, brauchen wir mehr Wasser für die Gemüsefelder im Dorf, das Wehr muss halb offen stehen. Habe ich gestern kontrolliert, war alles in Ordnung.«

»Jetzt ist das Wehr zu, wissen Sie warum?«
»Nein. Das ist nicht gut, ist nicht normal.«

Voss verabschiedet sich und geht zum Teich zurück. Onkel Wadi versucht ihn in ein Gespräch zu verwickeln, aber Voss braucht Ruhe. Er muss nachdenken. Es sieht so aus, als hätte jemand das Wehr geschlossen, um den Wasserpegel im See steigen zu lassen. Das Wasser sollte das Auto bedecken, bevor jemand im Dorf etwas mitbekommt. Aber wäre dann nicht später, wenn die Bauern das Wehr wieder geöffnet hätten, auch der Pegel gesunken und das Auto erneut zu sehen gewesen? Wollten die Entführer Zeit gewinnen? In dem Fall hätten sie doch den Wagen auch irgendwo im Wald stehen lassen können. Es ergibt alles keinen Sinn.

Ein warmer Wind bläst über die Weide und trägt den Güllegeruch von den Schweineställen hinter ihnen her. Voss sieht ein Seeadlerpaar tief über dem Wasser kreisen, mit bloßem Auge kann er das ockerfarben aufgehellte Gefieder am Kopf und am Hals erkennen, der Rest des Körpers ist braun gefiedert, nur der keilförmige Schwanz ist weiß. Voss bleibt kurz stehen und genießt diesen herrlichen Anblick. Erst jetzt spürt er, wie verspannt er ist, sein Rücken tut weh, sein Magen brennt, seine Atmung ist hastig und flach. Seit heute Morgen, seit dem Moment, als er von Majas Verschwinden gehört hat, ist sein Körper in einer Art Alarmzustand. Er versucht, tief durchzuatmen, blickt den breiten Schwingen der Adler nach, die scheinbar mühelos durch die Luft gleiten, und merkt, wie auch er langsam ruhiger und leichter wird. Vögel sind Voss' große Leidenschaft, für die er leider viel zu wenig Zeit hat. Er interessiert sich nicht nur für ihr Aussehen und ihr Flugverhalten, wie viele andere ornithologisch gebildete Menschen. Er betrachtet die Vögel als ganzheitliche Wesen, die ihre grandiosen Seiten, aber eben auch ihre Macken haben. Seeadler zum Beispiel sind, anders als ihr Ruf, recht faule Gesellen, die nicht mehr für ihre Nahrung tun, als sie unbedingt müssen. Von wegen edle Jäger! Wenn ein Seeadler die Möglichkeit hat, dann klaut er lieber einem anderen Tier die Beute, als sich selbst auf die Mühen der Jagd einzulassen. Er lässt Fischadler, Habichte und Wanderfalken sich abrackern und stößt erst dazu, wenn das Festessen fertig serviert daliegt. Vorbildhaft erscheinen die Seeadler Voss hingegen in Beziehungsfragen. Seeadlerpaare leben in Dauerehe zusammen, sie bleiben einander treu bis zum Tod und führen noch nach vielen Jahren der Paarroutine erstaunliche Balzflüge vor, die, so erklärt es sich Voss zumindest, von der Lebendigkeit ihrer Liebe zeugen.

Die Kommissarin steht allein an der Böschung oberhalb des Sees. Voss geht auf sie zu. »Darf ich Sie kurz stören?«, fragt er.

»Waren Sie spazieren?«

»Ja, und ich bin dabei auf eine Sache gestoßen, völlig unabsichtlich, es ergab sich so.«

Sie sieht ihn halb belustigt, halb genervt an und sagt schließlich: »Ist ja okay, wir sind schließlich beide Polizisten, also was haben Sie gefunden?«

Voss erzählt von dem geschlossenen Wehr, die Kommissarin hört gespannt zu. »Normalerweise wäre der Wagen ein paar Stunden später verschwunden gewesen«, sagt er.

»Und er wäre wohl verschwunden geblieben. Der Taucher sagt, die Schlammschicht sei tief, das Auto wäre dort eingesunken, und niemand hätte es je wieder gesehen.«

»Wie haben Sie das Auto eigentlich so schnell gefunden?«

»Das, Herr Kollege, ist die wunderbare polnische Polizei, sie ist schneller, als sie es manchmal selbst für möglich hält.« Die Kommissarin verzieht keine Miene dabei, weshalb auch Voss ihre Worte lediglich mit einem ernsten Nicken quittiert. »Wir hatten einfach Glück«, sagt die Kommissarin, »ein Streifenwagen verfolgte einen Motorradfahrer, der bei einer Routinekontrolle nicht anhalten wollte. Die Kollegen verloren den Motorradfahrer, suchten die Gegend ab und stießen so auf dieses Schlammloch.«

»Das heißt, wir können davon ausgehen, dass die Männer hier aus der Gegend kommen. Sie kannten den See, sie wussten von dem Wehr.«

»Sie wussten wohl sogar«, sagt die Kommissarin, »dass nicht damit zu rechnen ist, einen Dorfbewohner hier zu treffen, sonst wäre es doch viel zu riskant gewesen. Also werde ich mich im Dorf umhören.«

»Haben Sie etwas im Auto gefunden?«, fragt Voss und versucht so beiläufig wie möglich zu klingen.

Die Kommissarin zögert, überlegt offenbar, ob sie ihre Informationen wirklich mit ihm teilen soll. »Wir haben das Auto untersucht, es ist gestohlen, aber wir wissen nicht, woher der Wagen kommt, in Polen wurde er nie zugelassen. Der Schließzylinder an der Fahrertür wurde geknackt. Ich nehme an, das Auto kommt aus Deutschland.«

»Sonst keine Spuren? Dann hätten die das Fahrzeug doch auch einfach im Wald stehen lassen können. Es muss da irgendwas geben, wir müssen das sofort prüfen ... Ähm ich meine natürlich ... Sie haben sicherlich bereits selbst daran gedacht, weitere Untersuchungen durchführen zu lassen.«

»Ja, wir wissen, was zu tun ist, Herr Kollege!«, seufzt die Kommissarin, die es wohl bereits bereut, so vertrauensselig mit ihm gewesen zu sein. »Wir sprachen schon darüber, Herr Voss, aber ich weiß immer noch nicht, welchen Grund es eigentlich geben könnte, Ihre Bekannte zu entführen.«

»Nun ja, das frage ich mich selbst natürlich auch schon die ganze Zeit. Worum geht es bei Entführungen?«

»Meistens um Geld.«

»Ich kenne Majas finanzielle Verhältnisse nicht im Einzelnen, aber wohlhabend ist sie sicher nicht. Deshalb denke ich eher, dass sie vielleicht irgendetwas weiß. Womöglich ist sie Zeugin eines Verbrechens geworden, hat irgendetwas gesehen, was sie auf keinen Fall sehen durfte.«

»Dann hätten die Täter aber eher *sie* im Teich versenkt, oder?«

Voss zuckt innerlich zusammen. »Ja, wahrscheinlich.«

Voss erzählt der Kommissarin noch von Oleg, dem angeblich magenkranken Hochzeitsgast. »Ich habe das Gefühl, er könnte etwas mit der Entführung zu tun haben.« Die Kommissarin nickt und wendet ihm dann demonstrativ den Rücken zu, offenbar hält sie ihren kleinen Informationsaustausch für beendet. Sie geht die Böschung zum Kastenwagen hinunter, Voss folgt ihr. Die Kriminaltechniker sind dabei, den Abtransport vorzubereiten. Einer der Techniker hat einen Laptop vor sich stehen, auf dessen Bildschirm ein Gittermodell des Kastenwagens kreist.

»Was ist das denn?«, fragt Voss.

»Unser elektronisches Protokoll«, sagt die Kommissarin. »Wir filmen das Fahrzeug und den Ort, der Computer fertigt daraus eine dreidimensionale Grafik, in der wir alle Spuren und Informationen eintragen können, auch sämtliche Maße sind bis auf den Millimeter genau berechnet. Das ist vor allem dann sehr hilfreich, wenn man später noch mal einen Blick auf einen Tatort werfen will, außerdem ist es von jedem Polizeicomputer aus einzusehen.«

»Davon habe ich ja noch nie gehört«, sagt Voss, »wir machen Fotos, mehr nicht.«

»Das System ist auch noch ziemlich neu, es wurde von Kollegen aus Wroclaw entwickelt«, sagt die Kommissarin, der Stolz in ihrer Stimme ist nicht zu überhören. Voss hätte nicht gedacht, dass hier mit moderneren Methoden gearbeitet wird als bei ihm zu Hause. Für ihn ist Polen immer noch ein eher rückständiges Land, in dem die Leute Gulasch essen und traurige Lieder singen. Im Grunde, denkt er, hat er die gleichen bescheuerten Vorstellungen wie die Westdeutschen von Ostdeutschland. Ob das so eine Art Naturgesetz ist, dass man den Osten immer unterschätzt?

»Sicherlich kommt das irgendwann auch bei Ihnen an«, sagt die Kommissarin, und jetzt wird Voss etwas ungehalten.

»Ach wissen Sie, Frau Kollegin, wir deutschen Polizisten müssen uns eben etwas mehr auf unser Gedächtnis verlassen, das kann auch Vorteile haben.«

»Meinen Sie, Herr Kollege Voss, dass Sie ein gutes Gedächtnis haben?«

Voss lächelt. »Ich denke schon.«

»Dann wird es Ihnen sicher nichts ausmachen, mir eine einfache Frage zu beantworten?«

»Warum nicht«, sagt Voss, »was wollen Sie wissen?«

»Ich würde gerne wissen, ob Sie sich noch an meinen Namen erinnern können.«

Voss stockt, überlegt. »Natürlich, warten Sie ...« Er gräbt in seinem Gedächtnis, aber alles, was ihm einfällt, ist der Name des polnischen Arbeiterführers Walesa, von dem er noch nicht einmal weiß, wie man ihn korrekt ausspricht. »Also eben wusste ich Ihren Namen noch, das geht mir manchmal so, dass ...«

»Sie hatten meinen Namen schon vergessen, kurz nachdem ich mich Ihnen vorgestellt hatte, das habe ich an Ihren Augen gesehen.«

»Das ist doch Unsinn.«

»Agnieszka Zajak, das ist mein Name. Es würde mir ja schon genügen, wenn Sie sich nur meinen Nachnamen merken. Z A J A K, das ist doch sicher nicht schwer für jemanden mit Ihrem Gedächtnis?«

Die Kommissarin wendet sich wieder ihren Kollegen zu. Voss steht wie belämmert da, versucht möglichst unbeeindruckt zu wirken, weiß aber, dass ihm das nicht gelingt. Er geht zu dem geborgenen Auto, die Motorhaube ist geöffnet. Voss blickt in den Motorraum, er sieht das Typenschild, das am Rahmen angebracht ist. Die Kriminaltechniker sind im Gespräch mit der

Kommissarin Zajak, Voss blickt sich vorsichtig um, zieht schnell sein Handy aus der Tasche und macht ein Foto des Typenschilds. Das ist zwar kein superschickes Gittermodell, denkt er, kann aber trotzdem helfen.

Gegen neunzehn Uhr sind Voss und Onkel Wadi auf dem Bauernhof zurück, die Hochzeitsgesellschaft hat sich aufgelöst, die meisten Gäste sind bereits nach Hause gefahren. Voss geht in die Scheune, in der sie gestern getanzt haben, die Zapfanlage steht noch da, er füllt zwei Gläser und stößt mit Onkel Wadi auf dessen Übersetzungskünste an. Kurz danach tritt ein junger Mann in die Scheune, den Voss als einen der Musiker wiedererkennt. Er ist noch schwer verkatert und will auch ein Bier, um aufzuwachen, wie er sagt. Sie stoßen zu dritt an.

»Seid ihr auch gerade aufgestanden?«, fragt der Musiker. Onkel Wadi muss lachen wegen dieser komischen Frage und kann Voss erst übersetzen, als er sich wieder beruhigt hat.

»Nein, wir waren schon ein wenig unterwegs heute«, sagt Voss, und er spürt auf einmal eine große Traurigkeit in sich aufsteigen. Gestern Abend war alles noch in Ordnung, da haben sie hier getrunken und gelacht, jetzt ist Maja irgendwo, vielleicht ist sie eingesperrt, oder sogar verletzt.

»Stimmt«, sagt der Musiker, »du bist hier mit deiner Verlobten. Habt ihr die Festung Küstrin angeschaut heute, oder das, was noch davon übrig ist?«

Voss sieht den Mann erstaunt an. »Wovon redest du?«

»Ich habe mich gestern Abend in einer Spielpause mit deiner Verlobten unterhalten, Maja heißt sie doch, oder? Jedenfalls sie hat mir erzählt, dass ihr heute die Festung Küstrin besucht und danach vielleicht noch baden geht.«

»Hat sie noch mehr erzählt?«

»Nein, sie sagte nur, du bist zum ersten Mal auf einer polnischen Hochzeit und wir sollen ordentlich spielen, damit sie mit ihrem Liebsten tanzen kann.«

»Hat sie Liebster gesagt?« Die Frage ist Voss so herausgerutscht, aber bevor er Onkel Wadi unterbrechen kann, hat der schon übersetzt.

»Na was denkst du denn? Ich habe selten eine Frau gesehen, die so verliebt ist. Daran habe ich auch heute Morgen gedacht, als ich sie sah, wie sie auf dich wartete, bevor ich ins Bett gegangen bin.«

Voss, der nach dem langen Tag, der Hitze und dem Bier gerade noch mit der Müdigkeit gekämpft hat, ist wieder hellwach. »Wann hast du Maja gesehen? Und wo?«

»Na, so gegen neun Uhr. Ich musste pissen, bin rausgegangen, da stand sie am Parkplatz und hat auf dich gewartet.«

»Auf mich? Sie hat auf mich gewartet?«

»Na, auf wen soll sie sonst warten so früh?«

Voss überlegt, das mit der Zeit könnte hinkommen. Es war zehn nach neun, als Eva, die bislang einzige Augenzeugin der Entführung, in den Hof gelaufen kam. Das würde bedeuten, dass Maja mindestens zehn Minuten lang an diesem Parkplatz gestanden hat. Warum? Auf wen hat sie gewartet?

»Hatte sie irgendetwas dabei? Eine Tasche, ein Telefon?«, fragt Voss.

»Ist mir nicht aufgefallen. Ich glaube nicht.«

Voss verabschiedet sich von Onkel Wadi und dem Musiker, er steigt am Gästehaus die Außentreppe hoch, geht an Majas Tür vorbei, die mit einem Plastikband der Polizei abgesperrt ist, betritt sein Zimmer, lässt sich erschöpft aufs Bett fallen und kann dann doch nicht einschlafen. Die halbe Nacht wälzt er sich umher, die Gedanken tanzen in seinem Kopf. Was weiß er wirklich von Maja? Was ist dran an dem Bild, das er von ihr hat? Er grübelt, sucht etwas, woran er sich festhalten kann, etwas, das nicht infrage zu stellen ist, das niemand zum Einsturz bringen kann.

Da sind die Dinge, die sie miteinander erlebt haben, die absichtslosen, schönen Momente, die man sich nur wünschen, aber nicht erzwingen kann. Der Abend, an dem Maja zum ersten Mal zu ihm ins Zimmer kam. Er spürte es, und sie spürte es auch, dass es an diesem Abend geschehen würde, obwohl es an vielen Abenden davor genauso hätte geschehen können. Er lag in der Dunkelheit unter seiner warmen Decke und hörte das Wasser in das Waschbecken fließen, er hörte ihre Schritte auf der Treppe, die knarrende Tür, die nackten Füße auf dem Teppichboden. Er zitterte am ganzen Körper, als sie sich still neben ihn legte. Sie versuchte, ihn zu beruhigen, aber als er sich überhaupt nicht beruhigen ließ, als sein Herz immer lauter schlug, strich sie ihm über das Haar und flüsterte ihm einen Witz ins Ohr. Das Witzigste an Majas Witzen ist, dass sie aus dem Polnischen kommen, in der Regel in der Tierwelt spielen und auf Deutsch meistens nicht funktionieren. Die Art aber, wie Maja dennoch versucht, sie in die fremde Sprache zu retten, ist ein Vergnügen. Wenn sie zum Beispiel dem Bären Mischa eine Brummstimme verleiht oder wie eine Würgeschlange zischt. Nach dem dritten Witz hatte sich Voss entspannt, ging sein Atem ruhiger, lockerten sich die brennenden Muskeln. Sie verlangte später eine Gutenachtgeschichte, er begann zu erzählen. Es war eine Geschichte, in der überraschenderweise etliche Vögel und ein guter Polizist vorkamen. Irgendwann küsste sie ihn auf die Stirn, wobei ihre Brust seinen Oberarm streifte, dann drehte sie sich um und schlief ein. Egal, was passiert, denkt Voss, das wird bleiben. Er fühlt sich ihr auf einmal näher als je zuvor.

MONTAG

Früh am Morgen sind die Ängste am mächtigsten, sie schleichen sich in den noch schlaftrunkenen, wehrlosen Körper, sickern ein in die Großhirnrinde, beschleunigen die Gedanken. Normalerweise schläft Voss lange und tief, sein Vater pflegte zu sagen, dass ein Mensch mit gutem Gewissen gut schlafen kann. Aber was nutzt das beste Gewissen, wenn einem die Furcht im Magen brennt? Um vier Uhr war er zum ersten Mal wach, hat versucht, die Gedanken zu verscheuchen, die wie Fruchtfliegen um ihn kreisten, er muss dann wieder weggenickt sein, aber um kurz nach sechs ist Schluss, da ist es zum Glück schon hell draußen. Er schlägt die Augen auf, sieht die Holzkommode, die Gardinen mit den blauen Streifen, den Sessel mit dem Überzug aus weißem Leinen. Das Zimmer in dem Haus, in dem er seit gestern Abend der einzige Gast ist, sieht genauso aus wie vor zwei Tagen. Aber es ist trotzdem ein anderes geworden, weil es nur noch ein Raum der Erinnerung ist. Er fühlt sich wie ein Statist, der in einer heiteren Kulisse vergessen wurde.

Kurz nach acht klingelt sein Handy, auf dem Display sieht Voss die Nummer des Polizeipräsidiums von Bad Freienwalde. Er überlegt, ob er abnehmen soll, lässt es klingeln, dann drückt er den grünen Knopf. Es ist der Polizeidirektor.

»Herr Voss, sind Sie dran?«, ruft er.

»Ja, guten Morgen.«

»Ich weiß, es ist früh, und Sie haben Urlaub, es tut mir leid, dass ich Sie trotzdem stören muss. Georg Kramer, der tote Informatiker, der gestern gefunden wurde, Neumann hatte Sie doch informiert?«

»Ja, er ist von einem Baugerüst gefallen.«

»Richtig. Bisher gingen wir von einem Unfall aus, aber es gibt ein paar seltsame Dinge. Die Arbeiter auf der Baustelle sagen, dieser Kramer habe alle mit Schwarzgeld bezahlt.«

»Das finden Sie seltsam?«, fragt Voss. »Ich glaube, in Brandenburg ist es mittlerweile eher seltsam, wenn ein Bauherr das nicht tut.«

»Ja, ich weiß, aber in dieses Haus muss bereits eine sechsstellige Summe geflossen sein, die Frage ist doch, woher ein einfacher Angestellter so viel Schwarzgeld hat.«

»Tja, das ist eine äußerst berechtigte Frage, Herr Polizeidirektor, ich werde sofort mit Neumann telefonieren, obwohl der eigentlich selbst weiß, was er zu tun hat.«

»Mir wäre es lieber, Herr Voss, Sie kämen zurück. Ich weiß, das ist unpassend, wie ich von Ihrer Mutter hörte, sind Sie mit Ihrer Freundin unterwegs, aber ich brauche Sie hier. Sobald etwas mehr Licht in der Sache ist, setzen Sie Ihren Urlaub fort.«

»Sie haben mit meiner Mutter gesprochen?«

»Ja, ich habe die falsche Nummer gewählt, ich hatte ganz vergessen, dass Sie gar nicht zu Hause sind. Ich soll Ihnen übrigens ausrichten, dass es Ihrer Mutter gut geht.«

»Vielen Dank, aber wissen Sie, Herr Polizeidirektor, Neumann ist ein fähiger Mann, und so kompliziert scheint der Fall nun auch nicht zu sein. Würde es nicht reichen, wenn ich wie geplant nächste Woche wiederkomme? Ich lasse mich von Neumann auf dem Laufenden halten, wir stimmen uns ab ...«

»Normalerweise wäre das kein Problem«, sagt der Polizeidirektor, dann räuspert er sich und fährt mit gesenkter Stimme fort: »Wir haben im Moment eine Hospitantin vom LKA hier. Sie wissen ja, wie das ist, offiziell kommen die, um hier was zu lernen, aber vor allem berichten sie dann in Potsdam, wie es bei uns so zugeht. Deshalb wäre es mir wichtig, dass Sie hier Flagge zeigen. Voss, unser Wundertäter, Sie wissen schon.«

Voss stöhnt leise auf. Das Einzige, was diesen Polizeidirektor antreibt, denkt er, ist die Angst, einen Fehler zu machen. Manchmal hat er sogar das Gefühl, dieser Mann interessiere sich eigentlich gar nicht für die Fälle, die sie haben. Es geht nur darum, was andere von seiner Dienststelle denken könnten. Er hat gute Verbindungen, der Polizeidirektor, er weiß immer genau, wie die Stimmung im Ministerium gerade ist oder die Laune des Budget-Verantwortlichen. Aber wie in seinen eigenen Abteilungen gearbeitet wird, davon hat er keine Ahnung. Das hat natürlich auch Vorteile, mittlerweile kann Voss sehr unabhängig agieren. Seit dem Serienmörder-Fall im Sternekorper Forst, der für viel Aufsehen in der Region gesorgt hat, ist sein Ruf in Bad Freienwalde exzellent. Wobei dieser Ruf vor allem seine kriminalistische Arbeit betrifft, als Person ist er wahrscheinlich immer noch vielen suspekt. Er kriegt das manchmal mit, wenn sie die Augen verdrehen, wenn sie etwas zu laut über ihn reden, weil sie nicht verstehen, was er gerade wieder will. Oder eben nicht will. Klar, er spricht zu wenig, das war schon immer das Problem. Früher ging das, als er noch nicht Chef war. Aber jetzt muss er kommunizieren, ermuntern, motivieren, führen, Dynamik vermitteln. Im Grunde muss er für die Kollegen Dinge tun, die er nicht mal für sich selbst hinbekommt.

Letzten Herbst wollte ihn der Polizeidirektor zu einem Führungskräfteseminar nach Hannover schicken. Aber schon als Voss die Vorbereitungsunterlagen las, bekam er schlechte Laune. Es war ein Seminar mit Pferden. In Stuttgart hatte Voss mit seinen Kollegen ein Floß bauen sollen, um den Teamgeist zu stärken. Jetzt sollte er Warmblüter reiten, um ein guter Chef zu sein. »Wenn es mit dem Tier klappt, dann klappt es auch mit den Mitarbeitern«, stand in der Broschüre. Zum Glück hatten sie gerade einen Toten an der Oder gefunden, und Voss beschwor Frau Kaminski von der Kriminaltechnik, den einen oder anderen Zweifel zu äußern. Sogar Dibbersen, der Gerichtsmediziner, ein ehemaliger DDR-Judomeister, hatte Mitleid mit Voss und mahnte weitere Untersuchungen an, obwohl längst klar war, dass der Mann besoffen von der Oderbrücke gefallen war.

»Herr Voss, sind Sie noch dran?«

»Ich muss hier noch ein paar Dinge erledigen. Ich versuche dann so schnell wie möglich zurückzukommen.«

»Danke, Herr Voss. Ich hoffe, Ihre Freundin ist nicht zu enttäuscht, vielleicht können Sie die Dame zur nächsten Weihnachtsfeier mitbringen. Man darf das Persönliche nicht so sehr vom Fachlichen trennen, habe ich gerade in einem sehr anregenden Management-Seminar in Bad Vilbel gelernt, das Menschliche ...«

Voss legt auf. Er spürt, wie sehr ihn der Gedanke quält, Maja alleine zu lassen. Er kann doch jetzt nicht einfach zurückfahren! Einzig der Gedanke, dass Bad Freienwalde nur eine Autostunde von hier entfernt ist, beruhigt ihn ein wenig. Er wird an beiden Orten ermitteln, irgendwie muss er das hinbekommen.

Die Rinderställe von Orzechow stehen wie lange weiße Riegel in der Landschaft, umgeben von sanft geschwungenen Weideflächen, die von kleinen Bächen durchzogen werden. Auf den Weiden grasen Rinder mit auffallend langem Rücken, kastanienbrauner Färbung und einem weißen Streifen, der über die Hinterseite der Oberschenkel, den Schwanz, Bauch und die

Unterbrust verläuft. Die Tiere haben helle Hörner mit schwarzen Spitzen. Voss kann sich nicht erinnern, je solche Rinder gesehen zu haben. Auch Onkel Wadi, der unbedingt wieder mitkommen wollte, kennt diese Rinderrasse nicht. Onkel Wadi saß schon am frühen Morgen auf einem Schemel im gepflasterten Hof und wartete, bis Voss endlich die Tür aufmachte. Er sagte, der gestrige Tag hätte ihm gezeigt, wie sehr Voss hier auf ihn angewiesen sei. »Gerade in schweren, traurigen Zeiten müssen wir Deutsche zusammenhalten«, sagte er und strahlte über das ganze Gesicht.

Sie gehen zu einem der Ställe hinüber, in dem gerade Kühe gemolken werden. Die Tiere haben ihre Mäuler in große Wasserbottiche gesenkt, sie schmatzen und schlürfen entspannt vor sich hin, während die Stalljungen ihnen die Melkdüsen über die Zitzen schieben. Voss fragt einen der Stalljungen nach Mirco und wird zu einem Gebäude geschickt, das ganz am Rande des Betriebes liegt, dort, wo die Tierkoppeln enden und der Wald beginnt. Dieses Gebäude wird offenbar als Lager genutzt, mächtige Heuballen liegen nebeneinander, weiße Säcke mit Kraftfutter sind bis zur Decke gestapelt. Ein Mann mit einem breiten Kinnbart und einer schwarzen Cordhose lädt mit einem Gabelstapler Säcke auf einen Anhänger. Als er Voss und Onkel Wadi sieht, steigt er von seiner Maschine herunter. Er ist muskulös, hat ein breites, freundliches Gesicht und blonde, struppige Locken, die ihm immer wieder in die Stirn fallen. Voss spürt eine unangenehme Spannung in sich aufsteigen. Es ist ihm noch nie passiert, dass er einen Vorgänger getroffen hat, was vor allem daran liegt, dass die Zahl der Frauen, mit denen er bislang in seinem Leben zusammen war, im äußerst übersichtlichen, einstelligen Bereich liegt. Und obwohl er sich nicht sicher ist, ob er das, was ihn mit Maja verbindet, wirklich als Zusammensein beschreiben könnte, hat er doch das Gefühl, hier einem Konkurrenten gegenüberzustehen.

»Was gibt es?«

»Wir suchen Mirco«, sagt Voss, und Onkel Wadi übersetzt. Der Alte schafft es mittlerweile sogar, den Tonfall und den Sprachrhythmus von Voss nachzuempfinden, sodass die polnische Übersetzung wie ein verzögertes Echo des ursprünglichen deutschen Satzes wirkt. Der Mann sieht sie überrascht an und muss lachen.

»Was seid ihr, ein polnisch-deutscher Papagei?«

»Wir wollen mit Ihnen über Maja sprechen«, sagt Voss. Das Lachen des Mannes verstummt, als er die Übersetzung hört.

»Was ist mit ihr?«

»Sie ist verschwunden, wahrscheinlich entführt worden.«

»Entführt? Ist sie auf einmal reich geworden? Dann würde es mich noch mehr ärgern, dass wir nicht mehr zusammen sind.«

»Wir wissen nicht, worum es geht, haben Sie vielleicht eine Idee?«

»Ich? Keine Ahnung. Aber wer seid ihr eigentlich?«

»Maja arbeitet bei mir zu Hause in Deutschland, sie pflegt meine Mutter. Und Onkel Wadi hilft mir mit der polnischen Sprache«, sagt Voss.

»Ach, ist sie jetzt in Deutschland? Wurde sie da entführt?«

»Nein hier, gestern, nach einer Hochzeit auf einem Bauernhof ganz in der Nähe.«

»Ich habe Maja nicht mehr gesehen, seit sie weggegangen ist, seit sie hier nicht mehr arbeiten wollte.«

»Wann war das? Wann hat Maja hier aufgehört?«

»Vor acht Jahren im Sommer. Sie hat hier eine Lehre gemacht und drei Jahre drüben im Kälberstall gearbeitet. Und dann wollte sie sich irgendeinen Traum erfüllen. Ich wusste nur nicht, dass es ihr Traum war, alten deutschen Frauen den Popo zu waschen.«

Voss blickt ihn böse an.

»Entschuldigung«, sagt Mirco, »vergiss das mit dem Popo. Aber weißt du, was dieses Mädchen alles machen könnte? Sie ist schlauer als wir alle zusammen, sie könnte alles machen. Deshalb bin ich so enttäuscht.«

»Wissen Sie zufällig«, fragt Voss, »was sie in den Jahren, nachdem sie hier weggegangen ist, getan hat?«

»Sie wollte Krankenschwester werden, ist nach Chojna gegangen, dort hat auch ihre Mutter im Krankenhaus gearbeitet, aber ich weiß nicht, ob sie das wirklich gemacht hat.«

»Darf ich Ihnen eine persönliche Frage stellen?«

»Seit ihr hier seid, stellt ihr persönliche Fragen, was wollt ihr denn noch wissen?«

»Warum hat sich Maja von Ihnen getrennt?«

Mirco atmet tief ein, schüttelt den Kopf. »Sie sagte, sie müsse etwas Neues beginnen, einen neuen Abschnitt ihres Lebens. Sie sagte, das habe nichts mit mir zu tun. Sie war sehr entschieden, auf einmal. Wenn ich sie nicht zufällig noch erwischt hätte, wahrscheinlich hätte sie gar nichts gesagt.«

»Wie meinen Sie das? Wo haben Sie sie erwischt?«

»Sie wollte einfach so los, hatte Sachen gepackt, alles heimlich vorbereitet. Ich habe zufällig die Kartons im Kofferraum gesehen. Sie sagte, dass sie mich nicht stören wollte.«

Voss muss daran denken, wie genervt Maja jedes Mal war, wenn er ihr Fragen stellte. Einfache, harmlose Fragen nach ihrer Familie, ihrer Heimat. »Du musst zu Hause kein Kommissar sein«, hatte sie gesagt und war dabei richtig wütend geworden. Manchmal telefonierte sie in Sternekorp in der dunklen Diele, und wenn er reinkam, legte sie auf. Er hat das alles nicht so ernst genommen, er dachte, es sei eben ihre Art, nicht gleich alles zu erzählen, sich ein paar Geheimnisse zu bewahren. Er konnte das gut verstehen, weil er selbst ja auch nicht gern von sich erzählt. Er hat ihre Distanz für Diskretion gehalten, fand den Abstand sogar recht angenehm. Voss kennt nicht viele Frauen, aber sein Eindruck ist, dass die meisten von ihnen keine großen Verfechterinnen der Diskretionszone sind. Nicole zum Beispiel, seine Kurzzeit-Verlobte aus

Stuttgart, wusste überhaupt nicht, was Abstand ist. Entweder man ist zusammen oder man ist getrennt, sagte sie immer, alles dazwischen ist Schummelei. So etwas hätte Maja nie gesagt.

Kann es sein, dass sie jetzt wieder einen neuen Abschnitt in ihrem Leben begonnen hat? Dass sie auch diesmal alles heimlich vorbereitet hat, weil sie auch ihn nicht stören wollte? Dagegen spricht fast alles, denkt Voss. Wenn Maja wirklich vorgehabt hätte, ihn heimlich zu verlassen, dann wäre sie doch nicht zusammen mit ihm hierhergefahren, dann hätte sie nicht allen erzählt, wie verliebt sie seien und dass sie bald heiraten würden. Dann hätte sie sich wohl auch nicht gewehrt, als sie in den Kastenwagen gezogen wurde. Und der Wagen, den hätte man erst recht nicht versenken müssen. Das passt alles nicht zusammen, weder in der einen noch in der anderen Richtung. Denn wenn es wirklich eine Entführung war, warum hat sie dann am Parkplatz gewartet? Warum hat sie erst mit den Männern gesprochen und wurde dann in den Wagen gezogen? Eine mögliche Erklärung wäre, denkt Voss, dass Maja die Männer kannte. Dass es vielleicht einen Anruf gab, Maja mit ihrem Telefon zum Parkplatz eilte und dort überrascht wurde. Hätte sie sich in dem Moment bedroht gefühlt, wäre sie wohl nicht ohne die Waffe hinausgegangen.

»Sie ist nicht nur die Pflegerin deiner Mutter, oder?«, sagt Mirco jetzt und sieht Voss grinsend an.

Onkel Wadi übersetzt, dann fügt er auf Polnisch und Deutsch hinzu: »Sie ist die Verlobte von Herrn Voss.« Es ist das erste Mal, dass der Alte sich selbst in das Gespräch einmischt, was Voss mit einem warnenden Blick quittiert, der Onkel Wadi umgehend zum Verstummen bringt.

»Glaube mir, Kumpel«, sagt Mirco, »die Frau wird nicht entführt, die geht von alleine.«

Das Blöde ist, dass Voss weiß, dieser Mann könnte recht haben. Mirco hat Voss' eigene, bisher nur zaghaft entwickelte Gedanken ausgesprochen. Und selbst wenn es nicht so ist, wenn sie wirklich entführt wurde, denkt Voss, könnte diese Suche nach Maja die Beziehung zu ihr zerstören. Die romantische Vorstellung, ein ideales Paar wisse alles voneinander, teile jedes Geheimnis und sei gerade deshalb so eng und vertraut, findet Voss wie die meisten romantischen Vostellungen ziemlich blödsinnig. Vielleicht ist es gar nicht gut, zu viel über einen geliebten Menschen zu wissen, womöglich gehören die dunklen Stellen, die eigenen, wohlmeinenden Vermutungen, die schmeichelhaften Annahmen einfach dazu, ja machen letztlich das runde, liebenswerte Bild des anderen überhaupt erst möglich. Das nennt man wohl ein Dilemma, denkt Voss: Wenn ich sie nicht suche, bleibt sie vielleicht für immer verschwunden. Und wenn ich sie suche, finde ich womöglich jemand anderen.

»Für mich ist es vorbei seit der Scheidung«, sagt Mirco. »Ich glaube, sie hatte einen anderen, das war ihr neuer Traum, ich habe sie gesehen, Jahre später, da fuhr sie an einer Kreuzung an mir vorbei, saß mit so einem Mann in einem großen, teuren Geländewagen. Vielleicht wollte sie lieber mit einem Reichen zusammen sein, als mit einem Kerl, der in einem Rinderstall arbeitet.«

»Wie sah der Mann aus?«

»So ein Angeber-Typ, so einer, der wahrscheinlich noch nie richtig gearbeitet hat, mit Sonnenbrille und Lederjacke. So ein Arschloch-Typ, wenn ihr wisst, was ich meine. Er saß auf dem Beifahrersitz und telefonierte.«

»Und Maja fuhr?«

»Ja, hat mich auch gewundert, sie sah anders aus, war ziemlich fein angezogen, hatte eine andere Frisur, so mit Locken, die Haare waren auch dunkler als sonst.«

Ein Gabelstapler biegt in die Halle, der Fahrer ruft Mirco etwas zu, der verabschiedet sich schnell. »Ich muss wieder an die Arbeit.«

Im selben Moment klingelt Voss' Handy, er winkt Mirco zum Abschied zu und verlässt zügig den Rinderstall. Neumann ist am Apparat.

»Ich habe gehört, Chef, dass Sie Ihren Urlaub abbrechen und zurückkommen.«

»Ja, völlig unnötigerweise, ich habe dem Polizeidirektor gesagt, dass Sie das genauso gut können wie ich, aber Sie kennen ihn ja.«

»Danke, dass Sie so etwas über mich sagen, vor allem gegenüber dem Polizeidirektor.«

»Nun ja, ich hatte keine Lust, meinen Urlaub abzubrechen.«

»Ach so ...«

»Das war ein Scherz, Neumann, ich vertraue Ihnen vollkommen, das wissen Sie doch. Ich schicke Ihnen gleich per SMS das Foto eines KFZ-Typenschildes. Ein weißer Ford Transit. Überprüfen Sie doch bitte, ob der in Deutschland zugelassen war.«

»Mache ich, Chef, haben Sie schönes Wetter im Urlaub?«

»Alles bestens«, ruft Voss. Neben ihm blökt ein Rind.

»Was war das gerade?«

»Ein Rind, Neumann, Urlaub auf dem Bauernhof.«

»Georg Kramers Frau ist ab vierzehn Uhr zu Hause in ihrem Haus in Bad Freienwalde, Gesundbrunnenstraße 17.«

»Danke, Neumann, bis später.«

Zurück nach Bad Freienwalde fährt Voss dieselbe Strecke wie bei der Hinfahrt. Er sitzt in Majas Auto, einem hellbraunen Opel Kadett, das Lenkrad ist mit rotem Wollstoff bespannt, an dem kleine Plastikherzen hängen, die Glück bringen sollen.

Auf dem Rücksitz steht der leere Picknickkorb. Er denkt an Majas Wunderbuletten, an die ersten drei polnischen Worte, die sie ihm auf der Fahrt beigebracht hat (Gewürzgurke, Brücke, Unterhose) und an ihr Kichern, wenn er versuchte, die Worte auszusprechen. Er fährt schnell, als könnte er so den Erinnerungen entkommen.

Ein paar Kilometer vor der Grenze hält er an, es ist erst halb eins, er will nicht zu früh nach Bad Freienwalde kommen. Er stellt das Auto auf dem großen Parkplatz rechts der Straße ab. Es ist ein Parkplatz, der in der Hoffnung gebaut worden sein muss, viele Menschen hierherzulocken. Im Moment ist sein Auto das einzige hier, es wirkt verloren in dieser Weite aus schwarzem Asphalt. Voss blickt zu dem mächtigen Denkmal hinauf, das in den Oderhang gebaut wurde. Es ist ein steinerner polnischer Adler, der sich in die Lüfte erhebt, den stolzen, gefährlichen Schnabel in die Höhe gerichtet. Auf der Hinfahrt haben sie hier auch angehalten, sind aber nicht hinaufgestiegen, weil es zu heiß war. »Das können wir machen, wenn wir zurückfahren«, hatte Maja gesagt.

Voss steigt die Stufen aus rotem und grauem Feldstein empor, die in den Hang eingelassen sind. Die Treppe ist steil, die Stufen sind uneben, die Sonne brennt heute nicht weniger als vor ein paar Tagen. Voss schwitzt, er ringt nach Luft und denkt daran, was Maja ihm über dieses Denkmal erzählt hat. Es sei ein wichtiger Ort der polnischen Geschichte, hat sie gesagt. Sie hat auch erzählt, dass sie hier als Schulkinder immer herkamen, am 1. September, dem Weltfriedenstag. Die ganze Klasse stieg diesen Hügel hinauf, und oben erklärte der Lehrer, dass hier im Jahr 972 der polnische Fürst Mieszko I. dem deutschen Markgrafen Hodo eine vernichtende Niederlage beibrachte. Der Deutsche hatte das Gebiet östlich der Oder unter seine Gewalt bringen wollen, doch dem Polen war es durch eine taktische List gelungen, den Angriff abzuwehren. »Es war wahrscheinlich der letzte Sieg, den wir über euch errungen haben, deshalb ist dieses Denkmal so wichtig für uns«, sagte Maja.

Nach zehn Minuten ist Voss am Denkmal angekommen, hier oben weht ein leichter, angenehmer Wind. Er sieht die Oder, die durch das grüne Tal fließt, sich hierhin und dorthin windet, in regelmäßigen, fast gleich großen Schleifen, als wollte dieser breite, träge Fluss gerecht zu beiden Ländern sein. Sogar den roten Kirchtum von Oderberg und die Stahlbrücke von Hohenwutzen kann man von hier sehen. Es ist seltsam, denkt Voss, auf der anderen Seite zu stehen. Eine Gedenktafel ist in eine Feldsteinmauer eingelassen. Auf der Tafel steht, dieses Denkmal sei im Juni 1972 eingeweiht worden, tausend Jahre nach der Schlacht von Cedynia, die ein Symbol des Polentums an der Oder sei. Voss denkt an Onkel Wadis Worte. Die Neumark sollte nach dem Krieg nicht nur polnisch werden, sie sollte schon immer polnisch gewesen sein.

Als sie zusammen unten auf dem Parkplatz standen, hat Voss Maja von seinen Klassenausflügen zur Gedenkstätte in den Seelower Höhen erzählt, wo die Rote Armee 1945 ihre letzte große Schlacht gegen die Hitler-Armee geschlagen hatte. Auch er musste dort immer am 1. September hin, auch ihm erzählten die Lehrer die immer gleichen Geschichten. Die Seelower Höhen liegen nur dreißig Kilometer flussabwärts, am anderen Ufer der Oder. »Stell' dir vor«, sagte Maja, »da haben wir beide auf unseren Bergen gestanden, haben den langweiligen Lehrern zugehört und hätten uns fast sehen können.« Voss versuchte sich das vorzustellen, dabei fiel ihm ein, dass sie erst vier war, als er Abitur machte. »Ach, Daniel, du bist so unromantisch«, antwortete Maja auf seinen Einwand. »Lass' uns doch beschließen, dass wir dort oben standen, uns zugewinkt haben und wünschten, wir würden einander später wiedertreffen.«

Voss bemerkt, dass er die Erinnerungen an Maja nicht mehr einfach so durch sich hindurchfließen lassen kann. Er fragt sich jetzt ständig, ob das alles so stimmt, als hätte sich in seinem Kopf ein Filter installiert, der das Unwahrscheinliche, das Versteckte, das Unwahre aus dem Strom des Gedächtnisses herauszufischen versucht. Die Erinnerungen sind zu Beweisstücken geworden, er weiß nur noch nicht, wofür. Manchmal denkt er: Es gibt sicherlich eine Erklärung für alles. Ich darf Maja nicht verurteilen, bevor ich sie nicht gefunden habe. Manchmal denkt er: Maja hat mich vielleicht die ganze Zeit getäuscht.

Ihm fällt ein, dass sie sich in Deutschland nie polizeilich angemeldet hat, immer kam irgendwas dazwischen. Sie wollte ihr Gehalt immer nur in bar, und eine deutsche Krankenversicherung fand sie überflüssig. Ihm fällt ein, dass sie das Haus selten verlassen hat, dass sie zuweilen am Telefon flüsterte, dass sie zusammenfuhr, wenn jemand in den Raum trat. Ihm fällt ein, dass er sie liebt.

Der Wind frischt auf, Voss genießt die kühle Brise, sein Handy vibriert in der Hosentasche, Neumann ist dran.

»Chef, ich habe die Daten überprüft, die Sie mir geschickt haben, aber es gibt kein Fahrzeug, das dazu passt.«

»Heißt das, der Wagen war nie in Deutschland zugelassen?«

»Es heißt vor allem, dass es dieses Auto eigentlich gar nicht geben dürfte, weil es eine Kraftfahrzeugs-Identifikationsnummer trägt, die nie vergeben wurde.«

»Also wurde das Typenschild gefälscht?«

»Wahrscheinlich. Ich habe bei den Kollegen von der Sonderkommission ›Grenze‹ nachgefragt, die sagen, es sei eine gängige Praxis, dass in Deutschland gestohlenen Wagen eine neue Identität verpasst wird, bevor sie nach Polen gebracht werden.«

»Ach so ...«

»Wo sind Sie eigentlich gerade, Chef? Ich habe vor ein paar Minuten versucht, Sie anzurufen, da kam irgendein Text auf Polnisch.«

»Na, Sie wissen ja, Neumann, das passiert manchmal, wenn man in der Nähe der Oder unterwegs ist, dass man in ein polnisches Handynetz rutscht.«

»Ach, Sie sind auf diesem Bauernhof in den Oderauen, wo man diese guten Steaks bekommt. Wahrscheinlich zur Vogelbeobachtung?«

»Nicht direkt, aber Neumann, ich sehe gerade, mein Akku ist gleich leer ...«

»Ich habe Sie jetzt nicht verstanden, Chef, wahrscheinlich das Handynetz. Der Wagen, von dem Sie mir die Daten gegeben haben, sind Sie mit dem in einen Unfall geraten?«

»Nein, der stand hier nur so herum, und ich dachte, vielleicht wurde er ja gestohlen.«

»Soll ich einen Streifenwagen vorbeischicken?«

»Ich glaube, das ist nicht nötig, Neumann, ich muss jetzt Schluss machen, und vielen Dank, Sie haben mir sehr geholfen.«

Voss legt auf. Während des Telefonierens ist er mehrmals rot geworden, er ist immer noch kein besonders guter Lügner, obwohl er schon besser geworden ist. Als Kind war es ihm fast unmöglich, seiner Mutter oder den Lehrern irgendwelche Lügen zu erzählen, sie haben es meistens gemerkt. Sein sozialer Spielraum war durch dieses Handicap natürlich erheblich eingeschränkt. Wo andere sich jederzeit Ausflüchte, Erklärungen und Entschuldigungen beschaffen konnten, blieb ihm oft nur die schnöde Wahrheit. Wo andere in Übertreibungen und Ausschmückungen badeten, konnte er lediglich nüchtern den

Sachverhalt schildern. Selbst am Telefon ist er ein miserabler Flunkerer, ihm fehlt einfach die Fantasie und die Schnelligkeit, die letztlich einen guten Lügner ausmachen. Es sei denn, es handelt sich um eine rein im beruflichen Kontext angesiedelte Lüge, in diesem Fall ist Voss sogar ein ganz passabler Flunkerer. Wahrscheinlich liegt es daran, dass es dann nicht um ihn selbst geht, sondern um ein übergeordnetes Interesse. Es ist sozusagen eine Lüge im Dienste der Wahrheitsfindung, und damit kann sogar Voss zuweilen umgehen.

Voss steht immer noch auf dem Oderhang, am Siegesdenkmal, er blickt hinauf zum polnischen Adler, der jetzt genau über ihm schwebt und von hier aus viel schwerer und massiver erscheint, als wenn man ihn vom Parkplatz aus betrachtet. Womöglich ist es mit Maja wie mit diesem Adler, denkt er. Der Adler verändert sich nicht, er sieht nur von jeder Seite anders aus. Voss zieht die Amselpfeife aus der Tasche, die er fast immer dabeihat. Er hält die Pfeife in den Wind, was einen hübschen Zwitscherton ergibt. Es ist, als hätte der Adler sich in eine Amsel verwandelt.

Die Gesundbrunnenstraße in Bad Freienwalde führt von der Kurklinik am Waldrand entlang ins Stadtzentrum. Es ist eine alte, rumplige Straße, die zu beiden Seiten mit Eichen bepflanzt ist und noch von der Zeit kündet, als Bad Freienwalde das mondäne Zentrum der Mark Brandenburg war. Hierher kamen die preußischen Herzöge, Freiherren und Rittmeister, die sich ein paar Tage lang vom guten Quellwasser und den heilsamen Bädern erquicken ließen und eine Ahnung vom eleganten, weltläufigen Leben erhaschen wollten. Das Haus Nummer 17 ist eine zweistöckige Villa mit einer gewissen Ambition zum Herrenhaus. Orangefarbener Stuck leuchtet auf der frisch getünchten zitronengelben Fassade, im ersten Stock ist eine von schweren Marmorgeländern umgebene Terrasse zu erahnen, die auf ockerfarbene Säulen gestützt, den Eingang überdacht. Das Baugerüst an der West-Fassade, von dem wahrscheinlich der Hausherr gestürzt ist, steht noch, die Fassade ist mit rot-weißem Band der Polizei umwickelt, was den Gesamteindruck ein wenig in Mitleidenschaft zieht. Voss steht vor diesem Haus, neben Majas hellbraunem Opel Kadett, spürt sein verschwitztes Hemd aus der Hose rutschen und fragt sich, was das wohl für Menschen sein mögen, die so ein Haus brauchen. Selbst wenn er das Geld hätte, wäre es ihm peinlich, sich ein schmiedeeisernes Tor anfertigen zu lassen, auf dem mit Blattgold verziert die Initialen GK prangen, was wohl für Georg Kramer stehen dürfte. Eine ganz andere Frage ist, ob die Witwe das Tor behalten will, jetzt, da ihr Gatte tot ist. Oder sie heißt Gabriele, und es ist eigentlich ihr Tor.

Innerlich muss sich Voss zur Ordnung rufen, er weiß, dass solche gedanklichen Abschweifungen ihm vor allem dann passieren, wenn er keine Lust hat, in einen Fall einzusteigen. Es ist eine Art Abwehrmechanismus, weil er im Grunde gar nicht bereit ist, sich auf eine andere Geschichte einzulassen. Er muss sich zwingen, die Auffahrt hochzugehen, den Knopf an dem polierten Messingschild zu drücken, woraufhin aus dem Inneren des Hauses ein prätentiöser Gong ertönt, den Voss bisher nur aus Filmen kannte.

Eine schmale Frau öffnet ihm, und Voss ist erst einmal enttäuscht, weil diese Frau so ganz anders aussieht, als er erwartet hat. Er hatte sich eine Dame mit langen, lackierten Fingernägeln vorgestellt, die Lockenwickler und einen flauschigen, weißen Bademantel mit handgestickten Initialen trägt und ihn anblafft, weil er sie bei ihrer Nachmittagstoilette stört. Diese

Frau aber, die Voss mit einer unmerklichen Bewegung des Kopfes ins Haus bittet, sieht verstörend sympathisch aus. Sie trägt ein kariertes Arbeitshemd, eine erdverschmierte Hose, ihre blonden, glatten Haare sind in einem grob geflochtenen Zopf zusammengehalten.

»Frau Kramer? Mein Name ist Voss, ich bin …«

»Ja, Ihr Kollege hat Sie angekündigt. Ich bin Melanie Kramer, wollen wir drinnenbleiben? Es ist so heiß draußen.«

Sie führt Voss ins Wohnzimmer, in dem die Möbel mit weißen Plastikfolien abgedeckt sind, auf dem Fußboden liegt grauer Malerfilz. Nur eine kleine Ecke des Raums ist wohnlich eingerichtet, ein weißes Sofa und ein roter Sessel stehen neben einem Couchtisch, das Bild eines blauen Ruderbootes hängt an der Wand.

»Entschuldigung, wir sind schon vor einer Weile hier eingezogen, aber es ist alles noch …« Sie kann den Satz nicht zu Ende sprechen, Tränen steigen ihr in die Augen.

»Ich weiß, Frau Kramer«, sagt Voss und setzt sich auf den roten Sessel.

Melanie Kramer bleibt stehen, sie blickt Voss ängstlich an. »Wenn Sie sich jetzt persönlich in die Ermittlungen einschalten, dann heißt das doch, dass es gar kein Unfall war?«

»Nein, das heißt nur, dass mein Urlaub jetzt vorbei ist und ich wieder da bin. Es gibt ein paar Fragen, die zu klären sind, das ist immer so, wenn jemand stirbt und der Hergang nicht zweifelsfrei festzustellen ist. Es ist reine Routine, Frau Kramer. Aber was denken Sie denn, war es ein Unfall?«

»Ich wüsste nicht, was es sonst gewesen sein könnte. Warum sollte jemand Georg vom Gerüst werfen? Er hat ja niemandem was getan.«

»Ist Ihr Mann öfter auf dem Gerüst herumgeklettert?«

»Ja, immer morgens, bevor er zur Arbeit ging. Er nannte das seine ›Bauherrenrunde‹, er hat geschaut, wie es vorangeht, ob die Arbeiter ordentlich anpacken.«

»Aber gestern war Sonntag, ich schätze, da wurde nicht gearbeitet.«

»Das ist richtig, die Arbeiter fahren am Wochenende nach Hause, die meisten kommen ja aus Polen.«

»Sie waren gar nicht da?«

»Ich musste früh los, wir haben gerade Ärger bei uns in der Gärtnerei, da fällt dann auch mal ein Wochenende weg.«

»Meine Kollegen sagen, dass Sie Ihren Mann gefunden haben.«

»Als ich von der Arbeit kam, war er nicht im Haus.«

»Und Ihre Kinder?«

»Die haben bei Klassenkameraden übernachtet und kamen zum Glück erst am Abend zurück. Ich bin raus in den Garten, weil Georg gesagt hat, er wolle sich um den Schuppen kümmern, das Dach ist undicht. Und dann habe ich ihn gesehen, er lag hinter den Fliederbüschen. Ich habe gerufen und an ihm gerüttelt, aber eigentlich habe ich gleich gewusst, dass es zu spät ist.« Während Melanie Kramer spricht, wirkt sie abwesend, als versuche sie, sich selbst nicht zuzuhören.

»Das heißt, er lag da den ganzen Tag, und keiner hat es mitbekommen?«

»Man sah ihn von oben nicht, weil er hinter diese Büsche gefallen ist, ich bin ja da auch nur hingegangen, weil der Schuppen gleich danebensteht.«

»Wer wusste, dass Ihr Mann immer morgens seine Runde auf dem Gerüst macht?«

»Na, alle, die auf der Baustelle gearbeitet haben.«

»Heute ist keiner von den Arbeitern da?«

»Ihre Kollegen sagten, es dürfe nichts verändert werden, deswegen haben wir die Arbeiten unterbrochen.«

»Wir werden uns das gleich zusammen anschauen.« Voss steht auf, geht auf und ab. »Woran haben Sie zuerst gedacht, als Sie Ihren Mann da liegen sahen?«

»Ich habe gedacht: Gut, dass die Kinder ihn nicht gefunden haben. Ich habe gedacht: Haben wir eigentlich eine Baustellen-Versicherung? Und was wird jetzt aus dem Sommerurlaub? So ein blödes Zeug habe ich gedacht.« Melanie Kramer schüttelt den Kopf, als erkenne sie sich selbst nicht wieder.

»Sie standen wahrscheinlich unter Schock, da denkt und tut man alle möglichen seltsamen Dinge.«

»Ich verstehe es immer noch nicht. Man denkt doch nicht daran, dass einem so was passieren kann, auf einmal ist der andere weg.«

»Ja, so ist das«, sagt Voss. Er spürt, wie sich sein Magen zusammenkrampft. Der Gong ertönt, Melanie Kramer zuckt zusammen, dreht sich um und geht zur Tür, ihre Bewegungen wirken wie aufgezogen. Voss hört eine kräftige Frauenstimme, Melanie Kramer kommt zurück, begleitet von einer blassen, rothaarigen Frau in hellem Kostüm. Die Frau wirkt sehr jung, wie ein Mädchen, sie tritt lächelnd auf Voss zu.

»Birke Schallmeier, ich bin die Hospitantin vom LKA, der Polizeidirektor sagte mir, ich könne Sie ein bisschen begleiten, einem echten Profi bei der Arbeit zusehen. Ich dachte ...«

»Raus!«, schreit Voss mit einer Vehemenz, die ihn selbst überrascht.

»Aber ich wollte doch ...«

»Raus, und zwar plötzlich, und wagen Sie es nie wieder, mich in einer Zeugenbefragung zu stören!«

Die junge Frau blickt suchend umher, will noch etwas sagen, aber der wütende Blick von Voss zeigt Wirkung, sie dreht sich um, geht zögernd zum Eingang zurück. Nachdem die schwere Tür ins Schloss gefallen ist, blickt Voss zu Melanie Kramer, die ihn erstaunt ansieht und sogar etwas von ihrer Entrücktheit verloren hat.

»Entschuldigung, es tut mir leid, so etwas darf nicht vorkommen«, sagt Voss.

»Wir hatten neulich so eine Praktikantin bei uns in der Gärtnerei, die sollte Tomatenpflanzen anbinden und hat die Triebe abgeklemmt.«

»Frau Kramer, offenbar wurden die Firmen, die an Ihrem Haus gearbeitet haben, von Ihrem Mann mit Schwarzgeld bezahlt. Das müssen ziemlich große Summen gewesen sein, und ich frage mich, woher Ihr Mann das viele Geld hatte.«

Melanie Kramer schaut ihn neugierig an, wie ein exotisches Tier, das man zum ersten Mal erblickt. Sie scheint von dieser Information weder beeindruckt noch überrascht zu sein. »Ich weiß davon nichts, um die Gelddinge hat sich Georg gekümmert. Wir haben einen Kredit aufgenommen, für den Kauf des Hauses und für die Sanierung.«

»Ihr Mann war als Angestellter bei Avanta beschäftigt, Sie leiten eine Gärtnerei. Ich nehme an, dass Sie beide recht normale Gehälter haben. Aber Ihr Haus hier sieht eher nach einer Millionärsvilla aus, wie passt das zusammen?«

»Ach wissen Sie, das wirkt nur so, das Haus ist alt, es war viel dran zu machen. Wir wollten für jedes Kind ein Zimmer haben und einen Garten zum Spielen. Und ein Gästezimmer, wenn meine Eltern zu Besuch kommen. Georg brauchte ein Arbeitszimmer und ich einen Wintergarten für meine Pflanzen, nun ja, da hat das hier ganz gut gepasst, auch wenn es insgesamt natürlich recht groß ist.«

»Haben Ihr Mann und Sie sich nie darüber unterhalten, ob Sie sich so ein Haus überhaupt leisten können?«

Sie legt die Stirn in Falten. »Doch, als ich das Haus zum ersten Mal sah, habe ich Georg gefragt, ob das nicht übertrieben ist. Ich dachte, es sei viel zu groß. Und auch zu angeberisch. Ich habe zu Georg gesagt, dass ich keinen Kollegen hierher einladen kann, die denken doch alle, wir seien, na ja, Sie wissen schon, so ganz vornehme Leute.«

»Und wie hat Ihr Mann reagiert?«

»Er war sauer, er hat mich angeschrien, ich würde ihm die ganze Freude verderben, und er tue das für unsere Familie, und außer mir würde es wohl keine zweite Frau in Bad Freienwalde geben, die sich darüber beschwert, dass ihr Haus zu groß ist.«

»Haben Ihre Familien Sie finanziell unterstützt?«

»Da gibt es nichts zu unterstützen, Georgs Vater ist tot, die Mutter lebt im Pflegeheim, und meine Eltern sind froh, wenn sie selbst über die Runden kommen.«

»Und wie kam es, dass Sie es dann doch in Ordnung fanden, dieses Haus zu kaufen?«

»Georg sagte, er hätte das alles durchgerechnet, es würde funktionieren, und der Mann von der Bank war wohl auch einverstanden, deshalb habe ich mir gedacht, vielleicht hat er ja recht.«

»Aber Sie haben gespürt, dass es eigentlich nicht gepasst hat.«

Sie zuckt mit den Schultern. »Weiß nicht. Ich habe gesehen, wie wichtig Georg das ist, und es hat mir ja auch gefallen. Ich meine, Sie hätten die Wohnung sehen müssen, in der wir vorher gewohnt haben, drei Zimmer, ohne Balkon, erster Stock zur Straße raus. Ich dachte mir, warum soll es immer nur den anderen gut gehen?«

Voss blickt sich im Wohnzimmer um. Die Möbel sind alle neu. Das weiße Sofa, auf das sich Melanie Kramer nicht zu setzen wagt, vermutlich, weil es Flecken von Ihrer Arbeitskleidung kriegen könnte, der rote Ledersessel, der ein Vermögen gekostet haben muss. »Wer hat denn die Möbel ausgesucht?«

Sie bückt sich nach einem Stück Papier, das neben dem Sofa auf dem Boden liegt. Ihr Hemd rutscht nach oben, große, dunkelblaue Flecken am unteren Rücken werden sichtbar.

»Frau Kramer, wer hat die Möbel ausgesucht?«

»Diese Einrichtungsberaterin, die hat uns Fotos gezeigt und gesagt, was gut zusammenpasst. Ich habe die Augen unserer Kinder gesehen, als die zum ersten Mal hierhergekommen sind. Muss man denn immer alles verstehen?«

Voss betrachtet diese Frau, die verloren wirkt in diesem Haus, in dem eigentlich nichts zusammenpasst. Er muss an die Sendungen denken, die manchmal im Fernsehen laufen, in denen sozial schwache Familien von Münchner Inneneinrichtern gerettet werden. Die heruntergekommenen Wohnungen dieser Familien werden aufwendig saniert und schick gemacht, dann müssen diese Leute vor laufender Kamera durch ihr neues Glück eilen. Aber selbst in diesen Sendungen sieht man, dass es eigentlich nicht funktioniert, dass diese Menschen auf einmal fremd in ihrem eigenen Leben sind.

»Hat Ihr Mann neben seiner Arbeit bei Avanta noch etwas anderes gemacht?«

»Er hat immer am Computer gesessen, bis spät in die Nacht, da hat er sich am wohlsten gefühlt, glaube ich.«

»Was hat er genau gemacht?«

»Ich weiß es nicht, er hat gesagt, das würde ich sowieso nicht verstehen.«

»Können Sie mir bitte sein Arbeitszimmer zeigen?«

Melanie Kramer läuft voraus, die Plastikfolien, die über den Möbeln hängen, rascheln beim Vorbeigehen. Das Arbeitszimmer ist im ersten Stock, ein Schreibtisch, ein Stuhl und ein Bett stehen in dem Raum, der mit einem eigenen Badezimmer verbunden ist.

»Schliefen Sie getrennt?«

»Wenn es spät wurde, hat Georg hier geschlafen.«

»Aber Sie sagten doch, Ihr Mann habe immer spät vor dem Computer gesessen.«

»Ja, fast immer.«

»Wo ist sein Computer?«

»Ich weiß es nicht, vielleicht in der Firma, in seinem Büro.«

»Was ist das für ein Computer? Ein Laptop?«

»Ja, aber fragen Sie mich nicht, wie der aussieht, ich war nicht so oft in Georgs Arbeitszimmer, das mochte er nicht.«

»Kann es sein, Frau Kramer, dass Sie von Ihrem Mann nicht besonders viel wussten?« Noch während er spricht, denkt Voss, dass er diese Frage selbst in letzter Zeit einige Male gestellt bekam.

»Das ist so, wenn man verheiratet ist, da teilt man sich das Leben auf. Ich kümmere mich um die Kinder und den Haushalt. Und Georg so um das große Ganze, den Papierkram, das Geld.«

»Frau Kramer, was hat Ihr Mann getan, um eine sechsstellige Summe Schwarzgeld zu verdienen?«

»Ich weiß es nicht, ich kann mir auch nicht vorstellen, dass das stimmt.«

»Hat er mit Drogen gehandelt? Hat er Banken überfallen oder Geld gefälscht? Irgendwas muss er doch gemacht haben!«

»Er hat am Computer gesessen, mehr weiß ich nicht.«

Als Voss ins Polizeipräsidium kommt, hat er das Gefühl, sehr lange weg gewesen zu sein. Er sieht die Kollegen über die Gänge eilen, hört das Zischen des Kaffeeautomaten, riecht das Bohnerwachs und das schwere Parfüm von Frau Jansow, der Chefsekretärin, die gerade am Kopierer steht. Es ist alles wie immer, es hat sich nichts verändert, nur sein Blick scheint anders geworden zu sein. Voss will schnell in sein Büro, aber Frau Jansow steht auf einmal vor ihm, was allein schon an der Parfümkonzentration zu erkennen ist, die nun in der Luft liegt:

»Herr Voss, der Chef will Sie sprechen, wollen Sie gleich rein?«

»Ach, ich …«

»Gehen Sie einfach durch, Kaffee weiß?«

Der Polizeidirektor residiert in dem Büro, in dem früher der russische Garnisonskommandant von Bad Freienwalde gesessen hat. Es ist ein Eckzimmer mit Blick auf eine Grünfläche, die früher ein Exerzierplatz war. Der Polizeidirektor blickt kurz hoch, als Voss sein Büro betritt. Dann arbeitet er weiter, als wäre Voss gar nicht da. Das macht er immer so, wenn er sauer ist. Vielleicht, denkt Voss, hat er das bei einem seiner Führungsseminare gelernt. Führen durch Ignorieren.

»Ich sehe, Sie sind beschäftigt, ich komme später wieder«, sagt Voss und wendet sich zur Tür.

»Bleiben Sie hier, Voss«, sagt der Polizeidirektor ärgerlich. »Ich hatte gerade eine in höchstem Maße eingeschüchterte LKA-Kollegin im Büro, die mir davon berichtete, wie sie von Ihnen angebrüllt und rausgeschmissen wurde.«

»Sie ist in eine Zeugenvernehmung reingeplatzt, ich habe gerade die Frau von Georg Kramer befragt, Sie können sich vorstellen, Herr Polizeidirektor, wie schwierig das ist, wie schnell sich jemand wieder verschließt, der sich gerade ein wenig geöffnet hat. Man muss da sehr vorsichtig und sensibel sein.«

»Nun, ein wenig dieser Vorsicht und Sensibilität hätte ich mir auch gegenüber der Kollegin Schallmeier gewünscht. Mensch, Voss, ich habe Ihnen doch gesagt, wie wichtig es ist, dass wir einen guten Eindruck machen. Ich möchte, dass Sie sich bei ihr entschuldigen.«

»Ausgeschlossen.«

»Voss, ich habe wirklich viel Geduld ...«

»Wer hat diese Frau Schallmeier überhaupt dorthin geschickt?«

Der Polizeidirektor scheint überrascht zu sein, dass Voss ihm einfach so das Wort abschneidet. Aber er nimmt es hin. »Nun, ich dachte, sie könnte einem Profi über die Schulter schauen, im LKA lernt sie doch nichts. Gut, es war sicherlich nicht die beste Idee, sie einfach so hinzuschicken ...« Der Polizeidirektor wackelt nervös mit dem Kopf, das macht er oft, wenn er sich nicht für ein Gefühl entscheiden kann. Wenn er nicht weiß, ob er jetzt noch sauer sein müsste oder schon wieder auf Freundlichkeit umschalten darf. Voss fragt sich, ob es überhaupt etwas an diesem Mann gibt, das nicht taktisch funktioniert, etwas Echtes. »Na ja, Schwamm drüber, wie laufen die Ermittlungen?«, sagt der Polizeidirektor schließlich jovial, der Groll scheint verflogen.

»Eine seltsame Geschichte. Ich weiß noch zu wenig, um mir wirklich ein Urteil bilden zu können, aber mein Gefühl sagt mir, dass es kein Unfall war.«

»Sehen Sie, es ist gut, dass Sie zurückgekommen sind. Ich hatte genau das gleiche Gefühl wie Sie. Man spürt das eben als guter Kriminalist, nicht wahr? Habe ich auch der jungen Kollegin gesagt: Es gibt Dinge in unserem Beruf, die nur mit Erfahrung, Instinkt und manchmal sogar mit ein wenig Eingebung zu erkennen sind.«

»Brauchen Sie mich noch?«

»Nein, aber ich bitte Sie, seien Sie nett zu Frau Schallmeier, die Strukturreform steht bevor, die Budgetverhandlungen, Sie können sich nicht vorstellen, unter welchem Druck ...«

Voss macht eine Kopfbewegung, die als Zustimmung oder auch als Verabschiedung verstanden werden kann. Er geht über das hintere Treppenhaus in sein Büro, hier ist die Gefahr geringer, Kollegen zu treffen. Frau Kaminski ist mit der Spurenauswertung von Kramers Haus sowieso noch nicht fertig, von Dibbersen, dem Gerichtsmediziner, ist auch noch keine Expertise zur Leiche zu erwarten. Vorsichtig schließt Voss seine Bürotür auf, weil Neumann, mit dem er jetzt auch nicht reden will, neuerdings direkt neben ihm arbeitet. Voss atmet tief aus, als er endlich allein an seinem leeren Schreibtisch sitzt, er legt die Stirn auf die kühle Tischplatte, schließt die Augen und genießt die Ruhe. Sofort taucht Maja in seinem Kopf auf, als wäre sie die ganze Zeit da gewesen und hätte nur darauf gewartet, dass er kurz verschnauft.

Zehn Minuten später klopft es, Neumann steckt den Kopf herein.

»Oh, ich wusste nicht, dass Sie schon wieder da sind, Chef.«

»Wir reden morgen, Neumann, ich bin beschäftigt.«

»Es wurde nur gerade ein Brief für Sie abgegeben.« Neumann kommt ins Zimmer, legt ihm den Umschlag auf den Tisch. Voss erkennt sofort Majas Handschrift.

»Wer hat den Brief abgegeben?«

»Keine Ahnung, der wurde vorne am Empfang in den Briefkasten geworfen, der Kollege hat den Kasten gerade geleert, als ich vorbeikam.«

Voss reißt den Briefumschlag auf, liest, springt von seinem Schreibtisch auf, hastet an Neumann vorbei, der ihm erstaunt nachschaut. Der Empfang befindet sich vorne an der Straße, mindestens dreihundert Meter vom Haus 4 entfernt, in dem die Kriminalpolizei ihren Sitz hat. Voss steigt in Majas Auto, das vor dem Präsidium geparkt ist. Er fährt zur Straße vor, lässt den Wagen mit laufendem Motor stehen, reißt die Tür zum Empfangsgebäude auf. »Wer hat hier einen Brief für mich abgegeben?«

Die beiden Wachmänner schauen ihn erschrocken an. »Wissen wir nicht, Herr Hauptkommissar, es war ja nicht der einzige Brief, der im Kasten war.« Voss fragt die Männer, ob sie sich an irgendjemanden erinnern können, der an diesem Tag einen Brief eingeworfen hat. Die Männer überlegen. »Eigentlich nur die Frau, die vor vielleicht fünfzehn Minuten da war«, sagt der andere Wachmann lächelnd. »Nicht zu übersehen, die Dame, wenn Sie mich fragen.« Voss bittet die Männer, die Frau zu beschreiben. Einen Moment lang fragt er sich, ob es vielleicht Maja selbst war, die den Brief eingeworfen hat, aber dieser Gedanke verflüchtigt sich, sobald er die Beschreibung hört: »Blonde Haare, hochgesteckt, weißes T-Shirt, und wie gesagt, nicht zu übersehen, sie lief stadteinwärts.«

Voss rennt zu seinem Wagen, muss noch warten, bis das Tor aufgeht, und rast dann Richtung Zentrum davon. Wo soll er suchen? Wenn die Frau zu Fuß unterwegs ist, könnte sie noch zu finden sein. Er kann nur hoffen, dass sie vielleicht aus Freienwalde kommt. Voss fährt über die hässliche Betonbrücke, die sich über das historische Zentrum spannt und die Stadt verunstaltet. Wie es heißt, wollten damals die Russen die Brücke haben, um mit ihren Panzern schneller aus der Stadt zu kommen. Wenn man hinter der Brücke geradeaus weiterfährt, geht es zur Oder nach Hohenwutzen, rechts führt eine Abfahrt in die Altstadt. Voss fährt im Schritttempo durch die schmalen Straßen und Gassen, die nach der Wende sorgfältig renoviert wurden. Sogar das alte Kopfsteinpflaster haben sie wieder freigelegt, historische Filme könnte man hier drehen, denkt er, zumal nur selten Fußgänger zu sehen sind. Er weiß, dass die Wahrscheinlichkeit nicht besonders hoch ist, die Frau hier zu finden, aber was soll er tun? Eine halbe Stunde lang rollt er durch die Straßen, blickt jeder Frau hinterher, die auch nur annähernd zu der Beschreibung der Wachleute passt.

Als er gerade aufgeben will, sieht er eine Fleischerei mit polnischen Schriftzügen an der Schaufensterscheibe, daneben ist ein Gemüseladen, der sich offenbar ebenfalls vor allem an die polnischstämmige Kundschaft richtet. Voss ist nie aufgefallen, dass es solche Läden in Bad Freienwalde gibt, er wusste auch nicht, dass hier mittlerweile genug Polen leben, um eigene Geschäfte zu betreiben. Er blickt durch das Schaufenster der Fleischerei, aber er sieht nur dicke Leberwürste, die an einer langen Stange hängen und absolut verlockend aussehen. Da tritt aus dem dunklen Ladeninneren eine Frau hervor, die in jeglicher Hinsicht auf die Beschreibung zu passen scheint. Die Frau ist groß gewachsen, dezent geschminkt, bewegt sich elegant und trägt ein weißes Hemd, das knapp über dem Bauchnabel endet und Voss etwas vulgär erscheint. Die Frau geht die Straße hinunter, Voss spricht sie an.

»Ich bin Hauptkommissar Voss, dürfte ich bitte Ihren Ausweis sehen?«

Die Frau ist zunächst erschrocken, dann betrachtet sie ihn neugierig, mustert ihn von oben bis unten. »Ich nicht verstehen Deutsch«, sagt sie.

»Ausweis, Passport«, sagt Voss. Er überlegt, was Ausweis auf Russisch heißt, aber es fällt ihm nicht mehr ein.

Die Frau schüttelt den Kopf. »Nicht verstehen.« Erstaunlicherweise ist in ihren Augen keine Angst, ja nicht die kleinste Sorge zu sehen. Sie beobachtet ihn weiter interessiert, wie jemanden, über den man unbedingt mehr erfahren möchte.

»Dann nehme ich Sie jetzt mit aufs Präsidium, die Wachleute werden Sie sicher wiedererkennen, und dann besorgen wir Ihnen einen Übersetzer, obwohl Sie den, glaube ich, gar nicht brauchen.«

In dem Moment bremst neben ihnen ein Auto, zwei maskierte Männer springen heraus, packen die Frau und schleppen sie zum Auto. Die Frau wehrt sich mit allen Kräften, als Voss ihr helfen will, spürt er etwas Hartes unter dem linken Schulterblatt. »Eine Bewegung, und Sie sind tot, Herr Voss«, sagt einer der Männer mit osteuropäischem Akzent. Die Frau wehrt sich weiter, einer der beiden Männer drückt sie an das Auto, ergreift mit der rechten Hand ihren Hinterkopf und knallt ihr Gesicht auf das Autodach. Die Frau schreit und blutet, stellt schließlich die Gegenwehr ein. Sie wird ins Auto gestoßen, in das nun auch der zweite Mann steigt. Erst jetzt bemerkt Voss, dass seine rechte Hand mit einem Kabelbinder an einen Fahrradständer gefesselt ist. Erst jetzt bemerkt er, dass weit und breit kein Mensch zu sehen ist. Das Auto fährt davon, Voss zerrt an der Fessel. Er sollte jetzt eigentlich schreien, irgendwie auf sich aufmerksam machen, aber er ist noch zu schockiert von dem, was gerade passiert ist. Es ist ihm auch peinlich, hier wie ein angepflocktes Zicklein zu stehen, der Leiter der Mordkommission, hilflos in seiner eigenen Stadt. Voss hat ein Taschenmesser dabei, das er mit der linken Hand herauszieht, er trennt die Plastikschlinge von seinem Handgelenk, immer noch ist niemand vorbeigekommen, nicht einmal die Fleischersfrau scheint etwas bemerkt zu haben. Die Stadt wirkt wie ausgestorben.

Er telefoniert mit Neumann, erzählt von dem Überfall, ohne dabei allerdings seine eigene Rolle zu erwähnen. Voss weist an, sofort eine Fahndung einzuleiten und die umliegenden Grenzstationen zu verständigen. Er gibt Neumann das Nummernschild durch, auch wenn er davon ausgeht, dass die Männer das Schild auf der Fahrt wechseln werden. Wenn sie nicht sogar das ganze Auto wechseln. Neumann fragt zum Glück nicht nach, ob es einen Zusammenhang zwischen Majas Brief, seinem überstürzten Weglaufen und dieser Sache gibt. Voss geht mit weichen Knien zurück zu seinem Auto, überlegt, was das alles bedeuten kann. Hat Maja die Frau geschickt? Hat sie ihn deshalb so interessiert angeschaut, wie jemanden, von dem man schon viel gehört hat und der einem nun zum ersten Mal leibhaftig gegenübersteht? Der Mann, der ihn mit der Waffe bedrohte, kannte seinen Namen. Beobachten die ihn? Waren sie deshalb so schnell da? Oder sind sie der Frau gefolgt? Er bleibt kurz stehen, erst jetzt spürt er die Angst in sich hochkriechen. Eigentlich müsste er den Kollegen von dem Vorfall berichten, es handelt sich immerhin um einen bewaffneten Überfall auf einen Polizeibeamten mitten in Bad Freienwalde. Allerdings müsste er den Kollegen dann noch viel mehr erzählen, von der Pistole zum Beispiel, von Majas Lügen, auch davon, dass er selbst schon nicht mehr weiß, was er eigentlich denken soll. Er würde Maja und sich selbst gefährden. Solange er nicht zumindest die Richtung erahnt, in die sich diese Geschichte entwickeln könnte, muss er das alles für sich behalten. Auch diesen seltsamen Brief, der ihn jetzt am meisten beschäftigt.

Zurück im Polizeipräsidium liest Voss erneut den Brief. Es sind nur ein paar Zeilen, mit Bleistift geschrieben, auf hellblauem Papier:

Lieber Daniel, ich lebe und werde Dir hoffentlich später alles erklären können. Ich muss eine Sache in Ordnung bringen und werde, wenn alles gut geht, bald wieder in Freiheit sein. Bitte suche nicht nach mir. Es geht mir so gut es gerade gehen kann. Du fehlst mir. Maja

Sternekorp ist ein typisches brandenburgisches Straßendorf, was im Grunde nicht mehr bedeutet, als dass fast alle Häuser an einer Straße stehen. Wer diese Straße nicht allzu schnell entlangfährt und ein paar Mal die Hand hebt, hat innerhalb von drei Minuten das Dorf begrüßt und es auch schon fast wieder verlassen. Das Haus der Familie Voss steht auf der Seite der Straße, auf der es keinen Fußweg gibt und die hier im Dorf die schmale Seite genannt wird. Es ist ein unverputztes Haus, Anfang des 19. Jahrhunderts gebaut, angeblich von Schinkel, dem berühmten Architekten, der später in Berlin das Stadtschloss errichtete. Wenn man allerdings alle Häuser in der Mark Brandenburg zusammenzählen würde, die Schinkel ganz sicher oder höchstwahrscheinlich gebaut hat, dann hätte der arme Mann wohl um die vierhundert Jahre leben müssen.

Die Sonne ist fast untergegangen, tiefrot schimmert das letzte Licht über den Feldern. Voss parkt den hellbraunen Opel Kadett neben dem Dorffriedhof, auf dem seit etwas mehr als einem Jahr sein Vater begraben liegt. Er nimmt seine Tasche und den leeren Picknickkorb aus dem Kofferraum und geht auf das Haus zu, das er am Samstagmorgen um zehn Uhr, also vor ziemlich genau sechzig Stunden, in Majas Begleitung verlassen hat. Er weiß noch nicht, was er der Mutter sagen wird. Das heißt, er weiß schon, dass er ihr nichts von Majas Verschwinden erzählen kann, das würde sie zu sehr aufregen, und der Arzt hat Aufregung verboten.

Die Mutter liegt in ihrem Bett, in dem schönen, großen Zimmer, das hinten zum Garten hinausgeht und das von der Abendsonne gerade in ein blassrotes Licht getaucht wird. Sie scheint zu schlafen, aber als Voss über die Schwelle tritt und ein Dielenbrett knarrend nachgibt, schlägt sie sofort die Augen auf.

»Daniel, seid ihr schon wieder da!«

»Ich musste zurück, wir haben einen neuen Fall in Bad Freienwalde, aber Maja ist noch für ein paar Tage in Polen bei ihrer Familie geblieben.«

»Ach, diese blöde Arbeit, die verdirbt einem doch das Schönste am Leben. Aber nun erzähl', wie war eure Reise? Wie findest du ihre Familie?«

Voss setzt sich neben die Mutter auf den Bettrand. Er hat das Gefühl, dass sie noch schmaler geworden ist, ihre Haut wirkt dünn, fast durchsichtig, nur ihre Augen haben noch die alte Größe und Stärke.

»Ach, nette Leute sind das, ihre Mutter ist ja leider schon recht lange verstorben, aber der Vater, der ist Hufschmied. Also der war Hufschmied, jetzt ist er natürlich zu alt für die Arbeit. Es gibt auch einen Onkel, der mal Deutscher war.« Er spürt, wie sein Gesicht vom Lügen warm wird, aber die Mutter scheint nichts zu merken.

»Ich hoffe, dass sich die Familien kennenlernen, bevor ich sterbe, Daniel. Ich wäre auch so gerne bei eurer Hochzeit dabei.«

»Bei welcher Hochzeit, Mutter?«

»Mach' mir doch nichts vor, Junge«, sagt die Mutter und greift seine Hand. »Ich sehe doch, wie gut ihr euch versteht. Und wie lange ihr immer miteinander redet! Mit deinem Vater habe ich nie viel geredet. Das heißt, ich habe schon öfter was gesagt, aber er hat nur selten geantwortet.«

»Und wie war es mit Frau Schlegel? Hat sie sich gut um dich gekümmert?«

»Na ja, es war alles gut. Es ist natürlich nicht so lustig wie mit Maja, aber ein paar Tage wird es schon noch gehen. Und jetzt lass' mich ein wenig schlafen, mein Junge, ich werde immer so schnell müde.«

Voss geht aus dem Zimmer, zieht die Tür hinter sich zu. Das Telefon klingelt, Neumann sagt, die Fahndung nach den drei maskierten Männern und der verletzten Frau hätte bisher nichts ergeben. »Wahrscheinlich sind die längst weg, trotzdem Fahndung laufen lassen«, knurrt Voss und legt auf. Im Kühlschrank stehen ein paar Bierflaschen, er setzt sich an den Küchentisch, trinkt, lässt die Hände über die Wachstuchdecke gleiten. Es riecht nach Bohnenkraut und Essigreiniger, er macht das Fenster auf, atmet die warme Luft ein, die vom Garten ins Haus schwappt, zieht Majas Brief aus der Tasche und liest immer wieder dieselben Zeilen, so lange, bis das letzte Abendlicht verschwunden ist. Was muss sie wieder in Ordnung bringen? Es klingt so, als würde sie erpresst. Hat sie den Brief freiwillig geschrieben?

Diese Ruhe im Haus ist das Schlimmste, denkt Voss, geht in sein Zimmer, holt Majas Pistole aus der Reisetasche und überlegt, wo er sie verbergen kann. Ihm fällt die hohle Küchenschwelle ein, da hat er früher schon Sachen versteckt. Beklommenheit überfällt ihn, als er das Dielenbrett wegschiebt und die SIG Sauer im Boden verschwinden lässt. Wenn je rauskommen sollte, dass er eine vermutlich gestohlene Waffe über die

Grenze geschmuggelt hat und bei sich zu Hause versteckt, ist er die längste Zeit Polizist gewesen. Wusste Maja, dass sie in Gefahr war, und hatte sich deshalb die Waffe besorgt?

DIENSTAG

Für Computer hat sich Voss noch nie besonders interessiert, bis vor drei Jahren hatte er nicht mal einen privaten Rechner, weil er gar nicht gewusst hätte, was er damit soll. Er hat nur eine E-Mail-Adresse, das ist die von der Polizei, und sein Mailverkehr ist über die Jahre sehr übersichtlich geblieben. Das Internet macht ihn generell unruhig, es erscheint ihm wie ein großer, dunkler Raum, in dem man ständig irgendwas sagen muss. Und da Voss selbst die Kommunikation in der analogen Welt für tendenziell überbewertet hält, gab es für ihn keinen Grund, sich in dieser Richtung auch noch virtuell auszuprobieren. Erst als er im »Falken«, dem monatlichen Journal für Vogelbeobachter, las, es gäbe neuerdings sehr hübsche Computerprogramme zum ornithologischen Protokollieren, kaufte sich Voss so ein Gerät.

Aber seine private vogelkundliche Datenbank ist seitdem nicht wirklich vorangekommen. Ein paar Mal hat er seine Notizen aus dem blauen Vokabelheft, das er bei der Vogelbeobachtung stets bei sich trägt, in das Computerprogramm übertragen. Allerdings hat er sich dann auch gefragt, warum es denn nun besser sein soll, den Tageseintrag »Roter Milan, Horst an der Wettereiche, drei Jungvögel« in einer elektronischen Tabelle festzuhalten, statt wie bisher in der rechten Spalte des Vokabelheftes. Hinzu kommt, dass er in der linken Spalte des Heftes zuweilen kleine Zeichnungen anfertigt, die ihm dabei helfen, sich an besonders ungewöhnliche Dinge zu erinnern. Oder er klebt Fundsachen ein, wie neulich die Trappen-Feder, deren Maserung ihn an das Muster eines Tigerfells erinnerte.

Nun ja, solche Gedanken ziehen Voss durch den Kopf, während er im Datenraum des Avanta-Rechenzentrums in Strausberg vor den Großcomputern steht, die wie riesige Kühltruhen vor sich hin brummen. Seit einer halben Stunde erklärt Dr. Martin Gurberg, der Leiter des Rechenzentrums, was sie hier alles Tolles machen und welche Aufgaben dem verstorbenen Kollegen Kramer dabei zugefallen sind. Wenn Voss richtig verstanden hat, war es Kramers Aufgabe, spezielle Programme zum Verwalten von Datenbanken zu schreiben und diese dann dem sich täglich ändernden Verhalten der Benutzer anzupassen.

»Wir sind das Gedächtnis der Welt«, sagt Gurberg, ein kahlköpfiger Riese, und dieser Satz ist einer der ganz wenigen, den Voss auf Anhieb versteht, weil nämlich der Rest von Gurbergs Gedanken auf eine Weise mit technischen Termini verwoben ist, dass es einem ganz schwummerig wird.

»Herr Dr. Gurberg, hat Herr Kramer in den letzten Jahren an besonderen Projekten gearbeitet, hatte er Zugang zu sensiblen Daten, irgendetwas, das ihn zum Ziel einer Gewalttat machen könnte?«

»War es also doch kein Unfall?«

»Das versuche ich gerade herauszufinden.«

»Seit vier Jahren arbeitete Herr Kramer hauptsächlich an der Zios-Datenbank, die wir im Auftrag eines Großkunden verwalten. Dort geht es um den Abgleich von Benutzerprofilen, also darum, Systematiken im Benutzerverhalten zu erkennen.«

»Nur damit ich das richtig verstehe, ist es das, worüber gerade so viel debattiert wird, der gläserne Mensch und so?«

»Wissen Sie, Herr Voss, da wird sehr viel übertrieben, teilweise wird diese Debatte auch recht hysterisch geführt. Es geht vor allem darum, den einzelnen Benutzer gut genug zu kennen, um ihm den bestmöglichen Service zu bieten. Eine Datenbank funktioniert letztlich nicht anders als ein Restaurant: Ein Kellner, der die Gewohnheiten eines Gastes kennt, kann diesem Gast viel besser behilflich sein. Es geht nicht um Kontrolle, sondern um Komfort.«

»Es könnte aber auch um Kontrolle gehen oder um noch schlimmere Dinge, je nachdem, wer mit den Daten was macht, oder?«, sagt Voss. »Um in Ihrem Restaurant-Bild zu bleiben: Ein Kellner, der die Gewohnheiten eines Gastes kennt, kann ihn auch besser vergiften als ein Kollege, der noch neu in dem Laden ist.«

»Wurde Herr Kramer vergiftet?«

»Nein, das war nur ein Beispiel, vergessen Sie es. In wessen Auftrag wird denn die Datenbank verwaltet?«

»Das darf ich Ihnen leider nicht sagen.«

»Herr Dr. Gurberg, ich werde diese Information vertraulich behandeln.«

Gurberg zögert. »Es geht um ein großes, ausländisches Bekleidungsunternehmen, das in Deutschland einen Onlineshop betreibt.«

»Und Sie können mir nicht sagen, um welches Unternehmen es sich handelt?«

»Leider nicht, wenn unser Kunde erfährt, dass es da Indiskretionen gibt, ist der ganz schnell weg.«

»Gab es in der Vergangenheit irgendwelche Vorkommnisse? Wurde Ihre Firma angefeindet? Gab es Drohungen?«

»Nein, ich habe nie davon gehört, dass es Gewalt gegen Verwalter von Datenbanken gegeben hätte, aber Sie sagen es ja selbst, die Stimmung gegen Big Data und die Internetriesen wird immer feindseliger.«

Es erscheint Voss schwer vorstellbar, dass in Bad Freienwalde ein Mann vom Baugerüst seines Hauses gestoßen wird, weil er Benutzerprofile für eine Kleidermarke auswertet. Aber er ist vielleicht auch der Falsche, um das einschätzen zu können. Man muss der Sache nachgehen, denkt er, da kann sich Neumann drum kümmern, der interessiert sich wenigstens für Computer.

»Wie war denn Kramer so? Was hatte er für einen Ruf hier in der Firma?«

»Unauffällig, würde ich sagen. Er hat seinen Job gemacht, war darin auch wirklich gut. Es gab keine größeren Fehler, die Datenbanken liefen, der Kunde ist zufrieden.«

»Und zwischenmenschlich?«

Dr. Gurberg sieht Voss erstaunt an. »Interessante Frage, ehrlich gesagt spielt das bei uns keine Rolle. Also nicht, dass Sie das falsch verstehen, die Stimmung in der Firma ist gut, aber die Kollegen arbeiten ausschließlich über ihre Terminals und kommunizieren, wenn überhaupt, über das Intranet.«

»So Sachen wie Besprechungen, Team-Sitzungen gibt es gar nicht?«

»Doch schon, aber sehr selten und eigentlich auch nur, weil einige Ältere noch daran gewöhnt sind.«

»Das ist interessant«, sagt Voss, »aber irgendetwas müssen Sie doch von dem Menschen Georg Kramer mitbekommen haben.«

»Er sprach nicht viel, war effizient, sah immer etwas altmodisch aus.«

»Was meinen Sie mit altmodisch?«

»Er hatte eine Frisur, wie die Männer sie früher trugen, ganz kurz an den Seiten, oben lang, und er trug Anzüge wie aus alten Filmen. Man hat das nicht sofort bemerkt, auf den ersten Blick sah er recht normal aus, aber es waren so Kleinigkeiten. An seinem Hosenbund hing immer eine Kette. Mein Großvater hatte auch so eine Uhrenkette.« Dr. Gurberg grinst, Voss sieht ihn fragend an.

»Gerade fällt mir ein, dass bei der Weihnachtsfeier ein Kollege aus Spaß versucht hat, die Kette aus Kramers Hosentasche zu ziehen. Da ist er richtig wütend geworden.« Wieder grinst Dr. Gurberg. »Fiel mir gerade wieder ein«, sagt er entschuldigend und offenbar peinlich berührt von der eigenen Heiterkeit.

»Kramers Laptop ist weg, kann es sein, dass er sich hier irgendwo befindet?«

»Ausgeschlossen, es ist strengstens verboten, private Computer in die Firma mitzubringen, jeder Mitarbeiter wird beim Betreten und Verlassen des Gebäudes kontrolliert, Sie haben ja die Scannerschleusen vorne am Eingang gesehen, die stehen nicht umsonst da.«

Später, beim Hinausgehen, läuft Voss an verglasten Büros vorbei, in denen mittelalte Männer stumm auf Bildschirme starren. Komischer Laden, denkt er, da werden Menschen dafür bezahlt, Kommunikationsprozesse zu optimieren, aber sie selbst kommunizieren überhaupt nicht mehr miteinander. Wahrscheinlich wäre es sogar ihm hier ein wenig zu ruhig.

Noch vom Autotelefon aus ruft Voss die Sekretärin der Mordkommission, Frau Mölders, im Präsidium an und bittet sie, seine Leute zu einer Besprechung zu versammeln. Frau Mölders ist offenbar so überrascht von seiner Initiative, dass sie erst mal gar nichts sagen kann.

»Hallo, Frau Mölders, sind Sie noch da?«

»Ja, Chef, habe ich das richtig verstanden, Sie wollen wirklich eine Besprechung einberufen?«

»Na nun tun Sie nicht so, als wäre das etwas völlig Ungewöhnliches. Kommunikation ist der Schlüssel zum Erfolg, Frau Mölders.«

»Ja, okay, ich dachte nur, weil Sie eigentlich noch nie, ich meine, Sie haben doch immer gesagt, die meisten Besprechungen seien komplett überflüssig.«

»Die meisten, das ist korrekt. Aber diese wird nicht überflüssig sein, in einer halben Stunde in meinem Büro.«

Sein Assistent Neumann, Frau Kaminski, die Chefin der Spurensicherung, und Dibbersen, der Gerichtsmediziner, sind schon bei ihm versammelt, als Voss sein Büro betritt. Sie betrachten ihn aufmerksam, fast ein wenig misstrauisch. Voss erzählt von seinem Gespräch mit Melanie Kramer und dem Leiter des Rechenzentrums. »Irgendetwas stimmt da nicht, Dibbersen, was ist mit der Leiche?«

»Unauffällig«, sagt Dibbersen. Voss muss daran denken, dass dies auch das Urteil über den lebenden Georg Kramer war. »Durch den Aufprall nach einem Sturz aus großer Höhe ist einer der rechten Lungenlappen gerissen, der linke Lungenflügel wurde durch eine gebrochene Rippe perforiert. Klassischer Spannungspneumothorax.«

»Dibbersen, sprechen Sie Deutsch!«, sagt Voss.

»Durch die Löcher in der Lunge dringt mit jedem Atemzug Luft in die Brusthöhle. Die Luft kann beim Ausatmen nicht mehr entweichen, der Druck steigt und presst die Lungenflügel zusammen, die schließlich kollabieren.«

»Er ist also erstickt?«, fragt Voss.

»Exakt, hätte man ihn sofort gefunden und eine Thoraxdrainage gelegt, wären seine Überlebenschancen hoch gewesen«, sagt Dibbersen. »So jedoch wurde seine Atemnot mit jedem Atemzug größer.«

»Aber gelähmt war Kramer nach dem Sturz nicht?«

»Die Halswirbel sind weitgehend unverletzt, Kramer landete auf der Seite, so kam es zu den Rippenbrüchen und dem doppelten Lungenriss.«

»Er war ganz sicher nicht gelähmt«, sagt Frau Kaminski. »Die Spuren zeigen, dass er noch etwa vier Meter über den Boden gekrochen ist, bevor er starb.«

Es klopft an der Tür, Voss wartet, aber nichts passiert. Es klopft erneut. Voss springt genervt von seinem Bürostuhl auf und öffnet die Tür. Birke Schallmeier, die Hospitantin, steht da, lächelt unsicher.

»Ich dachte, ich könnte vielleicht, ich habe erst jetzt von der Besprechung ...«

Voss denkt an das Versprechen, das er dem Polizeidirektor gegeben hat.

»Kommen Sie rein, wir sprechen gerade über den Fall Kramer.«

Die Hospitantin setzt sich in eine Ecke, Voss bleibt stehen, geht vor seinem Schreibtisch auf und ab. »Gibt es eine Möglichkeit, herauszubekommen, ob Kramer gefallen ist oder gestoßen wurde?«

»Leider nicht«, sagt Frau Kaminski, »es gibt mehrere Stellen auf dem Gerüst, die nicht vorschriftsmäßig gesichert sind, da fehlt das Geländer, ein falscher Schritt, und man liegt unten. Wir können nicht zweifelsfrei sagen, an welcher Stelle des Gerüsts Kramer stand, bevor er fiel. Mit hoher Wahrscheinlichkeit war es aber so, dass er links vom Bauaufzug stand, wo es kein Geländer gibt, weil dort die Materialien, die mit dem Aufzug nach oben kommen, ausgeladen werden.«

»Diese Stellen, an denen das Gerüst nicht vorschriftsmäßig aufgebaut ist, haben Sie darüber mit den Bauleuten gesprochen?«

»Das habe ich in die Hand genommen«, sagt Neumann, der sichtlich froh ist, endlich auch mal was sagen zu können. »Die Bauleute meinen, man arbeite eben so, es gehe nicht anders, außerdem seien ihre Leute immer gesichert, wenn sie an diesen Stellen arbeiten. Ich habe mit jemandem vom Landesamt für Arbeitsschutz gesprochen, habe dem auch Fotos vom Gerüst gezeigt. Es sieht so aus, als sei es zwar nicht vorschriftsmäßig, aber durchaus üblich errichtet. Es gab also keine Sabotage am Gerüst.«

»Das heißt, Kramer fällt, knallt auf den Boden, hat Atemnot. Wie viel Zeit bleibt ihm dann noch, Dibbersen, um über die Erde zu robben?«

»Nicht viel, in dem Zustand höchstens fünf Minuten, würde ich sagen. Wobei es sogar sein kann, dass er nach dem Aufprall kurz bewusstlos war. In jedem Fall wird er nicht sofort losgekrochen sein.«

»Er spürt, dass er erstickt«, sagt Voss. »Er liegt hinter den Fliederbüschen, wo ihn niemand sehen kann, der Gartenzaun, der an die Straße grenzt, ist etwa zehn Meter entfernt. Falls er in diesem Moment bei klarem Verstand ist, weiß er, dass seine einzige Chance darin besteht, zu diesem Zaun zu kommen und zu hoffen, dass ihn dort jemand bemerkt.«

»Seltsam ist nur«, sagt Frau Kaminski, »dass er in genau die entgegengesetzte Richtung gekrochen ist, er hat sich sogar extra gedreht, wie man an der aufgewühlten Erde sehen kann. Das muss sehr anstrengend für ihn gewesen sein, aber es kann natürlich auch sein, dass er nach dem Sturz die Orientierung verloren hat.«

Frau Kaminski legt Fotos auf den Tisch. Die Aufnahmen von der Stelle, an der Kramer auf dem Boden aufkam, zeigen halbkreisförmige Kratzspuren in der Erde, die wohl von Kramers Händen stammen. Auf den anderen Bildern liegt Kramer bäuchlings mit ausgestreckten Armen und angewinkelten Beinen auf dem Boden, so als wäre er mitten in der Kriechbewegung gestorben. Als hätte er bis zuletzt versucht, vorwärtszukommen. Er trägt einen hellen Mantel, eine dunkelbraune Cordhose und abgetragene, hellbraune Lederschuhe. Sein Kopf liegt auf der rechten Seite, der Mund ist mit Erde verschmiert, die Augen sind aufgerissen.

»Er muss in Panik gewesen sein«, sagt Dibbersen, »Menschen mit diesen Verletzungen neigen dazu, besonders tief einzuatmen, weil sie spüren, dass die Luft immer knapper wird. Dadurch steigt der Druck in der Brusthöhle schneller als bei einer

Flachatmung und die Atemnot wird immer dramatischer. Ich weiß nicht, ob jemand mit solcher Symptomatik noch in der Lage ist, rationale Entscheidungen zu treffen.«

»Haben Sie eine Kette gefunden?«, fragt Voss. »So eine Kette, die am Hosenbund hängt, mit der man früher Taschenuhren bei sich trug?«

»Ja, in der linken Hosentasche steckte eine silberfarbene Kette, allerdings ohne Uhr«, sagt Frau Kaminski.

»Gibt es Erdspuren an der Kette?«

»Das haben wir nicht untersucht, warum?«

»Nun, ich finde es seltsam, dass er die Kette in der Hosentasche hatte und nicht am Hosenbund, wie er das wohl normalerweise tat. Noch seltsamer ist, dass nichts an der Kette hängt. Schauen Sie sich das noch mal an.«

»Was ist eigentlich mit Kramers verschwundenem Laptop, Chef?«, fragt Neumann.

»Weder Kramers Frau noch seine Kollegen wissen, wo der Laptop ist. Das ist übrigens für mich das stärkste Indiz dafür, dass es kein Unfall war. Denn dass ein Informatiker, der mit sensiblen Daten arbeitet, zufällig von einem Baugerüst fällt und gleichzeitig zufällig sein Computer verschwindet, scheint mir doch eher unwahrscheinlich. Neumann, untersuchen Sie bitte, ob diese Arbeit an der Datenbank Kramer gefährdet haben könnte. Fragen Sie bei diesen Netzaktivisten herum, ob bekannt war, dass in Strausberg an solchen Projekten gearbeitet wird.«

»Sie meinen, irgendwelche Aktivisten haben Kramer vom Gerüst geworfen?«

»Ich kann mir das auch nicht vorstellen, aber Kramers Tod hat vielleicht trotzdem etwas mit seiner Arbeit zu tun.«

»Darf ich etwas sagen?«, fragt die Hospitantin leise aus der Ecke.

»Frau ... natürlich, sagen Sie ruhig.« Voss überlegt, wie die Hospitantin heißt, aber es fällt ihm nicht ein. Er denkt an die polnische Kommissarin, Frau Z A J A K, deren Namen er wahrscheinlich nie wieder vergessen wird.

»Beim LKA gibt es eine Stelle für Cybercrime, die Kollegen kennen sich, glaube ich, auch ganz gut mit Netzaktivisten und Computerpiraten aus.«

»Na, das ist doch ein guter Hinweis. Vielen Dank …«

»Schallmeier, Birke Schallmeier.«

»Genau. Neumann, lassen Sie Frau Schallmeier ein bisschen zuschauen, sie will bei den Profis lernen, da ist sie doch bei Ihnen genau richtig.«

Das Gartentor an der Villa in der Gesundbrunnenstraße steht offen, Voss betritt das Grundstück und sieht sofort die Schubkarre, die bei den Fliederbüschen steht, hinter denen Georg Kramer starb. Er geht zu den Büschen und sieht Melanie Kramer, die dabei ist, mit einem Spaten die Erde umzugraben, just an der Stelle, an der ihr Mann zu Boden gestürzt ist.

»Was machen Sie denn da?«, ruft Voss.

Melanie Kramer zuckt zusammen, sieht überrascht auf. »Ich pflanze Blumen.«

»Aber das ist möglicherweise ein Tatort, da können Sie doch nicht einfach rumbuddeln.«

»Ihre Kollegin sagte, sie sei hier fertig, alles ist freigegeben, nur das Gerüst sollte niemand betreten.«

Voss muss sich anstrengen, um einigermaßen freundlich zu bleiben. »Das muss ein Missverständnis sein, bitte graben Sie nicht weiter, wir sind noch lange nicht fertig hier.« Er geht ein paar Mal auf und ab, beruhigt sich langsam wieder.

»Blumen?«, fragt er schließlich.

»Ja, was denn sonst?«

»An welche Blumen dachten Sie?«

»Eine ganz normale Wiesenblumen-Mischung, die mochte Georg am liebsten. Er hat gesagt: Das sind die Blumen, die niemanden brauchen, die sich alleine durchschlagen. Die anderen Blumen, die gegossen und mit Komposterde gefüttert werden, erschienen ihm wie verwöhnte Kinder.«

»Das hat er gesagt?«, fragt Voss. »Ich dachte, er interessierte sich nur für Zahlen und Programme.«

»Als ich Georg kennenlernte, hat er Gedichte geschrieben. Er war schüchtern und hat sich nicht getraut, mich anzusprechen, aber jeden Tag lag ein neues Gedicht in meinem Briefkasten.«

»Und wie haben Sie herausbekommen, wer der verliebte Poet war?«

»Ich habe den Briefkasten beobachtet, das konnte ich vom Fenster unseres Badezimmers aus. Ich habe stundenlang auf dem Klo gesessen, meine Mutter dachte, ich sei krank.«

»Ach, Sie wohnten noch zu Hause?«

»Ich war sechzehn.«

Ein Junge kommt aus dem Haus, blond, schmal und blass, vielleicht zehn Jahre alt. Er geht auf seine Mutter zu, schmiegt sich wortlos an sie. Melanie Kramer beugt sich zu ihm, umarmt ihn, legt ihre Wange an die Wange des Kindes, schließt die Augen und verharrt so einige Momente lang. Der Junge macht sich los und geht wieder ins Haus.

»Die Kinder brauchen gerade sehr viel Aufmerksamkeit«, sagt sie.

»Natürlich«, sagt Voss. »Frau Kramer, Ihr Mann trug für gewöhnlich eine Uhrenkette an seinem Hosenbund, was war an der Kette?«

»Ein Glücksbringer.«

»Was für ein Glücksbringer?«

»Ein Donnerkeil, das sind versteinerte Tentakel von Tintenfischen aus der Urzeit. Georgs Familie kommt von Rügen, dort kann man die Donnerkeile am Strand finden, vor allem nach schweren Gewittern und Stürmen werden sie an Land gespült.

Deshalb glaubten die Leute auf Rügen früher, der Donnergott schleudere seine Keile auf die Erde.«

»Und warum bringt der Donnerkeil Glück?«

»Die Rügener legen die Keile als Schutz vor Blitzeinschlag unter das Dach. Oder sie tragen die Steine bei sich, weil sie auch vor Hexenschuss schützen sollen. Georg bekam den Donnerkeil als Kind von seinem Vater geschenkt. Als der Vater vor ein paar Jahren starb, hat Georg sich den Stein einfassen lassen und an die Kette gehängt.«

»Wie sieht so ein Donnerkeil aus?«

»Wie ein versteinerter Finger, nach vorne spitz zulaufend, gelblich-braun.«

»Wir haben in der Hosentasche Ihres Mannes nur die Kette gefunden, haben Sie den Glücksbringer irgendwo gesehen?«

»Nein, aber was soll das mit dem Tod meines Mannes zu tun haben?«

»Ich weiß es nicht, Frau Kramer. Aber es gehört zu meinem Beruf, dass ich Spuren folge und nicht die geringste Ahnung habe, wohin sie mich führen werden. Meistens führen sie mich nirgendwohin.«

Frau Kaminski ruft an, Voss sieht ihre Nummer auf dem Display seines Handys und zieht sich zum Telefonieren in den hinteren Teil des Gartens zurück.

»Ich habe die Kette untersucht.«

»Das ist schön, Frau Kaminski, aber zuerst müssen Sie mir noch sagen, ob Sie Frau Kramer wirklich erlaubt haben, ihren Garten umzugraben.«

»Natürlich nicht.«

»Dann hat sich Frau Kramer das also ausgedacht?«

»Offensichtlich, hat sie wirklich umgegraben?«

»Sie wollte Blumen pflanzen.«

»Oder Spuren vernichten. Da habe ich übrigens auch was Neues, es gibt Blutspuren von Kramer an der Kette, die in seiner Hosentasche war. Ich habe deshalb noch mal mit Dibbersen gesprochen, der sagt, Kramer habe an der Innenseite des linken Oberschenkels eine Fleischwunde gehabt, er muss auf irgendetwas gefallen sein, das sich in seine Haut gebohrt hat. Ich habe mir die Hose angesehen, die Kramer trug. Seltsamerweise ist der Außenstoff der Hose unversehrt, nur das Taschenfutter ist aufgerissen.«

»Der Donnerkeil.«

»Was sagen Sie?«

»Kramer hatte an der Kette einen Donnerkeil, das ist so eine Art versteinerter Krakenfinger.«

»Ich weiß, was ein Donnerkeil ist.«

»Okay, das heißt, dieser Donnerkeil bohrt sich durch den Aufprall in seinen Oberschenkel, er zieht den Keil an der Kette heraus ...«

»Und reißt dabei die Kette vom Hosenbund.«

»Aber wo ist der Donnerkeil hin?«, fragt Voss.

»Kramer muss den Keil abgerissen haben, das letzte Kettenglied ist aufgebogen. Keine Ahnung, was er dann damit gemacht hat. Und warum steckt Kramer die Kette in die Tasche zurück?«

»Es kann sein, dass es gar nicht Kramer war, der den Keil abgerissen hat«, sagt Voss, »vielleicht hat ihn ja jemand vom Gerüst gestoßen und den Keil mitgenommen. Oder Kramer wollte den Stein verschwinden lassen, wie weiträumig haben Sie das Gelände abgesucht?«

»Vier, fünf Meter Radius um die Leiche.«

»Die Frage ist, wie weit ein sterbender Mann im Liegen einen Donnerkeil werfen kann?«

»Vermutlich weiter als fünf Meter, ich komme sofort mit meinen Leuten vorbei, wir suchen alles ab. Allerdings habe ich eine Frage: Warum interessiert uns dieser Donnerkeil?«

»Reines Bauchgefühl«, sagt Voss. »Er scheint sehr wichtig für Kramer gewesen zu sein, möglicherweise so wichtig, dass er ihn kurz vor seinem Tod noch verschwinden lassen wollte. Wichtig genug in jedem Fall, dass wir danach suchen.«

Eine halbe Stunde später rücken die Kollegen von der Spurensicherung an. Während sie den gesamten Garten untersuchen und sogar die von Frau Kramer umgegrabene Erde durch ein Sieb fallen lassen, sieht sich Voss ein wenig um. Es ist ein schönes, weitläufiges Grundstück, in dessen hinterem Teil ein großer Holzverschlag steht, in dem Frau Kramer vermutlich ihren Kompost reifen lässt. Daneben steht ein Schuppen, das Dach, das angeblich schadhaft sein soll, macht einen recht soliden Eindruck. Voss fragt sich, warum Melanie Kramer ihn mit der angeblichen Tatortfreigabe so frech angelogen hat, womöglich stimmt auch die Sache mit dem Donnerkeil gar nicht, und Melanie Kramer hat das Objekt, das wirklich an der Kette hing, längst beiseitegeschafft. Voss beschließt, die Witwe nicht sofort damit zu konfrontieren, lieber beobachtet er sie noch ein wenig. Sie soll sich sicher fühlen, Fehler machen.

Alte Kastanien säumen den Zaun zum Nachbargrundstück, Voss sieht ein Nest, das in großer Höhe in einer Astgabel steckt. Sieht aus wie das Nest einer Elster, denkt er, Elstern mögen diese Höhe, um sich vor Feinden zu schützen. Diese Tiere sind klug und äußerst misstrauisch, was daran liegen könnte, dass sie selbst zuweilen Singvögeln das Nest ausräumen. Wobei das Bild der diebischen Elster vom Menschen übertrieben dargestellt wird, findet Voss. Die meiste Nahrung sucht sich die Elster am Boden, sie mag Käfer, Würmer und Beeren. Aber wenn der Mensch sich einmal auf das Charakterbild eines Tieres festgelegt hat, dann hält er daran fest. Deshalb wurden die Elstern lange Zeit gejagt, was wohl auch damit zu tun hat, dass sie von jeher als Unglücksboten gelten. Mieses Image, denkt Voss, so rundherum mies, dass er schon aus Prinzip die Elstern gut findet. Irgendjemand muss sie ja mögen. Voss kann nicht erkennen, ob Jungvögel im Nest sind, es könnte sein, dass sie erst ein paar Wochen alt sind und gerade ihre ersten Flüge unternehmen. Am Fuße der Kastanie sieht Voss einen der Altvögel, wahrscheinlich das Männchen. Elstern legen Nahrungsdepots am Boden an, die sie geschickt verbergen. Sie scharren und picken so lange in der Erde herum, bis nichts mehr zu sehen ist, sie schaffen es sogar, größere Steine mit dem Schnabel zu greifen und damit den Vorrat zu schützen. Der Altvogel fliegt nach oben zum Nest. Plötzlich hat Voss eine Idee: »Frau Kaminski«, ruft er über das Grundstück, »wir brauchen sofort ein Feuerwehrauto mit einer Leiter, die so um die zwanzig Meter lang ist.«

Frau Kaminski kommt auf ihn zu.

»Haben Sie was gefunden?«

»Nein, hören Sie, es ist nicht besonders wahrscheinlich, aber es kann sein, dass die Elstern, die dort oben auf der Kastanie nisten, den Donnerkeil in ihr Nest geschleppt haben. Frau Kramer sagte, der Stein sei eingefasst worden, vielleicht hängt auch noch ein Stück von der Kette daran, Elstern mögen blinkende Sachen.«

Frau Kaminski sieht ihn an, wie die meisten Menschen ihn ansehen, wenn er von Vögeln spricht: ohne jedes Verständnis.

»Elstern suchen regelmäßig den Boden nach Essbarem ab«, erklärt Voss. »Wenn sie etwas finden, das sie nicht kennen, reagieren sie anders als die Bauern hier in der Gegend mit Interesse und nehmen es mit.«

Voss erinnert sich an ein Osterfest, bei dem er etwa zehn Jahre alt gewesen sein muss. Er war etwas langsam beim Suchen der Ostereier, kam an ein Gebüsch und sah eine Elster, die ein stattliches Schokoladenosterei, das in goldenes Aluminiumpapier eingewickelt war, mit sich in die Lüfte nahm.

Frau Kaminski sieht ihn immer noch zweifelnd an. »Sie sollten sich darüber im Klaren sein«, sagt sie mit gedämpfter

Stimme, »dass die Kollegen das hier noch Jahre später herumerzählen werden. Sie werden für immer der Mann sein, der das versteinerte Tentakel einer Urkrake in einem Vogelnest gesucht hat.«

»Ich nehme allen Spott auf mich«, sagt Voss.

»Na gut«, sagt Frau Kaminski und zückt ihr Telefon.

Die Feuerwehrleute, die zehn Minuten später eintreffen, schauen Voss ebenfalls zweifelnd an, vielleicht sogar noch etwas zweifelnder als Frau Kaminski, weil er ja nicht mal ihr Chef ist.

»Seien Sie bitte vorsichtig«, beschwört Voss den Feuerwehrmann, der sich in den Rettungskorb begibt. »Wahrscheinlich sind Jungvögel im Nest, nähern Sie sich langsam, machen Sie keine ruckartigen Bewegungen, das könnte sie verschrecken.«

»Aha, er sucht also nicht nur Schätze in den Bäumen, sondern ist auch noch ein großer Elster-Versteher«, sagt der Feuerwehrmann und gibt ein unwirsches Zeichen mit dem rechten Arm, woraufhin die Drehleiter ausfährt und der Rettungskorb nach oben schwebt. Es dauert nicht lange, bis der Feuerwehrmann auf Höhe des Nestes angekommen ist, sein blanker Helm glänzt in der Sonne. Erst jetzt bemerkt Voss die beiden Altvögel, die um die Kastanie kreisen und angsterfüllte Schreie ausstoßen.

»Die Leiter fährt zu schnell aus, Sie müssen das behutsamer machen«, ruft Voss dem Feuerwehrmann zu, der die Drehleiter bedient. Aber der lässt sich nicht in seinem Tun stören, knurrt nur, dass schon alles in Ordnung sei, und bringt den Korb am Nestrand in Stellung.

»Nicht so nahe ans Nest«, schreit Voss. »Sie verängstigen doch die Vögel.«

»Wir wissen schon, was wir tun«, sagt der Mann am Steuerknüppel.

Als der Feuerwehrmann oben im Korb gerade die Hand nach dem Nest ausstreckt, greifen die Elstern an. Das Männchen stürzt sich auf den Helm des Mannes, das Weibchen auf seine Hand. Man hört den Schnabel auf den Helm schlagen, und dann hört man auch schon einen langen, kläglichen Männerschrei. Der Mann am Steuerknüppel fährt zügig die Leiter nach unten, im Rettungskorb steht ein zeternder Feuerwehrmann, der Voss seinen zerrupften Handschuh anklagend entgegenhält.

»Diese Biester haben mich angegriffen«, ruft er.

»Weil Sie nicht auf mich gehört haben, ich habe gesagt langsam und bedächtig«, sagt Voss. »Aber Sie kennen sich ja aus, Sie wissen ja, was Sie machen, nicht wahr? Wie viele Jungtiere sind im Nest?«

»Das konnte ich nicht erkennen«, sagt der Feuerwehrmann.

Betretenes Schweigen kehrt ein auf dem Grundstück der Familie Kramer, nur der Motor des Feuerwehrautos ist zu hören und das leise Fluchen des Feuerwehrmannes, dessen stolzer, glänzender Helm einige Dellen abbekommen hat. Voss denkt, wie mutig diese Tiere sind. Sie stellen sich diesem Stahlleiter-Monster entgegen, attackieren den Mann im Rettungskorb, der in seiner Montur wie ein Raubritter aussieht. Sie verteidigen ihre Jungen, setzen dabei ihr Leben aufs Spiel. Hat er bislang die Elstern vor allem aus Gerechtigkeitsgründen gemocht, so ist er nun regelrecht begeistert von ihnen. Das Kommando der Spurensicherung einschließlich Frau Kaminski steht in einem dichten Kreis um das rote Einsatzfahrzeug herum.

»Also ich fahre nicht noch mal hoch zu diesen Biestern, da muss man ja lebensmüde sein«, nörgelt der Feuerwehrmann.

»Geben Sie mir Ihren Helm und Ihre Handschuhe, ich werde das selbst machen«, sagt Voss. Umgehend bedauert er seine Worte, aber er kann jetzt nicht mehr zurück, obwohl er gar nicht schwindelfrei ist.

»Ich kann Sie da nicht hochlassen«, sagt der Mann am Steuerknüppel, »das ist gegen die Sicherheitsvorschriften.«

»Und das hier ist ein Polizeieinsatz, und Sie unterstehen meinem Kommando«, blafft Voss ihn an, ohne zu wissen, ob es auch nur annähernd stimmt, was er da sagt.

Voss bekommt Helm und Handschuhe, stellt sich in den Rettungskorb und klinkt den Sicherheitsgurt an seinem Gürtel ein. »Langsam, zunächst nur auf halbe Höhe, wenn ich ein Zeichen gebe, weiter nach oben«, sagt er zu dem Mann am Steuerknüppel. Der Korb schwebt in die Luft, Voss wird flau im Magen, er versucht nicht zu sehr nach unten zu schauen, seinen Blick auf den Baumstamm zu heften. Die Leiter fährt aus, stoppt auf halber Höhe, der Wind lässt den Korb leicht hin- und herschwingen, Voss verflucht seine Entscheidung, hier den Helden zu spielen. Aber er muss da jetzt durch, unten stehen die Kollegen und beobachten jede seiner Regungen. Er setzt die kleine Amselpfeife, die er in der Jackentasche mit sich herumträgt, an die Lippen, zieht die Luft ein und sagt dabei »Ko Ko Ko«. Das ergibt den hohen Warnruf, den Amseln ausstoßen, wenn Nesträuber in der Nähe sind. Elstern, weiß Voss, fürchten sich vor Krähen und bringen in der Regel ihre Jungen in Sicherheit, sobald die Räuber auftauchen. Der Amsel-Warnruf soll diese Gefahr simulieren. Voss zieht erneut die Luft ein, das hohe Tschilpen schallt durch die Luft. Die Elstern-Eltern nähern sich dem Nest, scheuchen die Jungvögel auf, deren Rufe jetzt zu hören sind. Die Mutter gibt den Jungen einen Stups mit dem Schnabel, die Kleinen schlagen mit den Flügeln und fliegen ein wenig ungeschickt los.

Jetzt ist der Zeitpunkt gekommen, sich das Nest näher anzusehen, Voss gibt dem Mann unten am Steuerknüppel ein Zeichen, die Rettungsgondel schwebt auf die Baumkrone zu. Voss blickt um sich, hält nach den Altvögeln Ausschau, aber die scheinen sich zusammen mit ihren Jungen zurückgezogen zu haben. Der Korb ist jetzt neben dem Nest, etwa einen Meter entfernt, Voss gibt Zeichen, ihn noch näher heranzubringen.

Sein Herz schlägt schneller, aber noch kann er nichts erkennen, weil Elsternnester anders als die meisten Vogelbehausungen rundum geschlossen sind. Lediglich an der Seite befindet sich ein etwa handbreites Flugloch, durch das die Tiere hinein- und herausgelangen. Voss blickt in das Nest, das aus Zweigen zusammengesteckt ist und in dem Federn, vertrocknete Beeren und trockenes Gras liegen. Der Donnerkeil ist nicht zu sehen. Voss weiß, dass Elstern alles verstecken, nichts offen liegen lassen. Er lässt seine Hand über den Nestboden gleiten und spürt an einer Stelle, die mit dünnen Wurzeln ausgepolstert ist, etwas Hartes. Vorsichtig nimmt er das Wurzelpolster beiseite und zieht einen gelb-braunen Stein heraus, an dem noch ein Stück der silberfarbenen Kette hängt.

Als er wieder am Boden angekommen ist, spürt Voss seine weichen Knie. Frau Kaminski kommt auf ihn zu und sagt leise: »Glückwunsch an den Mann, der mit der Elster spricht.« Voss übergibt Frau Kaminski den Donnerkeil in einer Plastiktüte. Vorsichtig holt sie den Stein heraus, zieht an der Kette. Unter der Fassung, die den Donnerkeil am Kopf umschließt, kommt der Stecker eines USB-Sticks zum Vorschein. »Donnerwetter, den wollte Kramer also verschwinden lassen!«, sagt Voss. Er spürt eine kleine Glückswelle durch seinen Körper schwappen. Melanie Kramer steht am Haus und beobachtet ihn, ihre Blicke treffen sich für einen Moment. Voss weiß jetzt, dass Georg Kramer keinen Unfall hatte. Das heißt, eigentlich weiß er gar nichts, aber er spürt es, und darauf kann er sich gewöhnlich verlassen.

Auf dem Weg ins Präsidium fährt Voss an einer Plakatwand vorbei. Auf dem Plakat ist ein Mann mit kurzen, schwarzen Haaren und einer Narbe auf der Stirn zu sehen. Der Mann verschränkt die Arme vor der Brust und blickt energisch in die Kamera. Unter seiner Brust steht in großen, weißen Buchstaben: »Wurde Ihr Auto gestohlen? Ich bringe es zurück!« Es steht auch noch ein Satz auf Polnisch auf dem Plakat. Voss bremst, notiert die Adresse. Vielleicht kann dieser Mann ihm helfen, herauszubekommen, wo der weiße Kastenwagen herkommt, mit dem Maja entführt wurde. Voss schaut auf die Uhr, es ist schon später Nachmittag und eigentlich ist er völlig fertig. Aber er kann Maja doch nicht ihrem Schicksal überlassen, er muss etwas tun. Er wendet sein Auto und rast los, Richtung polnische Grenze.

Der ehemalige russische Militärflugplatz Postalenko (benannt nach seinem ersten Kommandanten Georgi Dimitri Postalenko) liegt zwanzig Kilometer oderaufwärts, in der Nähe von Gryfino. Auf dem alten Rollfeld stehen Autos in langen Reihen, neue und alte, große und kleine, dicht an dicht geparkt. Um den Platz herum sind rostige Panzersperren in das Rollfeld einbetoniert, nur eine schmale Zufahrt ist frei geblieben, die mit einem Gittertor verschlossen ist. Auf dem porösen Beton des Flugtowers prangt das Graffiti-Porträt des Mannes, den Voss schon vom Plakat an der Landstraße kennt. Da steht er, mindestens fünf Meter groß, mit einem Pistolengurt, Sheriffstern und Cowboyhut ausstaffiert. Seine muskulösen Oberarme glänzen in Silbermetallic, über seinen Hut fließt der Schriftzug: »Wanted by Zydan«.

Voss steigt die stählerne Treppe des Towers hinauf, es ist dunkel, seine Schritte hallen durch den Turm, die Luft ist heiß und stickig. »Hallo«, ruft er, aber es kommt keine Antwort. Voss steigt höher, riecht Zigarettenqualm, hört Countrymusik, sieht schließlich einen schmalen Mann, Anfang fünfzig, mit freiem Oberkörper und schwarzen Lederhosen. Der Mann trägt einen

Cowboyhut, hat eine Zigarette im Mundwinkel, die Beine auf dem Schreibtisch und spielt Autorennen an einem riesigen Flachbildschirm. Seine Oberarme sind noch dünner als die von Voss.

»Der BMW ist fertig, aber ich dachte, du kommst erst morgen«, sagt der Mann auf Deutsch und ohne von seinem Bildschirm aufzublicken.

»Ich komme wegen etwas anderem«, sagt Voss. »Sind Sie Zydan?«

»Wer will das wissen?«, fragt der Mann, beschleunigt seinen roten Computer-Rennwagen und überholt zwei Konkurrenten.

»Ich heiße Daniel Voss und komme aus Deutschland ...«

»Was für ein Wagen?«

»Ein weißer Ford Transit, aber den müssen Sie nicht finden, er wurde gestern von der Polizei geborgen, ich habe nur eine Frage zum Typenschild.«

Der Mann starrt immer noch auf den Flachbildschirm, sein roter Rennwagen fährt über eine Schanze, springt über einen Abgrund.

»Ach was, und da kommst du zu mir? Ich bin doch kein Auskunftsbüro, wie du siehst, habe ich zu tun.«

»Ja, das sehe ich«, sagt Voss. »In dem Ford wurde wahrscheinlich eine Frau entführt, dann wurde der Wagen in einem Tümpel versenkt.«

»Aber offenbar nicht fachgerecht, sonst hätte die Polizei ihn ja nicht gefunden.« Der Mann zündet eine Art Raketentriebwerk an dem roten Rennwagen. »Mal kurze Redepause, ich muss mich konzentrieren, ist die schwierigste Passage ...« Ein paar Sekunden später springt der Mann auf und reißt die Arme in die Luft. »Du hast mir Glück gebracht, Daniel Voss aus Deutschland, seit zwei Wochen versuche ich dieses Rennen im Level Sieben zu gewinnen und es hat nie geklappt.« Er holt zwei Bierdosen aus einem Kühlschrank, wirft Voss eine Dose zu. »Okay, ich bin Zydan, worum geht es?«

Voss zeigt ihm das Foto von dem Typenschild auf seinem Handydisplay. »Es sieht so aus, als wäre die Kraftfahrzeug-Identifikationsnummer manipuliert worden. Diese Nummer jedenfalls existiert überhaupt nicht.«

»Woher willst du das wissen?«

»Ich habe eine Halterabfrage gemacht.«

»Ach, Daniel Voss aus Deutschland macht eine Halterabfrage, ja? Was macht denn Daniel Voss aus Deutschland beruflich?«

»Ich bin Polizist, aber ich bin hier eigentlich nur privat zu Besuch.«

»Und da hast du einen Kollegen um einen Gefallen gebeten, der dir ohne Probleme eine vertrauliche Dienstauskunft für private Zwecke gegeben hat, na, das ist doch was!«

Voss stockt. »Na ja, ganz so, ich meine ...«

»Mach dich locker, Kumpel, der alte Zydan könnte doch gar nicht existieren, wenn es nicht wahnsinnig viele solcher netten Kollegen gäbe. Sie sind praktisch überall, diese netten Kollegen, man muss sie nur kennen. Apropos, in welchem Bereich bist du bei der Polizei?«

»Ich leite die Mordkommission in Bad Freienwalde.«

Zydan betrachtet ihn mit wachsender Aufmerksamkeit. »Ich war früher im Diebstahl-Dezernat, habe mich dann aber selbstständig gemacht.«

»Sie waren Polizist?«

»Daniel Voss, hör' auf mich zu siezen. Ja, ich war Polizist, früher, dann war ich lange in Deutschland, und jetzt leite ich diesen deutsch-polnischen Parkplatz hier.«

»Ich dachte, es sei ein Klischee, dass die Polen den Deutschen die Autos klauen.«

»Ist es ja auch. Es sind die Weißrussen, die Ukrainer, die Kirgisen, die Georgier, die Letten, die Russen und manchmal auch die Rumänen, die den Deutschen und den Polen die Autos klauen. Das haben die Deutschen bis heute nicht verstanden, dass wir mittlerweile auch Westler sind, jedenfalls für die, die noch weiter im Osten wohnen.«

»Und warum bist du nicht mehr bei der Polizei, Zydan?«

»Zu langsam, zu korrupt, jedenfalls damals war das so. Deshalb habe ich mir gesagt: Sei lieber der Typ, der die Bullen bezahlt, als selbst ein korrupter Bulle zu sein. Aber genug gequatscht, lass sehen, was der gute alte Zydan für dich tun kann.« Er betrachtet das Foto vom Typenschild des weißen Kastenwagens, vergrößert die Aufnahme. »Bei der dritten Ziffer haben sie aus einer sechs eine acht gemacht, und das U wurde zu einem O. Sieh' dir die Prägung an, die ist hier oben etwas flacher gestanzt. Aber das ist trotzdem ziemlich gut gemacht, würde wahrscheinlich keinem Streifenpolizisten oder Grenzer auffallen. Sie hatten nicht viel Zeit, weil sie sonst ein ganz neues Schild hergestellt hätten. Die haben die gleichen Prägestempel wie die Hersteller, die haben sogar die Original-Bleche.« Zydan klappt einen Laptop auf, tippt die ursprüngliche Identifikationsnummer ein.

»Okay, das Fahrzeug wurde vor zwei Tagen in Kostrzyn gestohlen, von einem Fabrikgelände. Offenbar haben die sich da ziemlich dämlich angestellt, der Alarm wurde ausgelöst, eine Überwachungskamera hat den Diebstahl gefilmt.«

»Woher weißt du das alles?«, fragt Voss.

»Polizeibericht.«

»Den kannst du hier einfach so lesen?«

»Einfach so? Das kostet mich zweitausend Euro im Monat! Wobei, die deutschen Polizeiakten sind doppelt so teuer und nur teilweise digitalisiert. Das muss ich dir sagen, Kollege, technisch seid ihr bei euch ganz schön weit hinten, das macht uns allen die Arbeit schwer.«

Voss ist schockiert. »Das heißt, du kannst hier alles lesen, was die deutsche Polizei archiviert?«

»Nur KFZ-Diebstahl, nur Brandenburg und, wie gesagt, oft unvollständig. Mecklenburg-Vorpommern kostet wieder extra, außerdem hat da jetzt gerade ein Neuer übernommen, fordert absurde Preise. Aber am besten hast du das alles gar nicht gehört, Danny, du scheinst mir viel zu ehrlich zu sein.«

Voss denkt nach, eigentlich müsste er diesen Zydan anzeigen, und die korrupten Kollegen noch dazu. Wie kann es sein, dass dieser seltsame Autojäger mit der schwarzen Lederhose hier so locker über all das reden kann, als wäre es das Normalste der Welt? Außerdem, hat ihn dieser Mann gerade Danny genannt?

»Nun sag, Danny, was ist das für eine Geschichte mit der entführten Frau? Ist das deine Frau?«

Voss blickt ihn wortlos an.

»Hey, Daniel Voss aus Deutschland, ist das deine Frau?«

»Ich weiß es nicht«, sagt Voss leise.

»Aber sie scheint dir wichtig zu sein, sonst würdest du nicht nach ihr suchen.«

»Ja, scheint so zu sein.«

Zydan nickt. »Meine Frau ist vor sieben Jahren abgehauen.«

»Hast du sie zurückgeholt?«

»Ich habe nicht gesucht, was aber nicht heißt, dass sie mir nicht wichtig war.«

»Moment, du jagst hier jedem klapperigen Auto hinterher, aber deine Frau lässt du einfach so gehen?« Voss spürt, dass er gerade zu weit gegangen ist. Was gehen ihn die privaten Verwirrungen dieses Mannes an? Zydan zündet sich eine Zigarette an, atmet tief ein und bläst den Rauch zur Decke.

»Okay, lass' uns über was anderes reden«, sagt er schließlich.

»Du hast damit angefangen«, sagt Voss.

»Ich weiß, ich wollte dich ein bisschen öffnen, deshalb habe ich was von mir erzählt. Alter Polizisten-Psycho-Trick. Funktioniert wahrscheinlich nicht, wenn man mit einem Polizisten redet.«

»Gut, lassen wir das«, sagt Voss, »ich denke, das mit dem Typenschild ...«

»Übrigens, einfach so habe ich sie nicht gehen lassen. Nichts passiert einfach so, es ist immer komplizierter. Und irgendwann ist es dann so kompliziert, dass man nichts mehr machen kann. Aber das ist dann nicht dasselbe, als hätte man von Anfang an nichts gemacht, verstehst du, was ich meine?«

Voss versucht, Zydans Gedankengang zu folgen, obwohl er eigentlich lieber mit seinen Recherchen weiterkommen würde. Es ist absurd, er steht hier in einem ehemaligen russischen Flugzeugtower und diskutiert mit einem halb nackten Cowboy, den er seit zehn Minuten kennt, Beziehungsprobleme. Außerdem ist es heiß, der Zigarettenqualm steht in der Luft. Voss setzt sich in einen hellbraunen Kunstledersessel, öffnet die Dose, die Zydan ihm zugeworfen hat, das Bier fließt durch seine trockene Kehle.

»Klar frage ich mich, warum sie abgehauen ist«, fährt Zydan fort, wobei er mehr zu sich selbst zu sprechen scheint. »Ich habe wahrscheinlich zu viel gearbeitet, habe mich nicht genug gekümmert. Vielleicht hat sie einen Neuen kennengelernt, was weiß ich?«

»Du wolltest es nie wissen?«

Zydan bläst kleine Rauchringe in die Luft. »Weißt du, Danny, man denkt immer, man würde mehr begreifen, wenn man mehr weiß, aber das stimmt nicht.«

»Weil es nur immer verwirrender wird«, sagt Voss und sieht den Rauchringen nach, die in die Höhe steigen, sich langsam auflösen und verschwinden. Am besten, denkt Voss, ist es am Anfang, wenn man noch gar nichts weiß. Der andere kann noch alles sein, es ist noch alles möglich. Er spürt das kalte Bier in seinem warmen Kopf, erinnert sich an die erste Zeit mit Maja, als sie nur über seinen Fall geredet haben, als sie abends in der Küche in Sternekorp saßen, an dem Tisch mit der abgewetzten Wachstuchdecke, und Majas neugierige Augen auf ihn gerichtet waren. »Erzähl' weiter«, hat sie immer wieder gesagt, »ich will alles ganz genau wissen.« Sie war wie ein Kind, das Angst hat, das Märchen könnte bald zu Ende sein.

»Ich glaube, wir sollten zu dieser Fabrik fahren, Danny, damit wenigstens du deine Frau wiederfindest.«

»Nenn' mich bitte nicht Danny. Und ich glaube, ich kann da auch alleine hinfahren.«

»Allein wirst du da nicht viel ausrichten.«

»Was kosten denn deine Dienste?«

»Für die Info zweihundert, die Begleitung ist gratis, vielleicht brauche ich ja irgendwann deine Hilfe.«

»Zydan, ich werde nie irgendwelche internen Informationen an dich weitergeben.«

Zydan lacht, er sieht Voss in die Augen. »Du bist ein guter Mensch, glaube ich, es ist wichtig, so jemanden zu kennen. Informationen kriegt man überall, aber manchmal ist der Rat eines guten Menschen viel wichtiger. Und wenn der dann auch noch bei der deutschen Polizei arbeitet, dann ist das sozusagen eine Häufung von Vorteilen.«

Zydan begleitet ihn nach unten. Er zieht anerkennend die Augenbrauen hoch, als er Majas hellbraunen Opel Kadett sieht. »Es ist gut zu wissen, dass ich nicht der Einzige bin, der eine Schwäche für hässliche Autos hat«, sagt er. »Aber Danny, ganz ehrlich, rote Plastikherzen am Lenkrad finde sogar ich übertrieben.«

»Das ist Majas Auto.«

»Habt ihr keine Dienstwagen mehr bei der deutschen Polizei, oder was?«

»Doch, aber meiner ist gerade in der Werkstatt, und um einen Ersatzwagen zu bekommen, müsste ich die Sekretärin fragen und irgendwelche Formulare ausfüllen, na ja, ist einfacher mit dem hier.«

»Ich verstehe«, sagt Zydan, »du bist ein Romantiker, du willst etwas von ihr um dich haben.«

»Blödsinn, ich habe es dir doch gerade erklärt ...«

»Du musst nicht weiterreden, du hast völlig recht«, sagt Zydan grinsend. Er wirft einen Blick auf den Tacho. »Na, der war ja auch schon ordentlich unterwegs.«

»Eigentlich nicht, Maja hat ihn kaum benutzt«, sagt Voss.

Zydan öffnet die Tür, blickt auf den Holm, an dem ein Aufkleber der Werkstatt heftet. »Sieht eher so aus, als hätte sie das Auto ganz schön viel benutzt. Schau' hier, den letzten Ölwechsel hat sie vor sechzehn Monaten machen lassen, seitdem ist sie fast zwanzigtausend Kilometer gefahren.« Voss rechnet nach, Maja ist vor vierzehn Monaten nach Sternekorp gekommen, zwei Monate nach dem Ölwechsel. Selbst wenn sie in diesen zwei Monaten sehr viel gefahren wäre, nie im Leben wären da zwanzigtausend Kilometer zusammengekommen. Als sie in Sternekorp wohnte, ist sie manchmal nach Bad Freienwalde zum Einkaufen gefahren, aber mehr eigentlich nicht. Ist sie heimlich weggefahren? Tagsüber war sie bei seiner Mutter, also müsste sie nachts unterwegs gewesen sein, aber was hätte sie da gemacht? Voss erinnert sich, dass sie morgens oft müde aussah, dass sie das Auto manchmal weiter weg geparkt hatte als nötig. Ihre erste gemeinsame Nacht liegt erst zwei Monate zurück, es gibt vom Dachboden, wo ihre Kammer ist, eine Stiege, die hinunter zur Küche führt. Das heißt, bis vor zwei Monaten konnte sie nachts unbemerkt verschwinden und wiederkommen.

Voss versucht, Zydan nicht spüren zu lassen, wie sehr ihn diese Informationen verunsichern. Sie verabreden sich für den nächsten Tag, um zu der Fabrik zu fahren, wo der weiße Kastenwagen gestohlen wurde. Voss will versuchen, sich erneut für ein paar Stunden aus Bad Freienwalde wegzuschleichen, so wie Maja sich vielleicht weggeschlichen hat. Jetzt habe ich selbst immer mehr Geheimnisse, denkt er, nur um hinter Majas Geheimnisse zu kommen.

Es ist Nacht, als Voss nach Sternekorp zurückkehrt. Er parkt das Auto neben dem Friedhof, läuft durch die Dunkelheit, in seinem Kopf tanzen die Gedanken. Er bleibt vor seinem Haus stehen, blickt hinauf zu dem Fenster, hinter dem die Dachkammer liegt, in der Maja gewohnt hat. Alles ist dunkel, das Haus wirkt groß und leer, die unbehauenen Feldsteine schimmern im schwachen Laternenlicht. Voss überlegt, was in diesem Haus schon alles passiert sein muss über die Jahrhunderte, in denen es da steht. An der Fassade sieht man die Spuren, die die Zeit hinterlassen hat. Die schmalen Steinkeile, die einst die großen Feldsteine in eine Reihe zwangen, sind an manchen Stellen herausgefallen. Die Lücken wurden mit Kalkmörtel verschmiert, den das Regenwasser weich machte. Die Bienen fraßen Löcher in den Mörtel, die manchmal so groß wurden, dass sogar Schwalbennester ihren Platz darin fanden. Voss spürt, wie gut ihm diese harmlosen Gedanken tun. Er geht ins Haus und trinkt noch ein Bier im Dunkeln.

MITTWOCH

An diesem Morgen ist Voss schon früh ins Büro gefahren, er muss jetzt endlich vorankommen mit dem Kramer-Fall. Eigentlich mag er dieses Büro nicht, es ist selbst nach mehr als einem Jahr ein fremder Raum geblieben, den er nur betritt, wenn es sich nicht vermeiden lässt. Aber im Moment ist das Haus in Sternekorp ein ähnlich kühler Ort, er kann dort nicht mehr klar denken. Um kurz vor neun klopft es an Voss' Tür, Frau Kaminski, ihr Lächeln sagt ihm, dass sie etwas für ihn hat.

»Gut, dass Sie die Elstern überlistet haben, es sieht so aus, als würde der Donnerkeil uns Glück bringen.«

»Was heißt, es sieht so aus?«, fragt Voss.

»Der USB-Stick ist eine Spezialanfertigung. Die Daten sind trickreich gesichert, eine der Dateien hat sich sofort gelöscht, als die Techniker vom LKA versucht haben, sie zu öffnen.«

»Kann man die wiederherstellen?«

»Muss man sehen, die Entschlüsselungsexperten haben jetzt drei andere Dateien geöffnet, offenbar handelt es sich um Programme, die etwas mit der Sicherheitssoftware von Autos zu tun haben. Sie haben die Daten noch gestern Abend zur Soko ›Grenze‹ geschickt, die haben ihren Sitz in Frankfurt/Oder, vielleicht reden Sie mal mit denen?«

Als Frau Kaminski gerade gegangen ist, klopft es erneut an seiner Bürotür. Das ist ja nicht zum Aushalten, denkt Voss, wie soll man unter diesen Bedingungen zum Arbeiten kommen? Neumann und die Hospitantin treten ein.

»Neumann, kommen Sie rein, hallo Frau Schallmeier«, sagt Voss und ist so stolz, sich ihren Namen gemerkt zu haben, dass er sogar für einen Augenblick vergisst, wie sehr ihn die beiden gerade stören.

»Birke, also Frau Schallmeier, und ich haben überprüft, wie die Bedrohungslage für Internet-Unternehmen in Brandenburg ist«, sagt Neumann und lächelt dabei die Hospitantin an.

»Ja«, sagt die Hospitantin, »wir haben mit der LKA-Stelle für Cybercrime gesprochen und auch mit dem Verfassungsschutz, es sieht so aus, als gäbe es in Brandenburg niemanden, der gegen Big Data oder Internetüberwachung kämpft, was auch damit zusammenhängen könnte, dass es in weiten Teilen Brandenburgs noch immer kein ordentliches Internet gibt.«

»Ohne Internet keine Kämpfer«, sagt Voss, »klingt logisch. Aber was ist jetzt die gute Nachricht, Neumann, warum grinsen Sie die ganze Zeit?«

Neumanns Grinsen erstarrt. »Nein, Chef, eigentlich wollten wir Ihnen nur sagen, dass wir da eben nicht weiterkommen, mit der Spur.«

»Nun ja, das kommt vor, das ist, sehr geehrte Frau Schallmeier, gewissermaßen das Wesen der Kriminalistik, nach dem Ausschlussprinzip zu verfahren und sich am Ende anzuschauen, was eigentlich noch übrig bleibt, verstehen Sie?«

»Vollkommen, ich verstehe Sie vollkommen, Herr Hauptkommissar. Übrigens, ich habe von der grandiosen Sache mit dem Elsternnest gehört, was ja nun gewissermaßen das Gegenteil des Ausschlussprinzips ist und wahrscheinlich nur als geniale ...«

»Wissen Sie, Frau Schallmeier, anders als beim LKA verschwenden wir hier nicht unsere Zeit damit, uns gegenseitig Komplimente zu machen. Wir arbeiten lieber, suchen Beweise. Der Fleiß ist das Genie des Kriminalisten, pflegte mein Ausbilder in Stuttgart zu sagen, und ich glaube, er hat recht. Also, Neumann, ich möchte, dass Sie das Leben von Georg Kramer auf den Kopf stellen, ich möchte alles wissen, was er in den letzten zehn Jahren gemacht hat. Beruflich und privat. Nichts ist unwichtig, ich will alles wissen. Außerdem haben Sie immer noch nicht das Alibi von Frau Kramer überprüft, wir müssen jetzt ein bisschen in die Gänge kommen.«

»Und dann geht es mit dem Ausschlussprinzip weiter«, sagt die Hospitantin mit der heiteren Behändigkeit einer Schülerin, die dem Lehrer zugehört hat.

Voss nickt und hebt den Telefonhörer ab, was glücklicherweise von beiden als Signal verstanden wird, umgehend sein Büro zu verlassen. Er legt den Telefonhörer wieder auf, schließt die Augen und verharrt noch ein paar Momente ohne jegliche Regung. Der Fleiß ist das Genie des Kriminalisten, wie lange er diesen bescheuerten Satz nicht mehr gehört hat! Dann ruft er Kawletzki von der Innenrevision an. Voss hat Kawletzki auf einem Polizeiseminar kennengelernt und weiß, dass er Dinge für sich behalten kann, was wahrscheinlich ohnehin selbstverständlich für jemanden sein sollte, der dafür da ist, seine eigenen Kollegen zu überwachen.

»Kawletzki, kannst du bitte für mich nachschauen, ob in den vergangenen vierzehn Monaten eine SIG Sauer P 228 bei uns verloren gegangen ist?«

»Da muss ich nicht nachschauen, das weiß ich. Die Frage ist eher, warum du das wissen willst.«

»Berechtigte Frage, vertrau' mir bitte einfach und sag' es mir.«

»Oh, so schlimm, ja? Sag' mir nur eins, Voss, bei der Mordkommission fehlt keine Waffe, oder?«

»Nicht, dass ich wüsste, aber ich könnte eine Waffenkontrolle veranlassen, das wäre vielleicht als generelle Maßnahme für das ganze Präsidium gar nicht so schlecht.«

»Voss, vertrau' du mir auch und sprich Klartext mit mir, fehlt eine Waffe oder hast du eine zu viel?«

»Ich habe eine Waffe gesehen, an einem Ort, an den sie nicht gehört.«

»Du willst einen Kollegen schützen, das kann ich verstehen, aber das geht nicht, Voss. Ich werde eine Inventur veranlassen, und wenn da wirklich was fehlt, musst du mir sagen, was du gesehen hast, bis dahin kann das unter uns bleiben.«

Im Büro von Holger Madsen, dem Chef der Soko »Grenze«, hängt eine Deutschlandkarte, in der rot schraffierte Flächen eingezeichnet sind. Je mehr Autos in einer Gegend gestohlen werden, desto größer sind die Flächen. Von Aachen nach Berlin nimmt die Färbung stetig zu, fünfzig Kilometer vor der Oder zieht sich ein breiter roter Korridor durchs Land. Voss trinkt schon den zweiten Kaffee, die Sekretärin hat gesagt, der Chef würde gleich kommen, aber jetzt wartet er hier schon bald eine halbe Stunde. Holger Madsen tritt mit Schwung ins Büro, er ist ein kräftiger, etwas untersetzter Typ, der ein kurzärmeliges Hemd mit Krawatte trägt und Arme hat, die so stark behaart sind, dass man die Haut kaum sehen kann. Madsen stellt sich neben Voss und betrachtet ebenfalls die Karte.

»Na, da staunen Sie, was? Den Rekord halten wir hier in Frankfurt/Oder, 680 Prozent über Bundesdurchschnitt, mehr Autos werden nirgendwo gestohlen.«

»Und warum gerade hier?«, fragt Voss.

»Weil es vom Parkplatz des Einkaufszentrums bis zur Oderbrücke nur ein paar Minuten sind. Bevor die Leute überhaupt gemerkt haben, dass ihre Autos weg sind, ist schon alles zu spät.«

»Das heißt, vor Ihrer Nase werden hier die Autos geklaut, und Sie können gar nichts machen?«

»Seit Polen dem Schengener Abkommen beigetreten ist und

die Grenzen offen sind, seit nicht mehr kontrolliert werden darf, haben wir kaum eine Chance, die Täter auf frischer Tat zu ertappen. Deshalb konzentrieren wir uns darauf, die Strukturen der Banden zu verstehen. Wir müssen wissen, wie die arbeiten, dann können wir sie am effektivsten stören. Das ist wahrscheinlich wie bei Ihnen, wenn Sie einmal das Muster eines Täters verstanden haben, dann finden Sie ihn.«

»Und wie funktionieren diese Banden?«

»Sehr arbeitsteilig, sehr spezialisiert. Die Chefs sitzen in Weißrussland oder Litauen, die geben die Bestellungen auf. Späher in Deutschland oder Polen durchkämmen die Internet-Autobörsen nach passenden Fahrzeugen und ermitteln den Standort. Softwareexperten öffnen die Türverriegelungen, programmieren die Steuereinheiten um und überlisten die Alarmanlage. Kuriere bringen die Wagen über die Grenze und stellen sie an vereinbarten Orten ab, wo sie später von anderen Kurieren abgeholt werden.«

»Ich nehme an, die kennen sich gegenseitig alle nicht.«

»Nur die Chefs wissen, wie das gesamte Netz funktioniert, fliegt einer auf, bleibt der Rest meist verschont, deswegen versuchen wir, so weit wie möglich die Wege zu verfolgen, aber unsere Erfolge sind begrenzt. Der Autoklau ist das profitabelste Kriminalgewerbe, das es derzeit gibt, mit noch größeren Gewinnspannen als beim Drogenhandel oder der Prostitution, deshalb werden die immer professioneller, immer besser.«

»Wie viele Autos werden denn täglich gestohlen?«

»Etwa hundert Stück, die meisten davon werden in Ostdeutschland geklaut, und ein guter Teil der im Westen geknackten Fahrzeuge kommt über die Schmugglerrouten auch hier bei uns vorbei, über Polen, das eigentlich nur noch ein Transitland ist, immer weiter nach Osten, mittlerweile bis nach China. Die Zahl der entwendeten Autos nimmt gar nicht zu, aber es werden immer gezielter teure Wagen gestohlen, was den wirtschaftlichen Schaden insgesamt erhöht.«

»Das LKA hat Ihnen doch die Daten von dem Stick geschickt, den wir gefunden haben.«

»Ja, großartig, Kollege Voss, ich habe auch von der Sache mit dem Elsternnest gehört. Stimmt es, dass drei Feuerwehrleute von den Tieren verletzt wurden?«

»Nicht wirklich, aber was ist denn nun auf dem Stick?«

»Programme zur Überwindung der Wegfahrsperre für die neueste Baureihe des Audi Q7. Besonders pikant daran ist, dass der Hersteller die Software erst vor zwei Monaten aktualisiert hat. Früher brauchten die Schmuggler noch mindestens ein Jahr, um ein neues Sicherheitssystem zu knacken, der Abstand wird immer geringer.«

»Hört sich an wie ein Wettlauf.«

»Genau das ist es auch. Ein neuer Schutz zieht sofort eine neue Gegenmaßnahme nach sich. Vor Jahren wurden schlüssellose Zündanlagen entwickelt, die nur mit speziell codierten Karten zu aktivieren sind. Die Industrie dachte, das sei die Lösung, aber die Diebe starteten die Autos mit ihren eigenen Karten. Es ist, wie Sie sagen, ein Wettlauf zwischen Sicherheitsspezialisten und Diebstahlsspezialisten - und die Diebe werden immer besser.«

»Das heißt, Georg Kramer hat die Programme entwickelt, mit denen später die Autos gestohlen werden?«

»Ich versuche, Ihnen das möglichst einfach zu erklären: Bisher war es so, dass es Informanten bei den KFZ-Herstellern oder in den Fachwerkstätten gab, die Kopien der Sicherheitssoftware für einzelne Wagentypen an die Schmuggler verkauft haben. Aber das ist teuer und funktioniert auch nur bis zum nächsten Update. Dieser Georg Kramer hat, wie ich das übersehe, eine völlig neue Ära eingeläutet: Er hat Programme geschrieben, mit denen man die Wegfahrsperren überlisten kann. Es genügt, die Herstellerdaten in das Programm einzugeben, und das Auto kann per Funk geöffnet und gestartet werden. Es gibt keine Einbruchsspuren mehr, weil nicht das Fahrzeugschloss, sondern die Steuerungssoftware des Wagens manipuliert wird.«

Voss versucht Madsens Ausführungen zu folgen, obwohl er die angeblich idiotensichere Erklärung immer noch ziemlich kompliziert findet. »Wenn ich das richtig verstehe, müssen die Schmuggler aber immer noch an die Herstellerdaten und die neuen Parameter eines Wagens kommen, damit dieses Wunder-Programm arbeiten kann.«

»Richtig«, sagt der Soko-Chef und zwinkert Voss wie einem Schuljungen zu, der gerade seine erste knifflige Aufgabe gelöst hat. »An diese Daten zu kommen ist weiterhin eine nicht ganz einfache Aufgabe, aber mit der richtigen Bezahlung geht auch das. Auf dem Stick, den Sie uns so heldenhaft besorgt haben, sind die Daten von fünf Autos eingetragen, die gestohlen werden sollen, wir haben bereits die Standorte ermittelt.«

»Wie geht denn das?«

»Mein lieber Kollege Voss, Sie scheinen zwar mit Elstern reden zu können, aber Autos sind nicht so Ihr Ding, oder?«

»Nun, es gibt sicherlich andere Sachen, die mich mehr interessieren, trotzdem würde ich nicht sagen, dass ich ...«

»Was fahren Sie denn im Moment für ein Modell?«

»Sie meinen jetzt gerade?«

»Ja, womit sind Sie hergekommen?«

»Mit einem Opel Kadett.«

»Hat der schon Bluetooth?«

»Weiß ich nicht, er hat ein Kassettenradio. Mein Dienstwagen ist gerade in der Werkstatt.«

»Verstehe, okay«, sagt Madsen, nunmehr mit dem mitleidigen Blick eines Mannes, der gerade erfahren hat, dass sein Gegenüber an einem nicht operablen Prostatakrebs erkrankt ist. »Also es ist so: In den neuen, hochpreisigen Wagen sind standardmäßig GPS-Sender eingebaut, damit die Autos im Falle eines Diebstahls oder auch zu Servicezwecken geortet werden können. Wir haben heute Morgen Kontakt mit Audi aufgenommen und um die Übersendung der Koordinaten der fünf Wagen gebeten. Sie stehen in Berlin, in den Bezirken Zehlendorf und Prenzlauer Berg, die Observierung läuft bereits.«

»Sie warten, bis die Autos gestohlen werden, und folgen ihnen dann?«

»Nein, das würde nicht funktionieren, in der Regel werden gestohlene Wagen von den Kurieren nachts in ländliche Gegenden gebracht, wo jedes Verfolgerfahrzeug sofort auffallen würde. Wir wollen ja die Hintermänner und nicht die Kuriere, deshalb observieren wir per GPS-Sender.«

»Aber die Kuriere müssen doch wissen, dass so ein Sender im Auto ist«, sagt Voss.

»Das wissen sie auch und benutzen sogenannte Jammer, elektronische Sender, die eine Art Funkglocke über das Auto legen und damit die GPS-Signale blockieren. So wird das Auto für die Satelliten unsichtbar.«

»Und wie können Sie dann observieren?«

»Die Kuriere setzen die Jammer nur eine Zeit lang ein, meist so lange, bis sie sicheres Gebiet erreicht haben. Diese Störsender haben nämlich für die Kuriere den Nachteil, dass sie auch jede Handy- oder Funkkommunikation unmöglich machen. Meist werden die Autos nach Polen gebracht, dort bekommen die Wagen eine neue Identität und dazugehörige Papiere, und der GPS-Sender wird ausgebaut und zerstört.«

Madsen schlägt auf den Tisch, um das Bersten des Senders zu verdeutlichen, er beugt sich vor und sieht Voss mit zusammengekniffenen, lauernden Augen an. »Normalerweise wäre das Spiel zu dem Zeitpunkt für uns zu Ende«, sagt er und senkt genießerisch die Stimme. »Dabei fängt es jetzt erst so richtig an.« Er springt auf, malt die Umrisse eines Autos an ein Pinboard. »Wir präparieren die Autos, sie bekommen drei bis vier zusätzliche Sender verpasst, an Stellen, die kein Autoklempner einfach so erreichen kann. Dann warten wir, bis wir Signale empfangen, und verfolgen die Autos am Computer. Erst wenn die Autos am Zielort eingetroffen sind, schlagen wir zu, weil jetzt der Weiterverkauf erfolgt, der meist von der Führungsebene der Schmuggler abgewickelt wird.«

»Sind Sie schon erfolgreich gewesen mit der Methode?«

Der Stolz in Madsens Blick erlischt. »Das ist alles noch recht neu. Wir haben es ein paar Mal probiert, aber es kam immer was dazwischen, die Sender sind ausgefallen. Oder die lettische oder weißrussische Polizei hat einfach nicht ermittelt, weil die Kollegen von den Schmugglern besser bezahlt werden als vom Staat. Aber diesmal wird es besser laufen, wir haben neue Sender, und die Kooperation mit unseren Kollegen in Osteuropa wird immer effizienter.«

»Nur eine Sache verstehe ich nicht«, sagt Voss, »darf denn die Polizei einfach tatenlos dabei zuschauen, wenn Autos gestohlen werden, nur weil man darauf hofft, irgendwann später die Hintermänner zu schnappen?«

»Es ist sogar noch viel schlimmer«, sagt Madsen, »wir knacken die Autos, fahren sie in unsere Werkstatt, platzieren die Sender und bringen die Wagen wieder an den Ort zurück, an dem sie hoffentlich später gestohlen werden.« Madsen lacht, »Sie können sich vorstellen, wie aufwendig das ist, auch administrativ. Wir brauchen staatsanwaltliche Genehmigungen, richterliche Verfügungen, und das alles innerhalb weniger Stunden. Neulich mussten wir einen Porsche Cayenne, der nach Wochen immer noch nicht gestohlen worden war, sogar noch mal knacken, die Sender wieder rausnehmen, alles wieder in Ordnung bringen.«

Voss ist beeindruckt von den Ausführungen des Kollegen, er hätte nie gedacht, dass solche Operationen überhaupt möglich sind. In Bad Freienwalde gilt es schon als riesiger Undercover-Coup, wenn ein Polizeifahrzeug zur besseren Tarnung mehrmals am Tag das Nummernschild wechselt. Dafür wurde eigens eine besondere Prozedur mit dem Kraftfahrtbundesamt entwickelt, um sicherzustellen, dass trotz der Schilderwechsel das Auto und die Beamten versichert bleiben. Mit solchem Kleinkram schlagen sie sich herum, und die feinen Kollegen von der Soko »Grenze« knacken Autos im Staatsauftrag.

Madsen scheint zu ahnen, was Voss gerade denkt. »Das geht natürlich alles nur über die Stabsstelle für organisierte Kriminalität, dort sitzen Staatsanwälte und Richter mit Sonderbefugnissen. Das alles ist übrigens streng vertraulich, Herr Kollege Voss, das darf in keinem Ihrer Protokolle auftauchen, und auch Ihre Kollegen dürfen nur nach vorheriger Genehmigung durch mich in die Operation eingeweiht werden, haben Sie das verstanden?«

Voss nickt. Ein Geheimnis mehr oder weniger macht jetzt auch keinen großen Unterschied mehr. »Nur eine Frage noch, was denken Sie, ist mit Kramer passiert?«

Madsen überlegt. »Schwer zu sagen, vielleicht war es ein Unfall, würde mich allerdings wundern. Die Schmuggler sind gerade dabei, sich neu zu organisieren, ihre Machtbereiche neu abzustecken. Es kann sein, dass Georg Kramer von einer konkurrierenden Bande angeworben werden sollte und deshalb von seinen ehemaligen Auftraggebern liquidiert wurde, um den eigenen Vorsprung im Markt zu sichern. Es kann auch sein, dass Kramer aussteigen oder mehr Geld haben wollte. Ein Menschenleben bedeutet nichts in diesen Strukturen. Manchmal werden Leute aus reiner Vorsicht getötet, weil irgendwo irgendeine Information durchgesickert ist, die den Bossen beunruhigend erscheint. Diese Leute gehen mit äußerster Brutalität vor, gegen alles, was sich ihnen in den Weg stellt.«

»Um in meinem Fall voranzukommen …«

»Müssten Sie Kramers Auftraggeber kriegen. Aber es ist nicht einfach, an die Hintermänner zu kommen.«

Voss muss an die Männer denken, die in Bad Freienwalde vor seinen Augen die Frau entführt haben. Die hätten mich auch töten können, denkt er. Das Auto, das diese Männer fuhren, ist verschwunden, und was ist mit dem weißen Kastenwagen und dem gefälschten Typenschild? Er muss unbedingt zu Zydan zurück, dem polnischen Auto-Sheriff, er muss herausfinden, wer das Auto gestohlen hat. Sein Gefühl sagt ihm, dass ihn das auch im Kramer-Fall weiterbringen könnte, aber vielleicht redet er sich das auch nur ein, um sein schlechtes Gewissen zu lindern, weil er während seiner Dienstzeit wieder mal auf die andere Oderseite fährt. Er denkt an Maja und an den seltsamen Brief, der ihn von der Suche nach ihr abhalten sollte, ihn aber nur noch neugieriger gemacht hat.

Als Voss am russischen Flugplatz ankommt, winkt ihm Zydan vom Towerfenster aus zu. Sie nehmen Zydans Auto, einen durchgerosteten Peugeot 405, an dessen Rückspiegel ein nikotingelber Eisbär hängt. Zydan hat den Wagen für einen Kunden aus Weißrussland zurückgebracht, der ihn dann nie abholte. Er legt eine CD mit Bachs Brandenburgischen Konzerten ein, zündet sich eine Zigarette an und schickt einen Rauchring los, der sich wie ein Heiligenschein über den Kopf des Eisbären legt. Voss hat auf einmal auch Lust zu rauchen, er hat das noch nie gemacht, bis auf die paar Mutproben-Zigaretten in der zehnten Klasse, als sie in Bad Freienwalde die Raucherbande gegründet haben und als Aufnahmeritual zwei tiefe Lungenzüge ohne Husten zu absolvieren waren. Voss fiel drei Mal durch die Prüfung und durfte schließlich doch als Ehrenmitglied bleiben. Warum sollte er jetzt, mit Mitte vierzig, mit dem Rauchen anfangen? Nun, denkt Voss, die Frage ist vielleicht eher, warum ich es nicht tun sollte. Zydan kurbelt die

Scheiben runter, der Fahrtwind reißt dem Eisbären den Heiligenschein vom Kopf, sie durchqueren einen Kiefernwald, es riecht nach Harz und wilden Himbeeren, Bachs Klarinetten und Geigen schwirren durch die warme Luft, und Voss denkt, dass es doch nichts Schöneres gibt als eine Männer-Autofahrt, bei der nicht geredet wird. Voss nimmt sich eine von Zydans Zigaretten und zündet sie an. Der Qualm brennt in seinem Mund, es schmeckt nach Teer, nach verbrannter Wiese, nach Kindheit.

Sie fahren auf der Landstraße Richtung Kostrzyn, Zydan hat die Musik lauter gemacht, das Bach'sche Cemballo klimpert beschwingt, begleitet von tiefen Hörnern und wehmütigen Oboen. Eigentlich hört Voss keine klassische Musik, eigentlich hört er überhaupt keine Musik, was nicht daran liegt, dass er Musik nicht mögen würde, aber es ergibt sich irgendwie nie. Er hat in Sternekorp zwei Kisten mit CDs stehen, die er seit seiner Ankunft nicht aufgemacht hat. Die Brandenburgischen Konzerte wurden in Bad Freienwalde immer zum Sommeranfang auf einer Freiluftbühne am Marktplatz aufgeführt. Alle Schulklassen mussten dahin, und obwohl Voss diese Konzerte langweilig fand, ist ihm der heitere und zugleich seltsam zurückhaltende, ja zögerliche Klang dieser Stücke im Ohr geblieben. Die Musik passt zu der Landschaft hier, findet er, obwohl sie ja gerade gar nicht in Brandenburg sind. Aber es ist genauso platt und leer und die Leute wirken ähnlich verloren. Vielleicht, denkt Voss, ist Brandenburg überall dort, wo mehr Tiere als Menschen leben.

An einer Kreuzung steht ein Streifenwagen der Polizei. Zydan fährt langsamer, hält neben dem Wagen. Er begrüßt die Uniformierten, reicht Zigaretten durchs Fenster. Und einen kleinen Handzettel. »Das sind die vermissten Autos dieser Woche«, sagt Zydan zu Voss gewandt, »wenn ein Polizist eines der Autos findet, ruft er mich an, meldet den Standort und bekommt von mir fünfzig Euro bar auf die Hand. Das macht die scharf wie sonst was.«

»Die Polizisten melden ein gestohlenes Auto nicht ihrer Dienststelle, sondern dir?«

»Sonst würden sie doch die fünfzig Euro nicht bekommen. Für die meisten ist das mittlerweile wie ein zweites Gehalt.«

Voss schüttelt ungläubig den Kopf. »Und was passiert dann mit den Autos?«, fragt er.

»Ich stelle die Wagen auf meinem Parkplatz ab, melde mich als Finder bei den Versicherungen und kassiere als Finderlohn zehn Prozent vom Zeitwert. Je teurer der Wagen, desto mehr klimpert es beim alten Zydan in der Kasse.«

»Klingt nach leicht verdientem Geld.«

»Ach Danny, mein Freund, nichts ist mehr leicht. Früher war es wunderbar, da haben mich die Grenzer angerufen, wenn sie ein Auto angehalten haben und wissen wollten, ob es geklaut ist oder nicht.«

»Warum haben die dich angerufen?«

»Weil Interpol drei Wochen gebraucht hat, um die Daten eines in Deutschland gestohlenen Fahrzeugs den polnischen Grenzern zu übermitteln. Der Kurier, der das Auto nach Weißrussland brachte, benötigte aber nur sieben Stunden, um Polen zu durchqueren. Wenn in dieser Zeit eine Diebstahlsanzeige in Deutschland einging, war ich der Einzige in ganz Polen, der Bescheid wusste.«

»Das klingt doch gut.«

»Ja, nur leider hat sich die Polizeizusammenarbeit seitdem deutlich verbessert. Europa und so, du weißt schon, dieser ganze Scheiß. Heute gibt die deutsche Polizei die Daten der gestohlenen Fahrzeuge sofort an die polnische Polizei weiter. Also bleiben für mich nur noch die Autos übrig, die nicht direkt über die Grenze gehen und die auch nicht direkt auseinandergebaut werden.«

»Du bist also ein Opfer der europäischen Integration geworden«, sagt Voss und drückt den Zigarettenstummel im Aschenbecher aus.

»Kann man so sagen, wobei Europa natürlich auch sein Gutes hat, weil die Polen mittlerweile reich genug geworden sind, um selbst beklaut zu werden. Das sind gute Kunden für mich, weil gerade die, die noch nicht so lange begütert sind, am meisten an ihren Gütern hängen.«

»Du bist ja ein richtiger Philosoph.«

»Korrekt, Danny, weißt du, dass du sehr polnisch wirkst?«

»Hey, ich heiße Daniel, nicht Danny, das klingt bescheuert. Und warum sehe ich polnisch aus?«

»Du siehst nicht polnisch aus, du hast eine polnische Seele. Eine sehnsüchtige, ein bisschen zerknitterte, leicht negative, furchtbar nostalgische und im Zweifelsfall äußerst kämpferische Seele.«

Voss schüttelt lächelnd den Kopf.

»Zydan, kennst du eine Kommissarin, die Agnieszka Zajak heißt?«

»Na sicher, die schöne Agnieszka, gute Polizistin, sehr ehrgeizig. Ermittelt sie in dem Fall?«

»Ja, und ich muss ihr von dem gefälschten Typenschild erzählen.«

»Würde ich nicht machen, die reißt dir den Arsch auf, wenn die erfährt, dass du bei mir warst. Für die bin ich der Teufel. Außerdem kann sie das alles selbst herausbekommen, sie hat das manipulierte Typenschild und die Polizeiakten, wenn sie es nicht schnallt, hat sie es nicht verdient.«

Voss überlegt, eigentlich hat er gar keine Wahl, weil sowieso rauskommen wird, dass er in Kostrzyn war. Er kann dem Besitzer des weißen Kastenwagens ja nicht verschweigen, dass sein Auto von der Polizei gefunden wurde. Und spätestens wenn der Mann den Wagen zurückholen will, erfährt die Kommissarin von seinen Ermittlungen. Voss schickt ihr eine SMS:

Liebe Agnieszka Zajak, habe rein zufällig etwas Interessantes erfahren. Das weiße Auto wurde in der Wurstfabrik Murski in Kostrzyn gestohlen. Voss.

Die Wurstfabrik von Anton Murski liegt am Rande von Kostrzyn. Zydan und Voss fahren an einer überwucherten Festungsruine vorbei, mächtige Backsteinmauern stehen zerfallen auf der Anhöhe. Die Treppe aus Granitquadern, die früher zu den Festungstürmen geführt haben muss, endet im Nichts, der Granit ist vermoost, auf den Backsteinen wächst Gras. Die Birken, die nicht nur auf dem Sternekorper Friedhof wuchern, haben sich durch die Kellergewölbe gezwängt und ragen über das zerstörte Mauerwerk empor. Voss erinnert sich an die Geschichte, die Herr Zossner, sein Deutschlehrer an der EOS Juri Gagarin, ihnen in der elften Klasse über die Festung erzählt hat, die früher Küstrin hieß und zu Preußen gehörte. Zossner war großer Fontane-Kenner, wobei man sagen muss, dass es in der Mark Brandenburg kaum jemanden gibt, der Fontane nicht kennt. Die berühmten Wanderungen des Dichters, die kaum ein Dorf ausließen, geben bis heute den Bewohnern dieser Dörfer das Gefühl, an einem historisch nicht ganz unbedeutenden Ort zu leben. Und da Fontane immer noch der Einzige ist, der Bleibendes über diese Gegend geschrieben hat, sind ihm die Menschen genauso bleibend und stolz verbunden. Selbst Leute, die sonst überhaupt nichts lesen, wissen Fontane zu zitieren, und seien es nur die drei, vier dürren Sätze, die der Meister einst zur Beschreibung ihrer schon damals öden Dorfstraße verwendete.

Zossner jedenfalls las ihnen das Kapitel aus den Wanderungen durch die Mark Brandenburg vor, das vom Morgen des 6. November 1730 handelte, als Hans-Hermann Katte, Offizier der preußischen Armee, im Hof der Festung von Küstrin enthauptet wurde und der junge Kronzprinz Friedrich von einem Fenster aus dem grausigen Schauspiel zusehen musste. Beide, Katte und der Prinz, waren als Hochverräter verurteilt worden, weil sie dem preußischen Militär durch Fahnenflucht entgehen wollten. Um Viertel vor acht, schreibt Fontane, den Exekutionsbericht zitierend, »ward das erlöste Haupt mit einem glücklich gerathenen Streich durch die Hand und Schwert des Scharfrichters Coblentz vom Leibe abgesondert.« Der Prinz soll bei diesem Anblick in Ohnmacht gefallen sein. Zossner las die Enthauptungsszene mit einer solchen grimmigen Hingabe, dass auch Voss die Kälte dieses grausamen Morgens zu spüren meinte. Seitdem, rief Zossner in den Klassenraum, liege über Küstrin etwas »Finster-Unheimliches«, es sei ein Ort unter einem ewigen Novemberhimmel.

Zum Glück, denkt Voss, ist der Himmel an diesem Nachmittag blau, nur ein paar Wolkenfetzen sind zu sehen und scheinen vor allem die Aufgabe zu haben, die ansonsten herrschende Makellosigkeit zu unterstreichen. Die Wurstfabrik ist nicht weit entfernt und sieht martialischer aus als jede preußische Festung. Ein hoher, mit Stacheldraht gekrönter Metallzaun umringt das Firmengelände. Zwei lang gestreckte, graue Hallen sind zu sehen, zwischen denen sich ein Parkplatz befindet, auf dem mehrere Dutzend Lastwagen und Kleintransporter abgestellt sind. Hinter dem Zaun zieht sich ein Graben entlang, mindestens drei Meter breit und zwei Meter tief. Neben dem Tor stehen zwei Bagger, ein Teil des Grabens scheint frisch ausgehoben zu sein. Voss und Zydan gehen auf das Tor zu, eine Kamera surrt, und eine Stimme plärrt aus einem Lautsprecher. »Die fragen, was wir hier wollen«, übersetzt Zydan. Er stellt sich breitbeinig vor das Tor, was ihn erstaunlicherweise noch ungefährlicher erscheinen lässt, und ruft mit lauter Stimme ein paar Sätze, die dafür sorgen, dass das Tor einen Spalt aufgeht und sie eingelassen werden.

Ein Mann kommt ihnen entgegen, begleitet von einem bulligen Gesellen mit schwarzer Baseballmütze, auf der »New York Police Departement« steht.

»Was kann ich für Sie tun?«, fragt der Mann schon von Weitem in gutem Deutsch, und Voss fragt sich, ob es hier im polnischen Grenzgebiet überhaupt noch jemanden gibt, der kein Deutsch spricht. Auf der anderen Oderseite müsste man lange suchen, um jemanden zu finden, der auch nur einigermaßen passabel Polnisch spricht. Es ist eine Machtfrage, denkt Voss, wer etwas vom Nachbarn will, muss dessen Sprache lernen.

»Vor zwei Tagen wurde bei Ihnen ein weißer Kastenwagen gestohlen, mein Name ist Voss, ich bin von der deutschen Kriminalpolizei. Es könnte sein, dass eine Frau, die wir suchen, in dem Wagen entführt wurde, deshalb sind wir hier.«

Der Mann bleibt zwei Meter vor Voss stehen, verschränkt die Arme. Er ist ein sportlicher Typ, braun gebrannt, etwa in Voss' Alter, er trägt ein weißes Polohemd, eine helle Leinenhose und weiße Lederslipper, als käme er gerade von einer Golfplatzparty, seine grauen Augen, die er wegen der Nachmittagssonne zusammenkneift, wandern zwischen Voss und Zydan hin und her. Der Typ mit der Baseballmütze blickt nervös zum Zaun, als müsste jederzeit mit einem Angriff gerechnet werden. Oder die Erwähnung des Autodiebstahls erinnert diesen Mann, der wohl für die Sicherheit auf dem Firmengelände zuständig ist, an sein jüngstes Scheitern.

»Mein Name ist Murski. Seit wann darf die deutsche Polizei in Polen ermitteln?«

»Das darf sie schon eine ganze Weile«, sagt Zydan, der es offensichtlich nur schwer ertragen kann, wenn ein Gespräch an ihm vorbeiläuft. »Es gibt Kooperationen und deutsch-polnische Streifen und ein gemeinsames Lagezentrum. Neuerdings können deutsche Beamte sogar vorläufige Festnahmen auf polnischem Staatsgebiet vornehmen. Verrückt, oder?«

»Sind Sie nicht der Mann, der die Autos zurückbringt?«

»Korrekt, Zydan – ich bin …«

»Und Sie beide sind also die neue deutsch-polnische Polizeistreife, ja?«, fragt Murski deutlich ungehalten.

»Nein, wie gesagt, es geht um eine vermisste Frau«, sagt Voss mit versöhnlicher Stimme.

»Was hat denn mein gestohlener Wagen mit dieser Frau zu tun?«

»Es kann sein, dass der Wagen nur entwendet wurde, um die Frau zu entführen. Die polnische Polizei hat das Auto in einem See gefunden, es sollte wohl verschwinden.«

Murski geht schweigend auf und ab. »Herr Voss, wir haben in Polen ein Sprichwort, es heißt: Es gibt Theorien und es gibt das wirkliche Leben. Im wirklichen Leben war es so, dass vor drei Tagen drei Lastwagen, zwei Gabelstapler, zwei Traktoren und ein Kastenwagen aus meinem Betrieb gestohlen wurden. Ich glaube nicht, dass dies alles geschah, um eine Frau zu entführen.«

Voss blickt fragend zu Zydan. Der zuckt mit den Schultern.

»Ich nehme an«, sagt Voss, »der Diebstahl wurde von der Polizei aufgenommen.«

»Selbstverständlich, die haben einen ganzen Tag hier verbracht, um zu verstehen, was eigentlich passiert ist.«

»Was ist denn passiert, ich meine, wie haben die es geschafft, Ihren Sperrgürtel hier zu überwinden?«

»Diesen Sperrgürtel, wie Sie es nennen, haben wir errichtet, weil in den letzten Jahren immer wieder eingebrochen wurde. Die Versicherung verlangt diesen Aufwand, weil wir zu viele Schadensfälle hatten, vielen in der Gegend hier geht es so, auch da, wo ich wohne, in der Nähe von Schwedt, da ist es genauso.«

»Sie wohnen in Deutschland?«

»Ja, haben Sie was dagegen?«

»Nein, ich bin nur überrascht.«

»Dass die Polen jetzt auch schon auf Ihre Uferseite kommen dürfen?«

»Nein, das meine ich nicht.« Voss sucht nach Worten, aber vor allem sucht er nach Gedanken, weil Murski recht hat. Er bemerkt sofort, wie dumm und herablassend das wirken muss, aber es ist zu spät. »Ich meine ja nur, dass es wahrscheinlich nicht so oft vorkommt, dass man hier arbeitet und dort wohnt, ist ja auch eine praktische Frage.« Voss spürt, dass die Sache durch sein Gestammel nicht besser wird.

Zydan lacht. »Danny, du scheinst dich ja richtig auszukennen. Es gibt schon ganze Dörfer auf der anderen Seite, die von unseren Leuten bewohnt werden. Ist doch klar: Bei uns gibt es keine Häuser, bei euch gibt es keine Menschen.«

»Und die Deutschen, die da am Ufer wohnen«, sagt Murski verächtlich, »haben meistens weder Geld noch Geschmack. Meine Frau und ich haben drüben einen alten Bauernhof gekauft, den haben die Deutschen verfallen lassen, zum Glück konnten wir ihn retten. Polnische Zimmerleute haben neue Dachstühle und Lehmfächer gebaut, da haben die Deutschen gestaunt, die wissen doch gar nicht mehr, wie so was geht.«

Offenbar sieht Voss jetzt so ratlos aus, dass Murski und Zydan sich mitleidig zulächeln. »Du musst das nicht krummnehmen, Murski«, sagt Zydan, »Danny hat eigentlich eine polnische Seele, ist ein guter Mann, aber er muss die letzten Jahre irgendwo verschlafen haben.«

»Ich bin nicht weit von hier aufgewachsen, habe dann aber zwanzig Jahre in Stuttgart gelebt«, sagt Voss. Er spricht leise, würde am liebsten gar nichts mehr sagen.

»Ach Danny, du bist ein Mann aus dem Osten! Das wusste ich doch, das spürt man. Und du bist nach Stuttgart gegangen. Dann weißt du doch, wie es ist, am anderen Ufer zu leben.«

»Können wir jetzt vielleicht wieder auf den Fall zurückkommen?«, fragt Voss. »Ich wüsste gerne, wie es die Diebe geschafft haben, da durchzukommen.«

»Kommen Sie mit, ich zeige Ihnen was«, sagt Murski. Er bringt die beiden in sein Büro, der Mann mit der Baseballmütze folgt ihnen. Der Chef drückt eine Fernbedienung, auf einem Monitor erscheint ein rötliches, unscharfes Bild. »Sie kamen um zwei Uhr morgens und sind erst gegen vier wieder weg. Sie wussten, dass die Kameras laufen, das hat sie offenbar nicht gestört, weil es Profis sind, die sowieso nichts zeigen, was sie nicht zeigen wollen. Die Alarmanlage und die Bewegungsmelder hatten sie vorher schon per Funk ausgeschaltet. Keine Ahnung, wie sie das geschafft haben.« Murski startet die Aufnahme, man sieht einen Kipplaster rückwärts auf das Tor zufahren. Zwei maskierte Männer mit Schweißbrennern trennen drei Zaunpfeiler von den Betonfundamenten, zwei weitere Männer trennen die Zaunfelder an den Seiten ab. Um 2.27 Uhr kippen die Zaunfelder um. Dann wird der Graben überbrückt. Die Männer schleppen Holzbohlen herbei, aus denen sie im Graben zwei Wände bauen, die etwa fünf Meter voneinander entfernt sind und durch seitliche Stützen gehalten werden. Der Kipplaster fährt vor und schüttet seine Ladung, offenbar Bauschutt, in den Graben. Um 3.10 Uhr ist die Brücke fertig, weitere maskierte Männer springen aus dem Laster, laufen zu den Autos und verlassen um 3.25 Uhr im Konvoi das Gelände. Ganz hinten fährt ein weißer Kastenwagen.

»So läuft das hier ab«, sagt Murski. »Deshalb haben wir Sperrgürtel, aber Sie sehen, es nützt alles nichts, wahrscheinlich brauchen wir demnächst Wassergräben und Selbstschussanlagen, wie damals an der DDR-Grenze.«

Voss überhört diese kleine Anspielung auf seine Herkunft. »Mit Baggern und Gabelstaplern kann man nicht besonders schnell fahren«, sagt er, »die können doch nicht weit gekommen sein.«

»Zum Glück kümmerst du dich um Morde und nicht um Autos«, krächzt Zydan. »Die haben Tieflader, auf denen sie die Fahrzeuge transportieren. Baugeräte gehen nach Russland, Lastwagen in die Ukraine.«

»Und der Kastenwagen?«

»Vielleicht haben sie den wirklich mitgenommen, weil sie wussten, dass sie noch ein geklautes Auto brauchen«, sagt Zydan. Sie gehen aus dem angenehm kühlen Büro wieder nach draußen, wo die Sonne unvermindert scheint.

»Aber warum ändern sie dann die Fahrgestellnummer?«, fragt Voss.

»Das ist wirklich nicht zu verstehen«, sagt Zydan.

»Das sind Profis, die tun nichts ohne Grund«, sagt der stämmige Typ mit der schwarzen Baseballmütze. Er spricht mit sächsischem Dialekt, was Voss erneut verwirrt.

»Tja«, sagt Murski, der Voss die ganze Zeit beobachtet, »diese Polen kaufen nicht nur die guten deutschen Häuser, sie lassen auch noch Deutsche bei sich schuften. Zum Tariflohn übrigens, anders als die polnischen Putzfrauen, die in Berlin arbeiten.«

»Manteufel«, sagt der Mann mit der Baseballmütze, »aus Zeulenroda, Sie wissen schon, da, wo unsere Schrankwände herkamen.«

»Ja, natürlich«, sagt Voss. Er fühlt sich wie auf einer Zeitreise, die zugleich in die Vergangenheit und in die Zukunft führt. Es vermischt sich alles, das globale Europa und der Todesstreifen, die neureichen Polen und die Schrankwände aus Zeulenroda. Wie oft hat er sich über die alten Leute mokiert, die nur noch im Früher leben und vom Heute nichts mehr mitbekommen. Ist er jetzt auch schon alt geworden?

Am Fabriktor hupt ein Auto, es ist die Kommissarin Zajak mit ihren Leuten. Das Tor geht auf, die Kommissarin steigt aus und kommt auf sie zu, wie immer schnellen Schrittes, entschieden, energisch. Sie trägt eine Sonnenbrille, die Absätze ihrer schweren Motorradschuhe hallen dumpf auf dem Betonboden. Sie bleibt vor Voss stehen.

»Meinen Namen scheinen Sie sich ja endlich gemerkt zu haben, aber unsere Absprache ist dabei wohl irgendwie vergessen worden!«

»Ich hoffe, ich habe Ihren Namen auch richtig geschrieben.«

»Ich war beeindruckt, ich glaube, man kann alles, wenn man sich ein bisschen Mühe gibt. Trotzdem ist es leider nicht zu übersehen, dass Sie weiterhin allein ermitteln, ich werde das in meinem Bericht vermerken müssen, tut mir leid.« Die Kommissarin erstarrt, als sie Zydan erblickt.

»Hallo Agnieszka, lange nicht gesehen«, sagt Zydan.

»Du hast mir nicht gefehlt, was machst du hier? Schutzgelder eintreiben? Polizisten bestechen?«

»Hey, ganz ruhig, ohne mich wärst du jetzt nicht hier, oder hast du etwa bemerkt, dass das Typenschild von eurem gefundenen Wagen manipuliert war?«

Die Kommissarin wirkt kurz verunsichert, fängt sich aber sofort wieder. »Wir wissen seit gestern Abend, dass der Wagen hier gestohlen wurde, nur hatte ich noch ein paar andere Sachen zu tun.« Die Kommissarin wendet sich Murski zu. »Ich nehme an, Sie sind hier der Chef, ich würde gerne das Überwachungsvideo von der Nacht sehen.« Murski, der Mann aus Zeulenroda und die Kommissarin gehen Richtung Büro.

»Einen Moment noch«, sagt Voss. Er bittet die Kommissarin zur Seite. »Kann ich Sie noch kurz fragen, Frau Kollegin, ob sich etwas Neues ergeben hat? Im Dorf? Oder bei der Spurenanalyse am Auto?«

»Passen Sie auf, Herr Voss, die Ermittlungen laufen. Wie Sie sehen, finden Sie nicht mehr heraus, als ich bereits herausgefunden habe. Also hören Sie auf mit Ihren Alleingängen, das macht alles nur noch komplizierter, und ich bin es leid, Zeugen zu vernehmen, die vorher bereits von Ihnen befragt wurden.«

»Liebe Agnieszka Zajak, lassen Sie uns doch zusammenarbeiten. Ich helfe Ihnen, ich bleibe komplett im Hintergrund, arbeite Ihnen zu. Ich weiß, dass Sie eine gute Polizistin sind, aber vier Augen sehen immer mehr als zwei.«

»Und sechs Augen sehen angeblich mehr als vier«, sagt die Kommissarin und blickt zu Zydan hinüber. »Wie können Sie sich nur mit diesem Typen einlassen?«

»Ohne ihn wären wir beide nicht auf diese Spur gekommen. Sie haben die Fälschung des Typenschildes genauso wenig bemerkt, wie ich sie bemerkt hätte. Dafür muss man Spezialist sein, und Zydan ist offenbar der Beste für solche Fragen.«

Die Kommissarin schweigt.

Voss will noch etwas anfügen, stockt, schluckt, setzt erneut an: »Was würden Sie denn tun, wenn ein Mensch, den Sie ..., also der Ihnen wirklich wichtig ist, verschwindet? Würden Sie die Kollegen machen lassen und sich raushalten? Und schließlich habe ich Sie informiert, dass wir hier sind.«

»Wenn Sie das nicht getan hätten, würden Sie jetzt in einem unserer Wagen sitzen und wären auf dem Weg zum Präsidium, wo man ein Untersuchungsverfahren gegen Sie wegen Behinderung polizeilicher Tätigkeit eingeleitet hätte.«

»Ich werde Sie über alle meine Erkenntnisse auf dem Laufenden halten. Ich werde keine Zeugen mehr vor Ihnen befragen, ich werde Ihr ergebener Assistent sein.« Voss ist jetzt wieder im unterwürfigen Graureiher-Modus.

Die Kommissarin blickt auf ihre Stiefel, dann hebt sie den Kopf, sieht Voss in die Augen, ihre Gesichtszüge haben sich etwas entspannt. »So, mein Herr Assistent, dann werde ich mir jetzt den Zeugen vornehmen.«

»Ja, sicher«, sagt Voss.

»Ach, bevor ich das vergesse«, sagt die Kommissarin im Weggehen, »dieser Oleg, von dem Sie mir erzählt haben, der magenkranke Hochzeitsgast, der Ihnen verdächtig erschien, ist offenbar abgetaucht. Wir haben ihn überall gesucht, er muss noch am selben Tag verschwunden sein, als Sie mit ihm gesprochen haben.«

»Oh, das tut mir ...«

»Das war jetzt ausnahmsweise kein Vorwurf, das kann passieren.«

Zydan bläst den Zigarettenrauch in das Abendlicht. »Nicht ganz ohne, unsere Agnieszka, hat sie dir Angst gemacht, Danny?«

»Ach, ich kann sie verstehen, wenn mir ständig eine Ermittlerin vor der Nase herumtanzen würde, fände ich das auch nicht lustig.«

»Ja, aber sie spielt sich so auf, muss einem ständig zeigen, dass es nur eine Wahrheit auf der Welt gibt.«

»Woher kennt ihr euch denn?«

»Ich war ihr Chef.«

»Moment, du warst ihr Chef?«

»Ja, nun tu nicht so, als wäre das völlig unvorstellbar. Sie kam damals von der Polizeischule, ich war stellvertretender Leiter des Diebstahldezernats.«

»Und warum ist sie so sauer auf dich?«

»Sie ist wahrscheinlich enttäuscht, weil es mir nicht mehr um Gerechtigkeit, sondern nur noch um Geld geht. Sie ist moralisch in jeder Beziehung integer. Für sie gibt es nur Gut und Böse, dazwischen nichts.«

Voss bleibt stehen, denkt nach. »Zydan, du sagtest gestern, die meisten gestohlenen Autos würden entweder gleich zerlegt oder mit gefälschter Identität außer Landes gebracht. Das heißt doch, wenn das Typenschild manipuliert war, dann sollte der Wagen eigentlich über die Grenze geschmuggelt werden.«

»Kann man sich vorstellen, der Ford Transit ist ein typischer Wagen für die Ukraine oder Kasachstan, robust, zuverlässig, unauffällig.«

»Der Wagen wurde also in der Nacht vom Sonnabend zu Sonntag gestohlen, bekam eine neue Identifikationsnummer ...«

»Und neue Papiere, auf denen die Nummer vermerkt ist.«

»Aber statt wie vorgesehen den Wagen sofort über die Grenze zu bringen, wird er am Sonntag gegen neun Uhr dafür benutzt, Maja zu entführen, was vielleicht so gar nicht geplant war. Und weil es den Entführern zu gefährlich erscheint, den Wagen, den verschiedene Leute gesehen haben, nun noch über die Grenze zu bringen, wird er im Wasser versenkt. Niemand soll das gefälschte Typenschild sehen und begreifen, dass Majas Entführung von Autoschmugglern organisiert wurde.«

»Kompliment, Danny, wenn man die Sache so sieht, passt auf einmal einiges zusammen. Wobei es natürlich auch sein kann, dass die Jungs sich nur untereinander geholfen haben. Die einen brauchten einen Wagen, die anderen hatten gerade einen.«

»Kann sein«, sagt Voss, »sicher aber ist, dass diese Entführung nicht besonders gut vorbereitet war. Die Entscheidung muss spät und recht spontan gefallen sein, vielleicht sogar erst in der Nacht zum Sonntag.«

»In der Nacht, in der ihr Hochzeit gefeiert habt«, sagt Zydan.

»Vielleicht hat einer der Hochzeitsgäste Maja erkannt, jemand von früher. Dieser Oleg zum Beispiel. Sie war seit über einem Jahr nicht hier. Nun kommt sie zum ersten Mal zurück, verbringt einen Abend auf einem abgelegenen Bauernhof. Entweder wussten die Entführer, dass sie zu der Hochzeit eingeladen war, oder sie haben Maja in dieser Nacht beim Tanzen in der Scheune entdeckt. Sie mussten schnell handeln. Sie haben so etwas wie eine Entführung vorher noch nie durchgezogen, haben Fehler gemacht.«

»Irgendein Ex-Liebhaber von ihr könnte auf der Hochzeit gewesen sein. Der sieht, wie sie mit einem Deutschen rummacht, und dreht durch.«

»Aber dann entführt man doch nicht die Frau, dann geht man hin, haut dem Deutschen eine rein, und gut ist.«

»Vielleicht wollen sie Geld, kann doch sein, dass sie ein bisschen brauchen mit der Lösegeldforderung.«

»Maja hat kein Geld.«

»Aber du bist ein reicher Sack aus Deutschland, da ist schon was zu holen.«

Daran hat Voss nicht gedacht. »Meinst du, jemand könnte so etwas wirklich denken, dass ich reich bin, nur weil ich aus Deutschland komme?«

»Du denkst doch auch, dass die Leute hier arm sind, nur weil sie aus Polen kommen.« Zydan grinst, dann verfinstert sich sein Gesicht. »Du hast mir erzählt, Maja habe an dem Parkplatz gewartet, an dem kurze Zeit später der weiße Wagen mit den Männern auftauchte. Ich weiß, das klingt scheiße, aber es könnte ja auch eine vorgetäuschte Entführung sein, bei der das Entführungsopfer mit den Tätern gemeinsame Sache macht.«

»Was für ein Schwachsinn!«, ruft Voss. »Maja würde doch nie ..., ich meine, das ist unvorstellbar!«

»Ich weiß, wahrscheinlich ist es Blödsinn, aber du weißt genauso gut wie ich, dass man so etwas nicht ausschließen darf. Egal, wie gut du sie zu kennen meinst, du musst mit allem rechnen. Ich habe drei Jahre lang in einer Detektei in Frankfurt/Oder gearbeitet. Viele Beziehungsgeschichten, Ehepaare, die einander ausspionierten. Glaube mir, alles ist möglich. Ich habe mal eine Frau observiert und herausbekommen, dass sie mit dem Bruder ihres Mannes ein Verhältnis hatte. Ihrem Mann sagte die Frau, sie arbeite drei Tage die Woche in einer anderen Stadt, aber eigentlich war sie in der Zeit bei ihrem Liebhaber. Sie hatte zwei Kinder mit ihrem Mann und ein Kind mit dem Bruder. Sie führte ein perfekt durchorganisiertes Doppelleben.«

Alles in Voss wehrt sich gegen Zydans wilde Theorien. Und doch weiß er, dass es ein Fehler wäre, solche Gedanken nicht zumindest in Erwägung zu ziehen, auch wenn sie ihm selbst abwegig erscheinen. Er muss seine Gefühle raushalten, kühl analysieren, anders wird er in dieser Sache nicht vorankommen.

»Hast du mit Maja über Geld gesprochen? Gibt es irgendwas, das dich in dieser Beziehung zu einer Zielperson machen könnte?«

Voss überlegt, ihm fällt die Sache mit dem Haus ein. Seine Mutter stammt aus einer Freienwalder Apotheker-Familie. Das Haus, in dem im Erdgeschoss die Apotheke war, gehörte den Großeltern. Es ist eine schöne, stuckverzierte, zweietagige Villa. Weil in Bad Freienwalde nach dem Krieg Wohnungsmangel herrschte, wurde das Haus von den Russen beschlagnahmt und auch später von den DDR-Behörden nicht mehr hergegeben. Jahre nach der Wende stellten die Großeltern einen Rückübertragungsantrag, es folgten lange Prozesse mit den neuen Eigentümern, der Familie des Chefarztes, Professor Mundlich, der zu DDR-Zeiten das Armeekrankenhaus in Strausberg geleitet hatte. Aber nun, vor zwei Jahren, die Großeltern waren lange tot, wurde die Sache endlich entschieden, es gab einen gerichtlichen Vergleich, und seiner Mutter wurden dreihunderttausend Euro Entschädigung zugesprochen. Sie ließ ihren Sohn als Empfänger registrieren, und vor ein paar Wochen bekam Voss einen Brief vom Notar, der die baldige Auszahlung des Geldes ankündigte. Maja hat das mitbekommen, weil sie ja alles mitbekommt. Sie hat ihn sogar gefragt, welchen Wunsch er sich nun erfüllen wolle, aber Voss fiel nichts ein, außer vielleicht ein neues Fernrohr von Zeiss zur Vogelbeobachtung, weil das alte ein verschrammtes Okular hat.

»Daniel, du bist bald ein reicher Mann und willst nur ein Fernrohr?«, hatte sie ihn ungläubig gefragt. Und er schwieg, weil er es unpassend fand, über Geld und irgendwelche damit verbundenen Träume zu reden. Voss findet Geld komplett unwichtig. Es reichte immer, ja es war mehr als genug. Alle paar Jahre bat ihn der Mann von der Sparkasse zu einem Termin und unterbreitete Vorschläge, wie und wo man das Geld investieren könnte, das sich mit der Zeit auf seinem Konto angesammelt hatte. Aber Voss konnte sich nicht entscheiden, und eigentlich war es ihm auch egal. Er fragte irgendwann, ob man es nicht einfach auf einem Sparkonto lassen könnte, woraufhin der Mann von der Sparkasse ihn verächtlich anschaute und die Vermögensberatung beendete.

Ist es möglich, ist es überhaupt denkbar, dass Maja ...? Nein. Voss schüttelt sich, als würde er frieren, er will diese furchtbaren Gedanken von sich weghalten. Allein die bloße Frage danach, würde ihm wie ein Verrat vorkommen. Wie kann man einen Menschen, dem man so etwas – und sei es nur rein hypothetisch – zutraut, je wieder ganz im Herzen halten?

Zydan betrachtet ihn mitleidig. »Ich meine doch nur, dass es im Leben Dinge gibt, die man sich gar nicht vorstellen will. Und trotzdem gibt es sie.«

»Aber normalerweise kann man solche Dinge ignorieren, nur ich muss jetzt alles erfahren. Was interessiert mich die Wahrheit über eine Frau, die ich liebe?«

»Korrekt, sehe ich genauso, aber wenn ich mich nicht irre, muss man doch gerade in Deutschland in Beziehungen immer super ehrlich sein. Alles muss diskutiert und analysiert werden. Ich hatte eine Freundin, Gabi, die sagte: ›Zydan, es darf nichts liegen bleiben, wir müssen unsere Probleme sofort erkennen und beseitigen.‹ Sie war wie ein Staubsauger, hat jeden Abend die Beziehung sauber gemacht, damit nur ja keine Flecken bleiben. Und ich habe gesagt: ›Gabi-Maus, lass' uns einfach ein bisschen Sex haben, das ist viel wichtiger für die Beziehung und macht auch viel mehr Spaß.‹«

»Klingt nach recht unterschiedlichen Ansätzen.«

»Ja, hat auch nicht lange gedauert mit Gabi. Hast du ein Foto von deiner Maja?«

Voss schüttelt den Kopf. Das Foto, das er von Maja hat, ist zu persönlich. Es ist zwar nur ihr Gesicht zu sehen, aber Voss hat das ganze Bild noch vor sich: Maja nackt im Sternekorper Waldsee. Sie waren an der falschen Stelle aus dem Wasser gestiegen, dort, wo der Grund so schlammig ist, dass man bis zum Po versinkt. Als sie es endlich bis zum Ufer geschafft hatten, waren ihre Badeanzüge voller Schlamm und Schlick, und sie rochen, als wären sie gerade durch die Kanalisation geschwommen. Maja zog sich kichernd aus und sprang erneut ins Wasser, an der Stelle, an der eine schmale Kieszunge in den See führt. Voss stand da und wusste nicht, was er machen sollte. Er hatte noch nie gerne nackt gebadet, obwohl ja immer gesagt wird, die Ostdeutschen hätten bis zum Mauerfall gar nicht gewusst, dass die Badehose überhaupt schon erfunden war. Maja rief: »Komm einfach so rein, die Fische können dich im dunklen Wasser nicht sehen.« Aber er rührte sich nicht.

Maja schwamm weit auf den See hinaus, ließ ihn allein und kam erst zurück, als Voss angezogen war. Sie lachte, als sie ihn da stehen sah, das Oberhemd bis zum letzten Knopf geschlossen, dazu die Shorts, unter der sich die feuchten Umrisse der Badehose abzeichneten. Er zog sein Handy aus der Tasche, beugte sich über das Wasser und löste aus. Erst später sah er sich das Foto an. Majas spöttische Augen, die nassen Haare, die Wassertropfen auf der Stirn. Als sie an Land stieg, wollte er sich abwenden, aber sie rief, dass er sie jetzt anschauen müsse, in zehn Jahren könne es schon zu spät sein. Also sah er sie an, sah ihren nassen, glatten Körper und reichte ihr schnell das Handtuch.

»Du hast kein Foto von ihr?«, fragt Zydan. »Wie sieht sie denn aus? Erzähl'.«

Aber Voss winkt ab. »Lass' uns zurückfahren, und wenn du mir eine Freude machen willst, mach' die Musik von vorhin wieder an, die Brandenburgischen Konzerte.«

»Und halt' endlich die Fresse, Zydan, das wolltest du doch sagen, oder Danny?«

Voss lächelt, Zydan bietet ihm eine Zigarette an, aber Voss will nicht. Er will jetzt einfach nur dasitzen, den nikotingelben Eisbären im Sonnenuntergang tanzen sehen, die warme Luft spüren, Bach hören und möglicherweise noch mal die Bilder vom Waldsee an sich vorbeiziehen lassen. Diese Bilder, die ihm so unwirklich erscheinen, als stammten sie aus einer Zeit, die es gar nicht mehr gibt.

DONNERSTAG

Um acht Uhr klopft es an der Haustür in Sternekorp, Voss ist gerade dabei, die Rückenübungen zu machen, die der Physiotherapeut aus der Kurklinik in Bad Freienwalde ihm beigebracht hat. Seit ein paar Monaten hat er so ein Ziehen in der linken Schulter, der Therapeut sagt, das sei normal in seinem Alter, was Voss' Stimmung nicht wirklich verbessert. Das Problem ist, dass er die Übungen nur macht, wenn er Schmerzen hat, dabei müsste er sie immer machen, jeden Morgen. Die Rückenübung müsse zu einem Teil seines Lebens werden, hat der Therapeut gesagt, und Voss fragte sich, was das dann noch für ein Leben wäre, wenn die erste halbe Stunde eines jeden Tages mit der Dehnung des Trapezmuskels verbracht würde. Vor der Tür steht Neumann, der ihn besorgt anschaut, was allerdings bei Neumann nichts bedeuten muss, weil er wegen seiner großen Nase und seiner tendenziell nervösen Art recht oft wie ein aufgeschreckter Rabe wirkt.

»Ich habe Sie gestern Nachmittag mehrmals versucht zu erreichen«, sagt Neumann. Sein Blick fällt auf Voss' Sportkleidung. »Oh Chef, trainieren Sie?«

»Ja, ich will dieses Jahr beim Iron Man auf Hawaii mitmachen, ein alter Traum von mir.«

»Wirklich? Ich wusste gar nicht ...«

»War auch nur ein Witz, Neumann, ich mache Rückenübungen, die langweilig wie Bockwurstwasser sind.«

»Ach so, na ja, jedenfalls dachte ich, ich komme vorbei, weil ich Sie nicht erreiche.«

»Was gibt es denn so Dringendes?«

»Georg Kramer hat in Moskau an der Lomonossow-Universität Informatik studiert, er hat 1988 dort angefangen und blieb auch nach dem Mauerfall noch ein paar Jahre da. In Moskau hat er auch seine Frau kennengelernt, die ebenfalls Informatik studierte.«

»Ach, Kramer war zuvor bereits verheiratet?«

»Nein, die Studentin, die sich damals auf die Entwicklung neuer Programmiersprachen spezialisierte und bereits im zweiten Studienjahr die goldene Fördermedaille des sowjetischen Wissenschaftsministeriums erhielt, hieß Melanie Bauchner. Später hat sie Kramers Namen angenommen.«

»Na das ist wirklich interessant, Neumann! Gute Arbeit! Aber warum arbeitet Frau Kramer heute in einer Gärtnerei?«

»Die harmlose Erklärung wäre, dass sie keine Lust mehr auf Computer hatte.«

»Mir gegenüber tat sie so, als hätte sie keine Ahnung, was ihr Mann überhaupt die ganze Zeit am Computer machte. Okay, Neumann, ich ziehe mich schnell um, und wir fahren zu ihr.«

»Ihr Alibi wurde übrigens bestätigt, die Kollegen sagen, sie sei bis vierzehn Uhr im Betrieb gewesen, an dem Sonntag, als ihr Mann vom Gerüst fiel.«

Auf dem Weg zur Gärtnerei fahren sie an einer Baustelle vorbei. Bagger graben auf einer Wiese, Neumann erzählt, hier werde demnächst ein Sendemast für den Mobilfunk errichtet. Wenn der neue Mast stehe, werde es in der Gegend nie wieder Funklöcher geben. Schade, denkt Voss, er hat sich mittlerweile daran gewöhnt, dass in seinem Haus in Sternekorp nur auf dem linken Fensterbrett im Wohnzimmer Handy-Empfang möglich ist, und auch nur, wenn der Wind nicht zu stark und der Luftdruck nicht zu hoch ist. Er findet es gar nicht so schlecht, nicht ständig erreichbar zu sein und vor allem immer eine gute Erklärung zu haben, wenn er nicht reden will. Alle träumen doch vom entschleunigten Leben, warnen vor dem Gift der permanenten Erreichbarkeit. Man müsste hier in der Mark Brandenburg nur alles so lassen, wie es ist. Überholen ohne einzuholen, denkt Voss, die Funklöcher sind zwar nervig, aber irgendwie gehören sie auch dazu. Sie sind wie virtuelles Kopfsteinpflaster.

Die Gärtnerei befindet sich am Rande von Bad Freienwalde, da, wo das Städtchen gemächlich ausläuft, nur noch einzelne Gehöfte an Feldwegen stehen und der Wald sich immer dichter zusammenzieht. Als sie ankommen, steht Melanie Kramer in ihren dunklen Arbeitsklamotten zwischen den Obstgehölzen und schaut zu ihnen herüber. Ihre Augen huschen nervös umher.

Voss entscheidet sich dafür, sie diesmal direkt anzugehen, ihr gar nicht erst Zeit zum Überlegen zu lassen. »Guten Tag, Frau Kramer, wie kommt eine Informatikerin wie Sie eigentlich zum Pflanzen von Obstgehölzen?« Die Augen von Melanie Kramer sind auf einmal ruhig auf einen Punkt gerichtet, der irgendwo weit hinter Voss liegen muss. Sie scheint nicht sofort etwas sagen zu wollen, ein paar stille Sekunden vergehen.

»Das hat mich Georg auch immer gefragt, und ich habe gesagt: Weil es schöner ist, Bäume wachsen zu lassen, als Zahlen.«

»Warum haben Sie so getan, als hätten Sie keine Ahnung davon, was Ihr Mann am Computer arbeitet?«

»Weil ich keine Ahnung habe.«

»Sie wussten nichts von den Programmen, die Ihr Mann schrieb und mit denen man die Sicherheitstechnik teurer Autos überwinden kann? Sie wussten nicht, dass er die Programme an Autoschmuggler verkaufte? Und Sie wussten auch nicht, dass Ihr großes Haus und die schönen neuen Möbel mit diesem Geld bezahlt wurden?«

»Keine Ahnung, wovon Sie reden.« Sie blickt Voss entspannt, sogar ein wenig belustigt an.

»Sie lügen, genauso wie Sie gelogen haben, als Sie mir sagten, meine Kollegin hätte Ihnen erlaubt, die Erde am Fundort der Leiche Ihres Mannes umzugraben.«

»Vielleicht habe ich Ihre Kollegin da missverstanden. Das tut mir natürlich leid.« Sie blickt Voss unverhohlen amüsiert an, wirkt kein bisschen nervös. Voss fragt sich, was für ein Spiel diese Frau treibt.

»Ich glaube Ihnen nicht, dass Sie nur noch Gärtnerin sind«, sagt er schließlich.

»Manchmal sogar sonntags«, sagt Neumann, »aber eigentlich nur dann, wenn an diesem Tag zufällig Ihr Mann stirbt.«

»Sie haben das doch überprüft«, sagt Melanie Kramer.

»Ja, wir haben das überprüft«, sagt Neumann, »es war der einzige Sonntag im ganzen letzten Jahr, an dem in der Gärtnerei gearbeitet wurde, und zwar, weil Sie das so wollten. Ihre Mitarbeiter fanden sogar, es sei gar nicht nötig, weil es gar nicht so viel zu tun gab, aber sie hatten keine Wahl, wenn die Chefin das so anweist.«

»Ich glaube nicht, dass meine Mitarbeiter einschätzen können, was nötig ist und was nicht. Die waren sauer, dass sie am Sonntag die zweijährigen Gehölze für eine Lieferung fertig machen mussten, das kann ich verstehen, ich kann darauf aber leider nicht immer Rücksicht nehmen. Und wie Sie selbst sagen, passiert es ja auch nicht oft.«

»Aber praktisch ist es schon, so ein Alibi zu haben«, sagt Voss. »Warum hat Ihr Mann Sie geschlagen, Frau Kramer?«

Sie wirkt kurz erstaunt, gewinnt aber schnell die Fassung wieder. »Er hat mich nicht geschlagen, Georg hätte gar nicht gewusst, wie das geht, er war ein sanfter, recht ungeschickter Mensch. Wenn Sie meine blauen Flecken am Rücken meinen, die Ihnen wahrscheinlich schon bei unserem ersten Gespräch aufgefallen sind, die kommen daher, dass ich letzte Woche vom LKW-Anhänger gefallen bin, als wir Torferde abgeladen haben, auch dafür gibt es übrigens Zeugen.« Sie spricht unaufgeregt, fast teilnahmslos, als würde sie dieses ganze Gespräch nichts angehen. Sie blickt traurig ins Weite. »Ich möchte dieses Gespräch mit Ihnen jetzt beenden, aber nicht ohne Ihnen zu sagen, wie unverschämt ich Ihr Verhalten finde. Dass Sie auch mich verdächtigen müssen, kann ich verstehen, aber vergessen Sie bitte nicht, dass mein Mann gerade gestorben ist.« Mit diesen Worten dreht sich Melanie Kramer um und geht in Richtung der Gewächshäuser davon. Voss und Neumann bleiben wie verdutzte Schuljungen stehen.

»Das Verhalten dieser Frau ist unverschämt«, schnaubt Neumann, »haben Sie gehört, wie die mit uns spricht?«

»Ich glaube, sie hat recht, Neumann. Wir haben nicht genug gegen sie in der Hand, um so mit ihr zu reden, wir haben uns gerade ein bisschen verzockt.«

Neumann schweigt, Voss überlegt. »Bleiben Sie an ihr dran, ich will eine Rund-um-die-Uhr-Überwachung.«

Im Polizeipräsidium benutzt Voss wie immer die hintere Treppe, um möglichst schnell und ohne Störungen in sein Büro zu gelangen, aber Frau Mölders, die Sekretärin der Mordkommission, kennt den Trick offenbar, sie steht oben am Treppenabsatz und sieht ihn tadelnd an.

»Herr Hauptkommissar Voss, wie soll ich die Kommunikation in unserer Abteilung aufrechterhalten, wenn Sie nie mit mir sprechen? Ständig rufen Leute bei mir an und fragen, wo Sie sind, was soll ich denen sagen?«

Voss weiß, dass Frau Mölders recht hat, andererseits weiß er auch, dass er sich zwar Mühe geben kann, sich aber wahrscheinlich an seinem Wesen nicht mehr so viel ändern wird. Je mehr Bewegung in einen Fall kommt, desto größer wird sein Bedürfnis, mit seinen Gedanken in Ruhe gelassen zu werden.

Es kann unglaublich beruhigend sein, ein Problem miteinander zu teilen, aber dadurch wird es meistens trotzdem nicht gelöst. Wenn er allerdings im stummen Zwiegespräch mit sich selbst immer und immer wieder alle Spuren und Annahmen durchgeht, dann weiß er genau, wo er gerade steht.

»Ich habe erst kürzlich eine Besprechung einberufen, haben Sie das schon vergessen, Frau Mölders?«

»Nein, das war gut, Chef, aber Sie werden lachen, andere Abteilungen machen so etwas jeden Tag.«

»Ich weiß, und danach gehen sie Mittag essen und haben das Gefühl, schon eine ganze Menge geschafft zu haben. Und dann trinken sie Kaffee und gehen nach Hause. Wir sind da anders, Frau Mölders, wir überführen Mörder, wir beschützen die Menschheit, deshalb arbeiten wir erst und reden später.« Er sieht die Sekretärin mit einem spöttischen und zugleich um Vergebung flehenden Blick an, er weiß, dass sie dem nicht widerstehen kann.

»Wie auch immer, Chef, ich wollte Sie vorwarnen, dass Kawletzki von der Innenrevision bei Ihnen im Büro sitzt und wartet.« Auf ihrer Stirn bilden sich tiefe Sorgenfalten. »Es ist hoffentlich nichts Schlimmes?«

»Nein, keine Sorge, ich habe ihn angerufen. Aber danke, dass Sie mich trotz allem noch nicht aufgegeben haben.« Frau Mölders muss lächeln und verschwindet im Treppenhaus.

Kawletzki ist ein dünner, feiner Mann, der stets etwas Geheimnisvolles in sich zu tragen scheint. Wobei es auch sein kann, dass es vor allem die anderen sind, die in Kawletzki etwas Geheimnisvolles sehen. Durch sein Kontrollamt und sein Wissen über sämtliche Verfehlungen im Präsidium ist er den Leuten unheimlich, die meisten meiden ihn und hoffen, es niemals ernsthaft mit ihm zu tun zu bekommen. Das Seminar, bei dem Voss und er sich kennenlernten, hatte die Frage zum Thema, wie wichtig Fehler bei der Polizeiarbeit sind. Es ging im Grunde darum, die Beamten zum Handeln zu ermutigen, ihnen die Angst vor dem Irrtum zu nehmen. Voss und Kawletzki mochten einander sofort.

»Dein Büro wirkt so, als wärst du nicht besonders oft hier«, sagt Kawletzki, als Voss hereinkommt.

»Leider haben die meisten Mörder die dumme Angewohnheit, sich irgendwo da draußen herumzutreiben, anstatt hier in meinem Büro ein schriftliches Geständnis mit zwei Durchschlägen abzuliefern.«

Kawletzki grinst, dann schaut er wieder ernst. »Wir haben nach deinem Tipp eine komplette Waffeninventur gemacht. Hier im Präsidium fehlt nichts, aber es gibt einen ungeklärten Fall. Im November 2010 wurde in der Nähe des Grenzübergangs Pomellen ein Bundespolizist von Unbekannten erschossen, wahrscheinlich mit seiner eigenen Waffe. Seitdem ist die SIG Sauer P228 verschwunden. Die Untersuchungen wurden nach einem Jahr ergebnislos eingestellt. Ich habe dir die Akte mitgebracht.«

Voss spürt, wie das Blut in seinen Schläfen pocht. Der Gedanke, dass bei ihm zu Hause unter dem Dielenbrett eine Waffe liegt, mit der möglicherweise ein Kollege erschossen wurde, ist unerträglich. Andererseits ist die P228 eine weitverbreitete Waffe, sie kann auch ganz woanders herstammen.

»Bisher habe ich die Sache klein gehalten«, sagt Kawletzki, »es kommt ja manchmal vor, dass eine überzählige Waffe auftaucht, die bei irgendeiner Revision vergessen wurde. Wenn es ein netter Kollege ist, dem das passiert, kann das manchmal auch ohne Disziplinarverfahren abgehen. Aber unter diesen Umständen können wir das nicht länger unter uns behalten. Wo ist die Waffe?«

Es bleibt nicht viel Zeit, um sich zu entscheiden. Hält er zu Maja oder zu seinen Kollegen? Macht er sich womöglich mit Verbrechern gemein oder hilft er dabei, einen Polizistenmörder zu finden? Wenn er die Wahrheit erzählt, ist Maja geliefert.

Selbst wenn mit der Waffe kein Verbrechen begangen wurde, dann ist doch bereits der illegale Besitz einer Waffe verboten. Und wenn es dann noch eine Polizeiwaffe ist ...

»Ich wurde am Montag hier in Bad Freienwalde von drei Männern überfallen, einer hat mich mit der Waffe bedroht, die zwei anderen zerrten eine junge Frau in ihr Auto. Der Mann, der mich bedrohte, sprach mit osteuropäischem Akzent. Wir haben nach dem Auto und den Männern gefahndet, leider erfolglos.«

»Und warum hast du bis Mittwoch gewartet, um mir dann auch nur irgendwelche nebulösen Andeutungen zu machen?«

»Du kennst die Prozedur für Kriminalbeamte, die im Dienst mit Waffengewalt angegriffen werden. Drei Termine bei der Psycho-Tante gibt das mindestens. Ich habe keine Zeit für so etwas, ich habe einen Fall zu lösen, deshalb habe ich den Überfall auf mich nicht an die große Glocke gehängt und nur nach der Frau, den Tätern und dem Wagen fahnden lassen.«

»Wie kam es denn zu dem Überfall?«

»Zur falschen Zeit am falschen Ort, ich stand vor so einer polnischen Fleischerei in der Altstadt, und plötzlich tauchten die Typen auf, stürzten sich auf die Frau und zerrten sie in ihr Auto. Ich will eingreifen, und auf einmal richtet der eine die Pistole auf mich.«

»Die SIG Sauer?«

»Ja, ich habe die Seriennummer nicht erkennen können, ich wollte nur sicher sein, dass es keine von unseren Waffen ist.« Voss kann das alles relativ glaubhaft vorbringen, ohne von seinen üblichen Lügen-Errötungen heimgesucht zu werden, was wohl daran liegt, dass vieles von dem, was er sagt, stimmt. Auch wenn es insgesamt eine fette Lüge ist. Kawletzki sieht ihn misstrauisch an, offenbar glaubt er die Geschichte nicht. »Du bist sicher, dass sie dir nicht deine Waffe abgenommen haben?«

Voss greift unter den linken Arm in sein Pistolenholster und zieht die Waffe heraus. Kawletzki nickt beruhigt. »Alles klar, entschuldige, ich muss solche Fragen stellen. Und wenn du das nächste Mal überfallen wirst, dann meldest du das und gehst zur Psycho-Tante. Weil diese Regeln nämlich einen Sinn haben, Voss. Wir sind hier alle keine Supermänner, selbst wenn wir das gerne wären.« Mit etwas ruhigerer Stimme fügt er schließlich hinzu: »Das bleibt alles selbstverständlich unter uns.«

Nachdem Kawletzki sein Büro verlassen hat, bemerkt Voss die Akte, die immer noch auf seinem Schreibtisch liegt. Hat Kawletzki sie vergessen? Oder hat er sie absichtlich dagelassen, weil er weiß, dass Voss ihm nicht die ganze Wahrheit erzählt hat? Voss schlägt den Aktendeckel auf, er sieht Fotos eines Mannes in grüner Uniform, der in einer Blutlache liegt. Es gibt Detailaufnahmen von den Einschüssen am Rücken, der Uniformstoff ist aufgeplatzt und mit Blut verkrustet. Voss betrachtet das Gesicht des Mannes, der noch recht jung gewesen sein muss. Er liest den Bericht, demzufolge der Kollege Günther Hessendorf, 27 Jahre alt, zusammen mit einem weiteren Beamten im Dienstfahrzeug einem flüchtenden Auto mit polnischem Kennzeichen folgte. Der Fahrer des polnischen Fahrzeugs - vermutlich ein Autoschmuggler - hatte eine Kontrollstelle wenige Kilometer vor dem Grenzübergang Pomellen durchbrochen und war mit hoher Geschwindigkeit Richtung Grenze gefahren. Während der Verfolgung geriet das Fluchtfahrzeug ins Schlingern und prallte gegen eine Leitplanke. Als der Kollege Günther Hessendorf dem verletzten Fahrer aus dem Autowrack half, riss dieser ihm die Dienstwaffe aus dem Halfter und schoss dem Kollegen drei Mal in den Rücken. Der Täter entkam im Polizeiwagen über die Grenze. In dem Bericht wird auch die verschwundene Waffe erwähnt, die Seriennummer ist angegeben. Voss notiert die Nummer, kurz darauf klopft es an der Tür, Kawletzki will den vergessenen Bericht wiederhaben.

Das Telefon klingelt, es ist Holger Madsen, der Chef der Soko »Grenze«. »Herr Voss, kurze Zwischenmeldung, wir haben jetzt alle Daten vom Stick analysiert, es gibt eine Sache, die uns große Sorgen bereitet: Einige Fahrzeugdaten wurden offenbar von einem Rechner aus Ihrem Polizeipräsidium verschickt.«

»Woher wissen Sie das?«

»Die IT-Kollegen sind noch dabei, die Sache aufzuarbeiten, offenbar war die Person, die die Fahrzeugdaten aus dem Polizeirechner geholt hat, so unvorsichtig, alles direkt nach draußen zu schicken, ich bin auch kein Computerspezialist, aber den Kollegen war es somit möglich, den Weg der Daten zurückzuverfolgen. Es ist ein Rechner aus Ihrem Präsidium, welcher genau, das können wir Ihnen hoffentlich in ein paar Stunden sagen. Ich wollte Sie nur so früh wie möglich informieren, damit Sie entsprechende Maßnahmen einleiten können.«

»Wissen Sie, wann die Daten verschickt wurden?«

»Es gab offenbar mehrere Übertragungen, die erste fand am 7. November letzten Jahres, um 20.36 Uhr statt.«

»Vielen Dank, Madsen, vielleicht können Ihre IT-Leute die Sache direkt mit unseren besprechen, ich fürchte, ich könnte nur zu ungenau wiederholen, was Sie mir gerade erklärt haben.«

»Klar, kein Problem. Übrigens werden die Audis heute Nacht präpariert, wir haben jetzt alle richterlichen Verfügungen, und die Wagen sind zum Glück auch noch da. Das heißt, die Operation läuft ab morgen früh, zwei Uhr, wenn Sie wollen, kommt einer von unseren Technikern zu Ihnen und installiert ein Programm, mit dem Sie die Wagen in Echtzeit beobachten können. Ich muss nur noch abklären, ob wir das überhaupt dürfen, zwecks Vertraulichkeitsschutz, Sie wissen schon.«

»Zumal in einem Präsidium, in dem es offenbar nicht besonders vertraulich zugeht«, sagt Voss. »Vielen Dank, Madsen.«

Sobald das Telefongespräch beendet ist, überfällt Voss ein furchtbarer Gedanke. Er holt seine alten Kalender aus dem Schreibtisch. Er hebt die Kalender immer auf, weil er in ihnen seine Arbeit dokumentiert, in Stichworten zumeist. So kann er noch Jahre später recht präzise den Ablauf seiner Ermittlungen rekonstruieren, was sich schon so manches Mal als hilfreich erwiesen hat. Er blättert durch den Kalender des letzten Jahres, er hofft, er betet, dass er sich irrt. Sein Finger gleitet über die Spalten. Es gibt nur einen Eintrag am 7. November: »Seltsame Knoten. Überprüfen«, steht da. Voss erinnert sich, das war der Serienmörder-Fall. Er hatte im Gewächshaus seines Vaters seltsam verknotete Schnüre entdeckt, mit denen die Tomatenpflanzen befestigt waren. Das hatte ihn an die Knoten erinnert, mit denen die Opfer des Serienmörders vom Sternekorper Forst gefesselt gewesen waren. Er fuhr an jenem Abend extra noch mal ins Präsidium, um die Sache zu überprüfen. Und ja, Maja hat ihn begleitet, weil sie angeblich so neugierig auf seine Arbeit war. Sie waren den ganzen Abend in seinem Büro. Es kann durchaus sein, dass er kurz draußen war und sie an seinen Computer ging. Voss sitzt wie erschlagen auf seinem Stuhl. Wie konnte er so bescheuert sein und das alles nicht bemerken? Jetzt gilt es, noch eine Sache zu überprüfen.

Als Voss eine halbe Stunde später in Sternekorp auf den Knien in der Küche kauert und das Dielenbrett an der hohlen Küchenschwelle lockert, betet er schon zum zweiten Mal an diesem Tag zu einer ihm unbekannten Kraft. Vielleicht klappt es ja diesmal, es muss klappen, weil es doch beim ersten Mal so überhaupt nicht funktioniert hat, denkt er. Er entfernt das Brett, hält einen Moment inne, bevor er in die Öffnung greift und die in das Tuch gewickelte Waffe herauszieht. Langsam wickelt er die Pistole aus, verzögert den Moment der Wahrheit. Ein Blick auf die oberhalb des Abzugs eingravierte Seriennummer gibt ihm die furchtbare Gewissheit: Der Kollege, der an der Autobahn starb, wurde mit dieser Waffe erschossen. Voss sitzt schwer atmend auf dem Küchenboden, er hört Schussgeräusche, die ihn zusammenschrecken lassen, bis er kapiert, dass sie aus dem Zimmer seiner Mutter kommen, die wie jeden Tag ihre Krimiserie guckt. Ich muss das alles so schnell wie möglich klären, denkt Voss, ich muss Maja finden, und sei es nur, um sie eigenhändig zu verhaften. Das ist er seinem toten Kollegen schuldig – und seinen lebendigen Kollegen auch. Aber könnte er das wirklich? Er liebt sie ja nicht weniger, nur weil der Verdacht gegen sie größer wird. Voss blickt auf die Uhr, wieder einmal setzt er sich ins Auto und fährt auf die andere Seite der Oder.

Der Geruch von Krankenhäusern ist überall gleich, denkt Voss, als er die Klinik in Chojna betritt. Diese Mischung aus Desinfektionsmittel, Kantinenessen, Urin und lauwarmem Pfefferminztee, die kennt er, seit er mit sechs Jahren in die Notaufnahme in Bad Freienwalde kam, weil er von einem Baum gefallen war und sich sechs Rippen gebrochen hatte. Auch später musste Voss immer mal wieder ins Krankenhaus, manchmal nur für eine Stunde, manchmal für Tage, Wochen. Im Laufe seines bisherigen Lebens gab es: eine problematische Vorhautverengung, einen Bänderriss im rechten Knie, eine Blinddarmentfernung, einen Milzriss, eine Lungenprellung und eine Kreuzbandruptur, die er sich peinlicherweise nicht beim Sport zuzog, sondern beim ungeschickten Betreten eines Autobusses. Sein letzter Besuch auf einer Krankenstation liegt kaum ein Jahr zurück, nachdem er beinahe in einem Toteisloch im Sternekorper Forst versunken war. Wahrscheinlich liegt es an dieser recht bewegten Patientenkarriere, dass Voss es so sehr schätzt, als Nicht-Patient in ein Krankenhaus zu kommen. Es kann aber auch sein, dass er nur deshalb an alle seine Krankheiten denkt, um sich von dem abzulenken, weshalb er eigentlich hier ist: endlich Gewissheit über Maja zu bekommen.

Er fragt eine Schwester in der Rettungsstelle nach Maja. Die Schwester schaut ihn ratlos an. Voss fragt nach Marianka Wisniewska, da erinnert sie sich. »Fragen deutsche Arzt, Frau Doktor Michaelis«, sagt sie. Frau Doktor Michaelis ist blond, Mitte vierzig, trägt dunkelgrüne OP-Kleidung und strahlt die Kühle und Ruhe aus, die man sich von Menschen erhofft, deren Job es ist, andere Menschen aufzuschneiden.

»Was ist mit Marianka, ist ihr etwas passiert?«

»Ich weiß es nicht, sie ist verschwunden«, sagt Voss.

»Ich habe sie schon mindestens drei Jahre nicht mehr gesehen. Von einem Tag auf den anderen ist sie nicht mehr gekommen, war einfach weg. Ich habe damals sogar überlegt, ob ich nach ihr suchen soll, aber es kam mir irgendwie unangemessen vor, weil wir uns privat gar nicht so gut kannten«, sagt die Ärztin.

»Das heißt, sie hat hier ganz normal gearbeitet und war auf einmal nicht mehr da? Und niemand wusste, was mit ihr passiert ist?«

»Sie hat wohl später einen Brief an die Personalabteilung geschrieben, in dem sie formell ihre Kündigung erklärt hat, aber wir, die Kollegen, haben sie nie wiedergesehen, wir haben auch nie erfahren, warum sie gegangen ist.«

»Sie haben sie gemocht?«

»Marianka fing als ungelernte Aushilfe an, kurz nachdem ich meine Stelle hier bekam. Eigentlich sollte sie nur die Betten machen und den Müll wegbringen, aber ich habe sofort gesehen, dass sie mehr konnte, weil sie intelligent ist und mit Hingabe arbeitet. Diese Mischung ist wichtig.«

»Wann war das?«, fragt Voss.

»Das muss Ende 2006 gewesen sein. Ich habe mich ein bisschen um sie gekümmert, sie hat wie ich oft nachts gearbeitet. Ich ließ sie leichte Schwesterndienste verrichten, es war fast beängstigend, mit welcher Ernsthaftigkeit sie sich in die Arbeit gestürzt hat.«

»Haben Sie sich mit ihr darüber unterhalten?«

»Ja, sie sagte, sie habe lange genug ihre Zeit verplempert und wolle jetzt etwas Richtiges machen. Sie war so neugierig, hat alles in sich aufgesogen. Man hat ihr einmal etwas gesagt und musste es nie ein zweites Mal tun. Ich habe sie gefragt, ob sie sich vorstellen könnte, eine Ausbildung zur Krankenschwester zu beginnen, das ist unter bestimmten Bedingungen möglich, selbst wenn man wie sie nur acht Klassen absolviert hat.«

»Und wollte sie?«

»Sie hat sich sehr gefreut, sie sagte, dann würde ja doch noch was aus ihrem Leben. An dem Abend habe ich sie zu uns nach Hause zum Essen eingeladen, es war berührend, aber auch seltsam.«

»Was war seltsam?«

»Ich hatte den Eindruck, dass es das erste Mal seit sehr langer Zeit war, dass sie einen Abend unter Menschen verbringt, dass sie sich amüsiert. Es war wohl normal für sie geworden, die ganze Zeit zu arbeiten. Und sie musste sich natürlich auch um ihren Jungen kümmern.«

»Welchen Jungen?«

Die Ärztin sieht ihn misstrauisch an. »Sie haben mir noch gar nicht gesagt, woher Sie Marianka kennen.«

»Sie hat mehr als ein Jahr bei meiner Mutter und mir in Deutschland gelebt, sie hat meine Mutter gepflegt.«

»Und sie hatte das Kind nicht bei sich?« Die Ärztin schüttelt entsetzt den Kopf. Jetzt begreift auch Voss die Ungeheuerlichkeit: Maja hat nicht nur ein Kind vor ihm geheim gehalten, sie hat es offenbar die ganze Zeit lang nicht gesehen. Oder ist sie deshalb so viel Auto gefahren, weil sie sich nachts heimlich zu ihm begeben hat? Voss spürt auf einmal eine große Leere in sich, er weiß nicht mehr, was er überhaupt noch denken soll. Je länger er dieser Frau nachspürt, desto weniger bleibt von ihr übrig. Er muss an den Satz denken, den er neulich irgendwo gelesen hat: Erst ist man blind, weil man die Wahrheit nicht kennt, und kennt man die Wahrheit, wünscht man sich, wieder blind zu sein.

»Wie alt ist das Kind?«

»Pavel war noch ein Säugling, als sie hier als Aushilfe anfing. Als Marianka später ihre Praktika in der Klinik machte, wurde das Baby auf der Wöchnerinnenstation versorgt, anders hätte sie das gar nicht hinbekommen.«

»Das heißt, ihr Sohn ist heute acht oder neun Jahre alt. Wissen Sie, wer der Vater ist?«, fragt Voss beklommen.

»Keine Ahnung. Sie hat nie etwas erzählt, jedenfalls nicht über sich selbst, da verkrampfte sie sich richtig, und ich habe dann auch nicht mehr nachgefragt. Ich hatte trotzdem das Gefühl, dass sie mir vertraute, dass sie mich gernhatte, aber selbst mit mir konnte sie nicht offen reden.« Der Beeper der Ärztin fängt an zu blinken. »Ich fürchte, ich muss gleich los«, sagt sie.

»Bitte erzählen Sie mir noch schnell, wie es weiterging mit ihr.«

»Marianka wurde vom Krankenhaus empfohlen, bekam einen Ausbildungsplatz und arbeitete weiter bei mir auf der Station, sie brauchte das Geld. Ein paar Monate vor dem Ende ihrer Ausbildung war sie dann weg, hat alles abgebrochen. Ich habe mit ihrer Ausbilderin gesprochen, die sagte, sie sei die Beste des Jahrgangs gewesen. Hoch motiviert und engagiert wie sonst niemand. Deswegen war es so schwer zu verstehen, dass sie nicht weitergemacht hat.«

»Es muss etwas passiert sein«, sagt Voss, »vielleicht hat sie diese Entscheidung nicht freiwillig getroffen.«

»Sie war beliebt bei den Patienten, weil sie sich in ihre Leben hineinfühlte, ja, so muss man das wahrscheinlich sagen. Sie war nicht herzlich, aber sie wusste trotzdem genau, wie es den Patienten gerade ging. Wissen Sie, was ich meine?«

»Ich weiß genau, was Sie meinen.« Diese Ärztin beschreibt gut, was Voss selbst oft empfunden hat, wenn er mit Maja zusammen war. Sie konzentriert sich auf ihr Gegenüber, schlüpft in das Leben des anderen. Wochenlang, monatelang hat sie mit ihm in seinen Fällen gelebt, hat für ihn überlegt, mit ihm gefühlt. Aber es fehlte etwas. Voss hat das nicht weiter gewundert, weil in einer Beziehung mit ihm eigentlich immer etwas fehlt. Er hätte nur nicht gedacht, dass es auch an ihr liegen könnte. Vielleicht, denkt Voss, kann sie in jedes Leben schlüpfen, nur nicht in ihr eigenes. »Wie eine Herdplatte, sie gibt nur Wärme ab, kann aber keine aufnehmen.«

»Wie meinen Sie?«, fragt die Ärztin, die wieder auf ihren Beeper schaut.

»Ach nichts, ich habe nur laut nachgedacht«, sagt Voss. »Gab es irgendwas, das Ihnen aufgefallen ist, bevor Marianka verschwand? War etwas anders, ungewöhnlich?«

Die Ärztin denkt nach. »Ihr Bruder war hier, kurz bevor sie verschwand, aber ich weiß nicht, ob es da einen Zusammenhang gibt. Ich habe sie auch nicht mehr so oft gesehen damals, weil ich Oberärztin wurde, die neue Station übernahm und noch andere Ärzte und Schwestern aus Deutschland kamen, die ich einarbeiten musste.«

»Ist das jetzt auch so ein neuer Trend?«

»Nein, der Trend geht, glaube ich, eher in die andere Richtung, aber wir haben hier vor vier Jahren eine Station für künstliche Befruchtungen aufgebaut. Das wird in Polen liberaler gehandhabt als in Deutschland, weshalb viele deutsche Patienten hierherkommen, die gerne von deutschem Personal behandelt werden.« Der Beeper blinkt wieder. »Ich muss jetzt wirklich los«, sagt sie, »viel Erfolg bei der Suche, und wenn Sie Marianka finden, grüßen Sie sie bitte von mir.«

Erst am späten Abend kehrt Voss in sein Büro im Präsidium zurück. Er läuft die langen, leeren Gänge entlang, seine Schritte hallen. Er erinnert sich daran, wie er hier zusammen mit Maja langgeschlichen ist, an dem Abend im vergangenen Herbst, als er die Sache mit den Knoten überprüfen wollte. Sie fühlten sich wie Teenies, die heimlich in ihrer Schule umherlaufen und hoffen, nicht vom Hausmeister erwischt zu werden. Da hat er Maja zum ersten Mal richtig angesehen und auch die kleine Narbe neben ihrem rechten Mundwinkel entdeckt. Voss fragt sich, warum die schönsten Momente so oft von der Zeit gefressen werden. Neumann kommt Voss entgegen.

»So spät noch hier, Chef?«

»Und Sie, Neumann?«

»Ich habe gerade noch ein paar Sachen erledigt. In Georg Kramers Kleiderschrank haben wir Medikamente gefunden, Antidepressiva. Vorhin habe ich mit der Krankenkasse telefoniert, die sagen, Kramer sei im vergangenen Jahr mehrere Monate krankgeschrieben gewesen. Seltsamerweise weiß man in seiner Firma gar nichts davon, da ist er immer pünktlich erschienen.«

»Er war krank und hat trotzdem gearbeitet?«

»Ja, die Ärztin, die ihm die Medikamente verschrieben hat, sagte, er habe unter Angstzuständen gelitten. Er fühlte sich offenbar verfolgt, aber seine Ängste waren recht diffus. Wenn er die Medikamente wirklich genommen hat, hätte er eigentlich nicht mehr arbeiten können.«

»Haben Sie seine Frau danach gefragt?«

»Melanie Kramer sagt, sie wisse nichts von Medikamenten oder irgendeiner Krankheit.«

»Sie weiß ja nie was.«

»Und noch etwas Seltsames habe ich herausbekommen«, sagt Neumann und macht eine kleine Kunstpause, wie immer, wenn er auf etwas besonders stolz ist. Voss weiß mittlerweile, wie wichtig es Neumann ist, wenn sein Gegenüber in dem Moment eine kaum noch beherrschbare Neugier zeigt. Er gönnt ihm diese Freude, reißt die Augen auf und fragt:

»Was haben Sie herausbekommen?«

Neumann lächelt genießerisch. »Georg Kramer war regelmäßig im Gefängnis.«

Jetzt ist Voss wirklich überrascht. »Weswegen wurde er verurteilt?«

»Er wurde gar nicht verurteilt. Einmal die Woche ist Kramer in die Justizvollzugsanstalt nach Wriezen gefahren und hat den Häftlingen dort Computerkurse gegeben.«

»Warum denn das?«

»Ich habe mit dem Gefängnisdirektor gesprochen, der sagt, Kramer habe das ehrenamtlich gemacht. Er war offenbar sehr beliebt bei den Häftlingen.«

»Okay, und was steckt jetzt wirklich dahinter?«

»Das habe ich mich natürlich auch gefragt. Seine eifrigsten Schüler sind ein zu lebenslanger Haft verurteilter Mörder und ein Mann, der wegen räuberischer Erpressung verurteilt wurde. Ich gehe die beiden morgen besuchen. Es wirkt so, als wäre Kramer mit ihnen regelrecht befreundet gewesen.«

»Vielleicht sind das seine Kontakte zu den Auftraggebern. Seltsame Geschichte. Bleiben Sie da unbedingt dran.« Neumann nickt beflissen und verabschiedet sich.

Als Voss seine Bürotür öffnet, sieht er zwei junge Männer, die sich hinter dem Schreibtisch zu schaffen machen, Voss reißt seine Waffe aus dem Holster.

»Hände hoch«, ruft er, »und kommt ganz langsam hinter

dem Schreibtisch hervor!« Die Männer sehen ihn völlig verdattert an. »Versteht ihr Deutsch? Hände hoch!«

»Wir sind von der Soko ›Grenze‹, Holger Madsen schickt uns, wir sollen das GPS-Tracker-Programm auf Ihrem Computer installieren.«

Voss zögert. »Zeigt mir eure Dienstausweise, nehmt sie langsam aus der Tasche und legt sie auf den Tisch.«

Die beiden Männer tun, was Voss ihnen sagt, er sieht ihre Dienstausweise, atmet tief durch, steckt seine Waffe ins Holster zurück. »Tut mir leid, Kollegen, aber wir hatten hier ein paar Zwischenfälle und offenbar auch eine undichte Stelle.«

»Was den Klau der Kraftfahrzeugsdaten angeht, da haben wir bereits mit Ihren IT-Leuten hier gesprochen, die Daten wurden von einem Rechner der Verkehrspolizei aus übermittelt, die Untersuchungen laufen.«

»Von der Verkehrspolizei?«, fragt Voss.

»Ja, es sieht so aus, als wären über mehrere Wochen Daten von einem Rechner dort verschickt worden, wir werden das untersuchen, dann werden wir ziemlich schnell wissen, welcher Kollege sich nebenbei was dazuverdient hat.«

»Sie sagen das so, als ob es völlig normal wäre.«

»Normal nicht, aber es kommt immer öfter vor, und ehrlich gesagt sind Ihre Sicherheitsvorkehrungen hier im Präsidium eine Katastrophe. Weder die Rechner sind vernünftig geschützt noch die Büros, wir sind gerade einfach so unten an der Wache vorbei und in Ihr unverschlossenes Büro spaziert.«

Voss entschuldigt sich nochmals umständlich für alles, aber die Männer winken ab. Sie erklären ihm, dass sein Computer nun sicher sei, er sich nur noch ein neues Passwort ausdenken müsse, weil sein aktueller Code nur vier Stellen habe. M A J A, denkt Voss und muss sich ein bitteres Lachen verkneifen. Die Männer zeigen ihm, wie das GPS-Verfolgungsprogramm funktioniert, Voss sieht vier blinkende Punkte auf einer Karte, zwei davon sind in Berlin-Zehlendorf, zwei in Prenzlauer Berg. Sobald sich eines der Autos bewege, gebe sein Computer ein Alarmzeichen, erklären die Techniker. Ein Soko-Team vor Ort kläre dann über Sichtkontakt, ob in dem Wagen die Besitzer oder Diebe säßen. Falls Voss nicht die ganze Nacht in seinem Büro sitzen bleiben wolle, könne er den Alarmruf auch auf sein Smartphone weiterleiten lassen. Voss holt sein Handy aus der Tasche.

»Oh, ein Saurierknochen«, sagt einer der Techniker. Die beiden Männer sehen ihn erstaunt an, wie einen Besucher aus einer fernen Zeit. »Darauf kann man leider gar nichts umleiten«, sagt der andere Kollege.

»Kein Problem«, sagt Voss und zeigt auf das Feldbett, das zusammengeklappt neben seinem Aktenschrank steht. »Das ist ein Saurier-Bett, da kann ich schlafen.«

Als die Soko-Kollegen gegangen sind, merkt Voss, wie hungrig er ist. Er geht raus auf den Flur, holt sich aus dem Automaten zwei Bifis, zwei Mars und eine heiße Schokolade. Er setzt sich auf den Bürostuhl, legt die Füße auf den Schreibtisch, isst erst die Würste, dann das Süße. Er sieht die Punkte auf seinem Computerbildschirm. Er muss daran denken, was er als Kind dafür gegeben hätte, zwei Bifis und zwei Mars aus dem Westen zu bekommen. Auf keinen Fall hätte er das alles zusammen gegessen, er hätte es sich eingeteilt und genüsslich auf dem Schulhof verspeist, damit alle sehen können, dass Daniel Voss aus der 8c nun endlich auch ein Westpaket bekommen hat. Die leichte Entspannung führt leider auch dazu, dass seine Gedanken zu Maja wandern. Zu ihrem Kind, ihrem Bruder. Er versucht die Gedanken zu vertreiben, sie machen ihn traurig und bringen ihn nicht weiter.

FREITAG

Das Bürotelefon klingelt mehrmals, bevor Voss endlich aufwacht, sich verwirrt auf seinem Feldbett aufrichtet und begreift, wo er ist. Er humpelt benommen zum Schreibtisch und nimmt den Hörer ab.

»Hallo Danny, ich nehme an, ich habe dir schon ein bisschen gefehlt?« Zydans Stimme klingt leise und sehr weit weg.

»Hallo Zydan, woher hast du meine Nummer?«

»Euer Telefonverzeichnis steht im Intranet, das übrigens nicht besonders gut gesichert ist, wenn du mich fragst. Aber egal, ich habe mich ein bisschen für dich umgehört, du bist mir ans Herz gewachsen, mein Freund.«

»Meine Haltung zum Informationsaustausch ist aber immer noch dieselbe.«

»Ich weiß, entspann' dich. Wir können ja so verbleiben, dass deine Seele mir erst gehört, wenn ich dir irgendwann das Leben gerettet habe. Ist wie die Geschichte von Goethe, weißt du, was ich meine? Die Hand.«

»Faust.«

»Ja, genau. Also höre kurz, was der alte Zydan rausgefunden hat, es ist nämlich nicht besonders viel: Der weiße Ford wurde wahrscheinlich von einer Bande geklaut, die von einem Georgier kontrolliert wird, der in Kiew leben soll. Man nennt ihn Imed, aber das ist egal, weil du den sowieso nicht finden wirst. Du solltest ihn übrigens auch nicht suchen, ist nicht gut für die Gesundheit.«

»Was nutzt mir dann die Information?«

»Die nutzt dir, weil diese Bande sehr professionell im internationalen Autoschmuggel tätig ist, aber mit Entführungen nach meinem Wissen nie etwas zu tun hatte.«

»Was bedeutet ...«

»Dass du wahrscheinlich recht hast, es muss einen Zusammenhang zwischen deiner Freundin und den Autoschmugglern geben, weil die nie im Leben ein Auto klauen würden, um es dann anderen weiterzugeben, die spontan irgendeinen Plan haben. Das sind Profis, verstehst du.«

»Aber hier haben sie sich ziemlich amateurhaft angestellt.«

»Ich würde davon ausgehen, dass sie improvisieren mussten, was solche Leute normalerweise um jeden Preis vermeiden.«

»Das heißt, es muss ihnen wichtig gewesen sein«, sagt Voss.

»Ja, aber wenn es darum gegangen wäre, deine Freundin zum Schweigen zu bringen, wäre sie sofort erschossen worden. Die hätten nie diesen Aufwand betrieben, wären nicht ein solches Risiko eingegangen. Du kannst davon ausgehen, dass sie lebt.«

»Was nur zwei Gründe haben kann. Entweder Maja weiß etwas, was diese Schmuggler unbedingt erfahren wollen. Oder ...«

»Ja, Danny, oder sie gehört selbst zu den Schmugglern.«

Voss schließt die Augen, er kann sich partout nicht vorstellen, warum Maja damit etwas zu tun haben sollte. Wurde sie erpresst, haben die ihr Kind? »Eine ganz andere Sache ...«

»Lass' uns diese Sache zu Ende denken, ich weiß, du hast es längst getan, aber sag' es, vergrab' es nicht in deinem Kopf, weil du es sonst wieder verdrängen wirst.«

»Wovon sprichst du?«

»Ich spreche von der Frage, warum Maja ausgerechnet zu dir gekommen ist.«

»Du meinst ...«

»Eine Informantin im Hause eines leitenden deutschen Polizeibeamten im Grenzgebiet, das muss man erst mal hinbekommen.«

»Von mir hat sie keine Geheimnisse erfahren.«

»Ihr habt nie über deine Arbeit gesprochen?«

»Nur über Mordfälle.«

»Du hast mit ihr über deine Fälle gesprochen?«

»Ja, ich weiß, das macht man eigentlich nicht, aber sie hat kluge Fragen gestellt und konnte auch sehr gut zuhören.« Voss lauscht seinen eigenen Worten. Er denkt daran, wie Maja sich immer mehr in seine Ermittlungen eingemischt hat, wie sie ihm alles aus der Nase gezogen hat, Stück für Stück. Wobei die Informationen über seine Mordfälle für sie keine Bedeutung gehabt haben können. Vielleicht ging es nur darum, sein Vertrauen zu gewinnen, nützlich zu werden, das vorzubereiten, weshalb sie eigentlich da war. Blödsinn! Das klingt alles viel zu kompliziert, Maja gehört zu ihm und nicht zu irgendeiner Bande! Voss stöhnt leise auf.

»Ja, alter Knabe, so ist das, wenn man verliebt ist, es erhöht nicht gerade die Sehschärfe.«

»Ich glaube, du siehst Gespenster«, sagt Voss, »wenn sie zu den Schmugglern gehören sollte, warum wird sie dann von ihren eigenen Leuten entführt?«

»Wenn sie überhaupt entführt wurde, es könnte auch Show gewesen sein. Du solltest es sehen, damit sie auf glaubhafte Weise verschwinden kann.«

»Aber das ergibt doch alles keinen Sinn. Wenn sie hätte verschwinden wollen, hätte ein Abschiedsbrief auf dem Küchentisch in Sternekorp gereicht. Wir wären nicht nach Polen gefahren, die Polizei hätte nicht ermittelt, ich hätte nicht nach ihr gesucht. Alles wäre viel einfacher und risikoloser gewesen.«

»Punkt für dich, Danny. Es sei denn, diese ganze Entführung ist nur ein Ablenkungsmanöver. Hast du gerade irgendeinen Fall am Laufen?«

»Ich darf darüber nicht sprechen.«

»Stimmt, ich habe ja keine Brüste und auch keine langen, blonden Haare.«

»Okay, es ist ein toter Informatiker, der vom Baugerüst gefallen ist.« Voss überlegt, ob er Zydan von dem Stick erzählen soll, entscheidet sich aber dagegen. »Wir dachten erst, es sei ein Unfall gewesen, aber der Typ hat die Renovierung seines Hauses mit Schwarzgeld bezahlt.«

»Und lass' mich raten, die Bauleute kommen aus Polen?«

»Warum ist das wichtig?«

»Nun, die Bauleute und die Autoleute arbeiten gerne zusammen. Die Bauleute sehen viele Sachen, die den Autoleuten helfen. Die Tipps werden gut bezahlt.«

Voss dröhnt der Kopf, wohin er seine Gedanken auch wendet, überall tauchen neue Möglichkeiten auf. »Sie hat einen Brief geschrieben, der von einer Frau überbracht wurde, aber die Frau wurde von maskierten Männern verschleppt, vor meinen Augen.«

»Pass auf dich auf, Danny, die sind da irgendwo in deiner Nähe. Du musst rausfinden, worum es wirklich geht.«

»Ich war gestern in dem Krankenhaus in Chojna, in dem Maja gearbeitet hat. Eine Ärztin sagte, Majas Bruder sei aufgetaucht, kurz bevor sie von einem Tag auf den anderen verschwunden ist.«

»Wie heißt der Bruder?«

Voss überlegt, Natalja, die Braut, hat ihm von der Familie erzählt. »Ich glaube, er heißt Marek, ist jünger als sie.«

»Ich höre mich ein bisschen um.«

»Zydan?«

»Ja?«

»Danke.«

»Ist doch ein Klacks für mich, Danny. Ich helfe dir, du hilfst irgendwann mir, so muss das Leben sein. Aber noch eine Sache: Kein Wort mehr zur schönen Agnieszka, denn wenn die Maja findet, dann geht dein Täubchen direkt in den Knast.« Voss denkt, wie erstaunlich es ist, dass er diesem falschen Cowboy vertraut. Dass er ihm Dinge sagt, die nicht mal seine engsten

Kollegen wissen. Er überlegt, ob das vielleicht schon sein nächster Fehler war. Er verscheucht den misstrauischen Gedanken, schaut auf seinen Computerbildschirm, die Punkte blinken immer noch ruhig und gleichmäßig.

Er schleicht zum Flur-Automaten, diesmal kauft er zwei Bountys, einen Pickup-Schokokeks und einen Cappuccino. Auf dem Rückweg wird er von Frau Mölders überrascht, die ihm sagt, in zehn Minuten gebe es ein Abteilungstreffen mit dem Polizeidirektor. Das ist die Strafe, wenn man zu oft im Büro ist, denkt Voss. Er lässt sich auf dem Herrenklo etwas Wasser über das Gesicht laufen, bringt seine zerwuschelten Haare mit den Fingern in eine Form, die man mit viel Wohlwollen als Frisur bezeichnen könnte. Er betrachtet sich im fleckigen Wandspiegel, er sieht einen blassen, unrasierten Mann, der Ringe unter den Augen hat und dem ein paar recht stattliche Haare aus der Nase wachsen. Ihm fällt auf, dass er sich an dem Morgen, an dem Maja verschwand, zum letzten Mal im Spiegel betrachtet hat. Ihm fällt auf, dass ihm so was jetzt auffällt.

Der Polizeidirektor hat offenbar schlechte Laune, Voss erkennt das schon an der Art, wie er ihn bei der Begrüßung bewusst nicht anschaut. Die Haut des Polizeidirektors, die immer ein wenig gereizt wirkt, ist an diesem Morgen porös, wund und fleckig, ein sicheres Zeichen für einen hohen Stresspegel.

»Wir hatten gestern Besuch von IT-Spezialisten des LKA, die ein Datenleck bei uns festgestellt haben«, sagt der Polizeidirektor. »Offenbar hatten wir Ihnen, Herr Voss, diesen Besuch zu verdanken, und ich würde es begrüßen, wenn ich das nächste Mal auch von Ihnen informiert würde, bevor diese Leute zu mir kommen.«

»Sicher, Herr Polizeidirektor, mache ich, war nur viel los gestern.«

»Das ist die zweite Sache, die mich wundert«, sagt der Polizeidirektor, »ich weiß nicht, wohin Sie ständig verschwinden. Ihre

Kollegen erreichen Sie nicht, keiner weiß, was Sie eigentlich machen.«

»Ich führe, wie Sie wissen, die Ermittlungen im Fall Kramer, und ich muss sagen, es geht voran, seit heute Morgen, zwei Uhr, läuft eine GPS-Observierung, mit etwas Glück haben wir bald eine Spur zu den Schmugglern, für die Kramer offensichtlich gearbeitet hat. Ich denke, dass Kramers Auftraggeber mit seinem Tod zu tun haben.«

»Das ist die dritte Sache, Voss, Sie arbeiten mit einer Sonderkommission des LKA zusammen, eine aufwendige Observierung läuft, und ich weiß davon nichts. Ich stand da wie der letzte Trottel, als der Staatssekretär mich anrief.«

»Der Staatssekretär?«

»Ja, er gratuliert uns, weil die Dienststellen so vorbildlich kooperieren, aber bitte Voss, reden Sie mit mir vorher über solche Sachen!«

»Sie können ruhig sagen, dass die Idee von Ihnen war, Herr Polizeidirektor.«

»Darum geht es nicht, Voss, es geht um Kommunikation, Sie sollten doch das Seminar machen, das mit den Pferden, sobald wieder etwas Zeit ist.«

»Genau das ist der Punkt, Herr Polizeidirektor, ich habe keine Zeit, vor allem nicht dafür, mit Pferden zu reden. Ich muss zurück zu meinem Computer, weil dort jederzeit der Alarm losgehen kann, wenn die Autos losfahren. Aber Sie wissen ja sicher alle, wie so ein GPS-Tracking funktioniert.«

Die Hospitantin streckt wie eine Schülerin den Arm in die Luft, was offenbar bedeuten soll, dass sie etwas sagen will. Der Polizeidirektor erteilt ihr das Wort. »Man kann, glaube ich, den Tracking-Alarm auf das Handy umleiten, Herr Voss, dann müssen Sie nicht immer neben dem Computer sitzen.«

Voss spürt Wut in sich hochsteigen. Er weiß, dass diese Frau es nicht böse meint, aber sie geht ihm mit ihrer streberhaften Besserwisserei trotzdem wahnsinnig auf die Nerven.

»Vielen Dank für den Hinweis, Frau Schallmeier, aber wir arbeiten hier mit dem GPS-Trackerprogramm 12/7.4, und da ist die Weiterleitung auf Mobiltelefone wegen der asymmetrischen Synkopsteuerung am Lotusstecker leider nicht möglich.«

»Asymmetrische Synkopsteuerung?«

»Das sind so Feinheiten, Frau Kollegin, da muss man schon ein bisschen in der Informatik drin sein, um das zu verstehen. Wenn Sie mich jetzt entschuldigen würden?« Voss verlässt den Raum, bevor seine lügenbedingte Gesichtsröte zu auffällig wird. Er fühlt sich auf einmal richtig gut. Hat er wirklich Lotusstecker gesagt?

Im Gang hört Voss einen unangenehm hohen Warnton auf- und abschwellen. Als er die Bürotür öffnet, sieht er einen der vier blinkenden Punkte rot leuchten. Es geht los, eines der Autos hat sich in Bewegung gesetzt. Voss verfolgt den Weg des Fahrzeugs auf der Karte, es fährt von der Hufelandstraße in Berlin-Prenzlauer Berg Richtung Kollwitzplatz. An der Ecke Marienburger Straße/Winsstraße bleibt der Wagen stehen. Kurz danach erscheint eine Textnachricht auf dem Bildschirm: *An alle Einsatzkräfte, falscher Alarm, die Besitzerin des Wagens ist zum Einkaufen gefahren. Observierungsteam bleibt dran und meldet sich wieder.*

Voss ruft Neumann an. »Wie ist die Lage? Haben Sie schon mit den Häftlingen gesprochen?«

»Das mache ich später, jetzt bin ich gerade an der Gärtnerei von Frau Kramer, die Kollegen vom Observierungsteam sagten, sie hätte heute Morgen ihr Auto in den Garten gefahren und in der Erde gebuddelt. Dann hat sie irgendwas in den Kofferraum gelegt und ist losgefahren.«

»Wahrscheinlich Blumenstauden. Haben Sie den Kofferraum überprüft?«

»Ich wollte sie erst einmal weiter beobachten, habe mir einen Platz am Waldrand gesucht, von dem aus man alles gut sehen kann.«

»Und?«

»Nichts Besonderes, den ganzen Morgen über hat sie Pflanzen gegossen, jetzt gräbt sie gerade ein Loch, ich schätze, sie will einen Baum pflanzen ...«

»Unmöglich, Neumann, niemand pflanzt Bäume im August.«

»Ach so, na ja, irgendwas muss sie aber pflanzen wollen, das Loch scheint ganz schön tief zu werden.«

»Wie tief?«

»Einen halben Meter.«

»Beobachten Sie das weiter. Übrigens, dem Polizeidirektor haben Sie heute morgen gefehlt, wir hatten eine Sitzung ...«

»Eine Sitzung, oh verdammt ...«

»Ganz ruhig, Neumann, Sie waren natürlich entschuldigt. Haben Sie sich eigentlich beim Polizeidirektor darüber beschwert, dass man mich nicht erreichen kann?«

»Nein, also nicht direkt ... er hat mich gefragt, wo Sie sind, und ich wusste es nicht.«

»Passen Sie auf, ich würde vorschlagen, wir machen es wie die Musketiere.«

»Einer für alle?«

»Ich dachte eher an alle für einen. Nein, Scherz, ich meine, wir müssen zusammenhalten, Neumann. Wenn Sie nicht wissen, wo ich bin, dann lassen Sie sich was einfallen, das würde ich für Sie auch tun.«

»Das würden Sie?«

»Natürlich.«

»Oh, das klingt aber ... Moment, Frau Kramer hat gerade ein Päckchen aus der Tasche geholt ... es ist in Plastikfolie eingewickelt. Sie läuft damit zum Gewächshaus, jetzt läuft sie zurück ... sie legt das Päckchen in die Grube.«

»Was könnte das sein?«

»Keine Ahnung, aber ich werde jetzt einschreiten, wenn Sie einverstanden sind, Chef.«

»Klar, Neumann, schnappen Sie sich das Päckchen und seien Sie vorsichtig mit dieser Frau, man darf sie nicht unterschätzen, ich bin gleich bei Ihnen.«

Im Auto klingelt sein Telefon, es ist Agnieszka Zajak. »Hallo, Herr Voss.«

Er hört ihre ruhige, warme Stimme und spürt auf einmal Angst in sich aufsteigen. Haben sie Maja gefunden? Ist sie tot? Welchen anderen Grund gäbe es für die Kommissarin, ihn anzurufen? Warum sonst würde sie so freundlich klingen? Der Motor jault, weil Voss vor Aufregung im dritten Gang siebzig fährt.

»Herr Voss, hören Sie mich?«

»Ja, ich bin dran, was gibt es? Haben Sie ...«

»Nein, wir haben sie nicht gefunden. Deshalb rufe ich auch an, wir kommen hier nicht weiter mit der Suche nach Ihrer Bekannten. Es gibt niemanden, der sie gesehen hat, es gibt auch niemanden, der sie wirklich vermisst, außerdem hat sie offenbar ein Kind, das aber auch verschwunden ist. Ich frage mich sogar mittlerweile, ob sie überhaupt entführt wurde.«

»Ja, was denn sonst?«, sagt Voss.

»Nun, es gibt immer wieder Fälle vorgetäuschter Entführung. Die Leute wollen aus irgendeinem Grund verschwinden, vielleicht ein anderes Leben beginnen, was weiß ich.«

»Maja wollte kein anderes Leben beginnen, also das glaube ich jedenfalls. Sie hatte ja gerade neu angefangen, wobei ich nicht weiß, warum eigentlich.«

»Ja, und das halte ich für das nächste Problem, der einzige

Mensch, der sie wirklich vermisst, also Sie, Herr Voss, scheint sie nicht wirklich zu kennen. Entschuldigen Sie, wenn ich Sie so direkt frage, aber kann es nicht sein, dass Sie sich etwas vormachen, was die Bedeutung Ihrer Person für Marianka Wisniewska angeht?«

Diese Frage trifft Voss mehr, als er gedacht hätte. Er bremst, bringt das schlingernde Auto am Straßenrand zum Stehen. »Worauf wollen Sie hinaus?«

Die Kommissarin zögert, sie denkt offenbar darüber nach, wie sie ihm die Sache möglichst schonend beibringt. »Es ist doch so, Herr Voss, dass Sie von einer Entführung ausgehen, weil Sie denken, Maja sei unfreiwillig von Ihnen weggegangen.«

»Es gibt Zeugen ...«

»Ich weiß, es gibt eine Zeugin, die gesehen hat, wie Ihre Bekannte in das Auto gezerrt wurde, aber warum stand sie denn an dem Parkplatz? Warum hat sie sich mit den Männern ruhig unterhalten, bevor sie angeblich überwältigt wurde?«

»Sie glauben der Zeugin nicht?«

»Ich habe sie noch mal vorgeladen, weil sich der Entführungsvorwurf ja allein auf ihre Aussage stützt. Die Zeugin war sich ihrer Sache nicht mehr so sicher, sie wusste nicht mehr, ob sich Maja wirklich gewehrt hat oder nur ein bisschen. Oder vielleicht gar nicht.«

Voss atmet tief ein und wieder aus. Das Problem ist, dass die Kommissarin genau die Zweifel hat, die ihn lange schon selbst umtreiben. Wenn jetzt noch die Augenzeugin schwankt, dann gibt es fast gar nichts mehr. Bis auf Majas Brief, von dem die Kommissarin zum Glück nichts weiß, weil er den Verdacht einer inszenierten Entführung eher noch stützen würde. *Bitte suche nicht nach mir. Es geht mir so gut es gerade gehen kann.*

»Ich denke jedenfalls darüber nach, die Ermittlungen aus Mangel an Verdachtsmomenten einzustellen.«

»Das ist natürlich die bequemste Lösung, nicht mehr zu suchen, weil man nichts gefunden hat, interessante Arbeitseinstellung, Frau Kollegin!« Voss weiß, dass er ungerecht ist, dass die Kommissarin diesen Vorwurf nicht verdient hat, aber noch bevor er sich entschuldigen kann, zischt sie, es sei wahrscheinlich ein Fehler gewesen, ihn überhaupt anzurufen. Dann legt sie auf.

Zehn Minuten später kommt Voss an der Gärtnerei an, zuerst sieht er weder Frau Kramer noch Neumann, dann erblickt er die beiden im hintersten Winkel, neben den Gewächshäusern. Er geht auf sie zu, Neumann hat das Paket bereits ausgewickelt, es ist ein schmaler Kasten, vielleicht fünzehn Zentimeter lang und fünf Zentimeter breit. Melanie Kramer steht neben ihm, mit hängenden Schultern, ihr Stolz, die ruhige Kraft, die sie zuletzt so demonstrativ ausgestrahlt hat, sind verschwunden.

»Das ist eine Festplatte, Chef«, sagt Neumann, als Voss vor ihm steht. »Frau Kramer lehnt bisher jede Aussage ab.«

Voss nimmt die Festplatte in die Hand.

»Frau Kramer, was ist auf dieser Festplatte?« Sie regt sich nicht, steht da wie ein trotziges Kind, das weiß, dass es etwas ausgefressen hat. »Sie müssen mit uns reden, machen Sie es uns und sich selbst nicht noch schwerer. Wir werden sowieso herausfinden, was da drauf ist.« Weiterhin ist keine Regung zu sehen, es wird nicht leicht sein, diese Frau zum Sprechen zu bringen, denkt Voss. »Frau Kramer, falls Sie stumm bleiben, werde ich Sie mit ins Präsidium nehmen, ich kann Sie auch vorläufig festnehmen, dann bleiben Sie vierundzwanzig Stunden in Gewahrsam. Bald kommen Ihre Kinder aus der Schule ...« Sie hebt leicht den Kopf, sieht Voss aus schmalen Augen an. »Wenn Sie nicht wollen, dass Ihre Kinder nachher ein leeres Haus vorfinden, reden Sie!«

»Es sind Projekte«, sagt Melanie Kramer schließlich wütend. »Programme, mit denen man per Funk bestimmte KFZ-Wegfahrsperren überwinden kann.«

»Wer hat diese Programme geschrieben?«

»Mein Mann«, sagt sie und zieht dabei verächtlich die Augenbrauen hoch.

»Wir werden das überprüfen, aber das braucht Zeit. Ich bin kein Informatikspezialist, aber ich könnte mir vorstellen, dass es möglich ist, nachzuvollziehen, an welchem Tag und zu welcher Uhrzeit diese Programme geschrieben wurden. Wir werden diese Angaben mit den Zeiten abgleichen, zu denen Ihr Mann im Avanta-Rechenzentrum war. Dort sind private Computer nämlich, wie ich erfahren habe, streng verboten, weshalb wir ausschließen können, dass Ihr Mann seinen Rechner am Arbeitsplatz dabeihatte. Sollte es Programme auf dieser Festplatte geben, die während der Arbeitszeit Ihres Mannes geschrieben wurden, können wir davon ausgehen, dass er sie nicht geschrieben hat.« Sie zuckt mit den Schultern, was aber nicht mehr trotzig, sondern eher ratlos wirkt. »Was ich damit sagen will, ist Folgendes: Sie können uns viel Arbeit ersparen und sich selbst einige freudlose Tage in einem brandenburgischen Untersuchungsgefängnis. Allerdings müssten Sie uns dafür ausnahmsweise die Wahrheit sagen.«

»Können wir uns setzen?«, fragt Melanie Kramer nach kurzem Zögern und geht auf eine Gartenbank zu, die im Schatten einer Kastanie steht. Als sie dann so dasitzt, beginnen ihre Gesichtsmuskeln zu arbeiten, vielleicht überlegt sie, was sie erzählen soll und was nicht.

»Sagen Sie einfach alles«, sagt Voss, »das ist immer das Beste, wir bekommen früher oder später sowieso alles heraus.«

»Hören Sie, ich habe meinen Mann nicht umgebracht«,

bricht es aus ihr heraus. »Ich habe andere Fehler gemacht, aber das nicht.«

»Was für Fehler haben Sie denn gemacht?«, fragt Neumann.

»Dass ich mich von Georg aus meinem Beruf drängen ließ, zum Beispiel. Er fand, ich solle mich mehr um die Kinder kümmern, obwohl ich eigentlich die bessere Stelle hatte. Das Problem war, dass Georg später keinen guten Job bekam und das Geld nicht reichte, ich hatte dann noch mal ein Angebot von einer amerikanischen Softwarefirma, aber er wollte nicht, dass ich das mache. Er sagte, die Kinder bräuchten mich, und ich habe ihm geglaubt, wollte eine gute Mutter sein.«

»Vielleicht hat er einfach nicht ertragen, dass Sie besser sind als er«, sagt Neumann.

Melanie Kramer sieht Neumann erstaunt an. »Vielleicht«, sagt sie. »Ich hatte nicht die Kraft, mich gegen ihn durchzusetzen, warum, das weiß ich bis heute nicht. Das Problem war nicht nur, dass Georg zu wenig verdiente. Er gab auch zu viel aus, er konnte das nicht kontrollieren, es war furchtbar. Zwei Mal kam der Gerichtsvollzieher zu uns nach Hause, und dann kamen diese Männer und haben ihm angeboten, die Schulden zu bezahlen, wenn er einen Job für sie erledigt.«

»Was für Männer?«, fragt Voss.

»Ich habe die nicht kennengelernt, Georg traf sie wohl ein paar Mal am Anfang. Die hatten irgendwie mitbekommen, dass er Geldprobleme hat und ein guter Programmierer ist, und wollten, dass er für sie arbeitet.«

»Und Sie haben diese Männer nie gesehen?«

»Die Kommunikation lief, glaube ich, verschlüsselt über einen Server.«

»Und dann kam der warme Geldregen.«

»Nein, dann kam erst mal gar nichts, weil Georgs Programme nicht funktioniert haben.«

»Das hat er Ihnen erzählt?«

»Georg hat nie was erzählt, vor allem nicht, wenn es um Probleme ging. Aber die Kinder haben mir erzählt, dass zwei nette Männer sie mit dem Auto von der Schule nach Hause gebracht hätten. Und es kam eine Mail, in der stand: ›Gib dir Mühe, sonst fahren deine Kinder nächstes Mal woandershin.‹« Sie schluchzt jetzt, Tränen laufen über ihre Wangen. »Hätte ich Georg nicht zur Rede gestellt, er hätte wohl sogar das Leben unserer Kinder riskiert.«

»Wie hat er reagiert?«

»Er hat mir von seinem Nebenjob erzählt, ich habe ihn angefleht, damit aufzuhören, aber er hatte schon zu viel Geld bekommen. Er sagte, dass er nicht mehr aussteigen kann, dass diese Leute keine Skrupel kennen.«

»Und wie ging es weiter?«

»Georg fragte, ob ich ihm ein bisschen helfen könnte, er hat mir nicht erzählt, worum es eigentlich ging. Einer aus der Familie muss sauber bleiben, hat er gesagt, ich sollte nur seine Fehler beseitigen. Aber das funktioniert nicht, man kann nichts programmieren, wenn man nicht weiß, welche Aufgabe das Programm hat.«

»Wann hat Ihr Mann Sie eingeweiht?«

»Vor vier Jahren etwa, ich habe dann ein Programm geschrieben, das funktioniert hat, die Kunden waren zufrieden. Dann kamen die alle paar Wochen und brauchten Aktualisierungen, weil die Autofirmen ständig ihre Software verbesserten.«

»Welche Rolle hat Ihr Mann dann gespielt?«

»Er hat den Kontakt gehalten, die sollten nicht wissen, dass ich das schreibe, nach außen war er das Superhirn.«

»Um die Familie zu schützen, falls ihm was geschieht?«

»Das hat er gesagt, aber ich glaube, es ging vor allem darum, das Gesicht zu wahren. In seiner Familie haben die Männer immer darunter gelitten, dass sie nicht so stark waren, wie sie es gerne gewesen wären.«

»Haben die alle so starke Frauen geheiratet wie Ihr Mann?«, fragt Voss.

»Ich bin nicht stark, ich bin feige, ich habe es lange nicht gewagt, aus diesem Spiel auszusteigen. Ich dachte, ich könnte die Fehler meines Mannes wiedergutmachen, wenn ich da mitmache, aber es war total dämlich, weil wir zwar immer mehr Geld verdienten, aber auch Georgs Ansprüche immer größer wurden.«

»Litt er unter einer Art Realitätsverlust?«, fragt Neumann.

»Nein, Psychologen nennen das Kaufsucht, er war abhängig davon, sich ständig etwas Neues anzuschaffen. Dabei ging es nur um den Kick des Kaufens, die Sachen waren ihm meistens egal. Er war deswegen auch in Behandlung, der Arzt diagnostizierte eine Depression als Auslöser der Kaufsucht.«

»Deshalb die Medikamente, von denen Sie angeblich auch nichts wussten.«

»Wenn er etwas kaufte, war das für ihn wie eine Bestätigung seines ganzen Wesens. Außerdem hat er angefangen, zu fantasieren, er dachte irgendwann wirklich, ich würde ihm nur ein bisschen zuarbeiten, aber eigentlich sei er der Programmierer. Als ich ihm sagte, das sei nicht wahr, hat er ...« Melanie Kramer schluckt, kann nicht weitersprechen.

»Da hat er Sie geschlagen«, sagt Voss ruhig.

»Nein, er hat mich wirklich nicht angerührt, er wollte sich selbst etwas antun, er hat das nicht ausgehalten, die Idee, dass er es nicht hinbekommt.«

»Sie hatten Angst, dass er sich umbringt?«

»Er hat am Ende nur noch in seiner Kammer gesessen und vor sich hin gebrütet.« Sie stockt, als hätte sie Angst, zu viel von sich preiszugeben, schließt die Augen, scheint immer tiefer in sich zu versinken.

»Frau Kramer?«

»Entschuldigung, ja, was soll ich sagen, ich habe mich auf sein Spiel eingelassen.«

»Was heißt das?«

»Ich habe ihn gelobt für seine Programme, für seine tollen Ideen.« Ihre Stimme zittert, bricht ab, wieder kullern Tränen über ihr Gesicht.

»Sie haben ihm etwas vorgespielt, damit er sich nichts antut?«

Sie nickt stumm. »Auch wegen der Kinder, das hat funktioniert, wir waren zeitweise wieder eine richtige Familie. Ich habe die Gärtnerei gekauft, das war meine Lebensversicherung. Ich wollte schon immer so was machen, und das war richtig gut, hat mir Kraft gegeben. Und es half auch Georg und mir, weil ich eben die Gärtnerin war und er der Programmierer. Aber dann kam er irgendwann und sagte, es sei vorbei, er müsse keine Programme mehr schreiben, weil alles laufe.«

»Das haben die Kunden gesagt?«

»Das dachte ich, Georg sagte, wir würden jetzt ein neues Kapitel in unserem Leben aufschlagen. Eine Woche später war er tot.« Sie weint stumm. Voss und Neumann sitzen betreten dabei.

»Halten Sie es für möglich, Frau Kramer, dass Ihr Mann sich umgebracht hat, obwohl Sie so gut mitgespielt haben?«, fragt Neumann.

»Das weiß ich nicht, ich frage mich das ja selbst die ganze Zeit. Ich glaube nicht, dass er gesprungen ist. Aber den Kontakt zu den Auftraggebern von sich aus abzubrechen, wäre ja auch so eine Art Selbstmord gewesen.«

Voss muss erst mal durchatmen, dieses Familiendrama wird immer abgründiger, je länger man darüber nachdenkt. Er muss die Auftraggeber von Georg Kramer finden, die ihn womöglich töten ließen, als er nicht mehr lieferte. Aber das ist nur eine Möglichkeit, Voss überlegt weiter, blickt Melanie Kramer an. »Könnten Sie verstehen«, sagt er schließlich mit vorsichtig tastender Stimme, »wenn ich sage, dass diese ganze Geschichte auch ein überzeugendes Mordmotiv für Sie abgibt?«

Sie nickt, setzt sich gerade hin, drückt den Rücken durch und bekommt wieder diesen abwesenden Blick, den Voss schon in den ersten Befragungen bei ihr beobachtet hat. Dann wirkt es so, als gäbe sie sich innerlich einen Ruck, sie steht auf, bittet Voss und Neumann mitzukommen, geht in ihr Büro, das sich in einem Flachbau neben den Gewächshäusern befindet. Aus einer Schublade ihres Schreibtischs zieht sie ein Blatt Papier und hält es Voss hin. Ein paar Zeilen stehen mit schwarzer Tinte und in krakeliger Schrift auf dem cremefarbenen Papier: *Melanie, es geht nicht mehr. Ich verabschiede mich. Es soll ein Unfall sein, so wie vieles bei uns. Grüße mir die Kinder und verzeih' mir. Georg.*

»Warum zeigen Sie uns das erst jetzt?«, fragt Voss wütend.

»Weil er wollte, dass alle es für einen Unfall halten.« Ihr Mund zittert, erneut laufen Tränen über ihre Wangen. »Das war ich ihm schuldig.«

Voss denkt nach. »Als wir uns zum ersten Mal trafen, fragte ich Sie, woran Sie als Erstes dachten, als Sie Ihren Mann tot unter dem Baugerüst fanden. Sie sagten, Sie hätten an Ihre Kinder und die Baustellen-Versicherung gedacht, stimmt das?«

Melanie Kramer blickt Voss irritiert an, sie überlegt, ihr Blick gleitet ins Ungefähre, ihrem Gesicht ist anzusehen, dass sie gerade erneut alles an sich vorbeiziehen lässt. »Ich war traurig, und gleichzeitig war ich froh, dass es vorbei war.« Ihre Schultern zucken.

»Weil sein Tod jetzt keine ständige Drohung mehr war«, sagt Voss.

Melanie Kramer nickt stumm. Zwischen ihrer Unterlippe und dem Kinnansatz gibt es zwei kleine Einbuchtungen, in denen sich die Tränen wie in einem Staubecken sammeln, um schließlich mit geballter Kraft weiterzudrängen. Voss betrachtet sie lange.

»Frau Kramer, das tut uns alles aufrichtig leid. Wir müssen den Brief natürlich noch überprüfen lassen, das werden Sie verstehen. Außerdem werden wir die Informationen über Ihre Beteiligung bei der Herstellung der Programme, mit denen Autos gestohlen werden sollten, den dafür zuständigen Kollegen übermitteln. Sie können davon ausgehen, dass Anklage wegen Beteiligung an einem bandenmäßigen Diebstahl gegen Sie erhoben wird.«

Sie nickt erneut.

Im Präsidium kommt ihm die Hospitantin entgegen. »Herr Hauptkommissar, ich habe versucht, Sie auf Ihrem Handy zu erreichen, es geht los, der erste Audi ist gestohlen worden.«

»Bei Tageslicht? Na, die schrecken wohl vor nichts zurück.«

Voss eilt zu seinem Büro, die Hospitantin folgt ihm. »Die Kollegen von der Soko sagen, die Besitzer des Wagens seien offenbar im Sommerurlaub, vorgestern wurde an der Stelle, an der das Auto geparkt stand, eine Halteverbotszone eingerichtet, weil dort demnächst Kanalarbeiten beginnen sollen, deshalb gab es seitdem schon zwei Strafzettel, das muss auch den Dieben aufgefallen sein.«

»Das heißt, die observieren die Autos länger, bevor sie zuschlagen, hoffentlich haben sie nichts von unseren Vorbereitungen gemerkt.« Voss betritt sein Büro, auf dem Computerbildschirm ist ein roter Punkt zu sehen, der blinkend über die Karte gleitet. »Warum piept das nicht? Vorhin hat es so einen Warnton gegeben.«

»Den habe ich ausgeschaltet«, sagt die Hospitantin.

Voss sieht sie überrascht an. »Sie waren in meinem Büro?«

»Frau Mölders bat mich, den Ton abzustellen ...«

»Okay«, brummt Voss.

»Ich habe Ihnen auch ein altes Smartphone von mir mitgebracht, ich habe die Umleitung mithilfe der Kollegen bereits installiert, obwohl es nicht ganz einfach war, die asymmetrische Synkopsteuerung am Lotusstecker zu überwinden.«

Voss muss lächeln, obwohl er eigentlich gar nicht lächeln will, aber diese Birke Schallmeier ist gut, da kann man nichts sagen. »Frau Schallmeier, wir hatten ja ein paar Startprobleme, aber die werden wir hoffentlich bald vergessen können, vielen Dank jedenfalls für das Handy, ich gebe es Ihnen zurück, wenn wir mit der Operation fertig sind.«

»Ich schenke es Ihnen, Herr Voss, es ist schon ein bisschen älter, wissen Sie.«

»Vielen Dank, ich bin ja auch schon ein bisschen älter, dann passen mein neues Handy und ich gut zusammen.«

Birke Schallmeier zeigt ihm noch, wie man die SIM-Card von einem Gerät ins andere steckt, wie man Mails auf das Handy umleitet, wie man Dokumente und Fotos öffnen kann. Voss staunt, was mit diesem angeblich alten Gerät so alles möglich ist. Er bedankt sich erneut, dann betrachtet er den roten Punkt, der sich zügig über den Berliner Ring bewegt. Am Autobahndreieck Barnim biegt der Wagen auf die A11 Richtung Stettin ab. Hinter Bernau verlässt der Punkt die Autobahn, fährt über eine Landstraße und bleibt stehen. Voss' Telefon klingelt, es ist der Soko-Chef Holger Madsen.

»Herr Kollege, falls Sie auch gerade online sind, müssen Sie jetzt nicht ungeduldig werden, die sammeln sich wahrscheinlich erst. Diese Stelle hinter Bernau ist eine beliebte Warteposition, da gibt es einen großen, meist gut gefüllten Parkplatz mit mehreren Kaufhallen und Baumärkten, da werden die Kuriere gewechselt, dann geht es weiter.«

»Denken Sie, dass die anderen Wagen auch heute gestohlen werden?«

»Das kommt darauf an, wie viele Kuriere die gerade zur Verfügung haben, es wäre aber ein gutes Zeichen, weil damit auch ausgeschlossen wäre, dass wir es mit Spontantätern zu tun haben. Haben wir erst neulich gehabt so einen Fall, ein Wagen wurde aufwendig präpariert und dann von irgendwelchen Amateuren geklaut. Aber da die Daten der vier Wagen auf dem Stick waren, schließe ich diesen Zufall hier aus.«

Eine Stunde später setzen sich fast zeitgleich die anderen drei Wagen in Bewegung, sie fahren ebenfalls über den Berliner Ring, biegen auf die Stettiner Autobahn ein und halten auf dem Parkplatz bei Bernau. Kurz nach ihrer Ankunft fährt der zuallererst gestohlene Wagen weiter, immer die Autobahn entlang, mit hoher Geschwindigkeit. Die anderen Wagen folgen im Abstand von etwa zwanzig Kilometern.

Madsen ruft an. »Na, das läuft doch wie am Schnürchen, wir hatten gerade noch ein Observierungsteam am Parkplatz, das von den Kurieren ein paar schicke Porträtbilder gemacht hat. Zwölf Leute sind bei denen im Einsatz, das ist eine richtig große Aktion.«

»Wo fahren die hin?«

»Wahrscheinlich direkt über die Autobahn nach Polen. Dort werden sie irgendwo halten und die Ware übergeben. Die Kollegen an der Strecke haben ein Pilotfahrzeug beobachtet, das sich vor den ersten Audi gesetzt hat. Der Pilot schlägt Alarm, falls es Straßensperren oder Kontrollen gibt, dann können die anderen auf Seitenstraßen ausweichen.«

Fasziniert verfolgt Voss die Operation. Auf seinem Bildschirm wirkt das alles wie ein Spiel, wie eine elektronische Räuber- und Gendarmenjagd. Voss ist es bei seinen Fällen gewohnt, Spuren zu lesen, mit Menschen zu reden, Zusammenhänge zu begreifen. Im Vergleich dazu erscheint ihm diese Hightech-Observierung hier wie ein Fernsehkrimi, der allerdings zum Glück nicht viele Zuschauer hat.

Das Bürotelefon klingelt, es ist Zydan, dessen Stimme diesmal viel näher und präsenter klingt als beim letzten Anruf.

»Hi Danny, ich habe den Bruder deiner großen Liebe gefunden.«

»Zydan, wie hast du das denn so schnell geschafft?«

»Es gibt einen Grund, warum mich viele in Polen für einen Heiligen halten.«

»Für einen Heiligen?«

»Nein, Moment, das ist das falsche Wort, ich meine für einen Helden. Einer meiner ersten Werbeslogans war: ›Ich bin Zydan, der alles kann‹.«

»Klingt nach Allmachtsfantasien, aber sag', wo hast du den Bruder gefunden?«

»Es sieht so aus, als wenn er für die Truppe von Imed arbeitet, du erinnerst dich.«

»Der Georgier, der in Kiew leben soll.«

»Genau. Ich habe mich ein bisschen umgehört, Marek Wiesniewski hat vor etlichen Jahren als Kurier für Imed gearbeitet, nicht permanent, eher so auf Zuruf. Das machen viele Jugendliche hier in der Gegend. Manche wissen nicht mal, für wen sie da eigentlich arbeiten.«

»Und wie läuft die Kontaktaufnahme?«

»Sie kennen jemanden aus ihrem Dorf, der jemanden kennt, der manchmal etwas Unterstützung braucht. Sie kriegen fünfzig Euro, um ein Auto, das irgendwo an einem Straßenrand geparkt steht, zu einem zehn Kilometer entfernten Waldstück zu fahren. Das finden die Jugendlichen super, weil es meistens große, teure Autos sind, in denen sie gerne ein bisschen umherfahren. Und fünfzig Euro sind eine Menge Geld für eine Stunde Arbeit.«

»Und wenn sie erwischt werden, wissen sie von nichts.«

»Ja, und das stimmt wirklich, sie haben meistens überhaupt keine Ahnung, was sie da gerade machen. Bei Majas Bruder muss es allerdings etwas anders gewesen sein, es sieht so aus, als wäre er später aufgestiegen, das heißt, er war der Typ, der den Jungs vom Dorf die fünfzig Euro gab. Aber dann muss etwas passiert sein, ein Zwischenfall, der dafür sorgte, dass Marek nicht mehr für Imed arbeiten konnte.«

»Was für ein Zwischenfall?«

»Ich weiß es nicht, aber es muss etwas gewesen sein, das ihn zur Gefahr für die Organisation werden ließ, er musste eine Zeit lang abtauchen.«

»Woher weißt du das alles?«

»Danny, du sprichst mit dem Helden.«

In Voss' Kopf arbeitet es, die beiden Fälle sind nun wirklich so etwas wie ein Fall geworden. Er hat sich die Verbindungen also nicht nur eingebildet. Er hat eine Idee, er weiß nur nicht, ob es klug ist, mit Zydan darüber zu sprechen, aber warum nicht? »Kann es sein, dass dieser Zwischenfall im November 2010 war?«

»Vom Zeitpunkt her könnte das hinkommen, warum?«

»Ein Bundespolizist wurde im November 2010 in der Nähe des Grenzübergangs Pomellen von einem Kurier erschossen, der Kurier flüchtete damals mit einem Polizeiwagen und der Waffe des Beamten nach Polen.«

»Ach, ich glaube, ich erinnere mich an die Sache, das gab eine ziemliche Aufregung, weil es äußerst selten vorkommt, dass Polizisten von Schmugglern angegriffen werden. Die haben eher die Anweisung zu flüchten, wenn es brenzlig wird. Aber wie kommst du darauf, dass Majas Bruder damit zu tun haben könnte?«

»Ach, das ist nur so ein Gefühl.«

»Weißt du, Danny, ich bin zwar schon länger nicht mehr bei der Polizei, aber ich spüre trotzdem genau, wenn jemand lügt. Sogar durchs Telefon spüre ich das. Wenn ich dir alles sagen soll, was ich weiß, dann wäre es hilfreich, du würdest es ebenso tun, sonst können wir es gleich sein lassen.«

»Entschuldige, Zydan, du hast recht, aber weißt du, ich bin daran gewöhnt, Ermittlungsergebnisse für mich zu behalten.«

»Es sei denn ...«

»Ja, ich weiß, bei Maja ist mir das etwas aus dem Blick geraten.« Voss überlegt, ob er Zydan von der SIG Sauer erzählen soll, aber das kann er nicht tun, es würde auch ihn selbst extrem angreifbar machen. »Ich kann es dir nicht sagen, Zydan, das hat nichts mit Vertrauen zu tun, es geht einfach nicht.«

»Okay, Danny, ich sage dir trotzdem, wo sich dieser Marek aufhält, so hat Jesus es ja auch gemacht: Er hat die Menschen geküsst, die ihn schlugen.«

»Zydan, ich finde die Referenzen, die du für dich findest, weiterhin zweifelhaft.«

»Also, der Bruder wohnt in Poznan, ich schicke dir die Adresse.«

»Danke.«

Aus den Augenwinkeln verfolgt Voss die roten Punkte auf dem Monitor, das erste Fahrzeug hat bei Gramzow die Autobahn verlassen und fährt die Bundesstraße 166 Richtung Schwedt entlang.

»Danny, bist du noch da?«

»Ja.«

»Hat Maja immer noch denselben Platz in deinem Herzen?«

»Ich weiß es nicht.« Voss vermeidet es gerade, sich solche Fragen zu stellen. Seine Erfahrung ist, dass besonders in Liebesdingen die Vergangenheit wichtiger ist als die Gegenwart. Wenn einmal so etwas wie Liebe entstanden ist, dann muss schon viel passieren, um das alles wieder vergessen zu machen. Voss ist es immer schwergefallen, sich überhaupt auf jemanden einzulassen, aber wenn es dann doch passierte, war später kaum noch etwas rückgängig zu machen. Egal wie unangenehm oder enttäuschend es wurde, wie unsinnig sich im Nachhinein die ganze Beziehung darstellte. Zum Glück hat er sich nicht oft verliebt, denn jedes Mal blieb etwas in ihm hängen. Irgendwo in seinem Körper muss es diese traurige Kammer geben, in der die verlorenen Lieben wie verlassene Schwalbennester hängen.

Die roten Punkte durchqueren Schwedt und bewegen sich nordwärts. »Ich muss Schluss machen, Zydan, vielen Dank für deine Hilfe und nimm' es mir nicht übel ...«

»Wie ich dir schon sagte, Danny, ich halte dich für einen guten Menschen mit einer polnischen Seele, melde dich, wenn du was brauchst.«

Eine halbe Stunde später blinken die vier roten Punkte nebeneinander in einer Gegend, in der zumindest auf der Karte im Computer keine Straßen mehr existieren. Wenn Voss das richtig sieht, sind es die Auen des Unteren Odertals, kurz vor der Stelle, an der sich die Oder am Marienhofer Wehr in zwei Arme aufteilt. Er war dort mehrmals auf Vogelexkursionen, weil das Untere Odertal in ornithologisch interessierten Kreisen einen ähnlichen Stellenwert hat wie Las Vergas für Pokerspieler. Blässgänse, Saatgänse, Stockenten, Pfeifenten, Krickenten, Spießenten oder Kraniche ziehen im Herbst und Frühjahr durch die Oderniederung, machen Rast in den nahrungsreichen Auen. Mehr als zweihunderttausend Tiere kommen hier jedes Jahr vorbei, ähnlich viele wohnen in den breiten Schilf-, Moor- und Wiesengürteln. Aber was wollen die Autoschieber in der Gegend? Soweit sich Voss erinnern kann, gibt es dort weit und breit keine Brücke. Plötzlich verschwinden die vier roten Punkte, einer nach dem anderen, als hätte man einen Kerzenleuchter ausgeblasen. Vielleicht liegt es am Computer, denkt Voss, zehn Minuten später ruft Holger Madsen an.

»Wir haben sie verloren«, sagt Madsen, seine Stimme klingt niedergeschlagen.

»Aber ich dachte, die Sender wären nicht zu finden, und wie kann es passieren, dass alle vier Autos gleichzeitig verschwinden?«

»Wir haben ehrlich gesagt nicht die geringste Ahnung«, sagt Madsen. »Sie scheinen abgeschirmt zu sein, ich hatte Ihnen ja von den Jammer-Geräten erzählt, mit denen so eine Art elektronische Schutzglocke über die GPS-Signale gelegt werden kann. Die Frage ist nur, warum sie die nicht schon während der Fahrt eingeschaltet haben.«

»Kann es sein, dass die Autos irgendwo reingefahren sind, in einen Unterstand vielleicht?«

»Ja, aber warum? Das Ziel ist es normalerweise, die Autos so schnell wie möglich nach Polen zu bekommen. Dort werden sie entweder auseinandergebaut oder sofort weitertransportiert. Ich wüsste nicht, welchen Sinn es haben sollte, die Wagen am Oderufer zu parken, zumal es dort überhaupt keine Übergänge gibt.«

»Sollte man ein Team hinschicken?«

»Man kann sich dort nicht unbemerkt nähern, die ganze Gegend ist menschenleer, da fährt nie ein Auto lang, auch nicht aus Versehen. Wir würden die Jungs nur unnötig aufschrecken. Vielleicht warten sie dort, bis sie vom Pilotfahrzeug grünes Licht bekommen, dann kehren sie auf die Autobahn zurück. Wir müssen einfach warten, bis die Jammer ausgeschaltet werden, weil sie telefonieren müssen, dann haben wir sie wieder auf dem Schirm. Und selbst wenn sie für den GPS-Satelliten unsichtbar bleiben, werden alle Grenzübergänge mit Videokameras überwacht, die können Deutschland nicht unbemerkt verlassen.«

Voss ist niedergeschlagen, gerade erst hatte er das Gefühl, kurz vor einem Durchbruch zu stehen, die Jagd am Computer wirkte so leicht und mühelos. Auf dem Weg nach Hause beschließt er, gleich am nächsten Morgen in die Oderauen zu fahren, am besten in der Morgendämmerung. Er wird seine Gummistiefel anziehen, den dunkelgrünen Filzhut aufsetzen, das Fernglas umschnallen und sein Bestimmungsheft in die linke Brusttasche des khakibraunen Hemdes stecken, das er sich bei einer Vogelsafari auf Island gekauft hat. Er wird wie ein Vogelbeobachter aussehen, der er ja schließlich auch ist. Voss spürt, dass er sich auf diesen Morgen freut, er muss sich mehrmals mahnend in Erinnerung rufen, dass er zu Arbeitszwecken in die Oderauen geht und keinesfalls zum Vergnügen. Andererseits kann es ja durchaus sein, dass die Autoschmuggler noch da sind, in diesem Fall wäre eine gute Tarnung vonnöten. Und welche Tarnung könnte besser sein als eine wahre, authentische Leidenschaft, zum Beispiel für den Schilfrohrsänger, der einer der wenigen Vögel ist, der sogar im Fliegen singt und der im Unteren Odertal seine Heimat hat. Der Gesang des Schilfrohrsängers ist eine Mischung rauer Schnarrtöne und wohltönender Laute, in denen er oft andere Vögel verspottet, indem er sie auf lustige Weise imitiert. Wobei er selbst in der Verballhornung noch besser klingt als die meisten seiner Kollegen im Original. Der Schilfrohrsänger ist ein Clown, ein genialer Entertainer, denkt Voss, vielleicht ist das der Grund, warum er nur so selten vorkommt.

SAMSTAG

Der Nebel steht wie Zuckerwatte über den Auen, als Voss am nächsten Morgen im Odertal eintrifft. Er hat die Stelle, an der die vier gestohlenen Audis verschwunden sind, auf einer Karte markiert, auf der jeder Feldweg, Höhenzug und Bachlauf eingezeichnet ist. Die Stelle befindet sich in Ufernähe, unweit des alten Zollhauses, an dem früher der Schiffsverkehr abgefertigt wurde, der über die Oder kam. Man müsste diese Stelle gut von einer Anhöhe einsehen können, die oberhalb eines Trockenhangs liegt, überlegt Voss. Dafür muss man allerdings einen weiten Bogen laufen. Voss' Gummistiefel glänzen im nassen Gras, in den letzten Tagen ist es wieder heißer geworden, hier in den Auen ist es im Sommer oft feuchtwarm wie in den Tropen, weil die verdunstete Feuchtigkeit von den umliegenden Hängen gehalten wird und schwer über dem Land liegt. Voss geht durch rotes Straußengras, das sich wie ein wogender Teppich über die Ebene erstreckt, Uferwinde blüht weiß am Wegesrand, mischt sich mit blauer Ochsenzunge, gelbem Hornklee und blassgelbem Johanniskraut. Voss folgt dem verkrauteten Weg, der in sanften Schwüngen auf die Anhöhe führt.

Von hier oben kann man das Tal überblicken. Voss sieht die tiefgrünen Wiesen, die toten Bäume, die aus dem morastigen Boden ragen. Verlandete Altarme der Oder ziehen sich wie dunkle Adern durch die Landschaft, umgeben von Schlehenhecken und Schafweiden. Hinter einem breiten Schilfgürtel erahnt man die Oder, die noch von einer weißen Nebelbank bedeckt ist. Die andere, die polnische Uferseite, steigt schroffer in die Höhe, ist steinig und bewaldet. Voss sieht die Polder an der Oder, diese mächtigen Stahlwehre, durch die das Wasser Mitte November in die Auen fließt und das Land bis zum Winterdeich überschwemmt. Man kann sich jetzt im Sommer kaum vorstellen, dass das Tal sich im Winter in eine große Seenkette verwandelt, die nur noch von schmalen Landzungen durchsetzt ist. Im Frühjahr werden die Polder geschlossen, das Wasser fließt langsam ins Oderbett zurück und gibt das Land wieder frei.

Dieser stete Wechsel der Gezeiten hat das Odertal zu einer Auen-Wildnis werden lassen, wie man sie in Europa kaum noch kennt. Die einzigen Bäume, die im Schwemmland überleben, sind die mächtigen Silber- und Purpurweiden, die mit ihren weitverzweigten Wurzelsystemen selbst unter Wasser atmen können und sich so vor dem Tod durch Verfaulen schützen. Als dichte, runde Bauminseln stehen die Weiden in den flachen Auen und werden sogar von den Bibern verschont, die lieber an geschwächtes Holz gehen, als sich an gesunden Bäumen zu vergreifen. Durch sein Fernglas erkennt Voss das weiße Zollhaus mit den vergitterten Fenstern, zu dem ein Plattenweg führt. Von den Autos ist nichts zu sehen. Er steigt den Trockenhang hinunter, durchquert die Ebene und steht eine Viertelstunde später genau da, wo am Abend zuvor die vier Audis verschwunden sind. Die nächsten Stunden verbringt er damit, akribisch die Gegend um das leer stehende Zollhaus zu erkunden. Er sucht nach einem Unterstand, nach einem Versteck, tief genug, um ein GPS-Signal abzuschirmen, aber er findet nichts. Auch das Zollhaus ist offensichtlich leer, die Türen und Fenster sind mit Holzplatten vernagelt. Im Gras und auf der feuchten Erde um den Weg herum kann er ein paar frische Reifenspuren ausmachen. Er ruft Frau Kaminski an und bittet sie umgehend her.

Inzwischen strahlt die Sonne vom Himmel. Voss steht barfuß am Oderufer, er hat seine Gummistiefel ausgezogen, sein Khakihemd ist bis zum Bauchnabel aufgeknöpft, den grünen Filzhut hat er tief in die Stirn gezogen. Warum sind die Autoschieber hierhergekommen? Es gibt kaum eine Gegend, in der vier Audi Q7 mehr auffallen würden. Sicher, es kommt hier selten jemand vorbei, aber wenn doch, dann kann man sich nicht verbergen. Der Soko-Chef hat ihm am frühen Morgen eine Nachricht geschickt, in der stand, dass die gestohlenen Wagen an keinem der umliegenden Grenzübergänge gesichtet wurden. Sie sind verschwunden, wie weggezaubert.

Am Rand des Plattenwegs, der aussieht wie eine der alten Panzerstraßen, die Voss aus dem Sternekorper Forst kennt, liegen ein paar zersplitterte Muscheln. Voss weiß, dass Fischotter manchmal Muscheln aus dem Wasser holen und sie an Land mit einem Stein zertrümmern. Es heißt, sie seien neben den Primaten fast die einzigen Säugetiere, die Werkzeuge benutzen. Voss hat noch nie einen frei lebenden Fischotter aus der Nähe gesehen, und da er sowieso nicht weiß, was er noch tun könnte, bevor Frau Kaminski mit ihren Leuten von der Spurensicherung ankommt, beschließt er, sich auf die Suche nach dem Fischotter-Bau zu machen, der hier ganz in der Nähe sein muss. Voss ist vor Jahren aus Versehen in den Vortrag eines Fischotter-Experten geraten, der in der Naturakademie in Stuttgart stattfand. Eigentlich wollte er damals zur Präsentation von Professor Mihitsu, des weltweit führenden Braunkehlchen-Forschers aus Japan, hatte sich aber offenbar im Tag geirrt, und weil er nun schon mal da war, hörte er sich an, was der Fischotter-Experte zu sagen hatte.

Faszinierend sind diese Tiere, das muss Voss zugeben, dessen Tierbegeisterung sich normalerweise auf Vögel beschränkt. Zum Beispiel, erinnert er sich, haben Fischotter eine ausgeklügelte Methode, um ihren Bau anzulegen: Sie tauchen und graben sich etwa fünfzig Zentimeter unter der Wasseroberfläche in die Uferböschung. Von dort arbeiten sie sich schräg nach oben und heben einen Wohnkessel aus. Durch den Unterwassereinstieg schützen sie sich vor natürlichen Feinden, aber sie brauchen trotzdem Luft in ihrem Bau, weshalb sie einen schmalen Gang zur Erdoberfläche schaffen. Der Fischotter-Experte hat erzählt, diese Luftschächte würden wie Maulwurfshügel aussehen. Also macht sich Voss am Ufer auf die Suche und stößt schon bald auf einen Hügel, in dessen Mitte ein Loch zu erkennen ist. Voss steckt vorsichtig eine Weidenrute in den Kanal, die Rute lässt sich mühelos einen Meter ins Erdreich versenken, plötzlich hört er ein Platschen im Wasser und sieht den Fischotter, der gerade aus seinem Bau vertrieben wurde.

Begeistert geht Voss näher zum Ufer und hofft, noch einen Blick auf das scheue Tier zu erhaschen, aber der Fischotter ist verschwunden. Voss bemerkt, dass die Uferkante seltsam glatt und gerade ist, als hätte man mit einem langen Brett die feuchte Erde angedrückt. Er will sich das näher anschauen, zieht seine Hose aus, steigt ins Wasser, tastet vorsichtig mit dem Fuß nach dem Grund, der fester ist, als er gedacht hätte. Voss watet tiefer ins Wasser, das ihm jetzt bis zum Bauchnabel reicht, und sieht, dass die Uferkante auf einer Länge von mindestens zwanzig Metern dieses glatte Profil hat. Außerhalb dieses Bereichs ist die Uferkante wellig und zerklüftet. Die scharf gezogene Erdkante, die im oberen Drittel der Böschung beginnt und bis zur Wasseroberfläche reicht, ist noch nicht von der Oderströmung rund gewaschen, was vermuten lässt, dass diese Spur noch nicht besonders alt ist.

Frau Kaminski erscheint an der Uferkante, sie winkt Voss zu, der ein kurioses Bild abgeben muss, wie er da bis zum Bauch im Wasser steht, mit offenem Hemd und Jägerhut, mitten in der Oder.

»Ich weiß nicht, Chef, ob ein Bad hier wirklich zu empfehlen ist.«

»Ich bade nicht, Frau Kaminski, ich begutachte Spuren, kommen Sie ins Wasser und sehen Sie selbst.«

Es dauert eine Weile, bis Voss seine Kollegin davon überzeugt hat, dass er keine Scherze macht, dass es ganz im Gegenteil ein Arbeitsauftrag ist, sich ihrer Hosen zu entledigen und zu ihm in das dunkle Wasser der Oder zu steigen. Sie wirkt deswegen nicht böse, sondern eher amüsiert. Voss watet ihr entgegen, hilft ihr, die Böschung hinunterzusteigen, dann stehen sie nebeneinander mit den Füßen im Oderschlamm und betrachten das Ufer.

»Ich denke an ein Schiff, das hier angelegt und die Uferkante platt gedrückt hat«, sagt Voss, »das könnte auch erklären, warum die Autos an keinem der Grenzübergänge gesehen wurden.«

»Die haben hier ihren eigenen Grenzübergang geschaffen«, sagt Frau Kaminski nachdenklich, »wie früher, als die Grenze zu Polen noch zu war, da haben die Bauern in ihren Ruderbooten Schweine oder Schafe nach drüben gebracht und dafür kistenweise Wodka bekommen.«

»Wann war das?«

»Ach, Ende der Sechziger, da waren Sie noch nicht geboren, Chef, aber ich weiß es noch, wenn so ein Wodka-Boot zurückkam, war das ganze Dorf tagelang besoffen.«

»Ich verstehe nur nicht, warum die Autoschmuggler so ein Schiff einsetzen, das ist doch ziemlich kompliziert, an den Grenzübergängen finden keine Kontrollen mehr statt, warum sind die nicht einfach über eine der Brücken gefahren, in Schwedt oder weiter nördlich in Mescherin? Wozu dieser ganze Aufwand, nur um über die Oder zu setzen?«

»Vielleicht wollten sie ja gar nicht zum gegenüberliegenden Ufer«, sagt Frau Kaminski.

Voss lässt seine Hände durch das Wasser gleiten, in dem sie beide immer noch bis zu den Hüften stehen. »Ach, Sie meinen, die haben nicht einfach übergesetzt, sondern sind flussaufwärts oder flussabwärts gefahren?«

»Mein Großvater und mein Vater waren Oderschiffer, deshalb kenne ich die Gegend hier ganz gut. Hinter dem Marienhofer Wehr teilt sich der Fluss und schafft eine Art Zwischenstromland, das von alten Wasserarmen und Kanälen durchzogen ist, auf denen man zwischen der West-Oder und der Strom-Oder hin- und herfahren kann. Man kann sich dort allerdings auch schnell verlieren, die Kanäle sind wie ein Labyrinth.«

»Könnte man dort ein Schiff mit vier Autos eine Zeit lang verschwinden lassen?«

»Wenn die Wasserarme tief genug sind, wäre es ein ideales Versteck, es ist ein Niemandsland, in das sich keiner hineinwagt.«

»Was meinen Sie«, fragt Voss, der Frau Kaminski gebannt zuhört, »ist der Boden in diesem Zwischenstromland stabil genug, um dort zum Beispiel eine Werkhalle zu bauen? Der Soko-Chef erzählte, es müsse irgendwo riesige Werkstätten geben, in denen die gestohlenen Autos auseinandergebaut werden. Bisher hat die Soko nur kleine Werkstätten entdeckt.«

»Ich weiß es nicht, ich bin noch nie dort gewesen, ich könnte mir vorstellen, dass die Böden sehr sumpfig sind, allein die Zahl der Mücken muss jetzt in dieser Jahreszeit phänomenal sein. Aber eine andere Sache, Chef, mir wird langsam kalt, wollen wir wieder ans Ufer?«

Die Kollegen von der Spurensicherung wirken amüsiert, als sie Frau Kaminski und Voss mit nassen Unterhosen an der Uferböschung erblicken. Die Auswertung der Reifenspuren hat bereits begonnen, es sieht so aus, als stammten die Spuren in der Tat von den vier Audis, über deren Standardbereifung sich die

Kollegen informiert haben. Voss und Frau Kaminski gehen den Plattenweg bis zum Wasser, wenn man genau hinsieht, erkennt man, dass die Betonplatten sogar noch ein paar Meter ins Wasser hineinführen.

»Das ist wahrscheinlich eine der russischen Panzerstraßen, die 1968, nach dem Prager Frühling, gebaut wurden«, sagt Frau Kaminski.

»Warum das?«

»Auch da waren Sie noch nicht geboren, Chef.«

»Ja, tut mir leid, daran werde ich nichts mehr ändern können, erzählen Sie mir trotzdem, was vor meiner Geburt so passiert ist?«

Frau Kaminski sagt, sie wisse das alles auch nur von ihrem Vater. Die Oderschiffer hätten damals für die Russen das Material heranschaffen müssen, als die Zuwege hier gebaut wurden. Es ging darum, im Alarmfall so schnell wie möglich mit den russischen Schwimmpanzern nach Polen zu gelangen, falls es dort erneut einen Aufstand gebe, oder einen Angriff der NATO-Truppen. 1968 in Prag habe es ewig gedauert, bis die sowjetischen Verbände eingetroffen seien, das sollte sich nicht wiederholen. Später, sagt Frau Kaminski, habe es ja dann auch geklappt. Sie erzählt von 1981, als in Polen wegen der aufstrebenden Solidarnośź-Bewegung das Kriegsrecht verhängt und die gerade mal acht Jahre geöffnete Grenze an der Oder wieder für jeglichen Besuchsverkehr geschlossen wurde.

»Die Panzer fuhren durch die Oder, in riesigen Kolonnen, es sah aus wie im Krieg«, sagt Frau Kaminski.

Voss schüttelt ungläubig den Kopf. »Warum war die Grenze zwischen der DDR und der Volksrepublik Polen nach dem Krieg eigentlich so lange geschlossen? Es waren doch zwei sozialistische Länder, es war doch eine Friedensgrenze?«

Frau Kaminski bleibt stehen, sieht ihn ernst an. »Wie Sie an meinem Namen unschwer erkennen können, kommt meine Familie von der anderen Oderseite, und ich kann Ihnen sagen, diese sogenannte Friedensgrenze war in Wirklichkeit die verschlossenste, die bestbewachte Grenze, die es je zwischen Polen und Deutschland gegeben hat. Nur wenn man eingeladen war oder einer offiziellen Reisegruppe angehörte, durfte man nach Polen.«

»Und die Wodka-Boote?«

»Die kamen durch, weil die Schiffer den Fluss besser kannten als die Grenzer. Für alle anderen war die Oder vom Ende des Krieges bis 1972 undurchlässiger als die Berliner Mauer. Es gab sogar Grenzverletzer, die erschossen wurden, aber darüber hat natürlich nie jemand gesprochen.«

»Aber warum?«, fragt Voss.

»Die Menschen sollten vergessen, vor allem die vielen, die vorher in der Neumark oder in Schlesien gelebt hatten. Einige meiner Tanten und Cousinen sind drüben geblieben, meine Eltern haben sie erst Jahrzehnte später wiedergesehen. Die Grenze war geschlossen, damit keiner zurückkehrte, damit auf der anderen Seite alles polnisch werden konnte. Der Frieden war nur mit geschlossener Grenze möglich, daher wohl auch der Name.«

Voss denkt an Onkel Wadi, an den Adler aus Stein am polnischen Oderhang, an die traurigen Augens seines Vaters, er lässt den Blick über das Wasser schweifen, das glatt und träge in der Sonne liegt. Wie viele Menschen an diesem Fluss gestorben sind, um Reiche zu vergrößern, um Kriege zu gewinnen. Früher sind hier die Panzer durchgefahren, heute ist das Odertal ein deutsch-polnisches Naturschutzgebiet. Ein wildes Vogelparadies. Es scheint, als wäre die Last der Geschichte im dunklen Oderwasser versunken, aber auch das, denkt Voss, ist wohl nicht mehr als eine Illusion.

Eine Stunde später legt ein von Voss herbeigerufenes Boot vom Bundesgrenzschutz am russischen Panzerweg an. Voss zeigt den Kollegen die Spuren an der Uferkante und fragt, ob sie es für möglich halten, dass die gestohlenen Autos hier auf ein Schiff verladen wurden. Die Grenzschützer, zwei ältere Männer mit vom Wind gegerbten Gesichtern, betrachten skeptisch das Ufer. Sie sagen, grundsätzlich sei alles möglich an der Oder, vor ein paar Jahren seien Autodiebe bei niedrigem Wasserstand durch den Fluss gefahren. Das heißt, sie hätten es versucht, seien dann aber in der Mitte stecken geblieben und hätten ihre Beute zurücklassen müssen. Wenn überhaupt, sagen die Grenzschützer, dann sei es ein Stromschubschiff gewesen, das habe mit einer kleinen Ladewanne etwa die Länge und den Tiefgang, um eine Beladung direkt am Ufer möglich zu machen. Dass man mit so einem Schubschiff in die engen Kanäle des Zwischenstromlandes hineinkomme, das halten die Grenzschützer allerdings für unwahrscheinlich. Wobei sie zugeben müssen, dass sie selbst noch nicht oft in dem Gebiet waren. Man fahre sich leicht fest und komme nicht mehr raus, sagen sie, willigen dann aber doch ein, Voss und Frau Kaminski hinzubringen, weil ja, wie gesagt, an der Oder alles möglich ist.

Das Schnellboot der Grenzpolizisten macht keine große Welle, aber es genügt, um das träge Wasser der Oder auf ganzer Breite in Bewegung zu bringen. Es wirkt so, als führe das Boot kleine, runde Stufen in den glatten Strom. Voss fällt auf, dass er in der ganzen Zeit, seit er hier ist, nicht ein einziges Schiff gesehen hat. Die Grenzer sagen, das sei normal, die Oder sei eben keine Wasserstraße mehr wie früher. Als sie »früher« sagen, schleicht sich eine traurige Schwere in ihre Stimme, und auch Frau Kaminski, die Oderschiffer-Enkelin, nickt wissend und bedrückt. »Ganz früher war es nämlich so«, sagt Frau Kaminski, »dass auf der Oder mehr Schiffe fuhren als auf dem Rhein. Es gab die Passagierschiffe und die Lastkähne, die zwischen Berlin und

Stettin unterwegs waren. Die Schleppdampfer brachten Kohle nach Berlin und Erz nach Breslau und Magdeburg.« Manchmal, sagen die Grenzpolizisten, die hier auf dem Wasser auf einmal wie zwei richtige Seebären wirken, sei die Oder so voll mit Schiffen gewesen, dass es Staus gab. Und bevor Voss noch fragen kann, warum das nun später alles verloren ging, erzählt Frau Kaminski von ihrem Vater, der einer der letzten Stromschiffer gewesen sei, die zwischen Schwedt und Berlin unterwegs waren, und der seine Arbeit verlor, keine zehn Jahre nachdem die Oder zum Grenzfluss wurde. Weil weder die DDR noch Polen die Mittel hatten, die einstmals so bedeutende Wasserstraße am Leben zu halten, weil der Fluss nur noch trennte und nicht mehr verband. So kam es, dass die Ufer verschilften, dass die Fahrrinnen verlandeten, dass die Natur sich die Oder zurückholte. Voss muss an Maja denken, wo sie jetzt wohl gerade ist?

Sie erreichen das Zwischenstromland, das von Weitem wie ein Dschungel aussieht, in den schmale und breitere Einfahrten führen, die mit Seerosen zugewachsen sind. Tote Bäume ragen in den Himmel, umgefallene Stämme liegen von wilden Himbeersträuchern und Brennnesseln überwuchert im Morast. Sie fahren in einen Flussarm, der immer breiter zu werden scheint, einer der Grenzer prüft die Tiefe mit einer Bootsstange, die im schwarzen Wasser verschwindet, ohne den Grund zu erreichen. Mit gedrosseltem Motor gleiten sie fast lautlos durch den feuchtwarmen Urwald, Voss sieht eine Pfeifentenfamilie im Schilf. Er denkt, dass es für den Vater von Frau Kaminski sicherlich schlimm war, als er nicht mehr über die Oder schippern durfte, andererseits hat er noch nie eine so unberührte Landschaft gesehen, ein Schwarm Graureiher fliegt laut schreiend auf, was auch die Besatzung des Bootes zusammenschrecken lässt.

Der Flussarm verengt sich auf etwa vier Meter, wird dann aber wieder breiter, die Tiefenmessung mittels Bootsstange ergibt weiterhin reichlich Wasser unter dem Kiel, sie kommen an eine Stelle, an der ein breiter Kanal ihren Flussarm kreuzt. Voss gibt dem Grenzer am Steuerrad ein Zeichen anzuhalten. Er betrachtet das bis ins Wasser reichende Ufergebüsch des einmündenden Kanals, an dem einige Zweige frisch abgebrochen sind. Auch ein paar abgerissene Seerosen schwimmen in der Mitte des Kanals. Sie folgen dem neuen Wasserweg, der zweite Grenzer behält den Kompass im Auge, Voss spürt die Sonne im Genick, er weiß, dass sie bei der Einfahrt ins Zwischenstromland südwestlich stand, sie haben also den Kurs nur leicht verändert. Kurz danach steigt das Gelände um sie herum leicht an, hier wachsen sogar wieder richtige Bäume, weil die Ulmen, Eschen und Stieleichen, die Voss erkennen kann, offenbar genug Erde zum Gedeihen haben. Auch die Sträucher wuchern hier kräftiger, bilden ein dichtes Dach über dem Wasser und tauchen nun alles in ein schummeriges Licht. Frau Kaminski weist stumm auf die Uferkante, die hier genauso abgeflacht ist wie am alten Zollhaus. An den Sträuchern sind dicke Äste abgeknickt, die Bruchstellen sind hell und feucht, es gibt nun keinen Zweifel mehr, dass hier erst vor Kurzem ein größeres Schiff langgefahren ist. Jetzt kommen auch die Mücken, in dichten Schwärmen stürzen sie sich auf die ungeschützte Besatzung, nur Frau Kaminski wird von ihnen verschont. »Das sind die Stromschiffer-Gene«, sagt sie.

Etwa hundert Meter weiter fliegen ein paar Stockenten auf, sie schlagen mit den Flügeln, schreien, können sich kaum wieder beruhigen. Voss zeigt mit dem Finger in die Richtung, zieht die Waffe aus dem Holster und lädt seine SIG Sauer durch. Die Grenzpolizisten sehen ihn mit großen Augen an und tun es ihm nach. Schweigend fahren sie im Schritttempo weiter, nur der Dieselmotor brummt leise und lässt den Schiffskörper kaum merklich vibrieren. Voss hört ein Knacken im Dickicht, das kann kein Vogel sein, und andere, große Tiere wird es hier nicht geben, denkt er. Erneut hallt das Krachen eines toten Astes durch die feuchtwarme Luft, gefolgt von immer schneller aufeinanderfolgenden Geräuschen. »Da rennt jemand«, ruft Voss. Der Steuermann zieht am Gashebel, der Motor grunzt im brackigen Wasser und beschleunigt das Boot. Sie fahren in eine Kurve, die Bugwelle klatscht an die Uferkante. Voss hört laute Stimmen im Dickicht, erblickt vier Männer, auf die sie nun geradewegs zufahren. Dann sieht er das Mündungsfeuer, hört das metallische Rattern einer Maschinenpistole, er wirft sich auf das Bootsdeck, zieht im Fallen Frau Kaminski mit, die schockiert stehen geblieben war. Neben ihm bricht einer der Grenzer blutend zusammen, der andere kauert hinter dem Steuerrad, reißt den Gashebel nach hinten und lässt das Boot mit maximaler Geschwindigkeit davonrasen. Durch die Beschleunigung fährt der Schiffsbug aus dem Wasser, und Voss, der am Heck liegt, ist kaum noch durch die niedrige Reling geschützt. Er sieht jetzt den Mann mit der Maschinenpistole, der neben einem Baum steht und erneut das Boot ins Visier nimmt. Voss entsichert seine Waffe und feuert einen Schuss ab, der einen Meter über dem Kopf des Mannes im Baumstamm einschlägt. Der Mann zuckt zusammen, Voss feuert erneut, gibt kurz hintereinander drei Schüsse ab. Der Mann erstarrt, blickt erstaunt hinüber und fällt getroffen zu Boden. Voss feuert weiter in die Richtung des Baumes, die anderen dürfen nicht mehr zum Schießen kommen, bis sie außer Sichtweite sind. Das Boot fährt in eine Kurve und verschwindet hinter dichten Büschen.

Als sie das Zwischenstromland nach längerem Herumirren endlich verlassen, drosselt der Steuermann die Geschwindigkeit. Der verletzte Grenzpolizist liegt stöhnend an der Reling, Frau Kaminski hat ihn auf die rechte Seite gerollt und eine Decke unter seinen Kopf gelegt. »Zwei Einschusslöcher in der Beckengegend, wahrscheinlich sind die Projektile in den Knochen eingedrungen, innere Organe scheinen nicht verletzt zu sein, aber das ist nur eine Vermutung, ich bin ja nicht Dibbersen«, sagt sie.

Sie bringen den verletzten Kollegen nach Schwedt, wo an der Stadtbrücke ein Krankenwagen auf sie wartet. Voss versucht in der Zeit, mithilfe des Polizeidirektors genügend Leute zusammenzubekommen, um das Zwischenstromland durchkämmen zu können. Allerdings erweist sich das Vorhaben als kompliziert, weil nur der Bundesgrenzschutz und die Wasserschutzpolizei über Boote verfügen, von denen die meisten weiter entfernt stationiert sind. Außerdem sind die Kollegen von der Wasserschutzpolizei nicht dafür ausgerüstet, Auseinandersetzungen mit schwer bewaffneten Gegnern zu führen.

Gegen sechzehn Uhr patrouilliert ein Hubschrauber der Bundespolizei über dem Zwischenstromland, der Pilot ist angewiesen, über sechshundertfünfzig Fuß hoch zu fliegen, um nicht in das Feuer der Maschinenpistole zu geraten. Spezialisten vom Landeskriminalamt filmen das Gelände mit hochauflösenden Kameras, allerdings wird auf den Aufnahmen später nichts zu erkennen sein, was auf irgendwelche menschlichen Aktivitäten schließen lässt.

Um neunzehn Uhr starten von Schwedt und Garz aus zwei gepanzerte Boote der Bundespolizei mit jeweils fünf Mann an Bord. Die Beamten sind mit Helmen, schutzsicheren Westen und Schilden ausgerüstet, sie kreuzen durch die Kanäle und Flussarme, bis die Nacht hereinbricht. Das Gebiet rund um die Stelle, an der Voss und seine Kollegen beschossen wurden, wird besonders genau untersucht. Die Bundespolizisten finden auf einer Landzunge ein paar leere Zigarettenschachteln, eine Feuerstelle, zwei leere Bierdosen, einhundertvierundzwanzig Zigarettenstummel, vierunddreißig Patronenhülsen des Kalibers 5,56 Millimeter, eine Blutlache neben einem Baum und ein noch verschlossenes Gewürzgurkenglas, das offenbar aus einem polnischen Supermarkt stammt. Eine Werkhalle, eine Werkstatt oder irgendeine Art von fester Unterkunft ist nicht auszumachen.

Als Voss abends von den Kollegen zu seinem Auto zurückgebracht wird, das er am Morgen an den Oderauen abgestellt hat, lässt er noch mal alles an sich vorbeiziehen. Vielleicht, überlegt er, hat dieses Labyrinth in der Oder dieselbe Funktion für die Autoschmuggler wie der Parkplatz hinter Bernau. Es ist eine sichere Zwischenstation auf einem langen Weg. Die Spuren an den Uferkanten, die sorgfältig untersucht wurden, scheinen die Vermutung zu bestätigen, dass dort noch vor kurzer Zeit ein größeres Schiff lag. Es ist allerdings auch möglich, dass Holger Madsen, der Soko-Chef, recht hat. Madsen, der mit seinen Leuten bei der Suche mithalf, glaubt nicht daran, dass die Autos auf ein Boot verladen wurden. Er sagt, das widerspreche komplett dem Handlungsmuster dieser Schmuggler, das darin bestehe, die einfache Lösung stets der komplizierten vorzuziehen. Und so eine Bootssache sei eben verdammt kompliziert. Madsen denkt, die Männer, die auf sie geschossen haben, könnten einen ganz anderen Grund gehabt haben, sich dort zu verstecken. Voss glaubt nicht an Zufälle, schon gar nicht an so viele. Außerdem hat er das Gefühl, dass Madsen schon aus Prinzip die Möglichkeit eines Schiffstransports ausschließt, weil er ja sonst erklären müsste, warum er selbst nicht darauf gekommen ist. Bliebe allerdings die Frage, wo das Schiff mit den Autos hingefahren ist, entsprechende Auskunftsersuchen sind bereits an alle Kontrolleinheiten entlang der Oder geschickt worden, womöglich ist das Stromschubschiff ja irgendwo aufgefallen, zumal bei dem geringen Verkehr, den es offenbar auf der Oder gibt.

Zu Hause in Sternekorp fällt Voss erschöpft ins Bett, er hat nicht mal mehr die Kraft, nach seiner Mutter zu schauen, was er normalerweise immer tut, bevor er schlafen geht. Zur Ruhe kommt er dann trotzdem lange nicht, er muss daran denken, dass es jetzt genau eine Woche her ist, dass er mit Maja auf der polnischen Hochzeit getanzt hat. Wieder einmal, zum tausendsten Mal bestimmt, fragt er sich, wo sie jetzt wohl gerade ist, ob sie schon schläft. Seine Hand gleitet über ihren Brief, der auf dem Nachttisch liegt. *Bitte suche nicht nach mir. Es geht mir so gut es gerade gehen kann. Du fehlst mir.* Er muss ihren Bruder finden, sobald er wieder ein bisschen Luft hat. Er muss sie finden. Seine Gedanken schweifen ab, er denkt an das Geräusch der Projektile, die in die Bootswand einschlugen. Nur ein metallisches Klacken war zu hören, das nichts von der Kraft und Gefahr der Geschosse verriet. Er denkt an das blasse Gesicht des Mannes, der neben dem Baum zusammensackte. Er sieht ihn dicht vor sich, das Erschrecken in den Augen. Kurz nach Mitternacht kommt eine SMS von Frau Kaminski. Der verletzte Kollege vom Bundesgrenzschutz ist außer Lebensgefahr. Offenbar hat sie die ganze Zeit bei ihm im Krankenhaus verbracht.

SONNTAG

Ein Teekessel pfeift, Dampf dringt aus der Tülle, das kochende Wasser lässt den Kessel auf dem Herdfeuer erzittern. Das Pfeifen wird immer höher und schriller, schon hüllt der Dampf die Küche ein. Auf einmal hebt der Teekessel ab, fliegt zur Decke, dreht ein paar gewagte Runden. Voss steigt auf eine Leiter, versucht, den fliegenden Teekessel einzufangen, aber sobald er sich dem dampfenden Flugobjekt nähert, weicht der Kessel geschickt aus. Voss versteht, dass er dieses blöde Ding nur fangen kann, wenn er selbst hinterherfliegt, er springt von der obersten Stufe – und landet hart auf dem Küchenboden.

Vom Aufprall wacht Voss auf, stellt beruhigt fest, dass er in seinem Bett liegt, und ist doch gleich wieder beunruhigt, weil das Pfeifen noch immer da ist. Er öffnet die Augen, erblickt das Handy, das die Hospitantin ihm geschenkt hat, auf dem Nachttisch, braucht dann noch ein paar Sekunden, bevor er endlich kapiert, dass offenbar der GPS-Alarm losgegangen ist. Auf dem Handydisplay ist nichts zu sehen, aber als Voss auf das rote Zeichen drückt, mit dem man normalerweise Anrufe beendet, hört auch das Pfeifen endlich auf. Er horcht in die morgendliche Stille, die Mutter scheint noch zu schlafen. Voss wählt die Handynummer von Holger Madsen.

»Morgen Voss«, flüstert Madsen, »warten Sie, ich verlasse nur schnell das Schlafzimmer, bevor meine Frau mich umbringt.«

Voss hört ein Rumpeln und eine Tür, die auf- und zugeht. »So, jetzt können wir reden. Haben Sie das Signal gesehen?«

»Gesehen nicht, nur gehört«, sagt Voss.

»Vielleicht ist Ihr Handynetz zu schwach. Ich habe einen Alarm in Poznan, leider weiß ich genau, woher er kommt.«

»Warum leider?«

»Es ist der Markt für Autoteile, der größte in ganz Europa. Offenbar haben die ein Auto zerlegt und eines der von uns präparierten Teile liegt jetzt gerade am Verkaufsstand eines kleinen Hehlers, der keine Ahnung hat, woher seine Ware kommt.«

»Warum bauen die so teure Autos auseinander?«

»Das ist eine sehr gute Frage. Erst die Sache mit der Oderaue, jetzt der Teilemarkt. Das ergibt alles keinen Sinn! Normalerweise gehen Autos dieser Kategorie direkt und so schnell wie möglich in das Bestimmungsland. Mit dem Verkauf der Teile lässt sich etwa ein Drittel dessen erzielen, was man für das komplette Auto bekäme. Und das Auseinanderbauen macht noch zusätzlich Arbeit.«

»Vielleicht sind sie durch die Schießerei misstrauisch geworden und wollen die Ware schnell loswerden, ohne ihre Vertriebswege zu verraten.«

»Lieber Kollege Voss, ich arbeite jetzt seit zehn Jahren im Bereich der KFZ-Bandenkriminalität und ich sage Ihnen, Ihre Theorien klingen nicht schlecht, aber sie sind fern jeder Realität. Ich weiß nicht, wer Sie da im Oderdelta beschossen hat, aber das waren höchstwahrscheinlich keine professionellen Autoschieber. Allein die Bewaffnung spricht dagegen, die Schüsse wurden aus einer AK47 abgegeben, und wir haben es in diesen ganzen Jahren noch nie erlebt, dass Autoschieber mit einer Kalaschnikow in der Gegend herumgeballert hätten. Die agieren anders, weichen Konflikten in der Regel aus. Hätten Sie auf der Oderinsel wirklich Autoschieber überrascht, dann hätten die sich versteckt und nicht das Feuer eröffnet.«

»Die konnten sich nicht mehr verstecken, wir sind genau auf die zugefahren, wahrscheinlich hätten sie sonst versucht, uns auszuweichen. Vielleicht haben Sie ja recht, aber ich finde, wir müssen jetzt trotzdem dieser Spur folgen, egal, wie sehr das alles von den Ihnen bekannten Mustern abweicht. Ich habe einen Mord aufzuklären und seit gestern auch noch den Mordversuch an einem Bundespolizisten.«

»Machen Sie, was Sie wollen, Kollege Voss, aber ich sage Ihnen, es bringt nichts, irgendwelchen Einzelteilen hinterherzujagen, Sie schnappen da nur kleine Fische und kommen nicht an die Hintermänner. Und falls die Schmuggler wirklich nervös sein sollten, dann machen Sie die nur noch nervöser. Außerdem wissen Sie hoffentlich, dass Sie kein Ermittlungsmandat auf polnischem Territorium haben, das muss über die deutsch-polnische Koordinierungsstelle gehen.«

»Ich habe doch lediglich vor, möglicherweise an meinem freien Sonntag das schöne Poznan zu besuchen, dort ein wenig umherzuschlendern und wieder nach Hause zu fahren. Braucht man für so was neuerdings ein Ermittlungsmandat?«

»Voss, ich weiß, Sie haben ungewöhnliche Ermittlungsmethoden, aber hier irren Sie sich, hören Sie auf mich, Sie bringen sich selbst und die gesamten Ermittlungen in Gefahr.«

»Ich nehme Ihre Warnung zur Kenntnis«, sagt Voss. Er hört Madsens wütende Atmung und überlegt, ob der Kollege nicht doch recht hat. Andererseits wollte er ohnehin nach Poznan, um Majas Bruder zu finden. Madsen räuspert sich, seine Atmung wird wieder ruhiger.

»Ich werde Ihnen nachher noch die Fotos mailen, die wir auf dem Parkplatz in der Nähe von Bernau von den Kurieren gemacht haben, vielleicht haben Sie einen von denen schon mal gesehen, auf der Baustelle Ihres Opfers oder irgendwo anders.«

»Danke, Herr Madsen, ich wünsche Ihnen einen schönen Sonntag.« Nachdem Voss aufgelegt hat, grübelt er noch ein wenig, aber eigentlich ist die Entscheidung längst gefallen.

Die Strecke führt über Frankfurt/Oder auf die Autobahn, dann immer geradeaus. Voss mag diese langen, monotonen Fahrten, er kann ein wenig vor sich hin träumen, ohne gleich einen Unfall zu riskieren. Ihm fällt auf, wie modern die polnische Autobahn ist, was nicht etwa daran liegt, dass die deutsche Autobahn, die er gerade passiert hat, alt oder schrottig wäre. Aber die polnische ist eben noch ein bisschen toller. Ab dem blauen Schild mit den gelben Sternen am Fahrbahnrand, das darüber informiert, dass er sich nunmehr in der Polnischen Republik befindet, ist der Straßenbelag heller und glatter. Majas alter Opel Kadett gleitet auf einmal wie ein Segelflugzeug über den Beton. Sogar die Autobahnbrücken sehen hier schicker aus, sie sind mit metallisch glänzenden Platten verkleidet, als wären es Basisstationen für Raumschiffe. Voss wundert sich, dass ihm das alles überhaupt auffällt, weil ihm Autobahnbrücken normalerweise egal sind. Warum sollen denn die Polen nicht die besseren Autobahnen haben? Ist doch okay. Und dann ärgert er sich über sich selbst, weil er spürt, dass er es eigentlich doch nicht okay findet.

Vielleicht liegt es an diesen wirren Gedanken, dass er das Abschleppfahrzeug nicht sofort bemerkt, das nun vor ihm fährt. Aus dem Fahrerfenster ragt eine Polizeikelle, auf der ein STOP-Zeichen blinkt. Voss verlangsamt die Fahrt, hält auf dem rechten Seitenstreifen. Zu schnell gefahren ist er ganz sicher nicht, das wäre mit Majas Auto schwierig. Aber warum soll er denn sonst anhalten? Dann erkennt er Zydan, der aus dem Auto steigt und breit grinsend auf ihn zukommt.

»Das liebe ich an euch Deutschen, Danny, ihr seid so diszipliniert und folgsam, dass ihr euch sogar von einem Typen in einem Pannenauto anhalten lasst, der eine Spielzeug-Polizeikelle aus dem Fenster hält.«

Voss weiß nicht, was er sagen soll, obwohl es sicherlich eine Menge guter Antworten gäbe. Das ist ein Problem, das er seit seiner Kindheit mit sich herumschleppt. Manchmal fällt ihm erst Tage später eine gute Antwort ein, und er stellt sich vor, wie es wohl gewesen wäre, sie sofort gewusst zu haben. Das lässt ihn dann allerdings nur noch zerknirschter werden.

»Hallo Zydan«, sagt Voss stattdessen, was selbst für seine Verhältnisse ziemlich fantasielos ist.

»Was ist los, warum fährst du durch meine Heimat, ohne mir Bescheid zu sagen?«

»Ich will rüber nach Poznan, du weißt schon ...«

»Ja, Majas Bruder. Aber ich weiß nicht, ob es klug ist, am Sonntag hinzufahren, ist immer sehr voll da, weges des Ersatzteilmarktes.«

»Ach, der Ersatzteilmarkt ...«

»Ja, der größte Hehlerplatz in ganz Europa, nirgendwo findest du mehr zerlegte deutsche Autos als dort.«

Voss überlegt, ob er Zydan von den neuesten Entwicklungen erzählen soll. »Wenn ich ehrlich bin, fahre ich auch wegen des Marktes dahin, es gibt da eine Spur ...«

»Hui, vorsichtig! Das ist geheimes Polizeiwissen, das kann man doch nicht jedem dahergelaufenen polnischen Privatdetektiv auf die Nase binden.«

»Ist schon gut, Zydan, ich habe verstanden, und was machst du hier?«

»Ich warte, ob eventuell ein alter Opel Kadett mit kleinen Plastikherzen am Lenkrad vorbeikommt, weil da womöglich mein Freund Danny drinsitzen könnte.« Zydan tätschelt Voss die Wange, der zuckt zusammen. »Na, nicht so schüchtern, alter Knabe, ich muss hier in der Nähe einen geklauten Mazda abholen und ihn auf meinen Parkplatz bringen, aber das kann warten, wenn du willst, komme ich mit nach Poznan, du kommst da sowieso nicht weit mit deinem deutschen Kennzeichen und deiner Hauptkommissars-Visage.« Zydan grinst, dann schaut er Voss ernst an. »Ich würde dich auch gerne um einen Gefallen bitten, aber darüber reden wir später. Und du kannst natürlich ablehnen. Nicht, dass du dich verpflichtet fühlst, nur weil der alte Zydan dir jetzt schon wieder hilft.«

Voss lächelt. Es muss dringend sein, wenn Zydan so einen Anlauf nimmt. Zydan zieht den Opel Kadett auf seinen Abschleppwagen, weil er das für die beste Tarnung hält, um auf den Teilemarkt nach Poznan zu fahren, dann geht es los. In der Fahrerkabine riecht es nach Diesel und Tabak, Voss nimmt sich eine Zigarette, der Rauch tut gut, es ist so, als könnte er alle Zweifel und Sorgen in den blauen Nebel packen und aus sich herauspusten. Voss erzählt Zydan von dem präparierten Auto, das nun zumindest teilweise in Poznan angekommen ist. Zydan sagt, wenn es Imeds Bande sei, die den Schmuggel organisiert habe, kämen eigentlich nur zwei Händler in Frage, er kenne da jemanden, der sich auf dem Markt diskret für sie informieren könne. Den Rest der Fahrt sitzen sie schweigend nebeneinander, im Autoradio läuft eine Sinfonie von Smetana. Sie fahren an Weizenfeldern und Kuhweiden entlang, manchmal taucht in der Ferne ein Dorf auf, aber nicht oft. Dieses Land hier wirkt noch leerer als die Gegend an der Oder. Im Autoradio läuft jetzt Katjuscha, das berühmte, russische Liebeslied, das Voss schon ewig nicht mehr gehört hat. Voss summt die Melodie mit, Zydan stimmt ein, singt sogar ein paar Zeilen. Nun fällt auch Voss der Text wieder ein, sie singen zusammen, immer lauter, Zydan auf Polnisch, Voss auf Deutsch.

O du kleines Lied von Glück und Freude
mit der Sonne Strahlen eile fort.
Bring dem Freunde geschwinde die Antwort
von Katjuscha Gruß und Liebeswort.

Die Melodie ist stürmisch und traurig zugleich, wie eigentlich alle russischen Lieder, die Voss kennt. Zumindest das war offenbar in allen sozialistischen Bruderländern gleich, denkt er, wir haben seltsame Lieder gesungen, an die wir uns bis heute erinnern können. Voss hat die Lieder sogar als Trick benutzt, als er Nicole kennenlernte, die in Stuttgart aufgewachsen war, also weit entfernt von jeglichem russischen Liedgut. Er brauchte Nicole nur ein paar Zeilen vorzusingen, am besten auf Russisch, und im Handumdrehen wurde aus einer eher rationalen Schwäbin ein in Gefühlen badendes Weib. Westfrauen und Ostmusik, das hat schon immer ganz gut zusammengepasst, denkt Voss.

Gegen Mittag kommen sie in Poznan an. Der Autoteilemarkt befindet sich in einem Gewerbegebiet etwas außerhalb der Stadt, den Weg dorthin kann man nicht verfehlen, es genügt, den Pritschenwagen und Lastern hinterherzufahren, die halbe oder ganze Autos oder auch mal eine Wagenladung Rückspiegel oder Stoßstangen transportieren. Etwa einen Kilometer vor dem Markt stauen sich die Transporter. Zydan fährt im Schritttempo an der Kolonne vorbei, bis sie zu einem Parkplatz kommen, groß wie zwei Fußballfelder und schon ordentlich gefüllt. Hinter einem gelben Drahtzaun beginnt der Markt. Voss sieht größere Bretterbuden und einfache Stände, die aus mehreren aneinandergestellten Tapeziertischen bestehen. Manche Verkäufer haben lediglich eine Plane auf dem Boden ausgebreitet, auf der die Ware liegt. Der Markt ist nach Bauteilen geordnet, erklärt Zydan. Im Süden ist alles zu finden, was mit Reifen, Felgen und Achsen zu tun hat, der Norden beherbergt Navigationsgeräte, Airbags, Autoradios und Antennen. Westlich sind Stoßdämpfer, Sitze, Türen und Heckklappen gelagert. »Und wie immer ist es im Osten am Schönsten«, sagt Zydan, dort gibt es Batterien, Anlasser, Steuergeräte, Getriebe und Motoren.

Fasziniert betrachtet Voss das geschäftige Treiben. Es ist wie eine Szene aus einem dieser Weltuntergangsfilme, in denen sich ein paar Überlebende im Zivilisationsschrott verkrochen haben. Dieser Markt ist ein düsterer Ort, an dem Reste des Wohlstands zerkleinert werden, die weiter westlich übrig geblieben sind.

»Und das ist alles geklaut?«, fragt Voss.

»Nein, etliche Teile kommen aus Unfallwagen, vielleicht die Hälfte, der Rest stammt aus gestohlenen Autos.«

»Und die Behörden schreiten nicht ein?«

»Einmal im Monat gibt es eine Razzia, alle wissen vorher Bescheid, so haben die Polizisten nicht zu viel Arbeit und die Hehler nicht zu viele Probleme. Außerdem läuft es auf eBay doch nicht anders, da ist der Hauptteil der Ware gestohlen, und keinen interessiert es.«

Sie gehen an einem Stand vorbei, an dem Autobatterien zu einer Pyramide aufgestapelt sind. Zydan gibt Voss ein Zeichen, auf ihn zu warten. Er verschwindet in einem Gang, in dem sich augenscheinlich die Katalysatoren-Händler eingerichtet haben. Der Geruch von gegrilltem Fleisch zieht durch die Luft, Voss folgt den Rauchschwaden und kommt an einen kleinen Platz, auf dem ein Feuer brennt. Gepäckträger aus Gusseisen hängen an Stahlkabeln über dem Feuer, auf dem schartigen Metall brutzeln riesige Schaschlik-Spieße. Voss kauft einen Spieß, isst das verbrannte Fleisch, trinkt ein Bier und kehrt zu der Autobatterie-Pyramide zurück, an der Zydan ihn bereits erwartet.

»Also, Teile von mehreren Audi Q7 sind heute Morgen angekommen, neuwertig, gute Qualität. Die kleinen Leichenfledderer hier sind ganz erstaunt, warum die schönen Wagen zerlegt wurden, das meiste ist schon verkauft.«

»Kamen sie von Imeds Bande?«

»Das lässt sich nicht so einfach nachvollziehen, weil die Teile offenbar über Zwischenhändler kamen. Am Ende war das für die Diebe wahrscheinlich eher ein Minusgeschäft, weil ein Zwischenhändler mindestens die Hälfte des Profits abzieht.«

»Warum sind sie dann über die Zwischenhändler gegangen?«

»Spuren verwischen, Rückverfolgung erschweren, die scheinen sehr vorsichtig zu sein.«

Voss holt das Handy der Hospitantin aus der Tasche, offenbar ist der Empfang jetzt besser, er kann auf dem Display sogar die Karte sehen, auf der sich ein roter Punkt Richtung Norden davonbewegt. Wer weiß, denkt Voss, wo dieser Hightech-GPS-Sender am Ende landet, und wie lange er noch sendet, aus dem nächsten dubiosen Auto, das bald sein neues Zuhause sein wird. Das Handy zeigt an, dass er mehrere neue Mails hat, auch eine Mail von Madsen ist dabei. Voss öffnet die Anhänge, wie die Hospitantin es ihm gezeigt hatte, es klappt, er sieht die Fotos der Auto-Kuriere durch, die der Soko-Chef ihm geschickt hat. An einem Foto bleibt er hängen, er braucht einen Moment, bevor er begreift, woher er diesen Typen kennt. Aber dann ist sich Voss sicher: Es ist der Mann, der im Zwischenstromland mit der Maschinenpistole auf sie geschossen hat.

Madsen ist ungehalten, als Voss ihn schon zum zweiten Mal an diesem Sonntag stört. Er sagt nichts, aber an seiner gepressten Atmung erkennt Voss die Verärgerung, die noch zunimmt, als auch dem Soko-Chef klar wird, dass Voss recht hatte mit seinen Vermutungen. Wenn es einer der Kuriere war, der auf das Polizeiboot geschossen hat, dann ist das der Beweis dafür, dass die Schmuggler ihr Diebesgut wirklich auf ein Schiff verladen haben und sich anschließend im Zwischenstromland versteckten. Wie hätten sie sonst auf diese Oderinsel kommen können? Voss versucht es Madsen möglichst leicht zu machen, indem er seinen Triumph mit keinem Wort erwähnt.

»Ist dieser Mann von Ihren Leuten schon irgendwann identifiziert worden?«, fragt Voss. »Ich glaube, dass er nicht tot ist, sondern nur verletzt.«

»Warten Sie, Voss, ich habe die Liste der Kuriere in meinem Computer.«

Es dauert eine Weile, bis Madsen die Liste gefunden hat, Voss läuft derweil unruhig hin und her, von der Autobatterie-Pyramide zum Anlasser-Berg und zurück. Zydan kommt vom Feuerplatz zurück, mit einem der Monster-Schaschliks in der Hand, als Madsen sich endlich wieder meldet.

»Also, der Mann wurde bereits vor zwei Jahren von uns registriert, gehört offenbar zum Stammpersonal. Er heißt Marek Wisniewski.«

Voss schließt die Augen, seine Gedanken verheddern sich, liegen wie ein dickes, verworrenes Knäuel in seinem Kopf. Es dauert, bis sich einer der Gedanken aus dem Knäuel lösen kann: Hoffentlich lebt er. Weil Voss sonst Majas Bruder auf dem Gewissen hätte.

»Hallo, Kollege Voss, haben Sie verstanden, was ich gerade gesagt habe?«

»Ja, habe ich, Entschuldigung, die Verbindung ist nicht besonders gut.«

»Sagt Ihnen der Name irgendwas?«

»Nein, leider nicht.«

»Ich gebe den Namen an die polnischen Kollegen, damit die Fahndung beginnen kann«, sagt Madsen. Er macht eine Pause und setzt etwas leiser hinzu: »Wie gefällt Ihnen die Altstadt von Poznan? Ist beeindruckend, oder, was man da so alles finden kann?«

»Ja, sehr beeindruckend, diese ganzen alten Dinge.«

Zydan hat die ganze Zeit Abstand gehalten, hat so getan, als würde er sich nur für seinen Schaschlik interessieren, jetzt schlendert er herbei und erkundigt sich betont beiläufig nach den Neuigkeiten. Voss erzählt von Majas Bruder, der in einem Schusswechsel mit deutschen Polizisten getroffen wurde und nun entweder tot oder schwer verletzt ist.

»Wo bringen die ihre Verletzten hin, Zydan?«

»Keine Ahnung, die haben nicht so oft Verletzte, weil sie meistens klug genug sind, nicht mehr da zu sein, wenn die Polizei ankommt.« Zydan schlägt die Augen nieder, blickt dann wieder auf. »Eine andere Sache, Danny, ich weiß, ich habe eigentlich nicht das Recht, dich danach zu fragen, aber ich brauche dringend deine Hilfe.«

Voss sieht Zydan an. »Worum geht es?«

Zydan gibt ihm einen Zettel, Voss liest. »Und damit kommst du an einem Sonntag?«

»Ich würde es nicht tun, wenn es nicht so wichtig wäre.«

Voss, der in seinen Gedanken eigentlich woanders ist, ruft Neumann an. Der ist gerade im Haus von Frau Kramer, zusammen mit einem Schriftsachverständigen. »Chef, gut, dass Sie anrufen, wir haben den Abschiedsbrief mit verschiedenen Schriftproben von Georg Kramer verglichen, es sieht so aus, als wäre der Brief echt, das verbindliche Gutachten kriegen wir in den nächsten Tagen. Dann können wir den Fall abschließen.«

»So einfach ist das leider nicht«, sagt Voss.

»Wieso, wenn es doch Selbstmord war?«

»Ja, wenn, Neumann. Bevor wir nicht wissen, für wen Georg Kramer gearbeitet hat, wissen wir gar nichts. Er hat aufgehört, für die Schmuggler zu arbeiten, kurz darauf war er tot. Er schreibt ja nicht, dass er selbst sein Leben beenden will. Vielleicht wusste er einfach nur, was ihn erwartet, wenn er nicht mehr weitermacht.«

»Und warum sollte es wie ein Unfall aussehen?«

»Um seine Familie zu schützen, um Untersuchungen zu verhindern, um seine Frau vor einer Anklage wegen bandenmäßigem KFZ-Diebstahl zu bewahren.«

»Er hat nicht damit gerechnet, dass seine Frau uns den Brief nicht zeigt.«

»Nein, damit hat er nicht gerechnet. Melanie Kramer hätte es viel leichter haben können, aber sie wollte ihren Mann nicht verraten, hat den Brief erst herausgerückt, als es nicht mehr anders ging.«

»Und wir haben sie verdächtigt …«

»Nun, das mussten wir, sie hat sich ja selbst verdächtig gemacht, nur um den Ruf ihres Mannes zu schützen. Es ist schon tragisch, dass dieser Georg Kramer gar nicht kapiert hat, was er an seiner Frau hat.« Voss muss an Maja und ihren Bruder denken, er will den Gedanken wegwischen, aber es gelingt nicht. Er sieht erneut das erstaunte Gesicht des Jungen vor sich, der von seinem Schuss getroffen niedersank. Er schüttelt den Kopf, als könnte er so das lästige Bild vertreiben. »Neumann, was hat eigentlich Ihr Besuch im Gefängnis ergeben? Sie wollten doch die Knast-Schüler von Georg Kramer treffen.«

»Ja, das war interessant. Vor allem Klaus Brandner, der Mörder.«

»Was hält er von Kramer?«

Neumann erzählt, wie es dazu kam, dass Georg Kramer einmal die Woche ins Wriezener Gefängnis ging. Es begann mit einer Annonce in der Zeitung, die dazu aufrief, Computer für das Gefängnis zu spenden. Kramer brachte einen alten PC vorbei, half bei der Installation des Gerätes und machte bei der Gelegenheit Bekanntschaft mit Klaus Brandner, einem Gymnasiallehrer für Deutsch und Englisch, der zehn Jahre zuvor seine Frau und seine zwei Kinder umgebracht hatte. Die beiden waren sich sofort sympathisch, sagte Brandner, der zu weinen begann, als er vom Tod des Freundes erfuhr. Brandner beschrieb Georg Kramer als einen leisen, bescheidenen Mann, der seine Schüchternheit nur schwer überwinden konnte. In den Gesprächen der beiden ging es oft um Kramers Frau, die dieser seinen Engel nannte, der ihn aus der Dunkelheit herausführe. Dass Georg Kramer depressiv war, hat auch Brandner bemerkt. Dass er aber unter einer Kaufsucht gelitten haben soll, hält er für kaum vorstellbar. Er hat nie jemanden kennengelernt, der so weit der materiellen Welt entrückt gewesen sei wie Kramer. Georg Kramer spendete regelmäßig Geld für das Gefängnis und richtete seit Jahren den ersten Weihnachtsfeiertag auf der Station 7.2 aus, auf der vor allem Kapitalverbrecher sitzen. Kramer bezahlte die Gänsekeulen für die komplette Station und feierte auch selbst mit. Er sprach sogar manchmal davon, ob das Gefängnis wirklich eine Strafe sein könne, wo es doch ein Ort der Regelmäßigkeit und Ruhe sei.

Voss kann sich kaum auf die Geschichte konzentrieren, der Gedanke an Majas Bruder hält ihn immer noch gefangen.

»Okay, Neumann, das klingt alles sehr berührend, aber haben Sie denn auch irgendetwas erfahren, was uns in unserem Fall weiterbringt? Könnte einer der Insassen die Kontaktperson Kramers zu den Autoschiebern sein?«

»Nein, ausgeschlossen. Aber ich finde, die Beschreibung von Kramers Persönlichkeit passt kaum mit dem zusammen, was uns seine Frau erzählt hat.«

»Das stimmt, andererseits ist so eine Kaufsucht wahrscheinlich auch eher eine Zwangshandlung als etwas, das man mit Überzeugung und Freude betreibt. Ich bin kein Psychologe, aber ich könnte mir vorstellen, dass beide Schilderungen dieses Mannes sich nicht ausschließen.«

»Eine Sache ist noch interessant, Chef, dieser Brandner erzählte, dass Kramer vor einigen Monaten aussah, als wäre er zusammengeschlagen worden. Er wollte darüber nicht reden, wirkte aber sehr verängstigt und kam dann auch länger nicht ins Gefängnis.«

»Befragen Sie doch Melanie Kramer gleich noch dazu.«

»Mach' ich, ach so, Frau Kaminski hat mir von dem Schusswechsel in diesem Oder-Urwald erzählt, ich bin froh, dass Ihnen nichts passiert ist und dass Sie diesen Typen, der Sie beschossen hat, ausgeschaltet haben.«

»Ja, das war knapp«, sagt Voss. Er gibt Neumann drei Autokennzeichen durch, bittet um Überprüfung und schnelle Rückmeldung.

Auf der Rückfahrt sprechen Voss und Zydan noch weniger. Als Neumann vor einer halben Stunde die gewünschten Informationen durchgab, Voss alles notierte und Zydan den Zettel zurückgab, wollte der schmächtige Cowboy etwas sagen, aber Voss nickte ihm einfach nur zu, und beide wussten, dass die Sache damit erledigt war. Sie nehmen diesmal nicht die Autobahn, sondern fahren eine Landstraße, die sie direkt nach Chojna führt. Die Idee, dass Majas Bruder dort sein könnte, kam Voss, als sie gerade losfahren wollten. Das Krankenhaus von Chojna ist nicht weit vom Zwischenstromland entfernt, Mareks Mutter hat dort gearbeitet und später seine Schwester. Vielleicht gibt es dort jemanden, der ihm geholfen hat. Sollte Majas Bruder schwer verletzt sein, dann ist dieses Krankenhaus womöglich seine einzige Chance, selbst wenn das Risiko, dort entdeckt zu werden, hoch ist.

Zydan bleibt im Wagen, den sie etwas entfernt vom Krankenhaus parken. Voss nimmt den Hintereingang, er erinnert sich, dass die gynäkologische Abteilung in der dritten Etage ist. In den Gängen des Krankenhauses drängen sich an diesem Sonntagnachmittag die Besucher, was eine gute Sache ist, weil Voss so weniger auffällt. Das Schwesternzimmer auf der dritten Etage ist leer, Voss wirft einen Blick auf den Dienstplan, der links neben der Eingangstür hängt. Frau Doktor Michaelis müsste da sein, sie ist für die OP-Bereitschaft eingeteilt. Er geht den frisch gebohnerten Gang in Richtung der Operationssäle, er kommt an eine Milchglastür, die von außen nicht zu öffnen ist. Voss klingelt, erkundigt sich nach Frau Doktor Michaelis, zehn Minuten später kommt sie, mit fragendem Blick.

»Hauptkommissar Voss, Sie erinnern sich an mich?«

»Sie hatten letztes Mal nicht gesagt, dass Sie von der Polizei sind.«

»Als ich das letzte Mal hier war, kam ich auch eher privat. Ist er hier?«

»Wer?«

»Majas Bruder, schwere Schussverletzungen, ich schätze im Brustbereich, ist er hier?«

Die Ärztin sieht ihn misstrauisch an. »Ich weiß nicht, wovon Sie sprechen.«

»Frau Doktor Michaelis, Sie können mir alles sagen, ich behalte es für mich, Ihnen entstehen keine Probleme, aber ich muss mit Marek sprechen.« Das Gesicht der Ärztin ist verschlossen, es ist schwer einzuschätzen, ob sie wirklich nichts weiß oder ihn nur abblocken will, was verständlich wäre, wenn sie hier wirklich einen verletzten Kriminellen versteckte. Voss ist sich keineswegs sicher, er versucht lediglich, sich in Majas Bruder hineinzuversetzen, dessen Logik zu folgen. Wen hätte Marek denn sonst um Hilfe bitten sollen, wenn nicht die Ärztin, die seiner Schwester immer geholfen hat?

»Es geht um Maja«, sagt Voss schließlich, »sie ist in Gefahr, ihr Bruder kann vielleicht dabei helfen, sie zu finden.«

Die Gesichtszüge der Ärztin kommen in Bewegung, die Muskeln um den Mund ziehen sich zusammen, die Augen blicken starr. »Sie müssen sich irren, hier ist niemand mit Schussverletzungen, schon gar kein Mann, weil wir hier auf der Gynäkologie sind, falls Ihnen das nicht aufgefallen ist.« Der Blick der Ärztin ist hart und undurchdringlich.

»Bitte, Maja braucht Ihre Hilfe, und ich werde Sie nicht verraten, schon deshalb nicht, weil ich hier gar nicht ermitteln darf. Ich riskiere hier gerade meinen Job, genauso wie Sie.«

Die Ärztin zögert, dann scheint sie sich einen Ruck zu geben, sie winkt Voss wortlos in den OP-Bereich, sie laufen an mehreren Operationssälen vorbei und kommen an eine Tür, die sich am Ende des Flurs befindet. Es ist offenbar der Schlafraum der diensthabenden Ärzte. Frau Doktor Michaelis schließt die Tür auf, blickt ängstlich hinter sich in den Gang und schiebt Voss in den kleinen Raum.

Marek liegt in dem Bett, in dem sich normalerweise die Ärzte während des Schichtdienstes ausruhen. Sein Gesicht ist von einer Sauerstoffmaske bedeckt, in seinen Armen stecken Kanülen. Die Ärztin sagt, er habe viel Blut verloren, seit ein paar Stunden habe sich sein Zustand aber deutlich stabilisiert. Als seine Kumpane ihn gestern Abend brachten, hat sie ihn hier versteckt. Sie hat ihm auch die zwei Projektile aus der Brust geholt, die zum Glück nicht tief saßen.

»Eben war er noch wach und konnte sogar sprechen, aber er ist sehr schwach«, sagt Frau Doktor Michaelis. Sie sieht Voss' fragenden Blick. »Ich weiß, es ist verrückt, aber ich tue das für Maja, sie hat, glaube ich, nie besonders viele Menschen gehabt, die ihr geholfen haben.«

Voss nickt und betrachtet Marek, der viel jünger aussieht als Mitte zwanzig. Unter den weißen Krankenhauslaken wirkt er blass und zerbrechlich, selbst durch die Sauerstoffmaske kann man die Ähnlichkeit mit seiner Schwester erkennen. Voss denkt erneut an den Schusswechsel, er weiß, dass ihn dieses Bild lange beschäftigen wird. Mit einem Mal ist sein Groll auf Marek verschwunden, er kommt auch nicht wieder, als Voss daran denkt, dass er selbst in Mareks Kugelhagel hätte sterben können. Voss hat auf einmal das Gefühl, diesen Jungen beschützen zu müssen, anstelle von Maja, die ihren kleinen Bruder ja gerade nicht beschützen kann. Diese Empfindungen erscheinen ihm unangemessen, aber er kann nichts dagegen tun.

»Was werden Sie mit ihm machen?«, fragt er.

»Ich weiß es nicht«, sagt die Ärztin, »am besten wäre es, ihn auf die Station zu schmuggeln, sobald es ihm etwas besser geht.«

»Seit zwei Stunden wird nach ihm gefahndet, die polnischen Kollegen wissen, dass er eine schwere Schussverletzung hat. Das Krankenhaus ist nicht weit von der Stelle entfernt, an der die Schießerei passiert ist. Das heißt, die Polizei wird bald hier sein.« Voss hört sich selbst erstaunt zu, er weiß, dass er gerade dabei ist, die Seiten zu wechseln. Er denkt an seinen blutenden Kollegen auf dem Boot, er denkt an den erschossenen Bundespolizisten in Pomellen. Vielleicht hatte Maja die SIG Sauer ja von ihrem Bruder. Darf er dabei helfen, diesen Mann entkommen zu lassen?

»Aber was soll ich denn tun?«, fragt die Ärztin.

»Überlebt er eine Viertelstunde ohne Infusion und Beatmung?«

»Ja, ich denke schon.«

»Dann bringen wir ihn jetzt zum Hintereingang. Sie laufen danach vor zur Notaufnahme und schlagen Alarm. Haben Sie noch seine Kleidung?«

Die Ärztin sieht ihn schockiert an, zeigt auf eine Plastiktüte, die neben dem Bett liegt. Vorsichtig ziehen sie Marek den Krankenhauskittel aus, stecken ihn in seine blutverschmierten Jeans, er stöhnt leise auf, als Voss den Hosenbund schließt. Sein T-Shirt ist nur noch ein blutverkrusteter Klumpen, Voss zieht den Stoff auseinander, das Shirt ist an der Seite aufgeschnitten, was das Anziehen leichter macht.

»Man wird sehen, dass er bereits operiert wurde«, sagt die Ärztin.

»Das ist klar, aber wird man auch sehen können, dass die Operation hier stattfand?«

Frau Doktor Michaelis zieht Marek die Kanülen aus den Armen, löst die Sauerstoffmaske vom Gesicht, reißt die Mullkompressen von den Wunden. Voss sieht das Einschussloch in der Brust, aus dem Blut sickert.

Die Ärztin holt ein Krankenbett vom Flur, sie heben Marek in das Bett, dabei öffnet der kurz die Augen, sieht Voss mit verschleiertem Blick an. Sie bedecken ihn mit einem weißen Laken, Frau Doktor Michaelis gibt Voss einen Arztkittel. Sie geht vor, Voss folgt in einigem Abstand mit dem Krankenbett. Es ist immer noch viel Betrieb auf den Gängen, Frau Doktor Michaelis wird mehrmals von Patienten aufgehalten. Voss muss hinter ihr warten, er steht da in seinem weißen Arztkittel, mit Majas halb totem Bruder unter dem Kliniklaken. Er fragt sich kurz, ob das alles wirklich wahr ist, was hier gerade geschieht, beschließt dann aber, sich auf den Transport zu konzentrieren und das Denken auf später zu verschieben.

Der Fahrstuhl ist glücklicherweise leer. Sie schieben das Bett hinein. Im zweiten Stock hält der Aufzug, eine Krankenschwester steigt zu. Sie fragt etwas auf Polnisch, Frau Doktor Michaelis antwortet, die Krankenschwester blickt erschrocken auf das Krankenbett, im ersten Stock steigt sie aus. Als sie wieder allein sind, fragt Voss, was die Schwester gesagt habe.

»Sie wollte wissen, auf welche Station wir müssen.«

»Und was haben Sie geantwortet?«

»Ich habe gesagt, dass wir einen Toten in die Leichenkammer bringen.«

Zuerst geht die Ärztin nach draußen, sie blickt sich um und gibt Voss ein Zeichen, der das Bett durch die Tür schiebt. Als sie Marek aus dem Bett heben wollen, hören sie Schritte, Voss blickt auf und sieht Zydan. »Der gehört zu mir«, flüstert Voss der Ärztin zu. Sie legen Marek auf die von der Sonne gewärmten Gehwegplatten.

»Wer soll ihn finden?«, fragt Zydan.

»Ich werde die Notaufnahme verständigen«, sagt Frau Doktor Michaelis.

»Lassen Sie das lieber mich tun, Sie haben frisches Blut am Kittel«, sagt Zydan und verschwindet. Voss zieht seinen Kittel aus, gibt ihn der Ärztin.

»Bringen Sie das Bett auf die Station zurück, beseitigen Sie alle Spuren im Arztzimmer«, sagt er. »Sie haben diesen Mann noch nie in Ihrem Leben gesehen!«

Später im Auto sitzen Voss und Zydan schweigend nebeneinander. Sie rauchen und hören die Nocturnes von Chopin, was Voss wie der perfekte Soundtrack zu seinem dunklen Gemütszustand erscheint. Er ist noch immer wie benommen, und je weiter sie sich von Chojna und dem Krankenhaus entfernen, desto unwirklicher erscheint ihm das gerade Erlebte. Seit Maja verschwunden ist, begeht er Straftaten, erzählt Lügen, betrügt sogar seine Kollegen, als würde es ihm immer leichter fallen, die Grenze zwischen Erlaubtem und Verbotenem, zwischen Recht und Unrecht, zu überschreiten. Er versteckt bei sich zu Hause eine Waffe, mit der ein Kollege getötet wurde, er unterdrückt Beweismittel, ermittelt illegal im Ausland und schleppt jetzt sogar noch einen blutenden Kriminellen durch die Gegend. Alles nur, um Maja zu schützen, die womöglich seit Langem auf der anderen Seite steht. Es ist klar, dass er eine Entscheidung treffen muss. Diese Frau ruiniert alles, seinen Job, seine Überzeugungen, sein Herz.

»Ich glaube, sie haben es mir abgekauft«, sagt Zydan. »Sie haben den Jungen reingeholt und beatmet, scheint alles so weit okay zu sein.«

»Danke, Zydan, obwohl ich dich da lieber nicht mit reingezogen hätte.«

»Ach Danny, was ist schon passiert? Du hast ihm ja nicht zur Flucht verholfen, du hast nur dafür gesorgt, dass er geschnappt wird und die Ärztin, die ihm geholfen hat, nicht bestraft wird. Das ist zwar nicht unbedingt gesetzeskonform, aber es ist richtig.«

Voss will etwas erwidern, als sein Telefon klingelt. Es ist Neumann, der immer noch im Haus von Melanie Kramer ist.

»Sie ist verschwunden, gerade sind ihre Kinder vom Spielen nach Hause gekommen, die wissen von nichts, sind völlig panisch, weil jetzt auch noch ihre Mutter weg ist.«

»Aber sie hat Sie doch vorhin ins Haus gelassen?«

»Ja, sie kam sogar noch hoch zu uns und brachte Kaffee.«

»Ganz ruhig, Neumann, wahrscheinlich ist sie nur ein bisschen spazieren gegangen. Wenn sie in zwei Stunden nicht zurück ist, geben Sie eine Fahndung raus. Bis dahin bleiben Sie bitte im Haus.«

Ein schriller, durchdringender Ton schallt aus Voss' Handy. Auf dem Display blinkt ein roter Punkt, in der Nähe eines Dorfes namens Czachow.

»Das ist höchstens zwanzig Minuten von hier entfernt«, sagt Zydan, »wenn du willst, können wir einen kleinen Abstecher machen.«

»Die Frage ist, was uns da erwartet, vielleicht sollten wir die polnischen Kollegen verständigen, ich habe heute schon genug unüberlegtes Zeug gemacht.«

»Höchstwahrscheinlich ist nur ein Bauer von seinem sonntäglichen Ausflug nach Poznan zurückgekehrt und hat die dort gekaufte, fast neuwertige Audi-Batterie in sein altes Bauernauto eingebaut. GPS-Sender werden sehr gerne in Batterien versteckt, weil sie dort kaum zu finden sind. Sobald die Batterie mit der Bordelektrik verbunden ist, schaltet sich der GPS-Sender an.«

»Klingt so, als bräuchten wir da gar nicht hinzufahren«, sagt Voss.

»Du weißt, wie es ist, Danny, du kannst es nur herausfinden, wenn du hinfährst.«

Auf dem Weg nach Czachow stellt Voss fest, dass dieses Dorf nur drei Kilometer von Lukowice entfernt ist, Majas von Birken gesäumtem Geburtsort. Was für ein Zufall, denkt er, dass ein Teil der gestohlenen Wagen genau dort auftaucht.

Sie nähern sich Czachow aus südlicher Richtung, es sieht wie ein winziges Straßendorf aus, nicht mal eine Kirche gibt es. Als sie auf die Dorfmitte zusteuern, sieht Voss auf seinem Handy den roten Punkt näher kommen. Sie fahren durch den Punkt hindurch, ziemlich genau an der Stelle, wo am rechten Straßenrand die Flaschencontainer stehen, gegenüber vom alten Dorfladen, dessen eingeschlagene Schaufensterscheibe nur notdürftig mit einer Plastikfolie verhängt ist. Sie fahren weiter, wenden und kommen zurück. Diesmal blinkt der rote Punkt am Dorfeingang, mindestens fünfzig Meter von der Straße entfernt, auf der rechten Seite. Eine verfallene Holzscheune steht da.

»Zu teuer für die Gegend«, sagt Zydan.

»Was meinst du?«

»Die Autos, die hinter der Scheune parken.«

Als sie weiterfahren, sieht Voss die Autos auch, zwei Geländewagen mit verchromtem Kühlergrill. Sie fahren weiter, wenden, warten eine halbe Stunde in einem Waldweg außerhalb des Dorfs. Dann fahren sie erneut durch das Dorf, wieder blinkt der rote Punkt auf Voss' Handy etwa an der Stelle, an der sich die Scheune befindet. Diesmal ist nur noch ein Auto zu sehen.

»Wir müssen warten, bis es dunkel ist«, sagt Zydan. »Dann können wir uns ranschleichen und nachsehen.«

Die Zeit bis zum Sonnenuntergang verbringen sie am Rande eines Gerstenfeldes. Zydans viel zu auffälliges Abschleppauto steht in einem Feldweg verborgen, sie liegen im Schatten einer Kastanie. Über dem Feld flimmert die Hitze, obwohl es schon früher Abend ist. Im Vergleich dazu ist es unter der Kastanie angenehm kühl, Voss schaut in den Baum hinauf, sieht die mächtige Krone im Wind schwanken und ist nach wenigen Minuten eingeschlafen.

Das letzte Licht des Tages glimmt blassrot über dem Gerstenfeld, als Voss eine Hand an seiner Schulter spürt.

»Danny, wach' auf, sonst sehen wir gar nichts mehr«, sagt Zydan.

Voss schreckt hoch, spürt seinen tauben Schädel und den trockenen Hals. Was er nicht mehr spürt, ist seine linke Pobacke, unter der ein Stock oder ein Stein gelegen haben muss. »Wie spät ist es?«

»Halb zehn, wir können jetzt rüber zur Scheune, falls du die Leute mit deinem Schnarchen nicht längst vertrieben hast.«

Voss braucht eine Weile, bis er wirklich da ist, bis seine Arme und Beine nicht mehr ganz so schwer sind und er auch seine linke Pobacke wieder fühlt. Dann laufen sie los, an der Feldkante entlang, die bis zur Scheune führen müsste. Ein leichter Wind setzt ein, fährt durch die Gerste, die, soweit Voss das einschätzen kann, reif für die Ernte ist. Die Ähren hängen leicht nach unten, wie feine Spieße ragen die Gerstengrannen aus den dicken Körnern. Minuten später ist das blassrote Licht verschwunden, ist das Feld nur noch eine dunkle Masse, zieht die Nacht dunkelblau herauf. Nach einer Viertelstunde erreichen sie die Scheune.

Es stehen nun wieder zwei Geländewagen vor dem großen Tor, das lediglich angelehnt ist. Durch die Toröffnung fällt ein schmaler Lichtstreifen. Voss und Zydan schleichen sich an die Querseite heran, es gibt Astlöcher in der Scheunenverkleidung, durch die man ins Innere sehen kann. Voss erkennt zwei Hebebühnen, auf denen Autos stehen, die er von hier draußen nicht genau sehen kann. Zwei Männer in dunkelblauer Monteurskleidung schrauben an den Wagen, neben den Hebebühnen stehen Halogenfluter, die den Raum in ein kaltes, gleißendes Licht tauchen. Bis auf das gelegentliche Klappern der Schraubenschlüssel ist es völlig still in der Scheune, beide Männer tragen Kopfhörer, wahrscheinlich hören sie Musik. Sonst ist niemand zu sehen. Zydan tritt nahe an Voss heran.

»Es sieht so aus, als hätten sie keine Waffen, was bei den Schraubern eher normal ist. Hast du deine Pistole dabei?«

»Natürlich nicht, wir sind in Polen.«

»Okay, ich habe eine Schreckschusspistole, die wie eine echte Wumme aussieht, damit halten wir sie auf Abstand.«

»Wir erwähnen nicht, dass ich Polizist bin, auch nicht, woher ich komme«, sagt Voss.

Zydan nickt, zieht die Pistole aus der Jackentasche, läuft leicht gebückt an der Scheunenwand entlang zum Eingang, Voss hält sich hinter ihm. Zydan greift mit der linken Hand in die Toröffnung, zieht langsam den Torflügel auf, schlüpft in die Scheune. Voss folgt ihm und erkennt die Audis wieder, die er bei der Soko auf Fotos gesehen hat. Die Monteure bemerken sie nicht, sogar als sie direkt hinter ihnen stehen. Zydan tippt dem einen auf die Schulter und zielt mit der Pistole auf dessen Kopf. Ein erstaunter Schrei entfährt dem Mann. Jetzt hat auch der zweite Monteur die unerwarteten Gäste bemerkt, Zydan gibt ihm ein Zeichen mit dem Pistolenlauf, zu ihnen herüberzukommen. Dann müssen die beiden sich hinknien und die Hände hinter dem Kopf verschränken. Sie sind noch sehr jung, vielleicht siebzehn oder achtzehn, ihre Augen sind vor Angst geweitet. Zydan spricht leise mit ihnen, seine Stimme ist ruhig, sie antworten, zunächst recht einsilbig, später ausführlicher. Voss geht zum Tor zurück, blickt nach draußen, es scheint alles ruhig zu sein. Zydan kommt zu ihm herüber, hält dabei mit der Pistole die beiden Männer in Schach.

»Die sagen, sie wissen nicht, woher die Autos kommen. Sie kriegen einen Anruf, dann werden die Wagen zur Scheune gebracht. Die beiden arbeiten normalerweise in einer Werkstatt in Cedynia und verdienen sich am Wochenende was dazu.«

»Die bauen die Autos auseinander und verschwinden wieder?«

»Sie haben die Anweisung, bis morgen früh alle Bauteile von der Karrosserie zu trennen. Das Blech wird dann wahrscheinlich zum Schrottplatz gebracht, die Teile zu den Märkten, es funktioniert wie ein Schlachtbetrieb.«

»Wovor haben die beiden eigentlich gerade mehr Angst? Vor uns oder ihren Auftraggebern?«

»Im Moment vor uns, sie haben mir aber schon gesagt, dass sie großen Ärger bekommen, wenn die Chefs rausbekommen, dass die Werkstatt hier entdeckt wurde.«

»Was heißt großer Ärger?«

»Ich nehme an, die bekommen dann keine Aufträge mehr, Schlimmeres wird ihnen wohl nicht geschehen. Aber von diesen Aufträgen hier lebt die halbe Familie, insofern wäre es schlimm genug.«

Voss überlegt. »Ich will wissen, wer die Audis hierhergebracht hat und woher sie kommen. Ich kann mir nicht vorstellen, dass die beiden das nicht wissen. Die Schmuggler leben hier in den Dörfern, die Schrauber auch. Die kennen sich doch!«

Zydan zuckt mit den Schulter. »Da wäre ich mir nicht so sicher. Es kann sein, aber es muss nicht sein.«

»Sag' ihnen, dass wir sofort verschwinden, wenn sie uns sagen, wer die Autos gebracht hat. Sag' ihnen, dass wir so wenig Interesse haben wie sie, dass ihre Chefs von unserem Besuch hier erfahren.«

Zydan geht zu den Männern zurück, redet wieder ruhig auf sie ein, diesmal dauert das Gespräch länger, der Ton wird lauter. Zydan kommt zu Voss zurück.

»Sie sagen, sie wissen nichts.«

»Glaubst du ihnen?«

»Ich habe das Gefühl, dass sie sich nicht einig sind. Der eine würde gerne reden, der andere hat Angst.«

»Zydan, wir müssen ...«

»Ich weiß, ich regele das schon, geh' du raus, vor dir scheinen sie am meisten Angst zu haben.«

»Vor mir?«

»Sie denken, du bist ein Bandenchef, weil die auch immer jemanden haben, der für sie redet. Sie können ja nicht wissen, dass du nur ein ostdeutscher Bulle bist, der kein Polnisch versteht.«

Vor dem Tor zieht Voss sein Handy aus der Tasche, er sieht, dass gerade jemand angerufen hat, es ist eine polnische Nummer. Voss überlegt, ob er zurückrufen soll, er blickt sich um, hier draußen ist immer noch alles ruhig, auch aus der Scheune hört er keinen Mucks. Er wählt die Nummer, es meldet sich die Kommissarin Agnieszka Zajak.

»Schön, dass Sie zurückrufen, Herr Kollege, wir haben gerade den Bruder Ihrer Bekannten gefunden.«

»Ach, der Bruder, von dem habe ich auch schon gehört«, sagt Voss. Er spürt, wie ihm der kalte Schweiß den Rücken hinunterfließt.

»Das habe ich mir gedacht, dass Sie schon von ihm gehört haben, das Krankenhaus von Chojna hat uns verständigt. Dort haben wir ihn mit schweren Schussverletzungen gefunden.«

»Ist er vernehmungsfähig?«

»Leider nicht. Die Ärzte sagen, er sei heute Nachmittag von Unbekannten vor der Tür abgelegt worden, sie haben versucht, ihn zu retten, aber sie haben es nicht geschafft.«

»Heißt das?«

»Er ist tot.«

Voss wird schwindelig, er muss sich an die Scheunenwand lehnen. Wie kann das sein? Zydan hat doch gesagt, es sei alles gut gelaufen!

»Die diensthabende Ärztin der Notaufnahme hat uns den Mann beschrieben, der Marek Wisniewski gefunden hat. Es wurde nämlich aus unerfindlichen Gründen versäumt, ein ordentliches Protokoll aufzusetzen. Die Beschreibung passt erstaunlich gut zu einem Mann, den wir beide kennen.«

»Und wer soll das sein?« Voss versucht, seine Atmung ruhig zu halten, seine Stimme so normal wie möglich klingen zu lassen. Er ist sich allerdings nicht sicher, ob ihm das gelingt.

»Herr Voss, hören Sie auf, den Unwissenden zu spielen!«

»Vielleicht könnten Sie sich ein wenig beherrschen, Frau Kommissarin, ich weiß nämlich gerade überhaupt nicht, wovon Sie reden!« Voss' Stimme klingt zu seinem eigenen Erstaunen selbstbewusst und genervt. Mit anderen Worten, sie klingt überzeugend. Er spürt sofort, wie die Kommissarin innehält.

»Ich spreche von Zydan, die Beschreibung passte erstaunlich gut.«

»Nun, dann sollten Sie wohl Ihren ehemaligen Chef befragen und nicht mich.« Die Kommissarin schweigt, was Voss als Erfolg wertet und ihm den Mut verleiht, auch noch den letzten Schritt zu wagen.

»Ich möchte mich trotzdem bei Ihnen bedanken.«

»Wofür?«

»Ich wusste zwar, dass Maja einen Bruder hat, aber seinen Namen kannte ich bislang nicht, so verstehe ich endlich, wie die Dinge zusammenhängen. Wie furchtbar sie zusammenhängen.«

»Was meinen Sie damit?«

»Gestern habe ich zusammen mit Kollegen eine Autoschlepper-Bande verfolgt, die mit einem Boot über die Oder flüchtete. Wir wurden von einem Mann mit einer Kalaschnikow beschossen, ein Kollege wurde schwer verletzt. Ich feuerte zurück und traf den Mann, der entkommen konnte, aber bereits erkennungsdienstlich bei uns erfasst ist. Ich habe nicht sofort geschaltet, Sie wissen ja, wie gut mein Gedächtnis mit polnischen Namen umgehen kann.«

»Das heißt, Sie haben den Bruder Ihrer Bekannten ...«

»Ich dachte ehrlich gesagt, der Mann sei nur verletzt.«

»Das tut mir leid, Herr Voss.«

»Ich weiß gar nicht, was ich Maja sagen soll, wenn ich sie denn irgendwann wiedersehen sollte.«

»Falls Sie später Zydan wiedersehen, können Sie ihm sagen, dass ich mich noch um ihn kümmern werde.« Die Stimme der Kommissarin ist jetzt wieder kühl und bestimmt.

»Wie kommen Sie darauf ...«

»Sie sollten mich nicht für bescheuert halten, Herr Voss.«

»Ich versichere Ihnen ...« Voss hört nur noch die unterbrochene Leitung. Er lässt sich mit dem Rücken an der Scheunenwand zu Boden gleiten, legt den Kopf auf die Knie. Es ist seine Schuld, dass Majas Bruder jetzt tot ist! Er wollte alles richtig machen und hat den schlimmsten Fehler begangen. Weil er dachte, er könnte mit den Regeln spielen, sie mal so und mal so auslegen. Was hat ihm sein Ausbilder in Stuttgart immer wieder gesagt? »Voss, Sie können nur das Recht verteidigen, wenn Sie es selbst respektieren.« All die Jahre hat er sich daran gehalten, aber all die Jahre war er auch nie so persönlich in einen Fall verwickelt. Er spürt eine große Wut in sich aufsteigen.

Zydan kommt zu ihm raus, sagt, dass die beiden Schrauber nicht sprechen wollen. Voss springt auf, stürmt in die Scheune, greift sich einen Vorschlaghammer, der an einer der Hebebühnen steht, und stellt sich vor die Monteure, die noch immer am Boden kauern.

»Wir werden sie gefügig machen«, ruft Voss. »Sag' ihnen, dass ich hier nicht weggehe, ohne zu wissen, wer die Autos gebracht hat.«

Zydan blickt ihn skeptisch an. »Danny, was hast du vor?«

»Tja, wie bringt man Menschen zum Sprechen? Indem man sie da verletzt, wo sie die größten Schmerzen haben, nicht wahr?«

»Hey, beruhige dich«, ruft Zydan, aber Voss hört nicht auf ihn, er rennt vor die Scheune und beginnt, auf einen der Geländewagen einzuschlagen. Zuerst trennt er mit gezielten Schlägen die beiden Rückspiegel von den Türen, dann rammt er den Hammer krachend in die Frontscheibe. Er geht in die Scheune, stellt sich vor die beiden Schrauber und betrachtet sie erwartungsvoll.

»Wenn ich gleich wieder da rausgehe«, schreit Voss, »könnt ihr die beiden Wagen morgen gleich mit zum Schrottplatz schicken.« Zydan übersetzt, die Monteure blicken voller Angst zu Voss, rühren sich aber nicht. »Okay, wie ihr wollt, mir macht das richtig Spaß, eure beschissenen Karren zu schrotten«, ruft Voss und stürmt wild den Hammer schwenkend erneut ins Freie. Die Frontscheibe des zweiten Wagens splittert, und Voss hört verzweifelte Rufe aus der Scheune.

»Es sieht so aus, als wollten sie sprechen«, sagt Zydan, der von Voss' Auftritt ähnlich beeindruckt zu sein scheint wie die Besitzer der geschundenen Geländewagen. Die beiden Schrauber reden aufgeregt mit Zydan und blicken mit flehenden Augen zu Voss. Zydan kommt zu ihm. »Eine Frau hat die beiden Audis hergebracht, die Beschreibung passt.«

»Du meinst ...«

»Ja, es sieht so aus, als sei Maja die Kurierin gewesen, sie wurde von einem Mann in einem Polski Fiat begleitet. Die beiden kamen an, brachten den ersten Audi, fuhren in dem Fiat zurück und brachten dann den zweiten Audi. Zwischen der Ankunft der beiden Wagen vergingen nicht mehr als fünfzehn Minuten.«

»Das heißt, sie müssen hier ganz in der Nähe sein.«

In einem der Geländewagen findet Voss eine Landkarte der Gegend. Es gibt keine anderen Dörfer in unmittelbarer Umgebung, nur zwei frei stehende Höfe, von denen einer ein Hotel mit Gaststätte ist. »Lass' uns zu dem anderen Hof fahren«, sagt Voss. Er versucht, sich nicht anmerken zu lassen, wie sehr ihn die Neuigkeit aufwühlt, dass Maja wirklich für die Schmuggler arbeitet.

Bevor sie in einen der Geländewagen steigen können, um zu dem Hof zu fahren, müssen sie die Glassplitter von den Sitzen sammeln.

»Mann Danny, hättest du nicht einen der Wagen ganz lassen können? Du hast mir übrigens auch Angst gemacht.«

»Ich weiß, ich bin gerade ein bisschen von der Rolle, Majas Bruder ist tot.« Zydan sieht Voss fragend an, der erzählt kurz von dem Telefongespräch mit der schönen Agnieszka.

»Ach du Scheiße! Aber ich kann dich beruhigen, Kumpel, der ist nicht gestorben, weil du ihn aus dem Krankenhaus geschafft hast, dem ging es gut, der hat normal geatmet, die Ärzte waren völlig entspannt.«

»Warum ist er dann jetzt tot? Ich hätte das alles nicht machen dürfen!«

Sie fahren los, Voss am Steuer, Zydan mit der Karte in der Hand. Sie haben vorher noch den Schraubern Arme und Beine gefesselt und ihre Münder mit Isolierband verklebt. Eine Straftat führt zur nächsten, denkt Voss. Aber er will nicht mehr darüber nachdenken, denn er hat eine Entscheidung getroffen: Er zieht das jetzt durch, und dann wird ein sauberer Schnitt gemacht. Wenn Maja wirklich zu den Schmugglern gehört, bringt er sie noch in dieser Nacht zur Polizei. Wenn nicht, na ja, dann ist der Schnitt wohl nicht ganz so sauber.

Die warme Nachtluft strömt in den Wagen, sie fahren von der Straße in einen schmalen Feldweg, der von Roggenfeldern gesäumt wird. Am Ende des Weges müsste sich der Hof befinden. Voss hat die Scheinwerfer ausgeschaltet und orientiert sich vor allem am Fahrgefühl. Solange der Wagen ohne größere Rumpelei in der Sandspur bleibt, ist alles okay, sobald der Roggen gegen die Türen schlägt, muss er korrigieren. Immer wieder kommen sie vom Weg ab, einmal geraten sie so tief in das Roggenfeld, dass Voss nicht mehr weiß, in welcher Richtung sich der Weg befindet. Also hält er den Geländewagen im Feld, der Acker ist ebener gepflügt als die Sandpiste und steigt linker Hand leicht an. »Solange wir nicht in die Steigung kommen«, sagt Voss, »bleiben wir wahrscheinlich in der Nähe des Feldweges.« Zydan nickt schweigend, irgendwann finden sie die Sandpiste wieder.

Sie beschließen auszusteigen und den Rest des Weges zu Fuß zu gehen. Wenn die Karte einigermaßen stimmt, dürfte es nicht mehr weit sein bis zum Hof. Schweigend laufen sie nebeneinanderher, jeder in seine Gedanken versunken. Voss fragt sich, ob sie überhaupt noch jemanden dort antreffen werden. Er weiß nicht, was ihm lieber wäre, vor einem leeren Haus zu stehen oder Maja im Kreise ihrer Kumpane anzutreffen. Nach etwa zehn Minuten kommen sie an einen Koppelzaun. Sie beraten sich kurz und beschließen, dem Zaun zu folgen, der wahrscheinlich das Gehöft umschließt. Sie wollen sich dem Hof von hinten nähern, für den Fall, dass Maja doch bewacht wird. Der Koppelzaun endet an einem Stall, dahinter steht das Bauernhaus, dessen schwarze Umrisse sich kaum wahrnehmbar vom Nachthimmel abheben. In keinem der Fenster ist Licht zu sehen, was nicht verwunderlich ist, es dürfte fast Mitternacht sein. Sie schleichen an der Hausfassade entlang, kommen an die Vordertür, die nicht abgeschlossen ist.

Im Haus riecht es nach Vanille und altem Holz, sie bewegen sich langsam über den Parkettboden, der an manchen Stellen bedrohlich knarrt und sie immer wieder versteinern lässt. Im Erdgeschoss gibt es eine große Küche, deren Fenster offen stehen und von der ein Wohn- und augenscheinlich auch ein Esszimmer abgehen. Die Schlafräume sind wahrscheinlich im oberen Stock. Sie beraten sich flüsternd.

»Ich kenne die Treppen in diesen alten Häusern«, sagt Zydan, »die machen so einen Krach, dass wir nie unbemerkt oben ankommen. Wenn es Bewacher gibt, dann sind die bewaffnet, und wir können nichts ausrichten.«

»Hast du dein Handy dabei?«, fragt Voss.

»Ja, warum?«

»Gib' her.« Voss nimmt Zydans Handy und legt es auf den Küchentisch, dann verlassen sie das Haus, schließen leise die Tür hinter sich. Sie gehen um das Haus herum, verstecken sich hinter einem Brennholzstapel, von dem aus sie die offenen Küchenfenster gut im Blick haben. Dann wählt Voss Zydans Handynummer.

Voss hatte mit einem Klingeln gerechnet, stattdessen ist das gedämpfte Jaulen eines startenden Rennwagens zu hören.

»Super Klingelton, Zydan«, sagt Voss. »Wer soll denn darauf reagieren?«

»Ja, sorry, normalerweise benutze ich mein Telefon nicht, um Leute aus dem Bett zu locken.« Das Motorengeräusch des Rennwagens wird immer schriller und bricht nach zwanzig Sekunden ab. Danach ist alles wieder still, nichts ist zu sehen oder zu hören. Sie warten eine Viertelstunde, bevor Voss erneut das Handy anruft. Wieder startet der Rennwagen mit jaulendem Motor. Im ersten Stock geht das Licht an.

Von ihrem Versteck aus können Voss und Zydan nur die karierten Vorhänge sehen, die das Schlafzimmerfenster verhüllen, kurz danach geht auch im oberen Flur das Licht an, jemand steigt die Treppe hinunter. Das Deckenlicht der Küche wird angeschaltet, Voss erkennt Maja, die in einen dunklen Bademantel gehüllt ist und das immer noch jaulende Handy vom Küchentisch nimmt.

»Kto tam?«

»Hallo Maja, hier ist Daniel.«

Maja blickt erschrocken um sich. »Wo bist du?«

»Maja, antworte bitte nur mit Ja oder Nein. Bist du allein im Haus?«

»Ja.«

»Gibt es irgendwo sonst jemanden, der dich bewacht?«

»Nein.«

»Dann komme ich jetzt rein.«

Voss bedeutet Zydan, am Brennholzstapel auf ihn zu warten, dann geht er langsam auf das Haus zu, dabei verliert er Maja nicht aus dem Blick, die regungslos neben dem Küchentisch steht. Immer wieder hat er sich vorgestellt, wie es sein würde, sie wiederzufinden. Nun ist sie da, nur ein paar Meter entfernt in diesem Haus, und er weiß nicht mal, ob er sich freuen soll. In seiner Fantasie hat er Maja in letzter Zeit häufiger aus der Gewalt bewaffneter Männer befreit, er hat gekämpft und sogar getötet, um schließlich vor ihr zu stehen und ihr warmes Gesicht an seine Brust zu drücken. Hier, in der verdammten Realität, hat er nur seine eigene Angst zu bekämpfen.

Er öffnet die Tür, betritt die Diele, riecht die Vanille und das alte Holz, Maja rührt sich nicht, kommt ihm nicht entgegen, steht immer noch neben dem Küchentisch. Als ihre Blicke sich begegnen, sieht er Furcht und Verwirrung in ihren Augen.

»Daniel, du darfst hier nicht sein, wenn die dich sehen ...«

»Wann kommen die zurück?«

»Ich weiß es nicht, normalerweise sollten heute Abend zwei Neue ankommen, es kann sein, dass die sich einfach nur verspäten.«

»Was ist passiert, Maja?«

Er sieht die Tränen, die in ihre Augen steigen, sie schlägt die Hände vors Gesicht. Voss geht auf sie zu, berührt sie leicht an der Hüfte, sie schreckt zurück. »Ich kann dir das nicht erzählen, Daniel, es ist nur so, dass sie dich und mich umbringen, wenn sie uns hier zusammen sehen.«

»Dann lass' uns gehen, ich bringe dich nach Deutschland zurück, ich beschütze dich, das ist mein Beruf!«

»Ich kann nicht, Daniel, wenn es so einfach wäre, hätte ich es schon getan. Sie haben meinen Bruder, die machen Marek fertig, wenn ich gehe.«

Voss muss schlucken. »Erklär' mir, was dein Bruder mit der Sache zu tun hat.«

Maja schüttelt den Kopf. »Es ist kompliziert, Daniel, ich bräuchte Stunden, um dir das alles zu erklären.«

»Dann erzähl' mir die kurze Version, die ganz kurze.«

Maja blickt ängstlich nach draußen in die Dunkelheit.

»Ich bin nicht allein«, sagt Voss, »draußen passt jemand auf.«

Maja atmet tief ein und aus. »Marek hat sich vor Jahren mit Leuten eingelassen, die Autos schmuggeln. Er dachte, er sei besonders schlau, und hat Geld für sich abgezweigt, das haben die rausbekommen. Normalerweise wird so etwas hart bestraft.«

»Wie hart?«

»Sehr hart. Ich kenne einen der Männer, für die Marek gearbeitet hat, ich habe ihn gebeten, Marek nichts anzutun. Es gab dann einen Deal: Marek wird nicht bestraft, dafür muss ich für die Schmuggler arbeiten, um Mareks Verluste wiedergutzumachen.«

»Deshalb hast du deine Ausbildung als Krankenschwester abgebrochen und bist so plötzlich verschwunden?«

Maja sieht ihn überrascht an.

»Ich habe mich ein bisschen umgehört, Maja, ich bin Polizist. Was hast du für die Schmuggler gemacht?«

»Kurierdienste, vor allem die gefährlichen Strecken nach Weißrussland und noch ein paar andere Sachen.«

»Warum bist du dann nach Sternekorp gekommen?«

»Ich hatte mehr verdient, als Marek je verschwinden ließ, aber die wollten mich trotzdem nicht weglassen, ich war ihre beste Kraft, Frauen sind selten in diesen Jobs. Aber ich konnte nicht mehr, ich musste weg, da habe ich deine Annonce in der Zeitung gesehen.«

»Und Marek ist nichts passiert, als du weg warst?«

»Der hatte sich zwischenzeitlich wieder hochgearbeitet, hat jede Scheiße gemacht, auch wenn es noch so riskant war, nur damit sie ihn wieder bei sich aufnehmen. Vor drei Wochen hat er mich angerufen und gefragt, ob ich noch einen Job für sie machen könnte.«

»Dein Bruder wollte dich da wieder mit reinziehen?«

»Er sagte, es sei das letzte Mal, sie bräuchten eine Frau. Ich habe abgelehnt, und dann tauchten die bei der Hochzeit auf.«

»Das war dein Bruder, der mit dem weißen Kastenwagen?«

»Nein, zwei andere, sie wollten mich überreden, mitzukommen, haben erst Geld geboten. Haben dann damit gedroht, meinen Bruder wieder rauszuschmeißen. Als ich immer noch nicht wollte, haben sie mich einfach mitgenommen.«

»Moment, nur damit ich das richtig verstehe, du wurdest mithilfe deines Bruders entführt?«

»Er sagte mir, er habe von der Aktion nichts gewusst, aber wenn ich nicht mitmache, würde es ihm schlecht ergehen. Sie sagten, es dauere höchstens eine Woche, dann wäre ich wieder frei. Dieser letzte Job ist in ein paar Tagen beendet, dann kann ich gehen.«

Zydans Kopf taucht in der Fensteröffnung auf. »Danny, da ist gerade ein Auto von der Straße in den Feldweg eingebogen, ich habe unseren Wagen geholt, wir müssen weg.«

Voss blickt zu Maja, die stumm den Kopf schüttelt. »Maja«, sagt Voss so behutsam wie möglich, »dein Bruder ist tot, er ist gestern Abend im Krankenhaus von Chojna gestorben, er war bei einer Schießerei mit der Polizei schwer verletzt worden.«

Sie blickt ihn mit aufgerissenen Augen an. »Das sagst du jetzt nur, um mich von hier wegzukriegen!«

»Meinst du wirklich, ich würde so etwas erzählen, wenn es nicht wahr wäre?«

Sie steht wie angewachsen da, ihre Augen huschen hin und her, Voss will den Arm um ihre Schultern legen, aber sie weicht ihm aus. Er bringt sie zum Auto, sie läuft mit steifen, kantigen Bewegungen, als wären ihre Gelenke erstarrt. Zydan setzt sich ans Steuer, fährt ohne Licht vor bis zum Koppelzaun, biegt rechterhand ins Roggenfeld. Er hält das Steuer gerade, beschleunigt, die Getreidehalme schlagen gegen das Auto, wischen an den Scheiben entlang. Je schneller sie werden, desto leichter und lautloser gleiten sie durch den Roggen, der sich wie ein Tunnel vor ihnen auftut und das Auto zu verschlucken scheint. Nach langen Minuten kommen sie oben an der Straße an, schalten die Scheinwerfer ein und rasen davon. Minuten später hält Zydan an dem Feldweg, in dem sie am späten Nach-

mittag den Abschleppwagen geparkt haben, er lässt Voss und Maja aussteigen, sie verabreden sich an der Scheune.
Voss hält Maja fest, führt sie in kleinen Schritten vorwärts. Er versucht, mit ihr zu sprechen, aber sie antwortet nicht, ihr bleiches Gesicht schimmert in der Dunkelheit. Sie erreichen den Abschleppwagen, Voss braucht mehrere Versuche, um das riesige Gefährt aus dem Feldweg zu bugsieren, er fährt die Straße hoch, bis er zur Höhe der Scheune kommt, dort wartet schon Zydan, der das Steuer übernimmt. Schweigend fahren sie Richtung Oder, nach ein paar Kilometern biegt Zydan in einen Waldweg ein, löscht das Scheinwerferlicht und wartet. Alles bleibt ruhig und dunkel, offenbar ist ihnen niemand gefolgt.

Über die Laderampe lässt Zydan den hellbraunen Opel Kadett auf den Waldboden rollen. Die beiden Männer verabschieden sich.

»Meinst du, die Schrauber halten die Klappe, Zydan?«

»Sie werden es versuchen. Aber die anderen werden morgen die Spuren im Feld sehen und die zerdepperten Wagen, und wenn sie nicht völlig bescheuert sind, dann werden sie sich zusammenreimen, was heute Nacht passiert ist.«

»Ich werde Maja an einen sicheren Ort bringen.«

»Aber auch du musst vorsichtig sein, Danny, diesen Jungs ist es egal, ob du Polizist bist oder nicht, wenn die kapieren, dass du ihre Lieblingsangestellte entführt hast, dann finden die dich.«

»Danke Zydan, ich weiß nicht, was ich heute ohne dich gemacht hätte.«

»Kein Problem, mein Freund, pass' auf die Kleine auf, die ist völlig fertig.«

Maja verfolgt das alles scheinbar unbeteiligt, Voss setzt sie auf den Beifahrersitz des Opel Kadett und fährt los. Er biegt auf die Landstraße ein, die sie vor etwas mehr als einer Woche in die andere Richtung gefahren sind. Auf der Hinfahrt hatte er Angst, dass diese Reise sein Leben zu sehr verändern könnte, jetzt hofft er, dass es mit dem Leben überhaupt noch ein bisschen weitergeht. Sie kommen zur Oder, überqueren die grüne Stahlbrücke bei Hohenwutzen, er blickt zu Maja, die ihren Kopf ans Fenster gelehnt hat und die Augen geschlossen hält. Fahles Laternenlicht zieht in Streifen über ihr Gesicht. Er spürt wieder die Angst, die er vorhin hatte, als er das Bauernhaus betrat. Diese Angst, einer Fremden zu begegnen.

Die ganze Fahrt über denkt Voss darüber nach, wo er Maja hinbringen soll. Im Haus in Sternekorp ist es zu gefährlich, auch im Polizeipräsidium gibt es keinen Raum, in dem sie unbemerkt ein paar Tage verbringen könnte. Ihm fällt eine Wohnung in Bad Freienwalde ein, die er vor zehn Tagen aufbrechen ließ, weil sie dort einen flüchtigen Häftling aus der Justizvollzugsanstalt Potsdam vermuteten, der aber bereits abgehauen war. Frau Kaminski hat ihm den Schlüssel gegeben, nachdem sie mit der Spurensicherung fertig war. Eigentlich sollte er den Schlüssel der Hausverwaltung zurückgeben, aber es kam immer was dazwischen, weshalb die Wohnung offiziell immer noch als polizeilich gesperrt gilt. Als Versteck wäre sie ideal, weil sie im vierten Stock eines Plattenbaus liegt, der weitgehend leer steht. Aber wo hat er den Schlüssel hingelegt? Ins Büro? Voss tastet in der Hosentasche nach seinem Schlüsselbund, er blickt kurz zu Maja hinüber, die eingeschlafen ist. Im trüben Licht der vorbeiziehenden Laternen betrachtet Voss die Schlüssel, es ist einer dabei, der ihm nicht gehört, das könnte er sein.

Als sie Bad Freienwalde erreichen, legt Voss seine Hand auf Majas Schulter, sie fährt hoch, blickt ihn erschrocken an, vielleicht hat sie gehofft, dass sein Auftauchen und seine schlechten Nachrichten nur ein böser Traum gewesen sind. Voss erzählt ihr von der Wohnung, sie nickt, schließt wieder die Augen. Zehn Minuten später halten sie vor dem Plattenbau am Rande der Stadt. Die Fenster im Erdgeschoss sind zugemauert, Armierungsstahl ragt aus den bröseligen Betonplatten. Früher, erinnert sich Voss, waren die Wohnungen hier sehr begehrt, weil es die einzigen mit Zentralheizung und Warmwasseranschluss waren. Als dann nach der Wende überall die Häuser modernisiert wurden, wollte niemand mehr hierher. Er stützt Maja am Unterarm, er spürt ihre unsicheren Bewegungen. Die Haustür steht offen, im Treppenhaus gibt es kein Licht, sie steigen langsam Stufe für Stufe nach oben. An der Wohnungstür klebt noch das Polizeisiegel, Voss zieht vorsichtig den Draht aus dem roten Siegelwachs. In der Wohnung, die aus zwei kleinen Zimmern, einer winzigen Küche und einem fensterlosen Bad besteht, riecht es muffig. Voss öffnet das Fenster des Wohnzimmers, in dem eine dunkelbraune Polstergarnitur und ein Schrank stehen, er schärft Maja ein, dass sie später, wenn er weg ist, nicht die Fenster oder die Wohnungstür öffnen darf, auch das Licht soll sie auslassen und jeglichen Lärm unbedingt vermeiden.

In dem angrenzenden, kleineren Zimmer steht ein Bett, Voss sucht nach einer Decke, er findet sogar frisches Bettzeug. Maja steht apathisch da, sieht ihm dabei zu, wie er etwas ungeschickt die Decke in den Bettbezug stopft. Aber eigentlich gleitet ihr Blick durch ihn hindurch. Als das Bett gemacht ist, zieht sie sich schweigend aus, als wäre Voss gar nicht im Raum. Sie legt sich hin, er breitet die Decke über sie, rückt das Kissen zurecht, als bereite er einem Kind das Nachtlager.

»Schlaf jetzt, Maja. Ich komme später vorbei und bringe dir ein paar Sachen und etwas zu essen.«

Sie nickt, schließt die Augen. Voss zieht vorsichtig die Tür hinter sich zu, steckt den Draht zurück in das rote Siegelwachs.

Erst jetzt spürt er die Erschöpfung. Als er in Sternekorp eintrifft, bricht der Tage gerade an, zwei Amseln, die sich offenbar auf dem flachen Dach der Veranda eingerichtet haben, beenden mit ein paar schiefen Tönen die Nachtruhe. Voss geht in die Küche, holt die Flasche mit dem Pflaumenschnaps von der Anrichte, nimmt einen guten Schluck. Es kommt ihm vor, als kehre er von einer sehr langen Reise zurück.

MONTAG

Gegen acht Uhr ist Voss wieder auf den Beinen, er duscht zwei Mal heiß, zwei Mal kalt, trinkt eine große Tasse Kaffee, plaudert ein wenig mit der Mutter, die aber eigentlich nur wissen will, wann Maja endlich zurückkommt, weil Frau Schlegel, die Nachbarin, sie bewusst schikaniere. Gestern zum Beispiel habe sie ihr absichtlich den falschen Tee gekocht, es habe eine ganze Stunde gedauert, bis die Mutter endlich Hagebutte mit Zitrone bekam, was doch nun wirklich nicht so schwer sei. Voss lässt die Mutter reden, versucht, an den richtigen Stellen zu nicken, und verlässt das Haus so bald wie möglich.

Im Präsidium beruft er eine Abteilungssitzung ein, das hat er Frau Mölders versprochen. Zum Wochenbeginn eine Sitzung. Frau Mölders schenkt ihm ein Lächeln, das man sonst wohl nur bei Müttern von Drogenabhängigen sieht, die zum ersten Mal das Gefühl haben, diesmal könnte der Junge wirklich clean werden. Nur Neumann, Frau Kaminski und die Hospitantin sind da, der Polizeidirektor hat an diesem Morgen einen wichtigen Termin in Frankfurt/Oder, wahrscheinlich mit den höchsten Kreisen, denkt Voss, dem es sehr recht ist, diese Zusammenkunft in seinem Büro nicht länger dauern zu lassen, als es unbedingt notwendig ist, weil er gleich danach zu Maja fahren will. Frau Kaminski sieht die leeren Mars- und Bifi-Verpackungen auf Voss' Schreibtisch, sie blickt ihn mahnend an. Es ist seltsam, denkt Voss, dass man selbst als erwachsener

Mann noch von so vielen Frauen erzogen wird. Oder geht das nur ihm so?

Frau Kaminski berichtet von dem verletzten Kollegen vom Bundesgrenzschutz, sie sagt, sie sei heute Morgen bei ihm im Krankenhaus gewesen, er könne schon wieder aufrecht sitzen und feste Nahrung zu sich nehmen. Die Hospitantin sagt, sie habe ja nun auch von der Schießerei auf der Oderinsel gehört und sei so froh, dass Hauptkommissar Voss nichts passiert sei. Während sie spricht, sieht sie ihn mit dramatisch aufgerissenen Augen an, was Voss unangenehm ist. »Der Kurier«, sagt Voss, »der den Kollegen angeschossen hat, ist übrigens gestern Abend in einem Krankenhaus gestorben, das haben mir die polnischen Kollegen mitgeteilt. Aber kommen wir zu den wesentlichen Sachen. Neumann, wo ist Frau Kramer?«

Neumann zögert, auch die anderen scheinen überrascht zu sein, dass Voss den Tod des Kuriers so lapidar abhandelt. »Ähm, Chef, das tut mir leid«, sagt Neumann schließlich, »das muss nicht einfach für Sie sein, dass Sie jetzt einen Menschen also quasi ...«

»Ist das Ihr erster Toter?«, fragt die Hospitantin. »Oder haben Sie schon mal ...«

»Schämen Sie sich nicht, so taktlos zu sein?«, herrscht Frau Kaminski die Hospitantin an. »Lernt man das heute auf der Polizeischule, kalt und dämlich zu sein?«

Nun blicken alle überrascht zu Frau Kaminski, die mit versteinertem Gesicht dasitzt. Die Hospitantin springt auf und verlässt leise schluchzend das Büro. Voss, der direkt neben Frau Kaminski sitzt, legt beschwichtigend die Hand auf ihren Unterarm, dann zieht er die Hand schnell wieder weg.

»Es tut mir leid, ich wollte nicht so hart sein«, sagt Frau Kaminski.

»Manche Dinge muss man hart sagen, damit sie verstanden

werden«, sagt Voss. »Neumann, haben Sie Melanie Kramer gefunden?«

»Die Kollegen haben gestern den ganzen Abend nach ihr gesucht, dann haben wir die Fahndung eingeleitet, und spät in der Nacht haben wir sie gefunden.«

»Warum haben Sie mich nicht verständigt?«

»Ich habe Sie natürlich gleich angerufen, Chef, aber Sie waren nicht erreichbar.«

»Ja, okay, wo haben Sie Frau Kramer gefunden?«

»Sie lag in ihrem Garten, hinter den Fliederbüschen, genau an der Stelle, an der ihr Mann gestorben ist. Sie hat mit den Händen die Erde aufgewühlt und damit ihr Kleid bedeckt. Als wir kamen, war ihr Körper ausgekühlt, sie war völlig apathisch, stundenlang nicht ansprechbar. Wir haben sie ins Krankenhaus gebracht, von dort ist sie heute Morgen nach Hause zurückgekehrt. Die Kinder wurden in der Zeit von einer Kollegin betreut.«

Voss runzelt die Stirn. »Was bedeutet das?«

»Der Psychiater im Krankenhaus sprach von einem posttraumatischen Schock, durch das Wühlen in der Erde wollte sie ihrem Mann nahe sein. Er sagte, jeder Mensch brauche unterschiedlich lange, um den Verlust eines geliebten Menschen zu realisieren. Dann setze eine tiefe Trauer ein, die bei manchen zu einer Art Selbstaufgabe führen könne.«

»Dann sollten wir ihr ein wenig Ruhe geben, bevor wir sie befragen«, sagt Voss.

Neumann öffnet eine Aktenmappe. »Die Festplatte, die Melanie Kramer vergraben wollte, kam heute früh vom LKA zurück. Neben den Programmen zur Überwindung elektronischer Wegfahrsperren von insgesamt zwölf KFZ-Modellen waren auch verschlüsselte Mails auf der Platte, ziemlich gut versteckt, sagen die Kollegen.«

»Mails von wem?«, fragt Voss.

»Von Georg Kramer an seine Frau.«

»Ja was denn, Neumann, sind das Liebesgedichte oder worum geht es? Lassen Sie sich doch nicht alles aus der Nase ziehen!« Neumann erschrickt über den aggressiven Ton, was Voss sofort leidtut. »Tschuldigung.«

»Kein Problem, Chef. Es sind im Grunde Arbeitsaufträge, er teilt mit, was sie zu machen hat, wobei er nie genau sagt, welchen Zweck die Programme letztlich erfüllen sollen. Er gibt ihr immer nur so viele Informationen, wie sie unbedingt braucht, um die Programmierarbeit zu leisten.«

»Er wollte die Fäden in der Hand behalten«, sagt Voss.

»Ich habe vorhin mit der diensthabenden Staatsanwältin telefoniert, habe ihr von der Sache erzählt, ich hoffe, das war in Ihrem Sinn, Chef?«

»Ja sicher, was sagt die Staatsanwältin?«

»Sie wird Melanie Kramer vorerst nicht in Untersuchungshaft nehmen, obwohl es natürlich eine Anklage wegen Beihilfe zum bandenmäßigen Diebstahl gegen sie geben wird. Diese Mails, die wir auf der Festplatte gefunden haben, waren, glaube ich, für die Einschätzung der Staatsanwältin wichtig, weil sie dokumentieren, dass Georg Kramer die treibende Kraft war und nicht seine Frau. Das wird sich strafmildernd für Melanie Kramer auswirken, auch weil sie ganz offensichtlich von ihrem Mann unter Druck gesetzt wurde.«

»Gut, noch was anderes, Neumann: Ich möchte, dass Sie zusammen mit Frau Schallmeier die Polizeimeldungen über gestohlene Autos im gesamten Bundesgebiet verfolgen. Wir suchen nach hochwertigen Wagen, von denen möglicherweise mehrere gleichzeitig gestohlen werden.«

»Meinen Sie nicht, dass die Schmuggler nach der Schießerei abwarten, bis sich alles wieder beruhigt hat? Die scheinen sehr vorsichtig zu sein, haben sogar lieber die schönen Audis an Schrotthändler verscherbelt, als ihren Transportweg zu gefährden.«

»Kann sein«, sagt Voss, »andererseits stehen die jetzt unter

Druck, weil die Autos bestellt waren und nicht geliefert werden konnten. Und sie wissen offenbar weder von den Sendern, die in den Autos waren, noch von der Spurenverfolgung. Sie wissen nur, dass ein Patrouillenboot vom Bundesgrenzschutz ein paar von ihren Männern aufgescheucht hat, als das Stromschubschiff mit den gestohlenen Autos bereits verschwunden war. Es gibt also für die Schmuggler keinen vernünftigen Grund, den kompletten Transportweg infrage zu stellen.« Es sei denn, denkt Voss, die Schmuggler kapieren, dass Maja von demselben Kommissar geholt wurde, der bei der Schießerei auf der Oder dabei war.

»Was haben wir davon«, fragt Frau Kaminski, »wenn irgendwo Autos geklaut werden, aber wir die Wagen nicht zuvor mit Sendern präpariert haben und deshalb auch nicht verfolgen können?«

»Ich bin mir ziemlich sicher«, sagt Voss, »dass sie dieselbe Route benutzen werden. Ich habe mir Satellitenfotos vom Bundesgrenzschutz angesehen, es gibt in diesem ganzen Sektor nur eine einzige Uferstelle, die von der Autobahn schnell und diskret zu erreichen ist und an der unbemerkt ein zwanzig Meter langes Stromschubschiff anlegen und wenden kann. Das heißt, wenn die es erneut mit der Masche versuchen, dann genau an der Stelle. Wir müssen Geduld haben, das ist wahrscheinlich unsere einzige Chance, an Kramers Auftraggeber zu kommen und die Umstände seines Todes zu klären.«

Die Tür geht auf, der Polizeidirektor kommt herein, hinter ihm folgt der Soko-Chef Holger Madsen, sie haben ernste Gesichter. Voss ist sofort klar, dass es um ihn geht, dass es nur um ihn gehen kann. Sie wissen es, denkt er, die Sache mit dem Krankenhaus, die Sache mit Maja, vielleicht sogar die Sache mit der Pistole.

»Wir haben eine neue Spur, Kollegen«, sagt der Polizeidirektor. »Aber das erzählt Ihnen am besten Holger Madsen.« Madsen stellt sich breitbeinig hin und referiert ausführlich, wie der an der Oder angeschossene Kurier gefunden wurde. Es sei eine merkwürdige Geschichte, sagt er, weil der Mann irgendwo operiert wurde, offenbar von Profis, und dann vor dem Hintereingang des Krankenhauses in Chojna lag, obwohl sein Zustand eigentlich stabil gewesen sei. Zwei Stunden nach seiner Aufnahme im Krankenhaus habe es plötzlich Komplikationen gegeben, der Patient sei innerhalb von Minuten kollabiert. Die Obduktion der Leiche ergab, dass möglicherweise eine Infektion zum Tode führte. Allerdings wurden auch Reste eines Kreislaufmedikaments im Blut nachgewiesen. Ein solches Medikament, das so gut wie nie an junge Patienten verabreicht wird, könne für einen Frischoperierten tödlich sein, erklärt Madsen.

»Ich möchte ausdrücklich Herrn Voss danken«, sagt der Polizeidirektor, »der mit seinem Eingreifen verhindert hat, dass weitere Kollegen verletzt oder gar getötet werden.« Er wendet sich an Voss, blickt ihn fest an und sagt: »Sie haben getan, was zu tun war.« Dann beginnt Neumann auch noch zu klatschen, alle anderen klatschen mit, und Voss sitzt zwischen seinen klatschenden Kollegen, beschämt, berührt und mit dem großen Wunsch, so schnell wie möglich allein zu sein.

Aber er muss sich gedulden, denn der Soko-Chef hat offensichtlich noch mehr zu sagen. Laut der ermittelnden polnischen Kommissarin, Agnieszka Zajak, hat nämlich ein Mann namens Michael Gloskowski den verletzten Kurier am Hintereingang des Krankenhauses entdeckt. Gloskowski sei ein ehemaliger polnischer Polizeibeamter, sagt Madsen, der mittlerweile als Privatdetektiv mit dem Spitznamen Zydan arbeite, sein Spezialgebiet sei das Aufspüren gestohlener Autos.

»Was ich Ihnen jetzt sage, Kollegen, unterliegt der strengsten Geheimhaltung, ich hoffe, ich kann mich auf Sie verlassen.«

Der Polizeidirektor nickt Madsen aufmunternd zu.

»Mithilfe der polnischen Kollegen vom Dezernat für organisierte Kriminalität in Warschau beobachten wir Gloskowski seit längerer Zeit, weil wir vermuten, dass er mit den Schmugglerbanden zusammenarbeitet. Wir halten es sogar für möglich, dass er einer der Köpfe in diesem Bereich ist. In der vergangenen Woche traf sich Gloskowski mit einem Mann, den die polnischen Kollegen bislang nicht identifizieren konnten. Der Mann scheint aus Deutschland zu stammen, mehr wissen wir noch nicht.«

»Wird denn dieser Gloskowski permanent observiert?«, fragt der Polizeidirektor.

»Bisher nicht, aber seit heute Morgen schon, auch sein Telefon wird jetzt überwacht, an seinem Auto wurde ein Peilsender angebracht. Wir werden ihn nicht mehr aus den Augen lassen, vielleicht hat er den Kurier getötet, damit der nichts ausplaudern kann.«

Voss sitzt regungslos dabei, es ist, als hätte ihm jemand eine Bleiweste übergestreift, die ihn langsam zu Boden zieht. Die Stimmen der anderen hallen durch den Raum, er hört sie überdeutlich, zugleich hat er das Gefühl, dass sich die Worte der anderen miteinander vermengen. »Ich kenne diesen Zydan«, sagt Voss schließlich. Die Kollegen sehen ihn überrascht an. »Vielleicht war ich es sogar, den die polnischen Kollegen letzte Woche erspäht haben.«

»Was haben Sie denn mit diesem Mann zu tun?«, fragt der Polizeidirektor.

»Ich hatte erfahren, dass er sich bestens im Milieu der Autoschmuggler auskennt, vor allem, was gefälschte Sicherheitssoftware angeht, dazu habe ich ihn befragt.«

»Auf polnischem Territorium?«, fragt der Polizeidirektor.

»Ich hatte keine Zeit, drei Anträge mit vier Durchschlägen zu stellen, aber letztlich haben die Gespräche mit ihm nichts ergeben, weshalb er auch in der Polizeiakte Kramer nicht als Quelle vorkommen wird, falls Sie das beruhigt.«

»Mich beruhigt das überhaupt nicht, Voss, Sie können nicht

einfach so im Ausland ermitteln, Sie hätten den offiziellen Weg einhalten müssen!«

»Es kann doch sein, Herr Polizeidirektor«, mischt sich Madsen ein, »dass der Kollege Voss ganz privat in Polen unterwegs war und Herrn Gloskowski zufällig kennengelernt hat, es sich also eigentlich um private Gespräche gehandelt hat. So etwas ist mir auch schon gelegentlich passiert.«

Der Polizeidirektor blickt fragend zu Madsen und beruhigt sich wieder. »Gut, dann sind wir uns ja einig, wie wir die Sache zu betrachten haben, falls Hauptkommissar Voss von den polnischen Kollegen enttarnt wird.« Beim Hinausgehen zwinkert Madsen Voss zu, aber der ist noch zu verdattert, um reagieren zu können.

Warum ist Madsen so nett zu ihm? Und was ist mit Zydan? Kann es wirklich sein, dass er mit den Schmugglern kooperiert? Es ist schon erstaunlich, dass er immer genau im richtigen Moment zur Stelle war, um seine Hilfe anzubieten. Auf der Autobahn nach Poznan, am Hinterausgang des Krankenhauses. Diese Gedanken sind Voss bereits früher durch den Kopf gegangen, aber er hat sie dann gleich wieder verscheucht. Dass Zydan etwas mit dem Tod von Majas Bruder zu tun hat, kann er sich nicht vorstellen. So viel kann dieser Marek doch gar nicht gewusst haben, dass man ihn deshalb gleich umbringen muss. Aber vielleicht ging es auch um etwas ganz anderes. Er muss das so schnell wie möglich klären. Das Problem ist nur, dass er jetzt nicht mehr einfach so zu Zydan fahren kann. Er kann ihn auch nicht anrufen, denn es wird alles mitgehört. Er muss einen anderen Weg finden, um Zydan auf die Probe zu stellen.

Und das ist lange nicht alles, was Voss verwirrt. Auch Agnieszka Zajak, die polnische Kommissarin, erscheint ihm immer rätselhafter. Offenbar hat sie Madsen gegenüber weder zu erkennen gegeben, dass sie ihn in der vergangenen Woche mehrmals getroffen hat, noch hat sie von seiner Suche nach Maja berichtet, und erst recht nicht von dem Umstand, dass Voss und Zydan in Polen heimlich zusammen ermittelt haben. Oder hat sie Madsen das alles erzählt, und der behält es für sich, weil er womöglich auf einen zukünftigen Gefallen hofft? Hat er ihm deshalb zugezwinkert? Die Fragen stapeln sich in Voss' Kopf, und da ist noch nicht mal die Frage dabei, auf welcher Seite Maja nun eigentlich steht. Die Geschichte mit ihrem Bruder klingt plausibel. Dass sie für ihn eingesprungen ist, dass sie ihn retten wollte. Aber ist das wirklich alles?

Auf komplizierten Umwegen fährt Voss zu Majas Versteck, möglicherweise wird er bereits beobachtet, er darf nicht das geringste Risiko eingehen. Zuerst kauft er ein paar Lebensmittel, dann fährt er durch die engen, leeren Straßen der Altstadt von Bad Freienwalde, bis er sicher ist, nicht verfolgt zu werden, schließlich lenkt er den Wagen in die Tiefgarage am Bürgerhaus, parkt in einer Ecke, von der aus man die vorbeifahrenden Autos beobachten kann, ohne selbst gesehen zu werden. Er verlässt die Tiefgarage durch die südliche Ausfahrt und nimmt den direkten Weg zu den Plattenbauten am Rande der Stadt. Den Opel Kadett stellt er in einer verlassenen Werkstatt gegenüber der kleinen Betonsiedlung ab, geht zunächst in einen der Nachbarblocks, der ebenso verlassen und trostlos aussieht, und betritt dann das Gebäude, in dem er Maja untergebracht hat, durch den Hofeingang.

Im Treppenhaus ist alles ruhig, Voss bleibt auf dem ersten Absatz stehen, von hier aus kann man die Straße vor dem Haus und die verlassene Werkstatt überblicken. Niemand ist zu sehen. Er steigt die Treppe hoch, schließt die Wohnungstür auf. Maja sitzt auf dem dunkelbraunen Sofa im Wohnzimmer, sie sieht ihn kaum an, als er hereinkommt. Voss stellt die Einkäufe in die Küche, dann lässt er sich auf einem der klobigen Sessel nieder. Sie sitzen sich schweigend gegenüber, kein Geräusch ist zu hören, nicht mal das Summen einer Fliege oder das Brummen des Kühlschranks. Die Stille senkt sich wie eine müde Wolke auf sie herab, je länger sie vorherrscht, desto schwieriger wird es, sie zu überwinden.

Maja hebt den Kopf, schaut ihn an. Ihre sonst so beweglichen, neugierigen Augen wirken erschöpft. »An dem Tag, an dem meine Mutter starb, ist Marek verschwunden. Es war ein klarer, kalter Januartag, das ganze Dorf hat nach ihm gesucht. Wir wussten, dass er nicht weit sein kann, er war ja erst fünf und auch kein großer Läufer. Aber wir fanden ihn nicht. In der Nacht bin ich rausgegangen, ich lief über das verschneite Feld zum Waldrand, weil ich mich daran erinnerte, dass Marek im Sommer dort manchmal saß. Ich fand ihn in einer Ackerfurche, er hatte sich in den Schnee gelegt, sein Körper war schon ganz kalt.« Maja stockt, lehnt sich zurück, verschränkt die Arme vor der Brust, als spürte sie immer noch die Kälte von damals. »Ich trug ihn nach Hause, ich dachte, er sei tot. Aber sein Herz schlug, ganz schwach nur. Die Frauen im Dorf rieben seine Brust mit Weinessig ein, wickelten ihn in Daunendecken und träufelten ihm Lebertran in den Mund, einen Tag später ist er wieder aufgewacht.« Sie blickt zur Decke, schließt kurz die Augen. »Er hat sich immer dagegen gewehrt, von mir bemuttert zu werden, aber ich glaube, er hat es doch gemocht. Manchmal dachte ich sogar, er macht absichtlich diese ganze Scheiße, nur damit ich ihn da raushole.«

»Maja«, sagt Voss, er fühlt sein Herz schneller schlagen. »Ich wollte dir das eigentlich erst später sagen, wenn alles vorbei ist, aber es geht nicht, ich kann nicht von dir Aufrichtigkeit verlangen und selbst die Wahrheit verstecken.«

»Was ist los, Herr Voss? Hast du eine andere kennengelernt?« Für einen kurzen Augenblick ist die alte, spöttische Maja wieder da.

»Ich habe eine andere Maja kennengelernt, ja, darüber müssen wir später noch reden. Aber erst einmal solltest du wissen, dass ich es war, der deinen Bruder angeschossen hat.«

Maja blickt ihn regungslos an, ohne Vorwurf, ohne Erstaunen.

»Was ist passiert?«, fragt sie tonlos.

Voss erzählt von dem Schusswechsel, vom Krankenhaus, von Frau Doktor Michaelis. Er erzählt nicht, dass sie Marek vor die Tür gelegt haben. »Es tut mir leid, Maja.«

Wieder ist es lange still, Maja steht auf, stellt sich ans Fenster und schaut nach draußen. »Als ich noch in Sternekorp war, habe ich manchmal daran gedacht, wie schön es wäre, dir eines Tages meine Familie vorzustellen.« Sie schüttelt den Kopf. »Ach Daniel, was ist das für ein dummes Leben. Ich hätte es wissen müssen, es war einfach ein bisschen zu gut.«

Voss' Handy klingelt, es ist Neumanns Nummer. Voss entschuldigt sich bei Maja für die Störung, geht in die Küche. Neumann sagt, er habe in den Polizeiberichten der letzten vierundzwanzig Stunden eine interessante Meldung aus Nordrhein-Westfalen gefunden. Im Raum Köln wurden in der Nacht vier BMW X5 gestohlen, die Wagen waren nur wenige Kilometer voneinander entfernt geparkt. Es sind Firmenwagen, zwischen zwei und vier Monate alt, alle mit Premium-Ausstattung. Die Kollegen vom LKA in Potsdam, die den Donnerkeil-Stick von Georg Kramer untersucht haben, sagen, für dieses BMW-Modell sei ebenfalls ein Programm zur Überwindung der Wegfahrsperre auf dem Stick hinterlegt gewesen.

»Ich rufe gleich zurück, Neumann.«

Voss geht zu Maja ins Wohnzimmer. Sie blickt ihn mit leeren, traurigen Augen an.

»Maja, das ist jetzt eigentlich nicht der Moment, aber mir läuft die Zeit davon, bitte erzähle mir, worum genau es gehen sollte bei deinem letzten Job.«

Maja taxiert ihn kühl. »Erzähl' du erst mal von deinem Job.«

Voss überlegt, wie weit er sie in seine Pläne einweihen darf. Er muss vorsichtig sein, andererseits ist sie die einzige Quelle, die er hat, um mehr über die inneren Abläufe und Strukturen der Schmuggler zu erfahren. Er erzählt ihr von den vier BMW in Köln und von seiner Vermutung, die Autos könnten in die Oderauen gebracht und dort verschifft werden. Sie hört ihm zu, wie immer konzentriert, mit großen, neugierigen Augen. Es ist fast wie früher, denkt Voss, als sie in der Küche in Sternekorp zusammensaßen und er von seinen Fällen erzählte. Nur dass es diesmal um mehr geht, um alles eigentlich. Als Voss fertig ist, geht Maja im Zimmer auf und ab, sie überlegt.

»Es kann sein, dass es derselbe Job ist«, sagt sie schließlich. Voss sieht sie fragend an. »Die ganze Sache hat sich verschoben«, fährt Maja fort, »weil wir vor zwei Tagen vier Audis hatten, die eigentlich komplett überführt werden sollten, dann aber auf einmal doch ausgeschlachtet wurden, keine Ahnung, warum. Es gab wohl irgendwelche Probleme beim Transfer nach Polen. Eigentlich sollte ich die Route nach Kiew übernehmen, habe dann aber nur zwei der Wagen in eine Werkstatt gebracht.«

Voss ist erleichtert, dass sie ihm die Wahrheit sagt, er lässt sich nicht anmerken, dass er das alles schon weiß.

»Und wie geht es jetzt weiter?«

»Die brauchen Ersatz, möglichst schnell, deswegen könnte das schon hinkommen mit den vier BMW. Für die Scouts, so nennen sie die Leute, die den Dieben die Standorte der Wagen durchgeben, ist entscheidend, dass sie dieselbe Stückzahl in derselben Kategorie finden, möglichst nicht zu weit voneinander entfernt, weil dann ein einziges Team die Wagen knacken kann. Dafür nimmt man auch längere Transportwege in Kauf.«

»Na, das klingt doch so, als ...«

»Dass Autos allerdings per Schiff transportiert werden, davon habe ich noch nicht gehört, obwohl ...« Maja macht eine Pause, denkt nach. »Als ich den Auftrag bekam, die Audis in die Werkstatt zu bringen, da gab es wohl Stress, und mein Chef sprach am Telefon mit jemandem über Frachtpapiere oder Zollunterlagen. So etwas haben wir nie, wenn wir Autos über die Autobahn bringen.«

»Danke, du hast mir sehr geholfen. Ich muss jetzt los. Ich würde gerne später wiederkommen und in Ruhe reden. Was hältst du davon?«

Sie nickt, hat den Blick aber schon wieder aus dem Fenster gerichtet.

Voss fährt eine halbe Stunde lang ziellos durch die Stadt, wobei es weniger darum geht, mögliche Verfolger abzuschütteln, als etwas Zeit zum Nachdenken zu haben. Dann ruft er Neumann an.

»Wir sollten es versuchen mit den BMW.«

»Ich habe gerade mit Madsen gesprochen«, sagt Neumann, »der hält es für unwahrscheinlich, dass die Wagen von derselben Bande gestohlen wurden.«

»Vielleicht hat er recht, vielleicht auch nicht. Lassen Sie mich raten, Neumann, es entspricht nicht den bekannten Verhaltensmustern, oder?«

»Genau das sagte er. Die Bande, die wir verfolgen, habe bisher noch nie einen Wagen gestohlen, der weiter als zweihundert Kilometer von der polnischen Grenze entfernt gewesen sei.«

»Tja, unser geschätzter Kollege Madsen scheint dem Glauben anzuhängen, etwas, das in der Vergangenheit nicht passiert ist, könne auch in der Zukunft nicht geschehen. Meine Erfahrung aus der Historie ist, dass es ziemlich oft anders läuft.«

»Zum Beispiel als unsere Mauer fiel«, sagt Neumann.

»Gutes Beispiel, Neumann. Nur dass es nicht Ihre Mauer war, die da gefallen ist, sondern unsere.«

»Selbstverständlich, ich dachte nur, wenn man die Sache gesamthistorisch betrachtet ...«

»Okay, Neumann, bevor wir mit der gesamthistorischen Betrachtung beginnen, bitte ich Sie, umgehend am Oderufer Stellung zu beziehen, am alten Zollhaus, gleich neben dem Marienhofer Wehr. Suchen Sie sich einen Platz am Hang, da gibt es eine Schlehenhecke, von dort haben Sie mit dem Fernglas einen guten Überblick und können selbst nicht gesehen werden. Egal was passiert, Sie dürfen auf keinen Fall eingreifen. Parken Sie Ihr Auto mindestens einen Kilometer entfernt und nehmen Sie einen Kollegen mit.«

»Meinen Sie wirklich, wir kommen so an die Chefs der Schmuggler ran?«

»Ich weiß es nicht. Aber wir müssen es zumindest versuchen. Wenn wir seine Auftraggeber finden, werden wir vielleicht erfahren, warum Kramer sterben musste.« Und Maja muss keine Angst mehr haben, denkt er noch.

Voss schaut auf seine Armbanduhr, es ist kurz nach zwölf. Wenn es wirklich dieselbe Bande ist, die hinter den Diebstählen in Köln steckt, dann könnte die ganze Aktion auch schon vorbei sein. Nachts braucht man nicht länger als sechs Stunden von Köln nach Berlin, der erste Diebstahl wurde Neumann zufolge um kurz nach Mitternacht gemeldet, es ist also möglich, dass die Wagen bereits am Morgen an der Oder waren und sofort verschifft wurden. Besonders viel spricht allerdings nicht dafür, denn morgens um sechs ist es schon hell, und in den Oderauen könnten um diese Zeit Angler und Vogelbeobachter unterwegs sein, denen so ein Autokonvoi sofort auffallen würde. Wenn die Schmuggler schon öfter in dem Gebiet gearbeitet haben, dann wissen die das, überlegt Voss. Wahrscheinlicher ist, dass die Verschiffung nachts abgewickelt wird, wie auch beim letzten Mal. Am allerwahrscheinlichsten ist es aber wohl leider, dass gar nichts passieren wird.

Voss fährt ins Präsidium, es gibt viel vorzubereiten. Der Polizeidirektor ist ähnlich skeptisch wie Madsen, er gibt zu bedenken, dass beim letzten Versuch, der Bande näher zu kommen, beinahe ein Kollege gestorben wäre. »Die schrecken offenbar vor nichts zurück, Voss, wir können uns da nicht einfach so auf die Lauer legen, wir brauchen einen umfassenden Plan«, sagt er, und wieder einmal hat Voss das Gefühl, das höchste Ziel seines Chefs sei es, in süßer Ruhe das Pensionsalter zu erreichen. Andererseits hat der Polizeidirektor natürlich recht, weshalb Voss ja auch so etwas Ähnliches wie einen Plan hat. Das heißt, im Moment ist es eher noch eine Idee, die darin besteht, das Stromschubschiff in Ruhe fahren zu lassen, es zu beobachten und erst dann einzugreifen, wenn die richtigen Bosse auftauchen.

Nur wie verfolgt man nachts ein Schiff auf einem Fluss, auf dem sonst gar nichts fährt? Jedes andere Boot würde sofort auffallen, ein Hubschrauber hätte keinen Sichtkontakt, hochauflösende Wärmebildkameras haben sie nicht. Eine Beschattung durch Autos funktioniert nicht, weil es so gut wie keine ufernahen Straßen gibt. Sie wissen ja nicht mal, wohin das Schiff fährt. Voss hat sich ein wenig über Stromschubschiffe informiert, sie haben kaum Tiefgang, können praktisch überall anlegen, die Bordklappen absenken, die bis zu sechs Meter langen Rampen ausfahren und die Ladung an Land rollen lassen. Man braucht nur irgendwo einen Feldweg, eine Sandpiste, eine Panzerstraße, aber eigentlich braucht man noch nicht mal das, weil die gestohlenen Wagen ja geländegängig sind. Hinzu kommt die diplomatische Problematik. Voss schätzt, dass die Reise stromabwärts Richtung Stettin geht. Wenn die Schmuggler, wie anzunehmen, die östliche Stromoder benutzen, sind sie in Polen, sobald sie die Flussmitte verlassen. Ein deutsches Observierungsteam dürfte dann gar nicht mehr eingreifen, und auf eine sofortige Polizeiunterstützung aus Polen ist nicht zu hoffen.

Bleibt also nur die Idee, die Voss in seinem Kopf hin- und herwälzt, seit er zum ersten Mal zum alten Zollhaus gefahren ist: Ein oder zwei Kollegen müssten während der Beladung heimlich an Bord gehen, das dürfte nicht allzu schwierig sein, weil die Schiffe auf ganzer Länge, also mindestens zwanzig Meter lang, am Ufer liegen, während die Beladung über die Bug- oder Heckrampe erfolgt. Ein kleiner Sprung von der Uferböschung müsste genügen, und man wäre an Bord. Dort gibt es reichlich Versteckmöglichkeiten, sagt jedenfalls Frau Kaminski, die Stromschifferstochter, die dringend empfahl, bugwärts zuzusteigen und sich in eine der Relingsklappen zu legen, in denen im Winter die Landungsbojen verstaut werden. Diese Klappen, so Frau Kaminski, seien mit Leinen ausgekleidet. Als Kind habe sie manchmal dadrin gelegen, wenn sie ihren Vater in den Sommerferien auf einer Fahrt begleitete. Man höre das Wasser plätschern und es sei sehr romantisch, meinte sie. Am liebsten wäre sie wahrscheinlich mitgekommen. Sogar die diplomatischen Probleme wären mit einem Schlag gelöst, wenn man Voss' Idee umsetzte. Bei seinen Nachforschungen ist er auf das deutsch-polnische Polizeiabkommen gestoßen, in dem ausdrücklich vermerkt wird, dass eine Nacheile über die Grenze gestattet ist, wenn der verfolgende Polizeibeamte den mutmaßlichen Täter während des illegalen Grenzübertritts zu stellen versucht.

Nachdem nun Voss dem Polizeidirektor seinen umfassenden Plan unterbreitet hat, sieht der so aus, als hätte er gerade eine schmerzvolle Zahn-OP hinter sich gebracht.

»Voss, Sie bringen mich noch ins Grab mit Ihren Plänen, das kann doch niemand verantworten!«, ruft er.

»Deshalb besteht ein Teil meines Plans ja auch darin, dass Sie offiziell von gar nichts wissen. Wer nichts weiß, kann auch nicht verantwortlich sein. Das alles ergibt sich spontan, die Nacheile ist nämlich nur in ungeplanten Notfällen gestattet.«

»Aber ich mache mir doch Sorgen um Sie, das ist meine Verantwortung!«

»Das ist nicht nötig. Sobald ich an Bord des Schiffes bin, bringe ich einen Peilsender an einem der Wagen an, so können Sie den Weg verfolgen und zusammen mit den polnischen Kollegen die Verfolgung fortsetzen. Ich bleibe so lange in meinem Versteck, bis alles vorbei ist.«

Der Polizeidirektor blickt Voss lange an, in seinem Kopf arbeitet es. »Das bleibt unter uns, auch die Kollegen dürfen nicht wissen, dass wir das geplant haben. Wenn Sie es vermasseln, habe ich noch nie von alldem gehört.«

Voss nickt, er spürt auf einmal eine große Müdigkeit, die sich über seinen Körper legt. »Ich mache jetzt ein Nickerchen in meinem Büro, damit ich heute Nacht fit bin«, sagt er.

»Auch davon möchte ich offiziell nichts wissen«, sagt der Polizeidirektor und fügt leise hinzu: »Viel Glück!«

Er hat nicht lange geschlafen, aber das braucht er auch nicht. Das Geheimnis eines guten Mittagsschlafs ist die Kürze, eine halbe Stunde am Nachmittag kann erfrischender sein als mehrere Stunden in der Nacht. Voss holt sich einen Cappuccino und zwei Mars vom Automaten. Er ruft Neumann an, der weisungsgemäß in den Oderauen hinter der Schlehenhecke sitzt und bislang keine besonderen Vorkommnisse zu melden hat, bis auf die Tatsache, dass ihm vor einer halben Stunde eine Möwe auf den Kopf geschissen hat.

»Sind Sie sicher, dass es eine Möwe war, Neumann?«

»Ich denke schon, Chef, Möwen sind die einzigen Vögel, die ich kenne.«

»Ich komme am frühen Abend zu Ihnen, so gegen sechs, wenn vorher was ist, rufen Sie sofort an.«

Als er gerade gehen will, sieht Voss eine Mail mit einem seltsamen Absender in seinem Postfach. Der Absender lautet: krankenhaus@notaufnahme.pl. Voss öffnet die Mail, er erblickt ein Foto, das ihn und Frau Doktor Michaelis am Hintereingang des Krankenhauses von Chojna zeigt, wie sie Marek in seiner blutverkrusteten Kleidung auf den Gehweg legen. *Sehr geehrter Herr Hauptkommissar Voss, wenn Maja nicht bis morgen früh zurück ist, sehen Sie dieses Foto in der Zeitung wieder.* Voss wird schwindelig, haben die ihn etwa die ganze Zeit beobachtet? Oder waren die nur am Krankenhaus, um zu sehen, was mit Marek passiert? Waren es gar die eigenen Leute, die Marek getötet haben? Eines ist sicher: Wenn dieses Foto veröffentlicht wird, ist er erledigt. Das bedeutet, vor morgen früh muss er den Chef der Schleuser gefunden haben.

Er fährt zu Maja, versucht diesmal noch vorsichtiger zu sein. Die Sache wird dadurch erleichtert, dass seit heute Vormittag sein Dienstwagen aus der Werkstatt zurück ist. Dieses Auto hat eine Graumetallic-Lackierung und sieht auch sonst so aus wie alle anderen Autos, auf jeden Fall ist es unauffälliger als Majas alter Kadett. Voss biegt von der 158 in die schmale Asphaltzufahrt ab, die zu Kaufland und Obi führt, aber statt rechts zu den Parkplätzen fährt er geradeaus am alten Güterbahnhof entlang. Güter werden hier schon lange nicht mehr verladen, die rostigen Gleise sind von Moos und Kraut überwachsen. Das schöne, mit gelben Klinkersteinen verzierte Bahnhofsgebäude auf der anderen Seite der Gleise, in dem früher eine Gaststätte, ein Friseur und ein Blumenladen waren, ist geschlossen. Vor den Türen hängen schwere Gitter, die Fenster sind mit Hartfaserplatten zugenagelt. Schade, denkt Voss, so ein Bahnhof ist doch eigentlich etwas Schönes, man holt dort Menschen ab, die man mag, man beginnt Reisen, man kehrt nach Hause zurück. Wer nun bei seiner Ankunft dieses verrammelte, tote Gebäude sieht, der könnte denken, es sei ein Fehler, hier überhaupt noch auszusteigen. Der Bahnhof von Bad Freienwalde scheint nur noch für Abreisende da zu sein.

Der holprige Weg am Güterbahnhof vorbei wird von den Einheimischen als Abkürzung genutzt, aber wegen der vielen Löcher im Asphalt ist man hier meistens allein, die gesamte Strecke (von der Abzweigung an der 158 bis zum toten Banhofsgebäude) ist gut zu überblicken. Das heißt, es kann einem niemand einfach so folgen, es sei denn, die Verfolger sind mit zwei Wagen unterwegs. Aber auch dagegen gibt es Mittel. Voss quert den Bahnübergang und fährt eine kleine, ruhige Seitenstraße entlang, von der er weiß, dass sie durch ein Wohnviertel führt, um schließlich am Waldrand zu enden. Das heißt, man denkt, dass die Straße dort endet, eigentlich geht sie nämlich weiter, unter dem Moos und einer dünnen Grasnarbe, die hier über die Jahre gewachsen ist und den Rest der Straße verschluckt hat. Folgt man dem unsichtbaren Pflaster, kommt man irgendwann zu einer Bahndamm-Unterführung, einem etwa fünfzig Meter langen Tunnel, der längst von Strauchwerk bewachsen ist und an dessen Ausgang man sich nur noch links zu halten braucht, um im Schutz des Bahndamms einen ordentlich befestigten Weg zu fahren, der einen geradewegs zu den Plattenbauten führt. Voss lässt das Auto am Ende des Bahndamms stehen und geht den Rest zu Fuß. Diesmal klopft er leise, bevor er die Tür aufschließt.

Maja sitzt auf dem braunen Sofa. Sie hebt den Kopf, als er das Zimmer betritt.

»Hat Marek noch etwas gesagt?«, fragt sie, noch bevor er sich setzen kann.

Voss ist überrascht von dieser brüsken Frage. »Wann?«

»Als du ihn im Krankenhaus gesehen hast.«

»Nein, er hat geschlafen, nur einmal hat er kurz die Augen aufgemacht.« Voss denkt an den Moment, an dem er Marek zusammen mit der Ärztin in das andere Bett gehoben hat. Er setzt sich neben Maja und schaut sie an.

»Maja, in dem Hotelzimmer auf dem Bauernhof, in dem wir Hochzeit gefeiert haben, habe ich hinter dem Badspiegel eine Pistole gefunden.«

»Die sollte ich Marek bringen, wegen dieser blöden Pistole wusste er ja überhaupt nur, dass ich nach Polen komme.«

»Bitte der Reihe nach, von wem hast du die Waffe?«

»Marek ist manchmal nach Sternekorp gekommen, einmal hat er mir dieses Bündel gegeben, in dem die Waffe war. Er sagte, ich solle es für ihn aufbewahren.«

»Marek war in Sternekorp? Warum hast du ihn uns nicht vorgestellt?«

»Er war dabei, Karriere in einer Schmugglerbande zu machen, du bist bei der Polizei ...«

»Hast du ihm von mir erzählt? ... Von uns?«

»Er wusste es schon, bevor ich es wusste«, sagt Maja.

»Was?«

»Dass ich in dich verliebt war.«

»War?«

Maja wendet ihr Gesicht ab, Voss spürt eine große Wehmut.

»Wann war das?«

»Im letzten Herbst, er kam unangemeldet, stand hinten im Garten.«

»Moment, der Typ, der über den Zaun gesprungen ist?« Voss erinnert sich gut, zwei Mal innerhalb weniger Tage hatte sich ein Unbekannter bei ihnen im Garten versteckt. Voss hatte sogar versucht, ihn zu schnappen, war aber nicht schnell genug gewesen. Das war die Zeit, in der er gerade den Serienmörder vom Sternekorper Forst jagte, weshalb er vermutete, der Täter könnte es auch auf ihn abgesehen haben.

»Maja, mit dieser Waffe wurde ein Kollege von mir erschossen. Hat dein Bruder etwas darüber gesagt?«

»Nein.«

»Es war ein junger Familienvater, Beamter beim Bundesgrenzschutz, dem im November 2010 in der Nähe des Grenzübergangs Pomellen vom Kurier einer Schmugglerbande drei Mal in den Rücken geschossen wurde. War Marek zu dieser Zeit schon bei den Schmugglern?«

Maja sitzt regungslos da, mit gesenktem Blick.

»Maja, sprich mit mir!«

Sie hebt den Kopf, sieht ihn durchdringend an. »Du wirst nichts von mir hören, was meinen Bruder belasten könnte, auch wenn er nicht mehr da ist.« Ihre Stimme zittert, doch ihr Blick ist hart, herausfordernd. Voss begegnet diesem Blick, sie sitzen schweigend da, Auge in Auge. Vorhin waren sie für kurze Zeit wieder ein Team, eben noch waren sie vielleicht ein Paar, das versucht, sich wiederzufinden, nun sind sie eher wie zwei Boxer, die sich gegenseitig belauern.

»Wann wollte Marek die Waffe wiederhaben?«, fragt Voss.

»Als ich ihm erzählte, dass wir zu der Hochzeit fahren.«

»Warst du vorher auch schon mal in Polen, ich meine, seit du in Sternekorp gewohnt hast?« Voss versucht, die Frage möglichst harmlos klingen zu lassen, es ist jetzt kein Gespräch mehr, sondern eine Vernehmung. Maja spürt das, sie überlegt.

»Es war das erste Mal, ich habe dir doch erklärt, warum ich da weg bin. Ich dachte, nach mehr als einem Jahr könnte ich wieder hin, ohne Probleme zu bekommen. Leider habe ich mich geirrt.«

Voss nickt, er weiß, dass sie ihn belügt, dass sie ihn immer wieder belügen wird, wenn es darum geht, ihre Familie zu schützen. Er kann das sogar verstehen, aber es macht die Sache nicht leichter.

»Hat dir dein Sohn nicht gefehlt?«

Sie zuckt zusammen. »Was soll das werden, Daniel, warum hast du mir nachspioniert?«

»Verdammt, Maja, ich habe versucht, dich zu finden! Ich hatte riesige Angst um dich, ich habe alles unternommen, um dich zurückzuholen!«

»Hast du meinen Brief nicht bekommen?«

»Doch, aber ich dachte ... ich konnte dich doch nicht einfach alleine lassen.«

»Daniel, du hast es sicher gut gemeint, das Problem ist nur, dass du keine Ahnung von meinem Leben hast. Du wolltest helfen, aber du hast alles noch viel schlimmer gemacht. Jetzt ist mein Bruder tot, ich bin in Gefahr, weil ich den Job nicht machen kann, für den sie mich brauchen. Noch zwei Tage, und es wäre vorbei gewesen, sie hätten mich bezahlt und ich hätte zurückkommen können, ganz normal, ohne Angst, mit meinem Sohn, den ich dir gerne endlich vorgestellt hätte. Aber nein, du musstest mich ja unbedingt retten, du musst ja unbedingt der Held sein, der die arme Maja aus den Armen der Verbrecher befreit!«

»Wer weiß, was die dir angetan hätten. Du hast doch selbst gesagt, sie wollten dich auch beim letzten Mal nicht gehen lassen.« Voss denkt an die Mail mit dem Foto, die er gerade bekommen hat. Er beschließt, Maja nichts davon zu erzählen.

»Ich kenne diese Leute, ich weiß, wie sie ticken, wozu sie bereit sind. Deshalb habe ich dir den Brief geschrieben, deshalb hat meine Cousine Dascha einiges riskiert, um dir meine Botschaft zu bringen. Aber auch da dachtest du ja, du wärst schlauer. Du bist ihr gefolgt, ohne zu wissen, dass man dich längst beobachtet. Wegen dir hat Dascha drei Tage in einem Keller verbracht, wurde verprügelt und gedemütigt, zum Glück konnte sie abhauen, jetzt versteckt sie sich, damit die ihr nichts mehr tun können.«

»Und was ist mit deinem Sohn?«

»Der ist in Sicherheit ...«

»Ist er etwa zehn Jahre alt und spielt gerne mit einem roten Fußball neben einem von Unkraut überwachsenen Platz in Lukowice?«

»Hast du ihn gesehen?«, fragt Maja mit brüchiger Stimme.

»Einmal kurz.« Voss zögert. »Ich wusste das alles nicht, Maja ... tut mir leid.«

»Im Grunde bist du genauso ein Macho wie all die anderen«, sagt Maja. »Erst mal irgendwas machen, dann schauen, was passiert. Aber auf keinen Fall auf eine Frau hören! Ich meine, Daniel, du kennst mich, du weißt, dass ich nicht bescheuert bin, aber trotz allem muss der Hauptkommissar Oberschlau eben doch so handeln, wie er es will.«

»Ich konnte nicht sicher sein, dass du diesen Brief ohne Zwang geschrieben hast. Außerdem bin ich Polizist, Maja. Ich kann nicht dulden, dass die Frau, die ich liebe, entführt wird. Ich kann nicht dulden, dass Kollegen von mir getötet werden, dass deine Cousine auf offener Straße verschleppt wird. Ich kann da nicht sagen: Ach, ich warte ab, Maja hat sicherlich einen Plan. Das geht nicht, verstehst du das nicht?«

Wieder sitzen sie sich schweigend gegenüber, Auge in Auge, irgendwann springt Maja auf, läuft im Zimmer auf und ab.

»Wir haben keine Zeit zum Streiten, Daniel, während wir hier sprechen, suchen die nach mir. Und sie suchen nach dir. Wir brauchen einen Plan, weil es sonst ziemlich schnell egal sein wird, wie unser Streit ausgeht.«

»Du hast recht«, sagt Voss, »so wie ich die Sache sehe, müssen wir so schnell wie möglich die ganze Bande ausheben, erst dann wäre die Gefahr vorbei.«

»Es gibt keine feste Bande, es ist viel komplizierter. Die Auftraggeber, die Bosse, sind irgendwo, weit weg. Dann gibt es die Chefs, nennen wir sie Projektleiter. Die heuern für jeden einzelnen Job die Leute an, die sie gerade brauchen. Es gibt Spezialisten für Diebstahl, Transport, Hehlerei, Erpressung, Observierung, Waffenbeschaffung. Die Leute, die jetzt gerade hinter uns her sind, werden Spürhunde genannt, die werden engagiert, wenn es Probleme gibt.«

»Also müssen wir an die Chefs ran.«

»Da wärst du nicht der Erste, der das versucht.«

»Aber ich glaube, ich sehe zumindest eine Möglichkeit. Sag mir nur eins, Maja: Was passiert, wenn so ein Projektleiter hochgenommen wird? Machen die Spürhunde dann trotzdem weiter?«

»Das kommt darauf an, ob sie schon bezahlt wurden. Meist wird ein Job erst nach Beendigung bezahlt. Wenn der Projektleiter, der das Geld verteilt, aus dem Spiel ist, rühren die keinen Finger mehr. Aber an den kommst du nicht ran, glaub' mir.«

»Erklär' mir das, wie funktioniert so ein Job?«

»Ich habe als Kurier gearbeitet, für einen Typen, der sich auf den Transport gestohlener Autos spezialisiert hat. Pro Auto bekommt er vom Projektleiter einen bestimmten Betrag, wie er das Ganze organisiert, ist seine Sache.«

»Und du kennst nur den Transport-Verantwortlichen?«

»Nein, ich kenne jemanden, der von diesem Typen manchmal angerufen wird. Die verschiedenen Ebenen sind komplett voneinander abgeschirmt.«

»Das heißt, die beiden Männer im weißen Kastenwagen sind die unterste Ebene?«

»Ich bin die unterste Ebene, und gleichzeitig habe ich einen Status als Spezialistin, weil ich fließend Deutsch spreche, eine Frau bin und selbstständig denken kann. Deshalb wurde ich auch schon direkt von Projektleitern kontaktiert und habe meine eigenen Transport-Teams zusammengestellt.«

»Wie hoch ist die Chance, dass der Projektleiter diesmal dabei ist?«

»Normalerweise halten sich die Projektleiter aus den operativen Geschäften heraus. Da es aber beim ersten Versuch nicht geklappt hat, weil es offenbar Transport-Probleme gab, und diesmal sogar noch der Pilot für Kiew fehlt, könnte der Projektleiter etwas unruhig sein. Es gibt zumindest eine Chance.«

Voss überlegt, dieser Projektleiter ist möglicherweise nicht nur der Mann, der ihnen gerade die Spürhunde hinterherjagt, es ist vielleicht auch der, für den Georg Kramer als Spezialist gearbeitet hat. Der Mann, der Kramer womöglich ausschalten ließ, als er nutzlos wurde.

»Dann ziehen wir die Sache jetzt durch, und morgen früh ist vielleicht schon alles vorbei«, sagt Voss.

»Wir? *Du* musst das hinkriegen, und du wirst verdammt viel Glück brauchen.«

Voss lässt ein gerade gekauftes Prepaidhandy und seine Telefonnummer auf dem Tisch liegen, als er schon an der Tür ist, dreht er sich noch mal um.

»Mutter fragt jeden Tag nach dir«, sagt er.

»Geh' jetzt.«

Nachdem Voss sein Auto aufgeschlossen hat, sieht er einen Zettel an der Windschutzscheibe. *Danny, ich muss dich dringend sehen. Habe seit Kurzem Begleiter, die etwas lästig sind. Weiß nicht, was los ist. Um 16 Uhr bei Aldi in der Getränkeabteilung? Z.*

Um 16.15 Uhr wartet Voss immer noch auf Zydan, im Aldi-Getränkepoint, zwischen einem Stapel Mineralwasserflaschen und den Kisten, in denen Orangenlimonade lagert. Um sich die

Zeit zu vertreiben und seine Nervosität zu bekämpfen, hat er die Preise der insgesamt zwölf Getränkesorten auswendig gelernt. Gerade hat er vier Packungen Multiblitz-Saft in seinen Wagen gestellt, ist einmal den Gang hoch- und wieder runtergegangen und hat den Saft danach zurückgestellt. Eine alte Frau kommt mit einem Rollator den Gang langgeschlurft, sie hat nikotingelbe Haare und trägt eine Nylonbluse mit Tigermuster.

»Junger Mann, können Sie mir einen Kasten Wasser zur Kasse tragen?«, krächzt sie.

»Selbstverständlich«, sagt Voss und merkt erst, als die Alte ihm zublinzelt, mit wem er es wirklich zu tun hat. »Zydan, du hast Nerven, ich warte hier seit einer Ewigkeit!«

»Ich wollte nur sicher sein, dass du nicht verfolgt wirst.«

»Ist jemand an mir dran?«

»Glaub' nicht. Aber bei Gelegenheit kriegst du bei mir einen Kurs im Abschütteln von Verfolgern. Die Nummer, die du vorhin abgezogen hast, bevor du zu den Plattenbauten gefahren bist, war eher was für Anfänger.«

Voss ist sprachlos, aber auf einmal weiß er, wie er herausfinden kann, ob Zydan für die anderen arbeitet. Er blickt sich um, legt verschwörerisch den Finger auf die Lippen. »Leise«, murmelt er.

Jetzt blickt sich auch Zydan vorsichtig um und flüstert: »Danny, seit heute Morgen hängen vier ehemalige Kollegen an mir dran, außerdem war ein Sender an meinem Auto und mein Handy wird abgehört, weißt du, was da läuft?«

»Hast du sie abgeschüttelt?«

»Der Peilsender liegt in einem Kieslaster, der gerade Richtung Hannover fährt und ein neues Handy habe ich auch.«

Voss schaut ängstlich um die Kästen mit dem Mineralwasser herum. »Die sind an dir dran, weil sie auch mich am Arsch haben, Zydan. Die haben alles rausbekommen: Dass ich eine Waffe verstecke, mit der ein Kollege erschossen wurde, dass ich Majas Bruder vor das Krankenhaus gelegt habe, vor zwei Stunden sollte ich festgenommen werden, aber ich bin abgehauen.«

»Scheiße, Danny, was machst du für Sachen?«

»Ich muss weg hier, so schnell wie möglich, zusammen mit Maja, es wäre gut, wenn du mir helfen könntest.«

»Ich bin zwar selbst gerade am Arsch, aber klar, was soll ich machen?«

»Ich war vorhin bei Madsen, dem Chef der Soko ›Grenze‹. Ich musste auf ihn warten, in seinem Büro, da stand sein Laptop und es ging eine neue Nachricht im Mailfach ein, in der stand, dass Hauptkommissar Daniel Voss ab sofort suspendiert ist und dass ein Haftbefehl ausgestellt ist, jeder dienstliche Kontakt ist zu vermeiden.«

Zydan sieht ihn erschrocken an.

»Ich habe Madsens Laptop mitgenommen und bin abgehauen. Auf dem Laptop sind alle polizeilichen Erkenntnisse über den organisierten Autoschmuggel gespeichert, die Madsen mit seiner Soko in den vergangenen Jahren gesammelt hat. Ich möchte, dass du den Laptop für mich aufbewahrst.«

»Was hast du vor?«

»Maja hat einen Kontakt in Kiew, ich denke, dort könnte man an dem Material interessiert sein.«

»Bist du wahnsinnig, Danny?«

»Was soll ich denn machen? Wenn die uns kriegen, kommen Maja und ich in den Knast. Ich brauche Geld und Sicherheit, beides müsste im Austausch für den Laptop zu kriegen sein. Aber ich will den nicht bei mir haben, verstehst du?«

»Das verstehe ich alles, aber Danny, ich erkenne dich nicht wieder. Ich kann verstehen, dass du nicht ins Gefängnis willst, aber es tut mir leid, ich kann da nicht mitmachen.«

»Ich dachte, du willst mir helfen.«

»Ja, aber das nicht. Ich mache zwar auch manchmal das ein oder andere krumme Ding, aber nicht so was.«

»Du sollst doch nur den Laptop irgendwo verstecken, mehr nicht.«

»Danny, ich meine es ernst, ich will mit der ganzen Sache nichts zu tun haben, ich will weder Stress mit den Schmugglern noch mit deinen Leuten. Das ist eine Nummer zu groß für den alten Zydan, tut mir leid.«

»Okay«, sagt Voss.

»Ich glaube auch nicht, dass es der richtige Weg für dich ist, Danny. Ich rate dir: Stell' dich, gib den Computer zurück und mach' reinen Tisch. Du bist gerade in einer Art Alarmsituation, du kannst doch gar nicht mehr klar denken.«

»Zydan, wenn ich mich stelle, dann bist du auch dran. Die überwachen dich seit Langem, denken, du arbeitest für die Schmugglerbande, die wissen, dass du im Krankenhaus dabei warst, halten es sogar für möglich, dass du mit dem Tod von Majas Bruder zu tun hast.«

»Die denken seit Jahren, dass ich zu den Schmugglern gehöre. Aber ich habe nichts zu befürchten, weil es nicht stimmt, also stell' dich, ich komm' klar mit den Verdächtigungen.«

»Die sagen, du hättest Majas Bruder ein Blutdruck-Medikament gegeben, als du mit ihm in der Notaufnahme warst.«

»Das ist Blödsinn, Danny, das weißt du.«

Voss spürt, dass Zydan die Wahrheit sagt, eine große Erleichterung macht sich in ihm breit. »Entschuldige, Zydan, es tut mir leid.«

»Was denn?«

»Die ganze Geschichte mit meiner Festnahme und dem Laptop von der Soko habe ich erfunden.«

Zum ersten Mal erlebt Voss den alten Cowboy sprachlos und völlig verdattert. »Aber ... ich, was soll das denn?«

»Ich musste wissen, ob ich dir vertrauen kann. Die ermitteln wirklich gegen dich, auch wenn sie, glaube ich, nichts Konkretes in der Hand haben.« Voss stockt, sieht Zydan an, der in seiner nikotingelben Perücke und der Tigerbluse gerade komplett hilflos wirkt. »Dass du den Laptop nicht haben wolltest, zeigt, dass du wirklich sauber bist.«

Zydan blickt nachdenklich und traurig zu Boden. »Mach' so was bitte nicht noch mal«, sagt er leise.

Voss spürt, wie enttäuscht Zydan von ihm ist. »Aber Zydan, wie konnte ich denn sicher sein, dass du mich nicht verarschst?«

»Erstens verarsche ich dich ständig, falls dir das noch nicht aufgefallen ist, und zweitens glaube ich an einen Satz meiner Großmutter, die eine sehr weise Frau war.«

»Und was sagte deine Großmutter?«

»Sie sagte: ›Schau', was die Leute tun, denn erzählen können sie viel.‹ Mehr kann ich dir auch nicht sagen.«

Zydan beugt sich über seinen Rollator und tapert davon. Voss steht da und fühlt sich elend und glücklich zugleich. Es tut ihm leid, dass er Zydan verletzen musste, und es freut ihn, dass er sich geirrt hat. Zydan ist wirklich ein Cowboy, so viel steht fest. Wenn man sich einen Cowboy als einen Menschen vorstellt, der sein Ding macht, der einen kleinen Eisbären am Rückspiegel seines rostigen Wagens hängen hat und der den einen oder anderen weisen Großmutter-Satz in seinem Herzen trägt.

Noch immer steht Voss zwischen den Mineralwasserflaschen und den Kisten mit der Orangenlimonade. Er bekommt eine SMS, in der Zydans neue Nummer steht, mehr nicht. Die Kassenfrau vom Aldi-Getränkepoint ist schon zwei Mal aufgestanden und betont langsam an ihm vorbeigegangen. Vielleicht befürchtet sie, er könne heimlich den guten Multiblitz-Saft klauen. Voss kauft zwei Flaschen Wasser und macht sich auf den Weg in die Oderauen.

Neumann ist schon von Weitem zu sehen, weil er eben nicht hinter dem Schlehengebüsch sitzt, sondern davor, wahrscheinlich weil es nur dort Schatten gibt. Er hat sein weißes T-Shirt um den Kopf gebunden, das Gesicht und der Oberkörper sind rot wie ein Pavianhintern. Statt sich unsichtbar zu machen, sieht er aus wie ein Leuchtturm. Der Kollege, den Neumann als Begleitung mitgenommen hatte, ist schon vor einer Stunde nach Hause gefahren, weil er gegen Nachmittag irgendwelche Wildkräuter von der Wiese gesammelt hat, die er angeblich kannte. Die Wildkräuter mümmelte er wie ein Hase in sich rein, zwei Stunden später hatte er Bauchkrämpfe und musste sich übergeben.

»Mensch Neumann, wie kann man so dämlich sein? Wenn die ein Vorauskommando hatten, dann ist die Sache jetzt schon vergeigt! Ist es so schwer, sich ein paar Stunden hinter einen Busch zu setzen?« Voss reicht Neumann eine Wasserflasche und leiht ihm auch die hellgrüne Anglermütze, die er wegen der Sonne mitgebracht hat.

»Tut mir leid, Chef, ich hätte wohl doch zu den Pfadfindern gehen sollen. Aber es war niemand da, wirklich nicht. Ich sitze auch erst seit Kurzem auf dieser Seite.«

Voss kann sich kaum beruhigen, es ist die einzige Chance, die sie haben, um den Schmugglern auf die Schliche zu kommen! Wer weiß, ob die überhaupt auftauchen, vielleicht haben sie nach den Problemen beim letzten Mal den ganzen Transportplan geändert, laden die Autos gar nicht erst auf ein Schiff um, sondern fahren direkt über die Autobahn. Oder es gibt doch noch eine andere Stelle zum Beladen. Realistisch betrachtet haben sie vielleicht eine Zwanzig-Prozent-Chance, denkt Voss und blickt deprimiert zum Fluss hinüber, der in der Abendsonne glitzert. Unweit von der Stelle, an der er neulich den Fischotter-Bau entdeckte, steht jetzt ein Graureiher-Pärchen und putzt sich gegenseitig das Gefieder. Zärtlich fahren sich die beiden Reiher mit ihren spitzen, gelblichen Schnäbeln am Hals entlang, es wirkt wie ein Liebesspiel, dabei helfen sie sich wohl nur, Zecken zu entfernen. Voss denkt an Maja.

»Der Polizeidirektor hat vorhin angerufen«, sagt Neumann. »Die polnischen Kollegen sind informiert und halten eine Einsatzgruppe bereit. Die Soko ›Grenze‹ überwacht alle umliegenden Grenzübergänge und informiert uns, falls die Wagen dort langfahren. Wir haben strikte Weisung, nur zu beobachten, nicht einzugreifen.«

»Falls das Boot kommt, werde ich während des Beladens versuchen, unerkannt an Bord zu gehen und einen Peilsender an einem der Autos anzubringen, Ihre Aufgabe ist es, Kontakt mit dem Präsidium und der Soko zu halten.«

»Aber Chef, das ist gefährlich.«

»Wenn Sie mir erklären, wie man mit anderen Mitteln den Autos in der Nacht folgt, dann können wir das mit dem Sender lassen. Immer raus mit den Ideen, Neumann!«

Sie sitzen lange still nebeneinander, Voss blickt durch sein Fernglas über die Oderauen, er sieht Schwarzstörche, einen Schreiadler und Kraniche, die dicht über dem Wasser fliegen und deren Umrisse sich am blassroten Horizont abzeichnen. Die kraftvollen, peitschenden Flügelschläge sind bis zu ihnen zu hören, aber Voss hat gerade keinen Sinn für diese paradiesischen Zustände, es stört ihn eher, dass er hier von so vielen wunderbaren Dingen abgelenkt wird. Sein Handy vibriert, er kramt es aus der Hosentasche. Es ist eine SMS von Maja: *Sie sind da, versuche aus der Wohnung zu kommen, wo kann ich hin?*

Voss zuckt zusammen, stößt aus Versehen Neumann an, der hinter ihm kauert.

»Was gibt es Chef? Geht es los?«

»Nein, ich muss nur kurz eine Nachricht beantworten, ist privat. Behalten Sie die Gegend im Auge!« Geduckt läuft Voss um den Hang herum, bis er außerhalb von Neumanns Blickfeld ist.

Wie haben die so schnell die Wohnung gefunden? Sind sie ihm trotz aller Vorsichtsmaßnahmen gefolgt? Er versucht, sich zu beruhigen, einen klaren Gedanken zu fassen, aber es gelingt ihm nicht. Maja hat recht, er ist schuld an allem, hätte er sich nicht eingemischt, wäre sie jetzt nicht in Gefahr. Er tippt eine Nachricht in sein Handy: *Gebäude sind durch Brandschutztüren verbunden. Geh ins Nachbarhaus und verstecke dich im Keller. Hilfe ist unterwegs.*

Was für ein Blödsinn, denkt Voss, welche Hilfe? Natürlich könnte er die Kollegen in Bad Freienwalde einschalten, aber was soll er denen erzählen? Dass Maja in einer von der Polizei gesperrten Wohnung versteckt war und jetzt von einer Bande verfolgt wird, für die sie vor Kurzem noch gearbeitet hat? Das könnte für Maja gefährlicher werden, als den Spürhunden in die Hände zu fallen. Nein, das stimmt nicht, korrigiert sich Voss. Für ihn selbst wäre das gefährlich. Er wählt Zydans Nummer, es ist besetzt. Verdammt, was soll er nur tun? Wenn er die Kollegen alarmiert, ist er seinen Job los. Macht er es nicht, tun die Maja womöglich etwas an. Er wählt erneut Zydans Nummer, es klingelt, er hört Zydans Stimme.

»Du musst mir helfen, die haben Maja gefunden. Sie versteckt sich im Keller eines Plattenbaus in Bad Freienwalde, Eisenacher Straße 67. Ich schicke dir ihre Handynummer.«

»Warum sollte ich dir helfen, Danny? Ich bin doch ein Mafioso!«

»Es ist keine Zeit für Späße, Zydan! Ich bezahle dich auch dafür, du kannst haben, was du willst, aber bitte bring' Maja in Sicherheit!«

»Bin unterwegs, Danny, dauert allerdings ein bisschen, ich hoffe, deine Maja hat gute Nerven. Sag' ihr, sie soll auf keinen Fall rausgehen. Keller ist gut, die werden erst mal beobachten ...«

Voss schreibt eine neue Nachricht an Maja: *Zydan kommt, geh nicht nach draußen!*

Geduckt läuft Voss wieder um den Hang herum zu Neumann, es wird jetzt immer dunkler, hinter den Wäldern auf der anderen Oderseite ist nur noch ein schmaler heller Streifen am Himmel zu sehen. Voss kauert sich wieder neben Neumann, die Zeit vergeht still und langsam.

»Alles okay, Chef?«

»Meiner Mutter geht es nicht so gut, aber das wird schon ... Ist hier alles ruhig?«

»Nichts zu sehen.«

»Beim letzten Mal sind sie um 22.40 Uhr angekommen, da bleibt noch etwas Zeit.«

»Was meinen Sie, Chef, werden die kommen?«

»Sie müssen, Neumann, weil wir sonst ein ziemliches Problem haben.«

Sein Handy vibriert, Voss schirmt das Display mit der Hand ab, bevor er die SMS liest: *Sie sind im Keller, ist Zydan schon da?*

Zum Glück ist es nun schon richtig dunkel, sonst hätte Neumann bemerken können, wie Voss verzweifelt die Augen schließt. *Bewege dich nicht. Ich liebe dich,* tippt Voss in sein Handy. Erst als er die Nachricht abgeschickt hat, fällt ihm auf, dass sie wie ein Abschied klingt und wohl kaum beruhigend wirken kann. Deshalb schickt er schnell noch eine Nachricht: *Zydan ist da.* Das stimmt zwar nicht, ist aber auch keine Lüge, weil es sich höchstens noch um Minuten handeln kann, bis Zydan wirklich in Freienwalde eintrifft. Die nächste Viertelstunde hält Voss sein Handy in der feuchten Hand, schaut immer wieder auf den Bildschirm, aber es kommt keine Nachricht, weder von Zydan noch von Maja.

Dafür hat Neumann offenbar etwas gesehen, er tippt Voss auf die Schulter, zeigt in Richtung Oder und gibt ihm das Nachtsichtgerät. Ein Schiff kommt stromaufwärts gefahren, es hat keine Bordbeleuchtung und ist recht gemächlich unterwegs. Im grünlich verschwommenen Licht des Nachtsichtgeräts erkennt Voss die Umrisse von Containern, die in einer Reihe an Bord stehen, jeweils ein paar Meter voneinander entfernt. Das Schiff fährt am alten Zollhaus vorbei, nimmt Fahrt auf und verschwindet. Voss läuft erneut geduckt um den Hang herum, er ruft Zydan an, aber der drückt seinen Anruf weg. Wahrscheinlich steht er schon vor dem Haus. Sekunden später kommt eine SMS von ihm: *Keine Anrufe, bin da.*

Das Streulicht der Scheinwerfer sieht Voss sogar von der anderen Hangseite, er wirft sich auf den Boden und robbt zu Neumann zurück. Die Kolonne ist auch ohne Nachtsichtgerät gut zu erkennen, mehrere Scheinwerferpaare gleiten durch die Dunkelheit, kommen die alte Panzerstraße hoch, immer näher. Fünf Autos sind es insgesamt, wahrscheinlich ein Pilotfahrzeug und die vier gestohlenen Wagen. Erleichterung umfängt Voss, und gleichzeitig spürt er die Spannung in sich ansteigen, wie immer, wenn es darum geht, eine lange im Kopf vorbereitete Aktion in die Tat umzusetzen.

Die Autos halten an, die Scheinwerfer gehen aus, sie sind jetzt vielleicht noch dreihundert Meter vom Fluss entfernt. Im Nachtsichtgerät sieht Voss zwei Männer, die zu Fuß die Panzerstraße hochkommen, sie bleiben am Ufer stehen. Einer der Männer telefoniert, dann setzen sich die beiden hin und rauchen. Zehn Minuten später ist stromabwärts ein Schiff ohne Bordbeleuchtung zu sehen, es fährt langsam auf der Mitte des Flusses und hat vier Container an Bord. Offenbar ist es das Schiff von vorhin, das irgendwo gewendet hat und sich nun dem Ufer nähert. Die beiden Männer werfen ihre Zigaretten ins Wasser und gehen zu den Autos zurück.

Das Schiff legt längs zum Ufer an, es besteht aus zwei Teilen: einem flachen, lang gezogenen Ladebehälter und dem daran gekoppelten Schubschiff mit Kajüte und einer Brücke für den Steuermann. Seitlich am Heck fährt eine Laderampe aus, die bis zum Plattenweg reicht, Bootsmänner vertauen das Schiff an den Uferbäumen und öffnen die Container. Schon da begreift Voss, dass sein Plan nicht funktionieren wird. Wenn die Autos erst einmal in den Containern stehen, kann er den Sender nicht mehr anbringen, und selbst wenn er es schaffen würde, den Sender vorher an einem der Autos zu platzieren, wäre das Signal durch die massiven Metallwände der Container gestört. Jetzt ist auch klar, warum die Sender beim letzten Mal fast zeitgleich ausfielen, der Metallmantel schützt die gestohlenen Wagen nicht nur vor neugierigen Blicken, sondern auch vor jeglicher elektronischer Verfolgung. Er muss den Sender also irgendwo am Schiff anbringen, was den großen Nachteil hat, dass die Autos, wenn sie wieder von Bord rollen, nicht mehr geortet werden können. Es sei denn, er schafft es, den Peilsender vor der Entladung noch schnell am Unterboden eines der Fahrzeuge anzuheften. Hatte er bisher noch darüber nachgedacht, ob er selbst wirklich an Bord bleiben muss, ist zumindest diese Frage nun geklärt.

Mit abgeblendeten Scheinwerfern fahren die Autos zum Ufer vor, sie rollen über die Rampe an Bord. Die Container wurden von den Bootsleuten vorne und hinten geöffnet, nach wenigen Minuten steht in jedem Container ein Auto. Voss kann sich eines gewissen Respekts nicht erwehren, diese ganze Operation ist wirklich schlau geplant. Das ist wohl auch der Grund, warum die Schmuggler das Risiko auf sich nahmen, noch einmal an diese Stelle zu kommen: Ein solch geniales Beförderungskonzept gibt man nicht so einfach auf. Voss dreht sich zu Neumann um, nickt ihm wortlos zu und pirscht sich davon. Er muss zum Bug des Schiffes, wie Frau Kaminski es ihm geraten hat, und er muss schnell sein, lange wird es nicht mehr dauern, bis das Schiff ablegt.

Voss läuft schräg links den Hang hinunter. Das Gelände vor ihm ist kaum zu erkennen, er spürt die Gräser an seinen Beinen, Schilfhalme schlagen ihm ins Gesicht, seine Füße rutschen über einen glatten Grasballen. Er hätte diesen Weg vorher abgehen sollen, denkt er, aber er war ja mit anderen Dingen beschäftigt. Je näher Voss dem Ufer kommt, desto weicher wird der Boden. Der Schiffsbug liegt vor einer Trauerweide, die mit ihrem dichten Astwerk den Zugang zum Wasser versperrt. Auch das hat Voss sich leichter vorgestellt. Er muss den Baum umrunden, hört das Surren der Seilwinde, mit der die Laderampe eingeholt wird. Als er sich schließlich bis zum Ufer vorgekämpft hat, ist er noch mindestens fünf Meter vom Schiffsbug entfernt. An der Weide, deren Äste ins Wasser ragen, kommt er nicht vorbei. Von wegen, ein kleiner Sprung vom Ufer, und schon ist man an Bord! Ihm bleibt keine andere Wahl, Voss muss in den Fluss, zum Glück hat er den Peilsender und das Handy in wasserdichte Hüllen gesteckt. Er watet durch das Wasser, spürt den morastigen Grund unter seinen Schuhen und hofft, dass er nicht zu tief einsackt. An dem Tag, an dem er hier mit Frau Kaminski ins Wasser ging, um den Uferstreifen zu begutachten, ging ihnen das Wasser bis zur Taille, das wäre kein Problem.

Am Heck wird die Ladeklappe scheppernd geschlossen, er muss jetzt sofort an Bord, weil ihn das Schiff sonst beim Losfahren zerdrückt. Die Bordwand liegt etwa einen Meter über der Wasseroberfläche. Da er bereits bis zur Hüfte im Wasser steht, erreicht er die Reling gerade noch mit den Fingerspitzen. Er versucht, sich an der Bordwand hochzuziehen, was allerdings nicht gelingt, weil die Wand glatt und mit Algen bewachsen ist und leicht schräg hinunter ins Wasser reicht, weshalb sich Voss mit den Füßen nirgends abstützen kann. Vielleicht kann er sich an den Ästen der Weide festhalten? Als er gerade einen der Äste gepackt hat, hört er über sich Schritte. Einer der Bootsmänner ist gekommen, um das Tau von der Weide zu lösen. Der Mann steht direkt über ihm, Voss riecht den Rauch seiner Zigarette, hört sein leises Schnaufen, als er mühsam den Knoten vom Baumstamm entfernt. Nur wegen des dichten Blattwerks und der Dunkelheit kann der Mann ihn nicht sehen. Voss steht regungslos im Wasser.

Als die Taue gekappt sind, heult der Dieselmotor auf, der Schiffskörper vibriert, das ist die letzte Chance. Voss packt einen der Äste, zieht sich etwas aus dem Wasser heraus, hält sich nun mit der anderen Hand an der Reling fest und benutzt die Äste, um sich mit den Füßen abzustützen. Ein letzter Schwung, und Voss rutscht über die Reling ins Schiff, nur Sekunden später reißt sich die Stahlwanne vom Uferschlamm los und legt ab.

Voss blickt um sich, er liegt zwischen Bug und erstem Container, er ist auf dem nassen Tau gelandet, das der Bootsmann eben eingeholt hat. Durch den Lärm des Motors hört er die Bootsmänner, die um die Container herumlaufen, an die Gehäuse schlagen, vielleicht um die Transportsicherungen zu überprüfen. Voss rollt sich hinter einen grauen Metallkasten, der an der Reling steht, er bleibt auf dem Bauch liegen, sieht den Kegel einer Taschenlampe näher kommen, zieht die Waffe aus dem Holster. Der Bootsmann bleibt stehen, zieht mit einem Schraubenschlüssel die Türverriegelungen nach. Als der Mann verschwunden ist, spürt Voss sein Telefon in der Jackentasche vibrieren. Voss zieht das Handy aus der wasserdichten Hülle hervor, er sieht, dass Zydan ihn angerufen hat. Und es gibt eine SMS von Maja: *Ich muss aus dem Keller raus. Verstecke mich draußen irgendwo.* Voss leitet Zydan die SMS weiter, schreibt: *Keine Anrufe, melde dich direkt bei Maja.*

Die Bootsmänner sind jetzt offenbar alle auf der Brücke. Voss kann die beleuchtete Glaskanzel, in der auch der Steuermann steht, von hier unten gut beobachten. Mindestens zwanzig Meter liegen zwischen der Brücke am Heck und dem Bug, wo er sich befindet. Dazwischen stehen die Container, die ihm guten Sichtschutz bieten, den er im Moment noch nicht mal braucht, weil es eine mondlose, schwarze Nacht ist. Er kann sich hier draußen erst mal recht sicher fühlen, weil er sofort sieht, wenn jemand die Brücke verlässt, trotzdem ist es Zeit, sich nach einem besseren Versteck umzusehen. Wo sind die Klappen, von denen ihm Frau Kaminski erzählt hat? Er tastet die Reling ab, sucht nach einem Griff, einem Spalt in der Verkleidung oder einem Scharnier. Er findet schließlich zwei Löcher, steckt seine Finger durch und zieht. Eine etwa zwei Meter lange Klappe öffnet sich, in der ein paar angeschimmelte Bojen liegen. Platz genug müsste dort für ihn sein, auch wenn es deutlich weniger komfortabel zu sein scheint, als es ihm Frau Kaminski beschrieben hat. Voss schließt die Klappe wieder, holt den Sender aus der Tasche und überlegt, wo er ihn am besten anbringen könnte. Am Buggeländer ist eine Holzkiste angeschraubt, die leer ist, da läge der Sender trocken und sicher, das Holz wird den Empfang nicht stören. Voss schaltet den Sender ein und deponiert ihn in der Kiste. Durch den Maschinenlärm, das Rauschen des Wassers und das Pfeifen des Windes, der jetzt auffrischt, hört er von Weitem eine Männerstimme. Voss hat nicht bemerkt, dass der Bootsmann die Brücke verlassen hat, er versteht auch nicht, was der Mann ruft. Haben die ihn gesehen? Voss lässt sich zu Boden gleiten, robbt zu der Klappe, zieht sie auf, legt sich hinein und schließt die Klappe vorsichtig hinter sich.

Er hört jetzt nichts mehr von dem, was draußen vor sich geht, er weiß nicht, ob jemand ihn gesehen hat, ob sie nach ihm suchen. Sein Kopf ruht auf dem Schiffsboden, er hört den Motor brummen, riecht die feuchten, vergammelten Bojen, die um ihn herumliegen, er spürt seine nasse Hose und sein Gesicht, das heiß ist vor Aufregung. Er hat erst mal getan, was zu tun war, und muss nun hoffen, dass nicht im nächsten Moment die Klappe aufgerissen wird. Voss tastet nach seiner Waffe, er hat nicht viel Platz, kann seine Arme kaum bewegen. Als er nach einigen Verrenkungen sein in Plastik eingeschlagenes Telefon in der Hand hält, stellt er fest, dass es hier drinnen kein Netz gibt. Er ist in dieser Klappe genauso abgeschirmt wie die Autos in den Containern. Er schließt die Augen, spürt sein eben noch rasendes Herz langsamer schlagen. Hat Maja es aus dem Keller geschafft? Funktioniert der Peilsender? Wohin fahren sie? Er atmet tief ein und aus, sagt sich, dass er gerade sowieso nichts machen kann, dass die Dinge jetzt so passieren, wie sie eben passieren. Das beruhigt ihn ein wenig.

Voss schreckt auf, er spürt Wasser um seinen Kopf herumfließen. Hat er geschlafen? Der Motor brummt unverändert, das Wasser rauscht an der Bordwand, sie scheinen immer noch unterwegs zu sein. Erneut schießt ein Schwall Wasser durch die enge Kammer. Und das Wasser fließt nicht sofort wieder ab, es steht eine Handbreit in der Klappe, was dazu führt, dass Voss nun am ganzen Körper nass ist. Tolles Versteck, denkt er, wenn er Frau Kaminski das nächste Mal sieht, wird er sich bei ihr bedanken. Aber bevor er noch länger mit seinem Schicksal hadern kann, kommt schon der nächste Wasserschwall. Ich muss hier raus, denkt Voss und drückt gegen die Klappe, aber die lässt sich nicht bewegen. Er drückt stärker gegen die Klappe. Nichts passiert. Voss stemmt sich mit aller Kraft gegen den Stahl, das Verdeck gibt keinen Millimeter nach. Er versucht mit den Fingern die beiden Löcher zu finden, die recht weit oben in der Verkleidung sein müssen, aber er reicht nicht an die Löcher heran, er kann sich kaum bewegen in dieser engen Kammer. Was ist passiert? Hat sich die Klappe beim Zuschlagen verklemmt? Eine neue Welle schwappt herein, er muss den Kopf heben. Mit der rechten Hand misst Voss den Abstand zwischen Gesicht und Decke, es bleiben etwa drei Handbreit. Panik steigt in ihm auf.

Er könnte mit dem Ellenbogen gegen die Klappe schlagen, aber es ist zu eng, um mit dem Arm auszuholen. Voss versucht, mit den Knien die Klappe aufzuhebeln, aber auch das gelingt nicht. Das Wasser steigt weiter. Er dreht sich auf den Bauch, bleibt dabei in einer Art Liegestütz-Position. Mit dem Rücken drückt er gegen die Klappe, dabei stemmt er sich mit den Armen vom Boden ab, so weit es eben geht – alles vergeblich. Seine Arme zittern, er kann sich nicht lange so halten. Das Wasser kommt vom Bug, vielleicht ist dort ein Loch in der Verkleidung. Voss dreht sich wieder auf den Rücken, versucht mit den Füßen zu ertasten, ob die Kammer zur Bugseite hin offen ist. Er spürt eine Querstrebe, dahinter geht der Hohlraum weiter. Ob es dort noch eine Klappe gibt, die sich vielleicht öffnen lässt?

Voss rutscht bugwärts, er streckt seine Beine über die Querstrebe, der Hohlraum verengt sich, er zwängt seinen Po hindurch. Er spürt, dass der Boden hinter der Querstrebe ansteigt, weshalb er nun in einer Schieflage ist und den Kopf kaum noch aus dem Wasser kriegt. Voss hält die Luft an, schiebt seinen Körper weiter über die Querstrebe. Er muss in die andere Kammer kommen, in der das Wasser nicht so hoch steht wie hier. Um die Schultern und Arme über die Querstrebe zu bekommen, muss er sich drehen, aber zuerst muss er atmen. Voss schiebt seinen Kopf zur Kammerdecke, atmet drei Mal tief durch, dreht sich ein und rutscht mit dem Oberkörper in die Nebenkammer.

Er spürt das Wasser an seinem Kopf vorbei in die tiefer gelegene Kammer fließen, Voss kann wieder atmen, aber bewegen kann er sich fast gar nicht mehr. Er drückt mit seinen Armen gegen die seitliche Bordwand, in der Hoffnung, dort womöglich eine andere Klappe zu öffnen, aber da ist nichts. Verzweiflung überkommt ihn, wütend wirft sich Voss nach allen Seiten, er spürt einen dumpfen Schmerz an der Stirn, warmes Blut fließt über sein Gesicht. Das macht ihn noch wütender, er rammt seine Knie gegen die Decke – und hält inne, weil die Decke nachgibt. Erneut stemmt er seine Knie dagegen, es sieht so aus, als sei diese Kammer von oben zu öffnen. Voss drückt mit Knien und Armen, es gelingt ihm, die Abdeckung anzuheben, durch den Spalt dringt frische Luft. Mit einer letzten Kraftanstrengung stemmt er die Abdeckung weiter nach oben, klemmt seinen Oberkörper in den Spalt und windet sich nach draußen.

Erschöpft sinkt Voss auf den Schiffsboden. Er schleppt sich hinter den grauen Metallkasten am Bug, zittert am ganzen Körper, wegen der Aufregung, aber auch, weil es kühl geworden ist und seine Klamotten triefend nass sind. Vorsichtig hält er nach den Bootsmännern Ausschau, die immer noch oben auf der Brücke sitzen. Voss wählt Neumanns Nummer, aber der nimmt nicht ab. Dafür sind, während er in der Relingklappe um sein Leben kämpfte, zwei SMS angekommen. Voss liest:

Zydan 23.51 Uhr. Finde Maja nicht.

Zydan 23.58 Uhr. Maja antwortet nicht auf SMS.

DIENSTAG

Ein Knall schallt über das Deck, Voss schrickt zusammen. Auch die Bootsleute haben etwas gehört und steigen von der Brücke herunter in die Transportwanne. Voss hört aufgeregte Stimmen, hört, wie sich die Bootsmänner mit Werkzeugen an einem der Container zu schaffen machen. Offenbar ist irgendetwas abgerissen, Voss schätzt, dass vier oder fünf Mann an Bord sind. Er krabbelt über das Deck, er hat vorhin eine Abdeckplane gesehen, die um ein Geländer gewickelt war. Voss löst die Plane vom Geländer, wickelt sich darin ein und legt sich hinter den grauen Kasten. Die Bootsmänner lachen, rufen sich irgendwas zu, gehen zurück auf die Brücke.

Voss versucht erneut, Neumann anzurufen. Diesmal klappt es.

»Neumann, wie ist die Lage?«, flüstert Voss ins Telefon.

»Chef, geht es Ihnen gut?«

Wegen des Schiffslärms versteht Voss kaum etwas. »Alles bestens, empfangen Sie das Signal vom Peilsender?«

»Ich habe gerade mit dem Polizeidirektor gesprochen, das Signal kommt astrein an, er macht sich natürlich große Sorgen. Ich bin auf dem Rückweg ins Präsidium.«

»Wo fährt das Schiff hin?«, fragt Voss.

»Östliche Stromoder Richtung Norden, Sie müssten in der Nähe von Stettin sein.«

»Weiß Madsen Bescheid?«

»Die Soko verfolgt die Operation, außerdem folgen Einsatzkräfte auf deutscher und polnischer Seite dem Schiff.«

»Die dürfen sich auf keinen Fall blicken lassen!«

»Keine Sorge, die Einsatzwagen fahren zehn Kilometer vom Ufer entfernt, dank des Senders brauchen wir ja keinen Sichtkontakt.«

Das Brummen des Motors verstummt, das Schiff wird langsamer. Sind sie schon angekommen?

Voss legt auf.

Die Frage ist, wo er sich verstecken kann, falls sie jetzt irgendwo anlegen. Hinter dem grauen Metallkasten kann man ihn leicht entdecken. Rettungsboote sind nicht zu sehen, und auch sonst kann er in der Dunkelheit nichts entdecken, was ihm Schutz bieten könnte. Der Motor heult auf, das Schiff biegt in einen Seitenarm ab, Voss riecht den fauligen Schlamm, der vom Schiffsbug aufgewirbelt wird, er sieht Äste, die über die Reling streichen, der Steuermann bremst ab, Voss erblickt linkerhand einen Bootsanleger im Wasser, das Schiff gleitet am Anleger entlang, vom Heck hört er die Bootsmänner kommen, die wahrscheinlich das Schiff vertauen wollen, er sieht ihre Taschenlampen, sie sind vielleicht noch fünfzehn Meter entfernt. Voss muss sich jetzt schnell entscheiden. Er rappelt sich hoch, springt auf den Anleger und verschwindet im Dickicht.

Der Boden ist sumpfig, Voss versackt bis zu den Waden im Morast, er will nicht tiefer in den Wald hinein, weil er um sich herum kaum etwas sehen kann. Zum Anleger zurück kann er auch nicht, weil ihn dort die Bootsleute entdecken könnten. Zu allem Überfluss kommen jetzt auch noch die Mücken. Solche Bilder sollte man den Leuten zeigen, denkt Voss, diesen Tatort-Guckern und Regionalkrimi-Lesern, die den Kommissarberuf für eine unglaublich unterhaltsame, kreative, ja sogar glamouröse Sache halten. Die Wahrheit ist, dass man irgendwann durchnässt, hungrig und frierend im Dreck steht. Er will Zydan eine SMS schicken, sieht aber, dass er gerade selbst neue Meldungen bekommen hat.

Zydan 01.07 Uhr. Habe Maja gefunden, sie ist verletzt, Schusswechsel.

Diese Nachricht trifft Voss schwer, er hätte das alles nie riskieren dürfen. Aber er hat keine Zeit, um länger darüber nachzudenken, an Bord des Schiffes kommt Bewegung auf, an der Brücke wird ein Scheinwerfer angeschaltet, der das Deck beleuchtet, die Bootsleute bringen Aufkleber an den Containern an. Hätte er sich nicht hier ins Dickicht geflüchtet, wäre er wohl spätestens jetzt gefunden worden. Einer der Bootsmänner hat vor dem ersten Container irgendetwas gefunden. Er ruft die anderen zu sich. Hoffentlich hat er nicht den Sender entdeckt, denkt Voss. Aber schon kurze Zeit später sieht er die Bootsleute friedlich rauchend beieinanderstehen, sie scheinen nichts Beunruhigendes entdeckt zu haben. Dann vergeht Zeit, viel Zeit, die Voss mal auf dem einen, mal auf dem anderen Bein verbringt, wie ein Flamingo. Manchmal geht er zwischendurch in die Hocke, um die Beinmuskeln zu entspannen. Die ganze Zeit muss er an Maja denken. Ihm ist kalt, er versucht sich warmzuhalten. Er hat Zydan mehrere Nachrichten geschickt, aber keine Antwort bekommen.

Gegen 5.30 Uhr springt der Schiffsmotor endlich wieder an, die Bootsleute lösen die Taue vom Anleger. Nachdem die Brücke des Schubschiffes hinter den Ästen verschwunden ist, springt Voss am Bug über die Reling und rollt in sein Versteck. Dann schaut er vorsichtig nach, ob der Sender noch in der Holzbox ist, es ist alles in Ordnung. Das Schiff gleitet rückwärts aus dem Flussarm, es wird langsam hell. Warum haben sie bis zum Tagesanbruch gewartet, anstatt im Schutz der

Nacht zu fahren? Das Versteck hinter dem grauen Metallkasten ist jedenfalls nicht mehr sicher genug. Voss braucht dringend einen neuen Ort, an dem er sich verbergen kann. Er öffnet den grauen Metallkasten, in dem sonst offenbar die Rettungsringe gelagert werden, der aber leer ist. Er müsste recht bequem sitzen können in diesem Kasten, das Einzige, was ihn davon abhält, sein neues Versteck sofort zu beziehen, ist die Vorstellung, wieder in einer Box gefangen zu sein. Auch wenn in diesen Rettungsring-Kasten ganz sicher kein Wasser laufen kann und die Wände nur aus dünnem Blech und nicht aus Gussstahl sind. Voss probt mehrmals den schnellen Einstieg in den Kasten, an der Innenseite ist ein Metallstift angebracht, mit dem er die Tür von innen verriegeln kann, außerdem sind an allen Seiten verstellbare Lüftungsschlitze in den Wänden, durch die er sehen kann, was an Bord und auf dem Wasser geschieht.

Das Schiff biegt wieder in die Oder ein, beschleunigt, es weht ein leichter Wind, Möwen kreisen über ihnen. Das Ufer ist grün und flach, ein dichter Schilfgürtel verbindet das Wasser mit dem Land. Voss will endlich wissen, was mit Maja ist, aber Zydan antwortet nicht. Durch die Lüftungsschlitze sieht Voss, dass sie unter einer Autobahnbrücke hindurchfahren, die das Oderland überspannt. Ist das schon der Stadtring von Stettin? Sie unterqueren eine zweite Brücke, am linken Ufer liegen Kohleberge, etwas weiter entfernt sind die Schornsteine eines Kraftwerks zu erkennen. Eine Insel gleitet vorbei, auf der eine Ruine steht, die einmal ein herrschaftliches Haus gewesen sein muss, dann macht der Fluss eine Biegung und ein mächtiger Kirchturm erscheint am Horizont. Voss schließt kurz die Augen.

Er wird von einer Erschütterung geweckt, das Schiff ist gegen etwas Hartes geprallt. Durch die Lüftungsschlitze sieht er die Bootsleute, die sich an Deck zu schaffen machen. Sie lösen die Bodenhalterungen der Container. Sollen die Autos hier ausgeladen werden? Eine halbe Stunde später senkt sich ein Kranhaken. Der Kran packt den ersten Container und zieht ihn langsam und mühelos in die Luft, das Gleiche geschieht mit den anderen drei Containern. Voss öffnet vorsichtig die Verriegelung seines Verstecks, die Tür öffnet zur Bugreling hin, sodass er vom Deck aus nicht gesehen werden kann. Er blickt sich um, sieht Kaimauern, Kranbrücken und Verladepiers. Auf dem Kai stehen Hafenarbeiter mit Helmen und gelben Warnwesten. Voss muss von diesem Schiff runter, so schnell wie möglich. Die vier Container stehen nun nebeneinander auf dem Kai. Als Voss gerade den Peilsender aus der Holzbox nehmen will, hört er hinter sich einen Schrei. Einer der Bootsleute hat ihn erblickt und kommt auf ihn zu. Er ruft etwas auf Polnisch, gestikuliert erregt. Voss zieht seinen Dienstausweis aus der Tasche, hält ihn dem Mann kurz vor das Gesicht und sagt:

»Voss vom deutschen Zoll, ich prüfe die vorschriftsmäßige Löschung der Fracht. Woher kommen Sie?«

Der Bootsmann schaut ihn erstaunt an. »Wir von Schwedt.«

Voss zieht sein Handy aus der Tasche, tut so, als würde er telefonieren. »Ja, Helga, schau doch mal, ob der Löschungsvorgang B 17/48 schon durch ist. Ach, der ist schon durch? Na dann ist ja alles in Ordnung.« Voss nickt dem Bootsmann zu: »Alles in Ordnung.« Dann verlässt er das Schiff, nimmt sich im Vorbeigehen aus einem herumstehenden Gabelstapler eine Warnweste und einen weißen Schutzhelm und verschwindet hinter einem mit Kohle beladenen Eisenbahnwaggon. Dort blickt Voss an sich herunter, sieht seine erdverschmierten, feuchten Hosen, sein dreckiges Hemd, seine lehmverkrusteten Schuhe. Dass man ihn in diesem Aufzug für einen deutschen Zöllner halten kann, ist mehr als erstaunlich. Vom Kohlewaggon aus beobachtet er den polnischen Bootsmann, mit dem er gerade gesprochen hat, der geht völlig unaufgeregt seiner Arbeit nach, er scheint wirklich nichts gemerkt zu haben. Polizeiausweise wirken eben autoritätseinflößend, vor allem auf einen Schmuggler, denkt Voss erleichtert.

Er nähert sich den vier Containern, da ertönt ein Warnsignal. Voss blickt nach oben und sieht einen Kranhaken auf sich zukommen. Er springt zurück, der Haken rastet ein, kurz darauf schwebt der erste Container davon. Voss setzt sich in Bewegung, versucht den Container mit den Augen zu verfolgen, aber die Kranbrücke ist mindestens zweihundert Meter lang. Am liebsten würde Voss rennen, aber das wäre zu auffällig, er geht mit langen, schnellen Schritten, umrundet einen Berg aus verrosteten Stahlträgern, sieht den Container in der Ferne verschwinden. Er prägt sich die Richtung ein, außerdem kommen ja noch drei andere Container, denen muss er nur folgen, was einfacher gedacht ist als getan, weil der Kai unter der Kranbrücke mit allem möglichen Zeug zugestellt ist. Voss kommt an weißen Granitblöcken vorbei, die zu Mauern aufgestapelt sind, daneben stehen Kühlhäuser, in denen gefrorener Fisch lagert. Voss sieht den zweiten Container, der über ihm durch die Luft schwebt. Aber ist das einer vom Boot? Er kann sich nicht an die hellblaue Farbe und die gelben Streifen erinnern. Er läuft schneller, hinter den Kühlhäusern stehen Container wie Legosteine übereinandergestapelt. Es sind Hunderte, Tausende. Wie soll er seine Container hier nur wiederfinden?

Außer Atem hält Voss inne, er muss den Kran im Auge behalten, es wäre nur logisch, dass der die vier Container nacheinander an denselben Ort bringt, nach ein paar Minuten rauscht der Kranhaken ein drittes Mal über ihn hinweg, diesmal ist es ein weißer Container, wie fast jeder zweite hier auf dem Kai. Voss rennt nun doch los, lässt die Augen nicht von dem Stahlkasten, der in der Luft so winzig und leicht wirkt. Das Problem ist, dass Voss nichts sehen kann, wenn er an einem hohen Containerstapel vorbeikommt, es ist auch schwer, die Orientierung zu behalten, obwohl der Kran da oben an einer geraden Schiene läuft. Aber der Weg hier unten ist nicht gerade, Voss muss ständig im Zickzack laufen, und die Stapel werden immer höher und stehen immer enger, sodass er wieder nicht sehen kann, wo genau der Kran seine Ladung absetzt. Er sieht nur den leeren Kranhaken zurückgleiten. Keuchend steht Voss in dieser seltsamen Containerstadt, er muss schnell eine Idee haben, in höchstens drei Minuten wird der Kranhaken die letzte Ladung greifen. Es gibt im Grunde nur eine Möglichkeit: Er muss auf einen der Containertürme klettern, am besten auf den höchsten.

Voss geht um den Turm herum, vor dem er gerade steht, er zählt sechs Etagen. Jeder Container ist etwa zweieinhalb Meter hoch, an den Längsseiten gibt es horizontale Rillen, er könnte sich an den Verriegelungsstangen der Türen festhalten und über die Rillen, die etwa in Schrittweite voneinander liegen, emporsteigen. Es bleibt keine Zeit zum Nachdenken, die Container sind so gestapelt, dass die Türen übereinanderstehen. Weit und breit ist niemand zu sehen, Voss beginnt den Aufstieg. Es geht leichter, als er dachte, die Rillen sind breit genug für seine Füße, mit drei Schritten schafft er eine Etage, mit achtzehn Schritten wird er oben sein. Achtzehn Meter, das ist ein fünfstöckiges Haus, denkt Voss und ärgert sich sofort über diesen blöden Gedanken, der ihm Angst macht, ihn Konzentration kostet. Immer nur an den nächsten Schritt denken, immer nur an den nächsten Schritt. Nicht nach unten blicken, nicht nach oben blicken, einfach nur bis zur nächsten Rille. Er steigt immer höher, Meter für Meter, hält sich mit beiden Händen an den Stangen fest, setzt das rechte Bein vor, zieht das linke Bein nach, fühlt sich sicherer.

Als er sich am vorletzten Container hochzieht, springt der rechte Türflügel auf, Voss' rechte Hand rutscht ab, er kann sich gerade noch an die linke Verriegelungsstange krallen, die umfasst er nun mit beiden Händen, zieht sich weiter hoch. Seine Beine zittern, seine Hände sind taub vor Angst. Er blickt kurz nach unten, was die Sache nicht einfacher macht. Bleib' konzentriert, flüstert er sich zu, nur an den nächsten Schritt denken. Vier Schritte noch. Voss hört hinter sich die Laufräder des Kranhakens surren, gleich wird der letzte Container irgendwo abgestellt. Vier Schritte noch. Er setzt den rechten Fuß in die nächste Rille, zieht sich nach oben, umklammert das Metallprofil an der Oberseite des Turms, über ihm gleitet das letzte Frachtstück vom Boot durch die Luft, Voss erkennt den Container wieder, der während der Fahrt am Bug stand. Mit letzter Entschlossenheit steigt er auf den Turm, verharrt kniend in der Mitte. Er sieht den Kranhaken, der sich langsam absenkt und den Container vor einer grauen Halle platziert, neben den drei anderen. »Grain Terminal«, steht an der Hallenwand. Das Getreidelager.

Voss blickt sich um, erst jetzt begreift er, wie groß allein der Containerhafen ist. Links und rechts vom Kai liegen weitere Kais mit Kranbrücken, unter denen sich Fracht stapelt. Eine Rolltür am Getreidelager öffnet sich, Voss sieht mehrere Männer in weißen Overalls. Er ruft Neumann an.

»Ich bin am Getreidelager, eine graue Halle im Containerhafen, sieht ziemlich neu aus, mit Betonmauern und einem halbrunden Dach, an den Stirnseiten mit braunem Holz verkleidet, davor stehen jetzt die Container, ich gehe näher ran, ich hoffe, die Kollegen sind hier schon irgendwo.«

»Habe verstanden, Chef. Das Problem ist, die polnischen Kollegen kommen nicht auf das Hafengelände.«

»Wie bitte?«

»Das ist exterritoriales Gebiet, da darf nur der Zoll rein.«

»Dann sollen die den verdammten Zoll dahinschicken!«

»Ist offenbar auch nicht so einfach, dafür braucht man eine staatsanwaltliche Verfügung, aber die Kollegen arbeiten daran.«

»Neumann, ich scheiße auf die staatsanwaltliche Verfügung! Ich riskiere hier gerade meinen Arsch, und wenn die Kollegen nicht sofort kommen, verlieren wir die Schmuggler wieder, setzen Sie alles in Bewegung!«

»Das tun wir, es ist nur nicht so einfach, weil wir den polnischen Kollegen leider nichts zu sagen haben.«

»Rufen Sie dieses deutsch-polnische Lagezentrum an, sagen Sie, ein deutscher Kollege ist in Lebensgefahr, er wird, wenn es nötig ist, von seiner Schusswaffe Gebrauch machen, im verschissenen exterritorialen Gebiet! Allerdings sollen die Kollegen die Halle nur weiträumig sichern, nicht zu nahe herangehen!«

»Alles klar, Chef, ich gebe das weiter, und seien Sie bitte vorsichtig!«

»Schicken Sie mir eine SMS, sobald es etwas gibt, der Sender ist auf dem Schiff geblieben, die Mannschaft darf auf keinen Fall hochgenommen werden, bevor wir hier nicht fertig sind, die dürfen keinen Verdacht schöpfen, ich will den Typen schnappen, der mehr weiß.«

Langsam steigt Voss von seinem Containerturm herunter. Erst als er wieder auf dem Boden steht, merkt er, dass seine Beine sich anfühlen, als wären sie aus Gummi. Er hält ein paar Sekunden inne, dann läuft er los. Um zum Getreidelager zu gelangen, muss er über eine Brücke, die südlich über den Hafenkanal führt. Von der Brücke aus kann er den Eingang des Getreidelagers gut beobachten, er sieht die Männer mit den weißen Overalls, die gerade dabei sind, die Containertüren zu öffnen. Sie fahren die Autos in die Halle und schließen das Rolltor. Voss läuft über die Brücke ans andere Ufer, die Halle hat keine Fenster, weshalb er sich ohne größere Vorsicht nähern kann. Er stellt sich mit dem Rücken an die Wand und sucht nach einem Nebeneingang. Eine schmale Metalltür lässt sich nicht öffnen, Voss geht weiter um das Gebäude herum, entdeckt ein zweites Rolltor, das nicht ganz geschlossen ist. Er zwängt sich unter dem Tor hindurch und findet sich in der Halle wieder, in der es nach Sojabohnen riecht. Voss kennt den Geruch, weil seine Exverlobte Nicole, die leider Vegetarierin war, sich manchmal aus Sojamehl und Ei Kugeln geformt hat, die sie dann in der Pfanne briet und verstörenderweise Buletten nannte. Voss geht um einen Pfeiler herum und erblickt ein Gebirge aus granulierten Sojabohnen. Das Gebirge reicht bis zur Hallendecke, an manchen Stellen hat sich das Sojapulver zu Felsgraten verdichtet, die steil in die Tiefe abfallen. Es ist eine solche Menge, denkt Voss, dass man wahrscheinlich alle deutschen Vegetarier bis Weihnachten durchfüttern könnte.

Er hört die Stimmen der Männer durch die Halle schallen. Voss schleicht um das Sojagebirge herum, verbirgt sich hinter einem Pfeiler und beobachtet die Männer, sechs an der Zahl, die dabei sind, die Autos in Plastikfolie einzupacken. Was haben sie vor? Das erste verpackte Auto rollt in einen Container, der innen mit Edelstahl ausgekleidet ist. Als das Auto im Container steht, werden auch die Autotüren mit Plastikfolie umwickelt, dann legen die Männer mehrere eingeschweißte Pakete in den Kofferraum und versiegeln diesen ebenfalls. Von einer Verladebrücke senkt sich ein Rüssel herab und befüllt den Container durch eine Deckenluke mit Sojagranulat. Jetzt versteht Voss, warum die Autos so sorgfältig eingepackt werden. Aber was ist in den Paketen im Kofferraum? Werden hier Autos zusammen mit Drogen geschmuggelt? Ist der Aufwand deshalb so groß?

Das Hallendach öffnet sich, ein Kranhaken packt den frisch befüllten Container und befördert ihn hinaus. Ähnlich zügig geht die Verpackung des zweiten Wagens vonstatten, Voss schaut auf die Uhr, wenn die in dem Tempo weiterarbeiten, sind sie spätestens in einer halben Stunde fertig. Die Frage ist, ob die polnischen Kollegen es bis dahin schaffen, auf das Gelände zu kommen. Voss denkt nach, er muss irgendetwas tun, um die Verladung zu verzögern. Er pirscht sich weiter um das Sojagebirge herum, versteckt sich hinter einem Radlader. Er ist jetzt nicht mehr weit von den Autos entfernt. Da erblickt Voss einen Mann oben auf der Verladebrücke, der mit dem Rücken zu ihm gewandt am Geländer steht. Er trägt eine Kapitänsmütze, streckt den rechten Daumen in die Luft, woraufhin ein anderer Mann, der neben ihm steht, den Befüllungsrüssel zum nächsten Container schwenken lässt. Ist das der Projektleiter? Oder ist es ein echter Kapitän, der die Beladung seines Schiffes überwacht?

Voss schleicht zurück zu dem Rolltor, durch das er in die Halle gekommen ist. Er schaut auf sein Handy, eine SMS von Neumann: *Verstärkung ist unterwegs.* Was heißt das? Doch wohl nichts anderes als: Es dauert noch. Voss blickt sich in der Halle um, er sieht von hier aus die Rückseite der Verladebrücke, an der ein Kasten hängt, aus dem der Befüllungsrüssel ragt. Dieser Rüssel funktioniert offenbar wie ein riesiger Staubsauger, er saugt das Sojagranulat an und drückt es in die Container. Voss hat eine Idee. Er geht zu der schmalen Metalltreppe hinüber, die offenbar zur Verladebrücke führt, steigt die Stufen hinauf. Der Sojasauger macht einen solchen Krach, dass Voss sich nicht darum sorgen muss, von den Männern auf der Brücke gehört zu werden. Trotzdem klopft sein Herz, als er die Verladebrücke erreicht. Der Kapitän und seine Leute stehen auf der anderen Seite der Brücke, die man von hier nicht sehen kann.

Voss steht am Befüllungsrüssel, hört das Sojagranulat durch den Schlauch rauschen. Der Kasten, in dem Voss den Gebläsemotor vermutet, ist leicht zu öffnen, er sieht eine Art Ventilator rotieren, zwei Kabel führen vom Gehäuse zum Motor. In diesem Moment stoppt das Gebläse, der zweite Container ist befüllt. Voss nutzt die Gelegenheit, zerrt an den Kabeln und schafft es schließlich, eines der Kabel aus der Verankerung zu reißen, zur Sicherheit zieht er auch noch das zweite Kabel heraus, dabei rutscht er allerdings ab und prallt mit dem Rücken gegen eine Blechwand. Ohne den Krach des Gebläses ist es recht still in der Halle, die Blechwand scheppert, Voss hört Schritte, und ehe er sich versieht, steht ihm der Mann mit der Kapitänsmütze gegenüber. Voss will seine Waffe ziehen, aber der Mann versetzt ihm einen Schlag auf die Nase, der ihn zusammensinken lässt. Schnell richtet sich Voss wieder auf, allerdings zu spät, er sieht aus dem Augenwinkel die Faust des anderen heranfliegen, kann sich gerade noch wegdrehen und wird am Hinterkopf getroffen. Er spürt einen dumpfen Schmerz, geht in die Knie, sieht das Blut, das aus seiner Nase auf die Erde tropft. Voss erinnert sich daran, was Dibbersen ihm mal gesagt hat: Kehle und Hoden sind die Stellen, an denen ein Mann am verletzlichsten ist, ein gezielter Schlag auf eine der beiden Stellen kann einen Kampf entscheiden. Allerdings kennt er das alles nur aus der Theorie, in der Praxis war er das letzte Mal mit vierzehn in eine Schlägerei verwickelt. Es war ein Kampf mit Steffen Schlön aus der Parallelklasse, und der ging nicht gut für ihn aus.

Voss blickt auf, der Kapitän lässt von ihm ab, er ist ein schlanker, durchtrainierter Typ mit wachen Augen, kein Idiot, so viel ist sicher. Voss muss den Moment nutzen, er blickt links am Kapitän vorbei, als ob er Augenkontakt mit jemandem aufnehmen würde, der hinter seinem Angreifer steht. Unwillkürlich blickt sich der Kapitän um, Voss springt auf ihn zu, versucht mit der rechten Faust so hart wie möglich die Hoden zu treffen. Der Kapitän taumelt, aber Voss spürt sofort, dass der

Schlag nicht hart genug war. Er tritt mit dem Fuß in die Leistengegend, der Kapitän fällt nach hinten, Voss setzt nach, tritt ihm ins Gesicht. Diesmal war es ein Treffer, das spürt er sofort, an der Härte des Kontakts und dem schmerzverzerrten Gesicht seines Gegners. Es ist, als tauchte er in eine Energiewolke, als wäre er plötzlich ein anderer. Voss will zu seiner Waffe greifen, aber sein Holster ist verrutscht, er blickt einen Moment nach unten, nestelt am Holster, spürt plötzlich ein Brennen, über sein linkes Auge läuft Blut. Der Kapitän muss etwas geworfen haben, Voss sieht einen Schatten auf sich zuspringen, der Kapitän wirft sich auf ihn. Voss prallt mit dem Rücken gegen das Geländer der Verladebrücke, sein Kopf schlägt mit einer solchen Wucht gegen den Handlauf, dass ihm schwarz vor Augen wird. Das Geländer gibt nach, Voss fällt von der Brücke und landet im Sojaberg. Er ist auf einmal von Sojagranulat umhüllt, rutscht durch das Pulver, weiß nicht, ob er noch fällt oder schon angekommen ist. Er versucht sich mit den Händen Platz zu schaffen, und bemerkt erst in diesem Moment, dass er weder seine Arme noch seine Beine bewegen kann.

Voss öffnet die Augen, aber er sieht nichts. Er steckt in diesem verdammten Sojaberg fest wie ein Skifahrer in einer Schneelawine. Zum Glück kann er atmen, wobei er aufpassen muss, dass ihm kein Pulver in den Mund gerät. Voss versucht, flach zu atmen, die Lippen kaum zu öffnen. Er bewegt seine Schulter leicht nach oben, offenbar sind kleine Bewegungen möglich, Voss versucht, seinen rechten Arm etwas heranzuziehen, tastet mit der Hand durch die Sojamasse, schafft sich Platz. Aber das Granulat sackt sofort nach, lastet nun noch schwerer auf ihm. Voss begreift, dass es am besten ist, sich gar nicht zu bewegen. Er hat das Gefühl, immer noch nicht ganz bei sich zu sein, womöglich ist das der Grund dafür, dass er nicht in Panik verfällt und die Atmung flach halten kann. Die Luft wird nicht weniger, das ist die gute Nachricht.

Er weiß nicht, wie viel Zeit vergangen ist, als er die Rufe hört. Er spürt etwas an seinem Fuß, eine Hand womöglich, die an ihm zieht. Jetzt zieht es auch an seinem anderen Fuß, er gleitet langsam aus dem Sojagebirge. Das Erste, was Voss sieht, als er die Augen aufschlägt, sind zwei Schnurrbart-Gesichter. Sie reden auf ihn ein, aber er versteht nichts, was sicher am Sojapulver in seinen Ohren liegt, aber wohl auch dem Umstand geschuldet ist, dass die Männer Polnisch sprechen. Voss spürt eine große Müdigkeit, eine seltsame Lethargie.

Die Schnurrbart-Gesichter gehören zu zwei Feuerwehrmännern, die ihn vorsichtig zur Seite tragen. Sie setzen ihn auf den Hallenboden, den Rücken an einen Pfeiler gelehnt. Voss sieht die uniformierten Polizisten, die mit Handschellen gefesselten Schmuggler, die mit dem Gesicht zum Boden liegen. Er sieht den Kapitän, der seine Mütze verloren hat, aber sonst schon wieder ganz gut beisammen ist. Neben dem Kapitän steht die Kommissarin Agnieszka Zajak, und auch Soko-Chef Holger Madsen ist da. Die beiden kommen auf ihn zu, sie gehen seltsam ruckartig, als ob sie immer zwei Schritte auf einmal machen würden. Voss hört Satzfetzen, die keinen Sinn ergeben, er sieht besorgte Gesichter, er spürt Gummihandschuhe an seiner Wange, eine Hand, die seinen Kopf abtastet, er sieht eine Nadel in seinem Arm, die zu einem sehr langen Schlauch führt, eine Lampe blendet ihn, dann wird es neblig und dunkel.

MITTWOCH

Es ist später Nachmittag, als Voss im Polizeikrankenhaus von Stettin erwacht. Er hört ein aufgeregtes Tuscheln, zwei Gestalten in weißen Kitteln schweben herbei. Sie fragen ihn, ob er sie hören könne. Blöde Frage, denkt Voss, warum sollte er sie nicht hören können? Langsam taucht er auf, hört immer mehr, sieht immer mehr. Er fühlt sich, als erwachte er aus einem langen Winterschlaf, dabei ist es offensichtlich immer noch Sommer, wie er an der warmen Luft erkennt, die durch das geöffnete Fenster in sein Zimmer strömt. Die beiden weißen Gestalten sehen sich zum Verwechseln ähnlich, obwohl sie verschiedene Haarfarben haben und offensichtlich nicht im gleichen Alter sind. »Sind Sie Zwillinge?«, fragt Voss. Die beiden schauen ihn an, drücken auf einen Knopf. Ein paar Minuten später betritt eine dritte Gestalt den Raum, sagt ihren Namen, es ist ein sehr langer Name. Voss fragt die dritte Gestalt, ob sie die Schmugglerbande alleine geleitet hat, oder ob es Mittäter gab. Kurz danach wird es wieder neblig und dunkel.

DONNERSTAG

Am frühen Morgen taucht er endgültig aus dem Nebel auf, der Kopf schmerzt, der Hals ist trocken, die Zunge schwer, und irgendwas muss mit seiner Nase passiert sein. Er ist allein, versucht sich daran zu erinnern, was geschehen ist. Voss setzt sich auf, sein Kopf brummt, er stellt sich vorsichtig hin, spürt die Unsicherheit in den Beinen, geht einen Schritt und reißt den Tropf um. Die Infusionsnadel in seinem Arm schmerzt, eine Schwester kommt herein, offenbar vom Krach des umfallenden Ständers alarmiert. Sie sagt, er solle sich wieder hinlegen, aber er schüttelt den Kopf, sagt, er habe Dringenderes zu tun, als hier im Bett zu liegen. Die Schwester drückt auf einen Knopf, ein Arzt erscheint, sagt, er freue sich, Voss wieder wohlauf zu sehen. Voss fragt, was passiert ist, der Arzt misst seinen Blutdruck, leuchtet ihm mit einer Lampe in die Augen und schwenkt seinen nach Veilchenseife duftenden Zeigefinger vor Voss hin und her. Offenbar ist er zufrieden mit seinen Tests, nickt, schüttelt ihm die Hand.

Voss legt sich wieder hin, blickt durch das geöffnete Fenster auf eine Kastanie, die im Hof des Krankenhauses steht. Die Zweige wogen im Wind, die Blätter rascheln, er wäre jetzt gern im Wald, am liebsten mit Maja. Plötzlich kommen die Erinnerungen wieder, die Nachricht von Zydan, dass Maja angeschossen wurde. Er hat immer noch keine Ahnung, wie es ihr geht! Voss sucht nach seinem Handy, aber er findet es nicht, stattdessen spürt er einen dumpfen Schmerz im Hinterkopf, lässt sich in das weiche, große Krankenhaus-Kopfkissen zurücksinken, schließt die Augen, seine Atmung wird ruhiger. Er denkt daran, wie Maja ihn vor ein paar Wochen im Sternekorper Forst verführt hat. Sie waren mit den Fahrrädern unterwegs, machten Rast auf der Lichtung hinter dem Birkenwäldchen. Sie zog ihre Bluse aus, er küsste ihre kleinen, festen Brüste, sie lagen ineinander verschlungen im weichen Gras, er spürte die Sonne auf seinem Rücken und ihren warmen Bauch an seinem Bauch. Irgendwann sprang sie schreiend auf, weil auch ein paar Ameisen mitschmusen wollten. Sie stand vor ihm, erschreckt, außer Atem, ihre zerzausten, dunkelblonden Haare klebten an der Stirn. »Warum habe ich einen Polizisten dabei, wenn der mich noch nicht mal vor Ameisen beschützen kann?«, rief sie lachend.

Kurz darauf kommen Neumann, Holger Madsen und Agnieszka Zajak ins Zimmer. Voss will sich erheben, aber sie bedeuten ihm, liegen zu bleiben. Zunächst ergreift Madsen das Wort, er beglückwunscht Voss zu der gelungenen Operation, zum ersten Mal sei es gelungen, einen wichtigen Hintermann einer Schmugglerbande zu verhaften. Es handele sich um einen Russen, Sergei Ruplin, der offenbar die gesamte Aktion geplant hat. Sieben Schmuggler wurden im Getreidelager verhaftet, später wurden auch die fünf Männer festgenommen, die das Boot nach Stettin gefahren haben. In den Kofferräumen der Autos wurden einhundertfünfzig Kilogramm Heroin mit einem Straßenverkaufswert von fünfundzwanzig Millionen Euro gefunden.

»Dann ging es gar nicht um die Autos?«, fragt Voss.

»Doch, die waren sicherlich Teil der Bestellung, so eine Art Geschenkverpackung«, sagt Madsen. »Die Konkurrenz im Drogentransportwesen ist groß, da braucht man schon gute Argumente, um einen Auftrag zu bekommen.«

»Eine gefährliche Verpackung, wenn man bedenkt, dass die Autos gestohlen waren und bei einer Kontrolle sofort aufgefallen wären.«

»Diese Autos wären nicht aufgefallen«, sagt Madsen, »das ist für mich das Verblüffendste an der ganzen Geschichte.«

»Was heißt das?«

»Die Autos haben Papiere, die jeder Kontrolle standgehalten hätten, weil sie nicht gefälscht sind. Wir haben die Manipulation zurückverfolgt, die haben sich in das Zentralregister im Kraftfahrt-Bundesamt gehackt und neue Fahrzeugpapiere erstellen lassen. Dabei wurden die Lebensläufe der Autos neu erfunden, vom Fertigungsdatum in München bis hin zur Auslieferung an den Erstbesitzer, eine Baufirma in Köln, von der es nicht mehr als einen Briefkasten gibt.«

»Aber die Autos waren doch trotzdem als gestohlen gemeldet.«

Madsen grinst. »Nein, weil auch die Fahrzeugidentifikationsnummern manipuliert wurden. Die haben einen alten, recht banalen Fälschertrick in die Welt des Cybercrime überführt: Eine 0 wurde gegen ein O getauscht, nur eben nicht wie bisher an den Blechen am Auto, sondern im elektronischen Zentralregister. Kaum einem Zöllner wäre das aufgefallen.«

»Das heißt, wir haben nach Autos gesucht, die es gar nicht mehr gab«, sagt Voss. »Wie haben die das denn technisch hinbekommen? Man knackt ja schließlich nicht mal eben so das Kraftfahrt-Bundesamt.«

»Sie haben offenbar jemanden, der das kann.«

»Wann fand die letzte Manipulation statt?«

»Wenige Stunden bevor die BMW gestohlen wurden. Die Daten wurden vom Kraftfahrt-Bundesamt an die Zulassungsstelle in Köln übersandt, dort wurden die Papiere gestern Mittag ausgehändigt.«

»Das heißt, die Kuriere fuhren die gestohlenen BMW bereits mit den neuen Papieren Richtung Oder.«

»Spezialisten vom BKA versuchen, die Hacker ausfindig zu machen. Wir wissen bisher nur, dass die Daten über einen Server liefen, der in Kiew steht und den Systemnamen Imed trägt.«

»Imed?«

»Schon mal gehört?«

Voss schüttelt den Kopf, er spürt einen stechenden Schmerz in den Schläfen. Das ist er also, der große Bandenchef, von dem ihm Zydan erzählt hat. Ein Server in Kiew.

Agnieszka Zajak tritt an Voss' Bett, sie zwinkert ihm zu. »Ich habe Blumen mitgebracht, aber das war gestern, irgendjemand hat sie mitgenommen«, sagt sie.

»Alles verschwindet, das ist seltsam«, sagt Voss.

»Und es taucht wieder auf, Ihre Bekannte, Maja, ist zurück, sie wurde offenbar wirklich entführt, konnte sich aber befreien und flüchtete nach Deutschland.«

Voss versucht, überrascht zu wirken. »Das ist ja wunderbar, wie geht es ihr?«

»Sie hatte eine Schussverletzung am Oberschenkel, hat ziemlich viel Blut verloren, sie liegt im Krankenhaus von Bad Freienwalde.« Die Kommissarin macht eine Pause, sieht Voss durchdringend an. »Sie wusste nicht, wo sie gefangen gehalten wurde, sie hat auch nie einen ihrer Entführer zu Gesicht bekommen, hat nicht mal erfahren, warum sie überhaupt entführt wurde, konnte dann aber ganz überraschend fliehen, das ist erstaunlich, nicht wahr?«

»Ja, sehr erstaunlich«, sagt Voss, ihm wird heiß. »Wo wurde sie denn angeschossen?«

»In Bad Freienwalde, auf offener Straße«, sagt Neumann und drängt sich ans Krankenbett vor. »Zwei Männer waren hinter ihr her. Einen haben wir festnehmen können.«

»Ach so«, sagt Voss, er ist so angespannt, dass er einen Krampf im Oberschenkel bekommt, auch die Kopfschmerzen werden noch schlimmer.

»Ein Anwohner hat Schüsse gehört und die Polizei alarmiert.

Der Mann heißt Valdis Berzins, ist lettischer Staatsbürger, verweigert bisher jede Aussage.«

»Mmhh, na ja ...« Voss spürt das Blut durch seinen Körper jagen. Wenn der Mann aussagt, sind Maja und er geliefert. Es wäre dann nur noch eine Frage der Zeit, bis die Kollegen herausbekämen, dass er Maja über die Grenze geholt und in der Wohnung versteckt hat. Dass sie nie wirklich entführt wurde. Die Frage ist, was der Mann über Maja weiß. Vielleicht hatte er nur den Auftrag, sie zurückzubringen, und keine Ahnung davon, dass sie als Kurier gearbeitet hat.

»Ich habe Maja bereits Blumen vorbeigebracht«, sagt Neumann. »Natürlich in Ihrem Namen, Chef, ich habe ihr auch erzählt, was hier passiert ist, also im Rahmen dessen, was ich ihr erzählen konnte.«

»Vielen Dank, Neumann«, sagt Voss. Er denkt daran, dass sie nun beide im Krankenhaus liegen, Maja und er. Sie in seinem Land, er in ihrem. Die Erleichterung darüber, dass es ihr offenbar gut geht, wird sofort von anderen Sorgen überdeckt. »Noch mal zu unserem Fall, Madsen, ich verstehe nicht, warum das alles so kompliziert organisiert wurde. Warum das Schiff? Warum die Container? Wenn die Autos nicht als Diebesgut zu identifizieren waren, warum hat man sie dann nicht einfach per LKW zum Empfänger gebracht?«

»Es ging darum, vier Schiffscontainer mit unauffälligem Frachtgut in den Sicherheitsbereich des Stettiner Hafens zu bringen«, sagt Madsen. »Es gab gültige Ausfuhrpapiere für die Autos, die Container wurden bei der Einfahrt in den Hafen vom polnischen Zoll registriert. Und dann fand so eine Art Hütchenspiel statt.«

»Wie meinen Sie das?«

»Die haben einen Komplizen in der Hafenverwaltung, der die Transportnummern vertauscht hat. Die vier Schiffscontainer mit den gebrauchten PKWs aus Deutschland, die eigentlich nach Riga fahren sollten, verwandelten sich in vier Container mit Sojabohnengranulat, die nach Rotterdam verschifft werden sollten.«

»Rotterdam? Ich dachte, die haben die strengsten Drogenkontrollen?«

»Haben sie auch, aber durch Karosserie, Plastikfolie und Sojabohnengranulat kann kein Drogenhund das Heroin wittern, sagen die Kollegen von der Drogenfahndung.«

»Und die Autokarosserien hätte man nicht aufspüren können?«

Madsen lächelt. »Dieselbe Frage habe ich auch gestellt. Nahrungsmittel-Container sind innen mit Edelstahl ausgekleidet, die üblichen Röntgen- und Scanmethoden funktionieren da nicht.«

»Und wenn der holländische Zoll die Container geöffnet hätte?«, fragt Voss.

»Da kommen wir zum Kern der Geschichte«, sagt Madsen, dessen Lächeln immer breiter wird. »Diese Bande ist wirklich clever, das muss ich sagen.«

»Madsen, Sie sind ja ein richtiger Fan von denen geworden.«

»Professionelle Arbeit imponiert mir, das muss ich zugeben. Sogar die Kollegen von der Drogenfahndung waren beeindruckt von dieser Transportmethode.«

»Hören Sie auf zu schwärmen, Madsen, erzählen Sie!«

»Sojagranulat aus biologischem Anbau zählt zu den sogenannten ›sensiblen Nahrungsmitteln‹, weil damit Produkte für Allergiker und Babys hergestellt werden. Deshalb darf nicht mal der Zoll so einen Container öffnen, da das Granulat sonst verunreinigt werden könnte.«

»Aber irgendjemand muss doch so eine Ladung kontrollieren dürfen«, sagt Voss, der immer unruhiger wird.

»Richtig«, sagt Madsen. »Deshalb werden die Container im Sicherheitsbereich des Stettiner Hafens unter Zollaufsicht befüllt und mit einem speziellen Siegel verplombt.«

»Da war niemand vom Zoll.«

»Doch, unter den Festgenommenen war auch ein Mann von der Zollaufsicht, der offenbar seit Langem für die Bande arbeitet.«

»Okay, jetzt verstehe ich Ihre Schwärmerei, Madsen, das klingt schon alles ziemlich rund.«

»Blöd ist nur, dass wir nun immer noch nicht wissen, wer eigentlich die Auftraggeber sind.«

»Was sagt denn der Russe, dieser ...«

»Sergei Ruplin.«

»Ja.«

»Der sagt nichts, absolut nichts, was aber auch nicht ungewöhnlich ist, die würden ihn noch im Gefängnis umbringen, wenn er was verrät.«

»Was wissen wir über ihn?«

»Nicht viel«, sagt Agnieszka Zajak. »Er saß schon mal in einem polnischen Gefängnis, vor drei Jahren, auch wegen einer Drogensache. Hochintelligent, promovierter Informatiker.«

»Vielleicht hat er den Server in Kiew programmiert«, überlegt Voss.

»Unwahrscheinlich, die Kollegen von Europol, die den Server gerade analysieren, sagen, der Administrator sitze irgendwo in Deutschland, auch der Hackerangriff gegen das Kraftfahrt-Bundesamt wurde von einem Rechner in Deutschland aus geführt. Genaueres wissen sie noch nicht.«

Voss überlegt, ihn beschleicht eine Ahnung. »Wo hat dieser Sergei Ruplin studiert?«

Die Kommissarin schlägt die Polizeiakte auf, blättert lange herum, bis sie die Information findet. »Er wurde in Moskau geboren und studierte an der Lomonossow-Universität.«

»In welchem Jahr?«, fragt Voss, er ist auf einmal hellwach.

»Von 1986 bis 1990. Er spezialisierte sich in theoretischer Informatik, was auch immer das sein soll.«

»Dann kannte er die Kramers! Georg Kramer und seine spätere Frau Melanie haben zur selben Zeit an der Fakultät studiert, das kann kein Zufall sein«, sagt Voss. »Bloß fand der Hacker-Angriff auf das Kraftfahrt-Bundesamt nach dem Tod von Georg Kramer statt, der ja angeblich alle Fäden in der Hand hielt und den Kontakt mit den Auftraggebern hatte.«

»Sie meinen, Melanie Kramer hat nach dem Tod ihres Mannes alleine weitergemacht?«, fragt Neumann.

Voss schließt die Augen, denkt nach. Er legt seine Hände an die Schläfen, das mindert den Kopfschmerz ein wenig. »Neumann, Sie standen doch am Waldrand, als Sie Frau Kramer in der Gärtnerei observierten. Was hat Frau Kramer getan, bevor sie die Festplatte vom Computer ihres Mannes in die Grube legte?«

Neumann überlegt. »Na ja, sie zog erst dieses Päckchen aus der Tasche, lief zum Gewächshaus rüber und ging dann zu der Stelle, an der sie das Loch gegraben hatte.«

»Wenn Sie so ein Päckchen verschwinden lassen wollen, laufen Sie dann damit noch so ein bisschen in der Gegend rum, bevor Sie es vergraben?«

Neumann nickt. »Ich verstehe, was Sie meinen, Chef, so betrachtet war es auch nicht besonders diskret, dass sie vor den Augen der Kollegen, die ihr Haus observierten, die Festplatte in den Kofferraum ihres Autos verfrachtete.«

»Wahrscheinlich hat sie gehofft, schon dort von uns erwischt zu werden. Die Gärtnerei war der zweite Versuch. Neumann, schicken Sie sofort zwei Kollegen zu Frau Kramer, sie wird vorläufig festgenommen.«

Fast alle Menschen wirken anders in einem Vernehmungsraum. Das ist nicht überraschend, Vernehmungsräume werden mithilfe von Polizeipsychologen so konzipiert, dass sie

Menschen einschüchtern, ihnen ein Gefühl von Verlorenheit vermitteln. Es gibt einen Tisch und zwei Stühle, ansonsten ist der Raum leer, ohne jede Ablenkung, Neonspots an der Decke sorgen für ein gleißendes Licht. Hier kann man nichts verstecken, nichts bemänteln, das ist die Botschaft, die so ein Raum ausstrahlen soll. Und wer etwas zu verstecken hat, den macht so ein Raum nervös. Das ist zumindest die Theorie, in der Praxis sieht es leider etwas anders aus, denkt Voss, als er Melanie Kramer am späten Nachmittag im Vernehmungsraum II des Polizeipräsidiums von Bad Freienwalde gegenübersitzt. Auch sie ist anders als sonst, aber keineswegs eingeschüchtert, auch nicht nervös. Mit übereinandergeschlagenen Beinen sitzt sie da, trägt ein elegantes Sommerkleid, wippt ein wenig mit dem rechten Fuß und schaut ihm gerade und selbstbewusst in die Augen. So selbstbewusst, wie er sie vorher nie erlebt hat.

Schweigend sitzt Voss da, er versucht so souverän und ruhig wie möglich zu wirken, er will, dass sie das Gespräch beginnt. Aber sie beginnt nicht, sie nippt an ihrem Wasserglas, streicht sich eine Haarsträhne aus dem Gesicht, schaut ihn wieder erwartungsvoll, ja geradezu neugierig an. Voss hat immer noch Kopfschmerzen, er fühlt sich matt, seine Nase ist geschwollen, die Platzwunde am Hinterkopf, die im Stettiner Polizeikrankenhaus mit drei Stichen genäht wurde, brennt. Er würde das hier gerne so schnell wie möglich hinter sich bringen, auch weil er endlich zu Maja will. Er weiß, dass das keine gute Ausgangslage für einen Vernehmer ist. Ein Vernehmer sollte frisch und wach sein, er sollte Zeit und Geduld haben.

Der Polizeidirektor, der zusammen mit Neumann hinter der Glasscheibe sitzt und die Vernehmung beobachtet, war überrascht von der vorläufigen Festnahme. Er fand, es gebe nicht genügend Anhaltspunkte dafür, dass Melanie Kramer mehr als nur eine ohnmächtige Gehilfin ihres Mannes gewesen sei. Außerdem sei da doch der Abschiedsbrief. Voss nippt ebenfalls an seinem Wasserglas, er blättert durch die Ermittlungsakte, als gäbe es da irgendwas, das er noch nicht kennt. Er versteht ihre Taktik nicht, warum spielt sie nicht weiter die verhuschte, kleine Ehefrau? Oder die von Trauer betäubte Witwe? Warum setzt sie sich hier in Pose, als wäre sie beim Pferderennen auf der VIP-Tribüne? Jedenfalls scheint sein Plan, sie das Schweigen brechen zu lassen, nicht zu funktionieren. Sie sitzen jetzt seit zehn Minuten hier, und wenn einer nervös wird, dann er selbst. Also Taktikwechsel. Frontalangriff.

»Frau Kramer, seit wann kennen Sie Sergei Ruplin?«

Sie schaut ihn überrascht an, das ist gut. In ihrem eben noch so betont stolzen Gesicht beginnt es zu arbeiten. Zweifel zucken um ihren Mund, sogar ein wenig Angst glaubt Voss in ihren Augen zu sehen. Dieses kleine Feuerwerk der Gefühle währt nicht lange, schon bald hat sie sich wieder im Griff, wippt sie wieder mit dem Fuß, hat sie wieder diesen Blick.

»Wer soll das sein?«, fragt sie betont gelangweilt, aber sie hält die Rolle nicht durch, weicht seinem Blick aus, weiß jetzt selbst, dass das kein gutes Zeichen ist.

»Sie haben mit ihm zusammen studiert, an der Lomonossow-Universität. Er erinnert sich sehr gut an Sie.«

»Es gab viele Studenten damals, und ich gehörte nicht zu den hässlichsten Mädchen. Es kann also sein, dass sich da jemand an mich erinnert, an den ich selbst keine Erinnerung habe.«

»Nun, Sergei Ruplin, den wir übrigens gleich hereinführen werden, sagt, dass Sie sich nie wirklich aus den Augen verloren haben.«

Die Ankündigung verfehlt ihre Wirkung nicht. Melanie Kramer leckt mit der Zungenspitze nervös an ihrer Unterlippe, sie denkt nach, richtet ihre Energie nach innen und kann sich deshalb nicht mehr so sehr um ihre Fassade kümmern. Fieberhaft nachdenken und cool bleiben, kaum einer schafft beides gleichzeitig.

»Sergei und ich hatten mal ein kurzes Verhältnis, bevor ich Georg kennenlernte.«

»Wie kam es zu dem Wechsel der Männer, Frau Kramer?«

»Ich war achtzehn, als ich Sergei kennenlernte, es war eine Verliebtheit, nichts Ernsthaftes. Außerdem sah Sergei viel zu gut aus, und ich war, glaube ich, nicht die Einzige, der er den Hof machte.«

»Ach so, eine Vernunftentscheidung.«

»Mit Georg hat mich viel mehr verbunden, er war schon damals ein ernsthafter, verantwortungsvoller Mensch, einer, auf den man sich verlassen konnte.«

»Das ist interessant, Frau Kramer, Sie suchten mit achtzehn Jahren einen Mann, der möglichst ernsthaft und verlässlich ist, aber bitte nicht zu gut aussieht?«

»Ich weiß ehrlich gesagt nicht, Herr Voss, was das alles mit Ihrer Untersuchung zu tun haben soll.«

Neumann kommt in das Vernehmungszimmer, er legt Voss einen Zettel auf den Tisch. Voss liest, blickt Melanie Kramer an und nickt Neumann zu, der den Raum zügig verlässt.

»Frau Kramer, wir wissen, dass der Kontakt zu Sergei Ruplin nie wirklich abgerissen ist. Herr Ruplin hat sich in der Vernehmung als wahrer Gentleman erwiesen und betont, es habe keinerlei romantische Anknüpfung an ihre Liebschaft gegeben.« Voss macht eine Pause, lässt den Satz wirken. Sie soll unbedingt daran glauben, dass Ruplin mit ihm gesprochen hat. »Wissen Sie, im Grunde ist mir das egal. Ich interessiere mich mehr für die geschäftlichen Beziehungen, die Sie mit Ruplin bis zum heutigen Tag haben. Der Autoschmuggel, der Drogenhandel, Sie wissen schon …«

»Drogenhandel?«

»Den Autoschmuggel bestätigen Sie also.«

»Das habe ich Ihnen doch alles schon erklärt, ja, ich habe die Programme für die Wegfahrsperren geschrieben, aber nur weil Georg das wollte.«

»Also hatte Ihr Mann den Kontakt zu Sergei Ruplin?«

»Ich wusste nicht, mit wem Georg da zusammenarbeitet.«

»Sie lügen, Frau Kramer, und das auch noch sehr schlecht. Wir wissen von Herrn Ruplin, dass Ihr Mann fast krankhaft eifersüchtig auf ihn war. Und außerdem viel zu anständig. Sie haben eben selbst betont, wie ernsthaft und verantwortungsvoll Ihr Georg war.«

Sie schweigt, schlägt die Augen nieder, was Voss ermutigt, noch weiterzugehen.

»Herr Ruplin sagt, es sei genau andersherum gewesen, er hätte Kontakt zu Ihnen aufgenommen, um Ihnen ein Geschäft vorzuschlagen. Sie hätten Ihrem Mann nichts davon erzählt. Aber Sie brauchten Ihren Mann, weil nur er die Programme für die Wegfahrsperren schreiben konnte. Weil er immer noch der Beste war, wie schon damals an der Lomonossow-Universität.«

Frau Kramer blickt ihn resigniert an. »Es stimmt, Sergei hat mich kontaktiert, aber später haben Georg und er alles geplant, da war ich nicht mehr eingeweiht, schon wegen der Kinder.«

Sie macht das nicht ungeschickt, denkt Voss, sie gibt etwas zu, wenn es nicht mehr anders geht, und zieht sich sofort auf die nächste sichere Position zurück. »Sergei Ruplin hat heute Vormittag einen Deal mit der polnischen Staatsanwaltschaft gemacht. Er hat alles offengelegt, den Imed-Server in Kiew, die Drogenroute über Rotterdam, er hat auch detailliert Ihre Rolle in der Organisation beschrieben, ich hatte sogar den Eindruck, er wolle Sie, Frau Kramer, als die eigentlich Verantwortliche in der Schmugglerbande darstellen.«

»Das ist doch lächerlich ...«

»Alle von Ruplin stammenden Informationen, die wir bisher nachprüfen konnten, entsprachen der Wahrheit. Alles, was wir hingegen an Ihren bisherigen Aussagen überprüfen konnten, hat sich als falsch erwiesen. Wir haben genug gegen Sie in der Hand, wir können die Akte der zuständigen Staatsanwaltschaft übergeben. Bandenmäßig organisierter Drogenschmuggel bringt Sie lange, sehr lange hinter Gitter.«

»Ich weiß nichts von Drogen, das müssen Sie mir glauben!« Zum ersten Mal seit Beginn der Vernehmung hat Voss das Gefühl, dass Melanie Kramer die Wahrheit sagt. Er hat schon vermutet, dass Ruplin den Drogentransfer ohne ihr Wissen abwickelte und nur den Gewinn für die Autos mit ihr teilte. Doch eigentlich ist Voss auch das egal, das sollen andere herausfinden. Er hat einen ungeklärten Todesfall zu untersuchen, und langsam scheint Melanie Kramer bereit zu sein für die Fragen, um die es ihm wirklich geht.

»Letzte Chance, Frau Kramer, erzählen Sie alles, wahrheitsgemäß. Ich weiß, dass Sie sich absichtlich von uns erwischen ließen, als Sie die Festplatte vergruben. Wir sollten die Mails finden, die Sie selbst geschrieben haben, um als Handlangerin Ihres Mannes dazustehen, der Sie angeblich in seiner Gewalt hatte. Erzählen Sie mir jetzt, wie es wirklich war.«

Melanie Kramer widerspricht nicht, ihre Körperspannung ist entwichen. Gerade noch wirkte sie, als denke sie angestrengt nach, als wäge sie ihre Chancen und Risiken ab. Offenbar ist sie nun zu dem Ergebnis gekommen, dass es am schlauesten wäre, nicht mehr alles zu verbergen. Sie beginnt zu erzählen, von Georg, dem brillanten, schüchternen Studenten, der sie von Anfang an verehrte. Es gab nicht viele Austauschstudenten aus der DDR am Institut in Moskau, vielleicht noch zehn andere außer Georg und ihr. Die anderen blieben die meiste Zeit unter sich, hatten wenig Kontakt zu den russischen Mitstudenten. Aber Melanie war neugierig, sie ging auf die Institutspartys, feierte mit Wodka, Speck und düsterer Musik. Dort lernte sie Sergei kennen, der sie galant umwarb, mit dem sie ihren ersten Sex hatte und der sie nach zwei Monaten verließ, als er ein neues Mädchen im Partykeller erblickte. Georg beobachtete das alles aus der Ferne, er verehrte Melanie und wartete still auf seine Gelegenheit. Vielleicht wollte sie Sergei beweisen, dass sie auch andere Männer haben konnte, vielleicht wollte sie nicht alleine sein, jedenfalls waren sie und Georg bald ein Paar. Melanie Kramer trinkt einen Schluck aus ihrem Wasserglas, sie blickt Voss nachdenklich an. »Sie haben recht, es war eine Vernunftentscheidung.«

»Und ich dachte, er schrieb Ihnen Gedichte, als Sie sechzehn waren?«, sagt Voss.

»In seinem ganzen Leben hat Georg kein einziges Gedicht geschrieben, was vermutlich vor allem daran liegt, dass Gedichte nicht aus binären Zahlensystemen bestehen.«

»Aber Sie haben mir doch erzählt, von den Gedichten, die er in Ihren Briefkasten warf, dass Sie ihn von der Toilette aus beobachteten.«

»Das wäre schön gewesen«, sagt sie und blickt an Voss vorbei. Dann erzählt sie weiter, tonlos, emotionslos, wie die Protokollantin eines fremden Lebens. Ihr Mann war mit wenig zufrieden, er war weder an Geld noch an Karriere interessiert. Dabei hätte er einiges aus sich machen können, aus seinem Talent, seinem Potenzial. Aber Georg Kramer brauchte vor allem Ruhe und Zeit, für seine Formeln und Gedanken. Er konnte komplexe Computeranwendungen im Kopf schreiben, es genügte ihm, wenn sie vor seinem geistigen Auge funktionierten. Für ihn war Informatik ein intellektueller Genuss, mehr sollte es gar nicht sein. Bei Avanta schrieb er in den ersten sechs Monaten seiner Beschäftigung eine Handvoll Programme, die dafür sorgten, dass alles so lief, wie es laufen sollte. Die folgenden acht Jahre hing er von neun bis siebzehn Uhr seinen Tagträumen nach. Wenn ihr Mann abtauchte, wenn er in sich selbst verschwand, dann hatte er oft ein Lächeln im Gesicht. Zu Hause kümmerte er sich auch um die Kinder und, soweit das im Bereich seiner Möglichkeiten lag, um seine Frau. Sie wohnten in dieser kleinen Dreizimmerwohnung am Rande von Bad Freienwalde, fuhren in den Sommerferien zu Georgs Eltern nach Rügen. Wenn man Georg Kramer damals gefragt hätte, er hätte wohl gesagt, dass die Familie glücklich sei.

Doch Melanie Kramer wollte mehr. Das kleine Leben, das kleine Glück und die kleine Wohnung machten sie fertig. Sie hatte das Gefühl, zu verkümmern, ihre besten Jahre zu verplempern. Dann rief Sergei an und wollte mit ihrem Mann in Kontakt treten. Dafür brauchte er sie. Anfangs war sie ein bisschen beleidigt, dass Sergei nicht mal versuchte, in ihr Bett zu kommen, aber dann begriff sie, dass Sergeis Geschäfte und Georgs Fähigkeiten ihr möglicherweise zu dem Leben verhelfen könnten, von dem sie träumte. So ging es los. Sie erzählte ihrem Mann von einem Unternehmer aus Sankt Petersburg, der ihr ein Angebot gemacht habe, als freie Mitarbeiterin Programme zu schreiben. Sie bemühte sich, es selbst zu schaffen, Georg half ihr, wie immer. Irgendwann wollte er wissen, was das denn für ein Unternehmen sei, das solche Programme brauchte. Sie erzählte ihm, was ihr gerade einfiel. Er schrieb die Programme, er hatte ja Zeit. Mit dem Geld kaufte Melanie Kramer ein wenig von dem Glanz, der ihr bis dahin gefehlt hatte. Die Programme wurden komplexer, das Geld wurde mehr. Wahrscheinlich wusste ihr Mann, dass sie ihn belog, aber er sah auch, dass es ihr besser ging. Wenn man Melanie Kramer damals gefragt hätte, sie hätte wohl gesagt, dass die Familie glücklich sei.

Bis zu dem Tag, als ihr Mann herausbekam, dass Sergei der Auftraggeber war und nicht ein IT-Unternehmer aus Sankt Petersburg. Eifersucht flammte auf, da konnte Melanie Kramer noch so sehr beteuern, wie professionell die Beziehung mit Sergei war. Es kann sein, dass ihr Mann an den Anfang zurückdachte, dass er mal kurz auftauchte aus seinen Träumen und einen irdischen Schmerz fühlte, den er bis dahin nicht gekannt hatte. Auf jeden Fall weigerte er sich von diesem Tag an, weitere Programme zu schreiben. Melanie Kramer redete auf ihn ein, versuchte, ihn von seinen trüben Gedanken abzubringen, erklärte ihm schließlich die Lage. »Wenn wir nicht liefern, sind wir in Gefahr«, sagte sie, aber das interessierte ihn nicht. Er nahm das nicht ernst, hielt ihre Warnungen für übertrieben.

Je länger sie spricht, desto gelöster wirkt Melanie Kramer, es scheint für sie eine große Erleichterung zu sein, das alles zu erzählen. Voss hat das oft erlebt in Vernehmungen, gerade bei Verdächtigen, die über eine längere Zeit gute und überzeugende Lügengeschichten erzählt hatten, und die es dann, nachdem ihre Lügen aufgeflogen waren, genossen, die Wahrheit zu sagen, nicht mehr ständig kontrollieren und abwägen zu müssen. An dem Punkt ist Melanie Kramer jedoch noch nicht, vermutet Voss, sie streut gerade nur deshalb etwas Wahrheit in die Lügen, weil die dann umso überzeugender wirken. »Er war so naiv«, sagt sie. »Bis zu diesem Nachmittag im vergangenen Mai, da haben sie Georg nach der Arbeit aufgelauert, haben ihn halb totgeprügelt, die Schweine.« Sie schluckt, hält inne. »Als ich ihn so sah, wollte ich alles abbrechen und irgendwo hingehen, wo man uns nicht kennt. Ich wollte nicht mehr, aber Georg sagte, es sei schon okay, er mache weiter, es gehe schließlich auch um die Kinder.« Tränen laufen ihr übers Gesicht.

Voss betrachtet sie fasziniert und angewidert zugleich. Er faltet den Zettel auseinander, den Neumann ihm zugesteckt hatte. »Frau Kramer, Sie hätten vielleicht Schauspielerin werden sollen und nicht Gärtnerin«, sagt er. »Ihre Vorstellung ist perfekt, wenn ich es nicht besser wüsste, ich hätte Ihnen das jetzt glatt geglaubt.«

Sie blickt ihn erzürnt an.

»Wir haben vor Kurzem einen lettischen Staatsbürger festgenommen, sein Name ist Valdis Berzins. Er hat in Bad Freienwalde eine junge Polin angeschossen, die offenbar Sergei und seinen Leuten in die Quere gekommen ist. Im Handy dieses Mannes war eine SMS gespeichert, in der die Adresse des Avanta-Rechenzentrums in Strausberg vermerkt ist. Die SMS wurde von Ihrem Handy gesendet, Frau Kramer, am 14. Mai um 21.48 Uhr. Zwei Tage später wurde Ihr Mann nach der Arbeit halb totgeprügelt, wie Sie es gerade so mitfühlend ausdrückten.«

Sie blickt zu Boden, vergräbt das Gesicht in den Händen, weint weiter. Voss denkt daran, wie oft er diese Frau nun schon hat weinen sehen. Wahrscheinlich hat sie nicht nur gespielt, die Traurigkeit kann echt gewesen sein, auch wenn Melanie Kramer womöglich bisweilen vergaß, dass sie selbst diese Traurigkeit verschuldet hatte.

»Wie ging es weiter, Frau Kramer, nachdem Sie Ihren Mann verprügeln ließen?«

»Ich wollte doch nur, dass er aufwacht«, bringt sie unter Tränen hervor. »Ich dachte, er bräuchte diesen Weckruf.«

»Aber es hat offenbar nicht funktioniert.«

»Er war von diesem Tag an ein anderer Mensch, er zog in die Dachkammer, ließ sich kaum noch bei uns blicken. Er bekam Panikattacken, nahm Schlaftabletten, schrieb die Programme für Sergei, dämmerte vor sich hin. Manchmal fand ich ihn nachts zusammengekrümmt auf der Treppe. Er hatte Angst, dass die wiederkommen und ihn erneut bestrafen.«

»Sie hätten ihm sagen können, wer die Schläger geschickt hat.«

Sie blickt kurz auf, schlägt dann wieder die Augen nieder. »Das ging nicht, es hätte alles noch schlimmer gemacht. Er hat ja an mich geglaubt, hat mich geliebt.«

»Außerdem hätten Sie Ihrem Mann dann wohl sagen müssen, dass Sie auch die Männer angeheuert haben, die Ihre Kinder von der Schule abholten. Dass Sie die dubiose Mail geschickt haben, in der mit der Entführung Ihrer Kinder gedroht wurde.«

»Es war notwendig, ich wollte ihm helfen, das Richtige zu tun.«

»Sie wollten vor allem, dass Ihre Geldquelle weiter sprudelt. Sie haben immer weitergemacht. Der Hacker-Angriff auf das Kraftfahrt-Bundesamt vor zwei Tagen, das waren doch Sie!«

»Ich habe das auch für ihn getan, und für unsere Kinder. Es war vielleicht das erste Mal, dass Georg, ohne es zu wollen, etwas Großes in seinem Leben tat. Es war das erste Mal, dass er etwas geleistet hat, verstehen Sie?« Ihre Stimme klingt wieder selbstbewusster, kämpferischer. Es wirkt so, denkt Voss, als würde sie wirklich daran glauben.

»Diese Kaufsucht«, sagt Voss, »seit wann haben Sie die?«

Sie blickt ihn müde an. »Was spielt das jetzt noch für eine Rolle?« Sie setzt sich aufrecht hin, wischt mit dem rechten Handrücken die Tränen aus dem Gesicht und erzählt, wie Georg schließlich völlig zusammenbrach, nur noch vom Tod sprach und sie ihn zum Psychiater schickte. »Dem besten, den es gibt«, sagt sie stolz. Fast einen Monat verbrachte Georg in der Münchner Privatklinik, die Rechnungen bezahlte sie. Offiziell waren sie in dieser Zeit in Kroatien im Urlaub, weil niemand wissen sollte, wie es um Georg stand. Der Arzt diagnostizierte eine schizophrene Störung, die Georg allerdings schon als Kind gehabt haben musste, die ihn immer begleitet hatte und die dafür sorgte, dass er sich so leicht in seiner Traumwelt einschließen konnte. Er hatte gelernt, mit seiner Krankheit zu leben, und hätte sie womöglich nicht einmal als problematisch empfunden, wenn nicht der Realitätsschock so groß gewesen wäre. Der Psychiater sagte, es gebe diese Fälle, in denen Menschen mit einer unerkannten Krankheit zufrieden sein könnten – und erst verzweifelten, wenn man sie zwingen wolle, gesund zu werden. »Es hat nichts gebracht, die ganze Behandlung«, sagt Melanie Kramer jetzt. »Georg hatte nur noch Angst, er flehte mich an, ihn in den Tod gehen zu lassen, weil doch dann für immer Ruhe wäre.«

Vorletzten Sonntag umarmte sie Georg nach dem Frühstück, sie sahen sich in die Augen, und es war klar, dass die Zeit gekommen war. Melanie Kramer fuhr in die Gärtnerei, sie bestellte alle Mitarbeiter ein, obwohl gar nicht viel zu tun war. Die Kinder übernachteten bei Freunden. Als sie nach der Arbeit nach Hause kam, fand sie ihn, er lag zusammengekrümmt hinter den Büschen, sie weinte und wusste, dass sie ihn geliebt hatte. An den Donnerkeil hatte sie nicht gedacht. Sie wusste nicht, dass er die Programme auf dem Stick gesichert hatte. Erst später, als die Feuerwehrmänner in ihren Garten kamen, begriff sie, dass Georg sie noch im Todeskampf hatte beschützen wollen, dass er den Donnerkeil aus seinem Bein gezogen und irgendwo hingeworfen hatte, damit man ihn nicht fand. Wäre die Elster nicht gewesen, es hätte funktioniert. Georg Kramers Tod wäre der letzte Dienst an seiner geliebten Frau gewesen.

Als Melanie Kramer mit ihrer Erzählung fertig ist, herrscht eine große Stille im Vernehmungsraum. Voss betrachtet diese Frau, die nun kraftlos und leer vor ihm sitzt. Sie hat ihren Mann umgebracht, denkt er, selbst wenn Georg Kramer am Ende allein vom Baugerüst seiner Villa gesprungen ist.

Nach der Vernehmung fühlt sich Voss elend, die Kopfschmerzen sind noch schlimmer geworden, die Nase ist jetzt völlig zugeschwollen. Er lässt sich von Frau Kaminski eine Paracetamol und zwei Aspirin-Tabletten geben, dann fährt er zu Maja ins Krankenhaus. Sie blickt erstaunt auf, als er an ihrem Bett steht, es ist keine Freude, aber auch keine Ablehnung in ihren Augen.

Er setzt sich an den Rand des Bettes, nimmt ihre Hand. Er spürt ihr Zögern, die Spannung in ihrem Körper. Er fragt sich, ob er nicht auch manchmal wie Georg Kramer ist. Maja atmet tief aus, er streichelt ihre schmalen Finger.

»Du siehst gut aus«, sagt sie. »Diese dicke, blaue Nase steht dir.«

»Wenn du das attraktiv findest, dann lasse ich mich jetzt jede Woche verprügeln.«

»Wie sieht der andere aus?«

»Nicht besser, wie geht es dir?«

Sie zuckt mit den Schultern.

»Wann kannst du nach Hause kommen?«

»Nach Hause?« Sie zieht ihre Hand weg.

»Maja, ich hatte große Angst um dich.«

»Du wolltest unbedingt der Mann sein, der mich rettet und beschützt. Du erinnerst dich? Es ist ein Wunder, dass ich dein Heldentum überlebt habe.«

»Es ist vorbei, wir haben Sergei Ruplin festgenommen, den Mann, der die Spürhunde losgeschickt hat. Jetzt kann auch dein Sohn zu dir zurück.« Voss stockt. »Zu uns, wenn du willst.«

Sie sieht ihn wütend an. »So schnell geht das nicht, Daniel. Wir können jetzt nicht einfach so tun, als wäre nichts passiert.«

»Du weißt, dass ich nicht da sein konnte, deshalb habe ich Zydan geschickt.«

Sie blickt ihn durchdringend an. »Ja, ich weiß. Du kannst dich übrigens bei Zydan bedanken, er ist der einzige Grund, warum ich überhaupt noch mit dir rede.«

»Wie bitte?«

Maja lacht auf. »Er hat mir erzählt, dass ihr zusammen im Sonnenuntergang klassische Musik gehört habt, ich bin richtig eifersüchtig geworden.«

»Maja, ich ...«

»Er hat mir auch erzählt, wie du nach mir gesucht hast, wie du von mir gesprochen hast ...« Sie schüttelt fassungslos den Kopf. »Hältst du das für normal, dass du einer Frau deine Liebe erst richtig zeigen kannst, wenn sie nicht mehr da ist?«

»Ich wollte ...«

»Ich meine, muss ich mich jetzt jedes Mal entführen lassen, damit Hauptkommissar Daniel Voss es schafft, sein Herz zu zeigen?«

Voss schlägt die Augen nieder. »Ich könnte, also, es wäre denkbar, hier jetzt alles Mögliche zu versprechen, aber du weißt, wie ich bin, was nicht heißt, dass ich mich nicht auch verändern kann. Ich glaube sogar, dass du mich schon sehr verändert hast.«

»Du meinst, vorher warst du noch schlimmer?«

»Kann sein.«

Nachdem Voss das Krankenhaus verlassen hat, schreibt er eine SMS an Zydan: *Danke, mein Freund.* Er fährt nach Hause, schläft ein paar Stunden, dann geht er los, im Schutz der Nacht, zum Sternekorper See. Gegen ein Uhr morgens kommt er dort an, geht am Ufer entlang, bis zu der Stelle, an der er oft geangelt hat. Es ist eine kleine Bucht mit einem Blätterdach, durch das ein sanftes Rauschen geht, wenn der Wind, der vom See kommt, die Buchenäste erzittern lässt. Der Mond steht tief und prall am Himmel, strahlt über das glatte Wasser, lässt sogar die Konturen der Seerosenblätter erahnen, die vor dem Rörichtgürtel aus dem schlammigen Boden wachsen. Voss würde jetzt gerne eine Zigarette rauchen. Sein Handy vibriert, es ist eine SMS von Zydan: *Deine polnische Seele gehört jetzt mir, Z.* Voss zieht ein Bündel aus der Tasche, schlägt das Tuch auf, wirft erst die SIG Sauer und dann das Magazin ins Wasser. Kleine Wellen laufen über den See, schimmern im Mondlicht und verschwinden.